W0222239

SÉRIE NOIRE

Collection créée par Marcel Duhamel

OLIVIER BARDE-CABUÇON

LE CERCLE DES RÊVEURS ÉVEILLÉS

nrf

GALLIMARD

© Éditions Gallimard, 2021.

Choisis la pilule bleue et tout s'arrête. Après, tu pourras faire de beaux rêves et penser ce que tu veux. Choisis la pilule rouge : tu restes au Pays des Merveilles et on descend avec le Lapin Blanc au fond du gouffre.

Matrix

Prologue

*— Oh ! quel rêve bizarre je viens de faire ! s'exclama Alice**.

En cette nuit de mai 1926, la ville n'était plus qu'une mer de lumières colorées sur laquelle voguaient mille bateaux ivres. Dans le Paris des années folles flottaient des vapeurs d'alcool tandis que des éclats de trompette déchiraient la nuit. À Pigalle se pressait une foule de noctambules, de vendeurs de drogue ou de photos coquines, de danseurs argentins et de filles perdues aux seins dévoilés. Aux portes des cabarets russes de gigantesques cosaques montaient la garde. Le flot de l'immigration y avait jeté pêle-mêle comtesses, généraux ou voleurs de chevaux sous les oripeaux bariolés de danseurs, chanteurs ou joueurs de violon. Comme chaque nuit, une fête barbare se préparait.

D'un signe de tête catégorique renforcé par son

* Toutes les épigraphes sont tirées de Lewis Carroll, *Alice au pays des merveilles*. Trad. Henri Bué.

imposante stature, Alexandre Santaroga dissuada un individu louche de leur fourguer pour dix francs le *Guide des poules de Paris*. À ses côtés, Gabriel de la Biole regardait devant eux avec une fixité inquiétante. Ils marchaient dans un décor de carton-pâte, éclairé par les enseignes lumineuses des boîtes de nuit. Des hommes en peine venaient s'y coller et se brûler les ailes comme des papillons de nuit. L'aube les relâcherait quand ils auraient goûté à quelque chair blanche et alcool fort, le portefeuille plus léger et le cœur au bord des lèvres.

— Cette nuit encore, dit tout bas Gabriel de la Biole, je me suis introduit chez lui. Cette maison est un fatras hétéroclite. Elle comporte plusieurs étages avec des styles de mobilier d'époques différentes. Comme si la mémoire des siècles pouvait résider dans des meubles !

— Elle y est aussi, croyez-moi.

Santaroga se souvenait du rêve particulièrement riche d'une demeure dont chaque étage, en descendant jusqu'à la cave où il était retenu prisonnier, représentait une époque différente. Cela avait contribué à l'éveiller au sentiment de l'existence d'un inconscient collectif enrichi depuis la nuit des temps par des représentations symboliques, tel un ensemble de sédiments déposés en couches successives.

Mais Gabriel de la Biole se moquait bien des rêves du psychanalyste. Comme beaucoup d'anciens combattants de la Grande Guerre, les siens se résumaient au même cauchemar. Une spirale infernale. Le serpent qui se mord la queue. Sortir de la tranchée, avancer, puis tuer ou se faire tuer. Ceux qui étaient revenus vivants de la guerre, gueules cassées ou pas, restaient obsédés par les images des blessés qui pleurent et supplient qu'on les achève, la puanteur des cadavres, la boue et la vermine.

— Il était dans son lit, murmura-t-il, abandonné au sommeil. Pouvez-vous imaginer comme le rêveur est vulnérable dans son univers de cristal ?

Gabriel de la Biole s'interrompit. En cet instant, il se serait damné pour une goulée de whisky chambré. Sentir le feu liquide se répandre dans son estomac et renvoyer au cerveau un signal animal de satisfaction. Malgré la fraîcheur du soir, deux jeunes femmes fumaient en terrasse, devant un petit verre de vermouth. Elles croisaient nonchalamment les jambes, révélant une substance soyeuse et lustrée qui attira un instant son attention.

Depuis une quinzaine d'années, Santaroga s'était appliqué à muscler et donner de l'épaisseur à sa grande carcasse pour lui fournir toute la densité qui convenait. Ces années d'effort en avaient fait un imposant gaillard aux gestes fluides. Aussi fut-ce lui et non Gabriel de la Biole qui retint l'intérêt des deux consommatrices en terrasse.

— Et après ? demanda Santaroga d'un ton neutre.

— Après ? répéta son interlocuteur d'une voix froide. Je l'ai égorgé !

Une des demoiselles tressaillit et leva vivement les yeux vers lui. Ils pressèrent le pas, s'appliquant à marcher dans la lumière car des ombres sans consistance cherchaient à les entraîner sous les porches. Gabriel de la Biole s'arrêta soudain pour fixer son interlocuteur.

— Vous devez me trouver fou ? Bon sang ! Je vais finir par tuer quelqu'un !

Santaroga se redressa. Le célèbre psychanalyste portait

bien sa quarantaine. Le regard profond ou amusé, la carrure impressionnante, il y avait en lui quelque chose d'homérique et aussi de profondément humain.

— Je ne suis pas là pour juger mais pour comprendre. Votre esprit est une maison pleine de recoins sombres et de portes dont vous avez perdu la clé. Ensemble, nous ouvrirons ces portes, nous découvrirons ces pièces cachées pour y apporter la lumière. Comme vous le savez votre inconscient vous parle à travers vos rêves.

— De mauvais rêves !

— Il n'y a pas de bons ou de mauvais rêves. Il y a juste des rêves à interpréter !

L'autre esquissa un sourire qui n'en était pas vraiment un. Tout fond de gaieté avait disparu à jamais en lui.

— Oh, c'est ce que je fais, je vous assure. Je participe à un cercle onirique. Le Cercle des rêveurs éveillés.

Santaroga eut une petite moue sarcastique.

— Appartenir à un cercle, c'est un peu tourner en rond, non ?

1

Son visage s'éclaira à l'idée qu'elle avait maintenant exactement la taille qu'il fallait pour franchir la petite porte et pénétrer dans l'adorable jardin.

Varya s'efforça de conserver son calme car elle aurait tout aussi bien pu s'arrêter de marcher pour contempler bouche bée tout ce qui l'entourait. En cette belle journée de printemps, sur les boulevards parisiens, la jeune Russe découvrait un monde inconnu peuplé de marchands de ballons, d'enfants vendeurs de journaux (des journaux exprimant apparemment des opinions différentes de celle du pouvoir en place !), d'hommes-sandwichs harnachés de panneaux de réclames, de chanteurs de rue ou de cracheurs de feu. Ici des marchands de lacets exposaient des cravates dans des parapluies renversés et interpellaient cette demoiselle aux hanches minces, aux longues tresses blondes comme les blés et aux yeux bleus et froids comme des lacs de montagne.

La salive à la bouche, Varya se retourna au passage du

porteur d'un panier rempli de pains chauds et parfumés. Paris avait monopolisé ses pensées ces dernières années comme un pèlerinage à accomplir, un but ultime. Elle venait de si loin...

Marquée par une modernité illustrée par le flot de la circulation, la ville semblait déborder d'énergie mais, dans le XIVe arrondissement, des paysans vendaient encore le lait de leur vache au pis de l'animal. Du regard, la jeune femme évalua le brassage de la population. Elle discernait derrière ces visages des régions ou des histoires différentes, et souvent les caractéristiques de l'exilé.

À Paris, Varya découvrit la fin des lourds chignons et le règne des cheveux courts. Elle consacra une part précieuse de son pécule pour se mettre à la mode. Dans le train, quelqu'un avait oublié une revue qu'elle s'était appropriée sans vergogne. En sortant du salon de coiffure, elle portait les cheveux courts et en carré avec une frange à la Louise Brooks, cette actrice aux cheveux noir de jais découverte dans le magazine. Varya n'avait jamais mis les pieds dans un cinéma.

Un magicien tenta de la charmer en sortant une carte de son oreille. La reine de cœur. Elle ne prêta pas attention à ses boniments et n'avait de toute façon pas d'argent à gaspiller. Aussi continua-t-elle d'avancer, irrésistiblement attirée par le fleuve. La Seine et ses badauds, ses jolis bateaux. Ce serait tentant, du haut d'un pont, de s'abattre dans cet océan de fraîcheur, ce liquide amniotique. Dans les pires moments de sa vie, Varya avait pensé que si elle avait su ce qu'était le monde, elle aurait refusé de naître.

Un aimable brouhaha s'échappait des quais. Pas seulement

de la promenade, mais des bords de Seine. Des baignades en plein air ! C'est fou ce qu'on faisait au bord du fleuve ! On y aspergeait d'eau les chevaux fatigués, on y lavait son linge et certains s'y baignaient sans attendre les grandes chaleurs.

Mue par une soudaine impulsion, elle marchanda âprement avec un bouquiniste pour acheter un livre à la reliure effilochée : *Alice au pays des merveilles.* Le titre de ce livre caractérisait parfaitement son état d'esprit du moment.

Sur le trottoir d'en face, un homme poussait devant lui un petit rouleau qui imprimait des publicités sur le trottoir. Comme Alice à la suite du Lapin Blanc, la jeune femme s'amusa à suivre ses pas, croisant en chemin une procession d'adolescentes voilées, en habits blancs, portant croix et crucifix, escortée par une sœur en habit noir et à la coiffe immaculée. Varya fronça le bout du nez.

Inutile de vous voiler la face : Jésus-Christ est mort et Dieu ne se sent pas très bien ! Réveillez-vous pendant qu'il est encore temps !

La tour Eiffel l'attira comme un aimant. Elle entendit un touriste dire à son épouse qu'en février l'avion du lieutenant Collot s'était brisé sur un de ses piliers, en essayant de passer sous ses pieds écartés. Des jeux stupides dont la demoiselle de fer n'avait cure. Varya erra ainsi jusqu'au soir, grisée et décontenancée, perdue dans la liberté. L'air de Paris la saoulait plus qu'un alcool fort. Son alarme intérieure ne s'alluma que lorsque le soleil couchant ne fut plus qu'une boule de feu dans le ciel. Comme un petit animal blessé, il lui fallait trouver au plus vite un abri pour la nuit contre les prédateurs.

Un hôtel miteux, où des filles aux visages trop peints

remontaient des hommes aussi coincés que le cul d'un poulet, lui offrit refuge près de la rue de la Glacière, où l'on se livrait à d'étranges trafics de gilets en peaux de chat et d'yeux en verre.

Pas grave, se dit-elle. *Ici tu vas pouvoir dormir sans crainte qu'on ne te tranche la gorge pendant ton sommeil.*

L'Exposition universelle de Paris 1900 avait résumé le XIXe siècle tout en se projetant dans l'avenir avec son Palais de l'électricité : *demain, la lumière pour tous!* Vingt-six ans plus tard, en effet, la lumière démocratisée jaillissait à votre commandement et Varya joua un moment avec l'interrupteur comme une enfant émerveillée. En ôtant ses chaussures, elle entendit à travers la cloison de sa chambre sa voisine de palier ordonner :

— Allez Marcel, envoie la soudure!

Tandis qu'éclataient derrière le mur des gémissements féminins peu convaincants, Varya posa sur sa table de chevet *Alice au pays des merveilles* et son revolver.

~

Alexandre Santaroga se réveilla en sursaut au milieu de la nuit, saisi d'une soif intense. Il alla se rafraîchir dans la salle de bain puis fuma un cigare sur le balcon de sa chambre d'hôtel en contemplant la nuit du Montparnasse. Il s'imagina remonter la rue de Seine jusqu'au boulevard Saint-Germain, en direction de la Brasserie Lipp et ses fameux gin-fizz. Le temps de mai était doux et tiède, presque enivrant.

Le psychanalyste eut du mal à aller se recoucher. La

présence de l'eau lui manquait autant que le souffle du vent sur le lac de Genève au bord duquel il avait fait bâtir sa maison. Un point de suspension entre ciel et eau. Même si aujourd'hui la demeure était vide, elle constituait un ancrage entre rêves et réalités et contenait encore le parfum de celle qui l'avait quitté.

Il s'allongea sur son matelas et ferma les paupières, s'efforçant de détendre chacun des muscles de son visage pour trouver le sommeil. Mais lorsqu'il se rendormit, un rêve entêtant le poursuivit tout le reste de la nuit.

À l'aube, un sombre pressentiment poussa Santaroga à appeler le domicile de Gabriel de la Biole. Au bout d'un moment, la voix ensommeillée d'une domestique lui répondit que Monsieur dormait et qu'il était impensable de le réveiller si tôt. Il se rasa, s'habilla avec promptitude et prit un taxi pour se rendre chez son patient, à Auteuil. La voiture quitta bientôt les grandes avenues pour des rues tranquilles bordées d'arbres massifs. Le soleil perçait à peine lorsqu'il tambourina à la porte, saisi d'un sentiment d'extrême urgence.

— Je veux le voir ! Tout de suite !

Malgré les protestations du pingouin guindé et ficelé comme une andouille qui ouvrit, et sans doute aidé par sa formidable carrure, il força l'entrée.

— Allez réveiller votre maître ! Je suis son docteur !

Il adoucit l'ordre par un billet glissé entre deux doigts. Maugréant, le valet grimpa l'escalier tandis que Santaroga, habituellement calme, se mettait à tourner en rond comme un lion en cage.

Quelques années plus tôt, des expériences chamaniques

en Amérique du Sud, suivies d'un voyage extatique, avaient libéré en lui une conscience nouvelle des choses. Depuis, le psychanalyste possédait un don de voyance, comme un sixième sens qui se manifestait par moments et sans prévenir. Distinctement, il entendit frapper à l'étage, le domestique se racler la gorge, insister, pousser timidement la porte. Et tout à coup, il eut l'image très nette de ce qu'il trouverait et se précipita.

Le domestique hurlait encore tandis que Santaroga le bousculait. Il eut la vision fugitive sur le mur d'une femme au teint diaphane, encadré d'une cascade de cheveux bouclés, qui le fixait d'un œil mélancolique, aussitôt suivie par celle de la gorge tranchée de Gabriel de la Biole et du sang maculant les draps. La main tendue de l'homme semblait lui désigner la table de chevet. Il se pencha et déchiffra l'écriture sanglante sur le papier :

Cette nuit j'ai rêvé que je tuais quelqu'un quand je me suis réveillé j'ai réalisé que c'est moi que j'avais tuer.

2

Je me demande si on m'a changée pendant la nuit ? Voyons, réfléchissons : est-ce que j'étais bien la même quand je me suis levée ce matin ?

Mal dormi. De mauvais rêves qui ne mènent à rien. Des boucles sans fin. Un escalier qu'on descend, une porte qui s'ouvre et une autre qui reste fermée alors qu'elle voudrait bien la pousser. À force, tout se mélangeait dans ses souvenirs : des champs de bataille incertains, des trahisons, des crimes et bien peu de châtiments. Le soleil printanier vint dissiper ses angoisses.

Allons Varya, brave petit soldat, en route !

Elle ouvrit au hasard *Alice au pays des merveilles* et lut :

« Il y avait plusieurs portes autour de la salle mais elles étaient toutes fermées à clé. »

Impressionnée par cet oracle, Varya hocha la tête avec gravité. En sortant de sa chambre, elle croisa sa voisine de palier un pot de chambre à la main. Celle-ci arbora une moue gênée. Pas maquillée, elle offrait un visage pâteux, un nez en trompette et un regard d'enfant trop vite jeté en pâture aux fauves qui peuplent la rue.

— Dire qu'il faut déjà retourner aux asperges, marmonna la prostituée en la prenant pour une collègue. Crois-le ou pas, ces bestiaux m'ont besognée toute la nuit !

Varya rougit légèrement. Les aléas de la vie l'avaient amenée à connaître des situations où les hommes se montraient rarement sous leur meilleur jour. Elle gardait néanmoins de son éducation raffinée une horreur instinctive de la vulgarité.

— L'homme est un loup pour l'homme, répondit-elle d'un ton très convaincu.

— Ah non, les loups ça chasse en meute, non ?

— Ça arrive aussi aux hommes ! On appelle ça une armée !

Varya prit l'escalier. Les marches grinçaient. C'était bien, ça ! Elle pourrait surveiller les allées et venues des gens.

Dubon, Dubonnet, proclamaient les affiches sans éveiller en Varya de stimulus particulier. Elle ne connaissait d'autres boissons que le thé noir et la vodka. Chapeau melon sur le crâne, un homme-sandwich passa, portant une publicité pour du prêt-à-porter. Elle lui emboîta machinalement le pas et elle fit bien car il l'emmena jusqu'aux Grands Boulevards. Et aux grands magasins…

Varya erra émerveillée à travers le Printemps, se perdant entre les rayons de vêtements ou de cosmétiques, effrayée et révoltée par la profusion de babioles inutiles et tout ce luxe dont elle avait été privée depuis si longtemps. Cette cathédrale sans foi lui fit plus que tout ressentir l'éloignement de son pays. Elle grimpa les escaliers pour se retrouver sous l'immense coupole du magasin avec ses milliers de vitraux illuminant les lieux, les fresques de son salon de thé et ses lustres de cristal. Elle faillit s'évanouir en apercevant une femme élégante et gourmande déguster un chocolat chaud surmonté de crème fouettée.

Allons, se morigéna-t-elle, *il est temps de prendre ce dont j'ai besoin.*

Elle redescendit et se dirigea vers les produits de première nécessité, opérant avec prudence. Un soutien-gorge, une gaine et des bas couleur chair... La main du vigile s'abattit alors sur elle, la ramenant brutalement à la réalité.

— Mademoiselle, ouvrez votre sac !

La fouille du sac révéla la présence de dessous féminins qui portaient l'étiquette du prix, signe évident de la propriété du magasin sur lesdits objets.

— Je les amenais à la caisse pour les régler, protesta Varya. C'est la coutume dans mon pays. D'ailleurs, je ne suis pas sortie du magasin, n'est-ce pas ? Donc, je n'ai rien volé !

— Avez-vous de quoi payer ? demanda le vigile d'un ton suspicieux.

Après la nuit à l'hôtel, Varya n'avait plus un sou en poche. Elle chercha désespérément une issue autour d'elle. La quarantaine passée, un homme aux cheveux châtains, grand et à la carrure massive, l'observait avec curiosité. Il portait un élégant costume blanc avec gilet crème, cravate et pochette en soie. Dans son visage aux traits réguliers, ses yeux noirs pétillaient de malice et d'humanité. Elle joua son ultime carte avec l'audace d'un joueur désespéré.

— Mon oncle est avec moi, déclara-t-elle d'une voix suffisamment forte pour qu'il l'entende tout en l'implorant du regard.

L'inconnu ne parut pas surpris. Il semblait avoir une manière à lui de devancer l'instant présent comme s'il devinait ce qui allait se produire et comment y répondre. Un temps d'avance sur les autres. Elle le vit toutefois avec anxiété esquisser un pas en avant, s'attendit au déni qui la condamnerait au moins aux travaux forcés mais il dit d'un ton paisible :

— C'est ma nièce et j'ai l'habitude de régler tous ses achats, n'en doutez pas ! Voulez-vous nous accompagner jusqu'à la caisse ?

Le vigile détailla l'imposant nouveau venu, son costume de bonne coupe, son assurance tranquille. Un gars de la haute. Pas d'histoire, telle était la politique du magasin.

— Je vous en prie, monsieur.

Son ton restait soupçonneux et il les suivit jusqu'à la caisse. Là, l'homme sortit son portefeuille. Varya hésita. Elle redoutait qu'il devienne ensuite trop pressant mais elle ne lisait en lui aucun désir obscène. Juste de la curiosité et un brin de compassion qui la mit mal à l'aise. Une fois dehors, elle le remercia de la manière appropriée et, comme elle le craignait, il lui proposa d'aller boire un verre. Ses yeux bleus limpides soudain glacés, la jeune femme se figea.

— Ce n'est pas ce que vous pensez, la rassura-t-il comme s'il lisait dans son esprit. Il y a un café près d'ici. Et vous pourrez grignoter quelque chose si vous le désirez.

Varya fit la moue. Ses flancs étriqués la trahissaient. Elle devait peser à peu près le poids d'un chien mort de faim.

Le soleil doit luire dans mon ventre tellement il est vide.

— Un verre d'accord, fit-elle rapidement. Vous me laisserez votre carte afin que je puisse vous rembourser.

L'inconnu dissimula un sourire amusé. Visiblement, il ne

croyait pas à sa promesse mais quelque chose dans son expression indiquait qu'il ne désirait pas la vexer.

— N'allez pas croire que je suis une voleuse, dit-elle avec hauteur. C'est bien le contraire, car un malveillant m'a dérobé mon argent dans le train. Je me vois contrainte d'opérer quelques prélèvements pour des objets de première nécessité !

— Ce sont les règles de base de la survie. Nous y allons ?

En trottinant derrière lui, Varya le suivit. Il s'aperçut que ses longues jambes le menaient trop vite pour elle et ralentit l'allure.

— C'est loin ? fit-elle avec méfiance.

— Pas du tout, répondit-il d'un ton léger, je vous emmène au Petit Riche. Rien à voir avec le Café Riche sur le boulevard même s'il n'est pas très éloigné. Ni avec le Café Hardy. D'ailleurs on dit qu'il faut être bien riche pour aller au Café Hardy et bien hardi pour aller au Café Riche !

L'homme se serait exprimé en hébreu qu'elle n'aurait pas moins compris. Sans doute des plaisanteries parisiennes.

— Ah, ah ! fit-elle en retroussant son nez comme un petit chat énervé.

Des miroirs et des tableaux ornaient la salle aux murs lambrissés jusqu'à mi-hauteur de boiseries sombres. Le regard de Varya s'attarda sur les plafonds à décor d'arabesques puis sur le carrelage aux motifs géométriques. L'ensemble offrait un aspect chic et cossu. Elle comprit que, par prévenance, l'inconnu avait choisi ce type d'endroit pour la rassurer. L'homme s'inclina avant de s'asseoir.

— Alexandre Santaroga, dit-il pour se présenter.

Varya tressaillit. Jusqu'à présent, son sauveur revêtait cette espèce d'identité anonyme que pouvaient recouvrir le hasard ou le destin. Désormais il possédait un nom. Elle le détailla de nouveau pour se faire une seconde opinion. Puissant, débordant de vitalité et de paix intérieure. Son teint mat et son collier de barbe noir, légèrement grisonnant par endroits, lui donnaient un air d'aventurier distingué. Atypique.

— Varya, fit-elle en retour.

Il acta d'un bref signe de tête, comprenant qu'elle ne désirait pas donner son nom.

— Vous avez une pointe d'accent… slave ?

— Je suis russe ! déclara-t-elle avec fierté.

Cela ne servait à rien de le cacher. Tôt ou tard, l'accent vous trahissait. Et, depuis la chute de l'empire, il y avait suffisamment de Russes blancs à Paris pour passer inaperçue.

— Vous parlez fort bien notre langue, remarqua poliment le psychanalyste.

C'était un homme bien élevé à n'en pas douter. Il ne jouait pas de sa stature et son regard et ses sourires avaient une douceur inattendue. Varya se détendit un peu.

— J'ai fait mes études à Paris et un de mes oncles m'a entretenue dans cette langue pendant des années.

— Il s'en est bien acquitté, apprécia-t-il. Nous commandons quelque chose ? Voyons le menu.

Si Varya mourait de faim, sa raison la poussait à refuser d'être doublement sa débitrice.

— Vous aviez dit un verre.

— Vous êtes pâle, manger vous fera du bien.

Un langage diplomatique pour ne pas dire qu'elle paraissait famélique. Un temps, elle était devenue si maigre que même ses os semblaient lui peser.

— En Russie, grommela-t-elle, nous avons mis fin à la désastreuse habitude qu'on donnait aux enfants de prendre trois repas par jour!

— En France, on s'en tient toujours à ce régime. (Il eut une moue charmante.) Allons, vous n'allez pas me laisser déjeuner tout seul?

L'instinct de survie de Varya lui conseilla d'accepter. Il fallait faire preuve de souplesse, s'adapter au terrain et profiter des occasions comme elle l'avait fait ces dernières années.

— D'accord, capitula-t-elle, mais je vous rembourserai lorsque je serai plus en fonds.

— Bien sûr, répondit-il en s'efforçant de prendre un ton convaincu pour ne pas la froisser.

Ils commandèrent et, en attendant d'être servis, Santaroga fit la conversation. Il lui parla de son ami et maître, le psychanalyste suisse Carl Gustav Jung, l'explorateur de l'inconscient collectif, et de la villa de celui-ci au bord du lac à Küsnacht, un village près de Zurich. Une belle demeure, spacieuse et claire, au bord du lac, et dont Jung avait lui-même dessiné les plans. Celui-ci l'y invitait souvent et le lac de Zurich déroulait alors son immensité bleue glacée sous ses yeux toujours émerveillés. Lui-même s'était installé au bord du lac de Genève.

Varya s'apaisa quelque peu alors qu'il lui parlait de sa maison. Il irradiait de cet homme une chaleur qui faisait le même bien qu'un feu de bois.

— Suisse alors? fit-elle pour le relancer et éviter d'avoir à se dévoiler.

— Français mais je réside à Genève.

Santaroga n'eut pas le temps de poursuivre que le serveur arrivait, porteur de plats à l'odeur alléchante. Le ventre de Varya gargouilla sans vergogne.

À manger. Enfin ! Afin de pouvoir payer sa chambre d'hôtel, elle n'avait ingurgité la veille qu'un mauvais morceau de pain conservé dans son sac avec un bout de saucisse rance. Ce n'était rien. À certains moments de sa vie, elle avait rêvé la nuit de se gaver d'aliments au point qu'ils débordent de sa bouche et dégoulinent le long de ses lèvres.

Elle avait oublié le goût de toutes ces bonnes choses comme la saveur d'une sauce, d'un simple assaisonnement ou de ces petites herbes qui accompagnent les plats. Alors un gros pavé de bœuf gras qui fond dans votre bouche, bien salé et poivré, arrosé d'une sauce au vin !

Le Genevois l'étudiait avec discrétion, notant son appétit comme la furtivité de ses gestes et ses yeux d'un bleu intense. Rarement il avait admiré des traits aussi fins et bien dessinés. Tout en Varya resplendissait de beauté et d'harmonie, jusqu'à la coupe à la garçonne de ses cheveux à la couleur de blé doré. Mais il détectait en elle quelque chose qu'il avait observé chez certains de ses patients : une attente, une inquiétude qui la laissait toujours sur le qui-vive. Comme une biche lorsque s'ouvre la saison de la chasse et qu'elle sait que ses jours ne seront plus qu'une fuite éperdue de tous les instants au fond des bois.

Les vêtements de son invitée ne payaient pas de mine et semblaient froissés par un long voyage en train. D'ailleurs, elle avait été obligée de voler pour en remplacer certains. L'accent russe la trahissait, sinon elle parlait un excellent français. Soit elle avait déjà séjourné en France comme elle le prétendait, soit elle avait eu un précepteur français. Ou les deux. Une aristocrate, une Russe blanche en exil ? Dans ce cas, à sentir son étonnement pour tout ce qui l'entourait, la jeune femme n'avait pas dû remettre les pieds à Paris depuis longtemps. Or la révolution rouge était loin déjà, et la dernière armée blanche avait été écrasée en Crimée six ans plus tôt, en 1920. Quelle était donc l'histoire de Varya ?

Soudain, Santaroga eut une intuition fulgurante. Chaque rencontre a une signification particulière qu'il vous revient de déchiffrer. C'était elle son mystère autant que la solution à toutes ses préoccupations !

Varya s'interrompit, la fourchette en l'air. Elle venait de surprendre chez son interlocuteur une attente particulière. Aussitôt, elle dressa une liste de ce qu'elle refuserait de faire avec lui : coucher, lui tenir la main dans une soirée, devenir sa femme de chambre. Encore une fois, le psychanalyste l'étonna.

— Laissons de côté vos achats et ce repas. Je vous les offre bien volontiers et c'est un plaisir de déjeuner en si agréable compagnie !

Il lissa d'une main distraite les poils de sa barbe noire.

— Pardonnez-moi de cette observation : vous me semblez une personne bien éduquée et intelligente, momentanément en manque de fonds. Je cherche quelqu'un pour un travail un peu particulier. Une mission d'infiltration, en quelque sorte.

Le cerveau en ébullition, Varya s'obligea à piocher dans son assiette un morceau de viande et le mâcha lentement pour se donner le temps de réfléchir. Tout était si nouveau ici en dehors du verbe qu'il venait d'employer. Infiltrer… Le mot suivant devait être *dénoncer*.

— Vous êtes policier ?

Il rit. Un rire agréable, peut-être un peu aigu.

— J'ai été psychiatre avant de me consacrer à la psychanalyse et je vois que malgré mon âge avancé vous n'avez pas entendu parler de mes travaux.

— C'est quoi un psychanalyste ? demanda-t-elle avec la candeur de sa jeunesse.

— Quelqu'un qui vous aide à comprendre qui vous êtes.

— Ne me dites pas que vous gagnez votre vie comme ça !

Charmé, il la dévisagea.

— La psychanalyse aide à résoudre des conflits intérieurs intenses chez certaines personnes. Des conflits qui les empêchent de vivre normalement. Mais connaissez-vous les Cercles de rêves éveillés ?

— Des trucs de pays bourgeois, ça ! Pensez-vous qu'on a le temps de rêver en Russie ?

Santaroga sembla considérer la question sans humour, et opina du chef. Varya sauça son assiette et avala le pain trempé, pressée cette fois d'en finir. Elle contempla les lieux autour d'elle, comptant le temps nécessaire pour remercier son bienfaiteur, se lever et gagner la sortie sans un coup d'œil en arrière. Comme s'il suivait la progression de ses pensées, le psychanalyste sourit d'un air charmeur.

— Un dessert ? proposa-t-il d'une voix sucrée comme un gâteau.

Non ! fit une voix dans sa tête. *Lève-toi, remercie et pars. Ce n'est pas normal de régler tes achats et de t'offrir un repas ! Cet homme doit sortir tout de suite de ta vie !*

— Non merci, monsieur... Rappelez-moi votre nom, voulez-vous ?

Il lui tendit sa carte.

— Alexandre Santaroga, répéta-t-il.

— Jamais entendu parler !

Elle fit mine de se lever. De nouveau, il la surprit.

— Deux cents francs.

— Pour quoi faire ? demanda-t-elle sur la défensive.

— Pour assister à une séance d'un Cercle de rêves éveillés et me rapporter ce qui s'y passe. Plongés dans un état de semi-conscience, les participants y racontent leurs rêves.

— Pourquoi n'y allez-vous pas vous-même ? répliqua-t-elle d'un ton un peu agressif.

Il soupira. En fait, la bonne question c'était : *pourquoi s'y intéresser ?*

— Lorsque j'ai renoncé à traiter mes patients selon la méthode freudienne, je leur ai demandé de fixer leur attention sur leurs émotions et de laisser se développer des images s'y associant. Ceci permet de révéler des contenus inconscients comme dans un rêve éveillé. Contrairement à vous, beaucoup de monde me connaît dans ce milieu et cela fausserait tout. Avec Carl Gustav Jung, je fais référence dans le domaine du rêve. (Son regard s'assombrit.) Après Freud bien entendu...

— Freud ? Le Viennois ? Ah oui, lui j'en ai entendu parler !

— Enfin, ajouta Santaroga en laissant percer un léger agacement, moi aussi j'ai écrit sur ce sujet.

— Ah bon, fit-elle rassurée.

Les gens qui écrivaient des livres étaient des gens sérieux bien que parfois compliqués et ennuyeux.

— Qu'avez-vous écrit ?

— *Psychologie de notre loup, Réflexes de meute, Symbolisme des rêves éveillés, Métamorphose de la libido...* Ce dernier livre m'a d'ailleurs définitivement fait perdre l'amitié de Freud.

— Pas étonnant ! Moi aussi, j'aurais été fâchée d'avoir un ami qui écrit un livre dont je ne comprends même pas le titre !

Il sourit. C'était rare de rencontrer des personnes aussi spontanées.

— Cela dit, s'adoucit la jeune Russe sensible à son sourire parfois si enfantin, il n'y a pas de quoi se fâcher pour un livre.

— Non, sauf avec quelqu'un d'un peu dogmatique qui attend qu'on marche sur ses traces et pour qui tout écart de pensée constitue un écart de conduite, une trahison.

Son visage se crispa tandis que revenait, lancinante, la vieille douleur, celle du disciple lorsque le lien avec son maître vient à se rompre. Mais suivre Freud aurait signifié renier ce qu'il était lui-même et faire siennes des théories qu'il contestait désormais. Et, avec l'inconscient collectif, Jung lui avait fait découvrir des horizons insoupçonnés.

— Pour Freud, tout le monde est névrosé, reprit-il. Je ne crois pas comme lui que le désir et le sexe soient les seuls moteurs du comportement humain. Enfin, cette rupture m'a permis depuis, *nolens volens*, de voler de mes propres ailes.

Il sembla se rappeler quelque chose et se leva.

— Voulez-vous m'excuser ? Je dois téléphoner de la cabine en bas. Je crois que je vais être en retard à un rendez-vous.

D'un signe de menton très aristocratique, Varya lui accorda la permission de quitter la table. Puis elle profita de son absence pour appeler le maître d'hôtel.

— Connaissez-vous le monsieur qui déjeune avec moi ? C'est un psychanalyste qui écrit des livres !

L'homme hocha sentencieusement la tête.

— Bien sûr, mademoiselle, le docteur Santaroga est un éminent psychanalyste et un de nos clients réguliers lorsqu'il séjourne à Paris.

— Ah, merci ! fit-elle rassurée. Alors, je prendrai bien un petit dessert. C'est quoi ça ?

Elle désigna une pâtisserie appétissante, en forme de roue de vélo, qui semblait déborder d'une crème onctueuse à la teinte rappelant celle d'un café au lait.

— Un Paris-Brest, répondit le maître d'hôtel d'un ton professionnel. C'est une pâte à choux fourrée d'une crème mousseline pralinée et garnie d'amandes effilées.

— J'en prendrai un avec un café. Un grand !

En France, les tasses étaient ridiculement petites.

— Un double alors ! reformula l'autre.

Tout en attendant le retour de Santaroga et l'arrivée du dessert, Varya réfléchit. Ainsi, l'homme disait la vérité et deux cents francs n'étaient pas une somme à négliger dans sa situation plus que précaire.

— Affaire conclue à trois cents francs, annonça-t-elle au psychanalyste lorsqu'il revint. Et je veux un acompte de cent francs tout de suite !

— C'est d'accord, fit-il.

Comme s'il lisait en elle, il ajouta :

— Ce n'est pas parce que je n'ai pas négocié moins que

j'aurais payé plus. Je vis en Suisse quand même ! Dans un pays de banques et d'hôpitaux psychiatriques !

Insensible à son humour, Varya se referma comme une huître. Le maître d'hôtel revint avec la couronne de pâte à choux suintante de crème sous l'œil amusé de Santaroga.

— C'est toujours vous qui réglez la note ? s'enquit-elle par sécurité.

Les larges épaules de Santaroga furent secouées d'un rire silencieux. Imperturbable, Varya planta sa cuillère dans le gâteau avant de la porter à son palais. Le psychanalyste se pencha vers elle, tout pétillant de malice.

— Savez-vous que cette pâtisserie a été inventée il y a une quinzaine d'années par le pâtissier Louis Durand pour célébrer une course à vélo ? Certains de ses confrères la réalisent encore grandeur nature !

La jeune femme savoura l'explosion de beurre et de saveur pralinée contre son palais. Lorsqu'elle eut nettoyé son assiette, Varya marqua une pause. C'était son repas le plus délicieux de ces huit dernières années. Elle s'en lécha les doigts pour garder la sensation de sucré sur sa langue. Ensuite, elle ferma à demi les paupières, savourant la chaleur et les bruits civilisés du restaurant, les rouvrit pour profiter une dernière fois du décor. Que lui réservait le lendemain ? Il lui faudrait peut-être rouvrir *Alice au pays des merveilles* pour le savoir.

Santaroga appela un serveur pour demander de quoi écrire et adressa à Varya un clin d'œil complice.

— Nous allons nous montrer intelligents et manipulateurs ! Je vous écris un mot pour une peintre, Tamara de Lempicka. Allez la voir demain vers onze heures. Elle ne se lève guère avant car elle entretient une vie mondaine assez agitée. Tamara vous introduira dans ce Cercle de rêves éveillés en vous recommandant à Tillie, une journaliste qui en fait partie si j'en crois un ancien patient. Ainsi, je ne me découvre pas. Je crois que Tamara m'aime bien. C'est une exilée comme vous.

Varya arqua un sourcil vengeur.

— Qui vous dit que je suis une exilée ?

Lorsqu'elle se rebellait, ses prunelles paraissaient s'agrandir et leur éclat s'intensifier.

— Certes ! se moqua gentiment Santaroga. Vous avez le profil parfait de la touriste qui vient visiter le Sacré-Cœur ! Mais pardonnez mon interprétation des choses ! C'est mon métier en quelque sorte…

Il fit une pause.

— Tamara est son nom d'artiste. Elle s'appelle en réalité Maria. Elle est née à Varsovie, fille de Juif russe et mère polonaise. Elle a étudié les beaux-arts à Saint-Pétersbourg pendant la guerre. La révolution d'Octobre l'a conduite à s'exiler à Paris. Tamara y a commencé une intéressante carrière de peintre. Elle a été impressionnée par les grands maîtres de la Renaissance et s'en est inspirée dans un néocubisme un peu adouci.

— Alors, néorenaissance ou néocubisme ? se moqua Varya.

— Peut-être néogéométrique ! On aime bien être *néo* quelque chose de nos jours ! En tout cas, cela correspond tout à fait aux goûts de notre époque.

— Et votre Tillie ? demanda nonchalamment Varya en s'essuyant les lèvres avec sa serviette.

— Une journaliste et une femme en avance sur son temps. Elle a conduit un bolide au rallye de Monte-Carlo l'an dernier. C'était la première fois que l'on ouvrait l'épreuve à la gent féminine. Elle a visité la Russie soviétique, l'Asie, l'Afrique… Une vraie aventurière. Tillie est son pseudonyme de journaliste. Aujourd'hui tout le monde aime prendre des noms exotiques qui font rêver ! C'est curieux, non ? Moi, je rêve sans changer de nom mais parfois je ne sais plus qui je suis !

Comme il semblait s'évader vers un ailleurs dont elle ne possédait pas les clés, elle le rattrapa d'une question.

— Une aventurière ?

— Une personnalité hors du commun. Elle ne tient pas en place. Elle a publié de grands reportages et des romans. Elle semble vivre dans un vrai tourbillon et ne supporte pas de ne rien faire.

— Je suis moi aussi une personnalité hors du commun, grogna Varya.

— Ça, je n'en doute pas !

Elle l'examina avec attention pour déchiffrer s'il se moquait d'elle. Cela ne semblait pas être le cas. Son humour était parfois compliqué à suivre mais la bienveillance l'animait toujours.

— Qu'est-ce que ce Cercle des rêveurs éveillés ?

— Les poètes surréalistes aiment se livrer à des expériences de médium, expliqua Santaroga en terminant d'écrire. Ils cherchent à entrer en contact avec l'inconscient pour façonner des messages symboliques et développer une écriture automatique. Une espèce de dictée magique qu'André Breton qualifie de *bouche d'ombres*.

Malgré elle, Varya frissonna.

— Comment est-ce possible ?

— Les surréalistes n'ont rien inventé. Depuis des millénaires en Orient, on pratique le yoga du rêve, de manière à entrer dans un rêve lucide. Ce temps de rêve permet ainsi de méditer à des fins spirituelles. Dans notre cas, avec l'aide d'un guide, appelé le moniteur, le rêveur éveillé glisse dans une sorte de transe qui va déclencher chez lui un discours automatique non commandé par la raison.

Le psychanalyste releva la tête, les yeux brillants.

— Un état de conscience modifié ! Je me suis beaucoup intéressé au phénomène de la transe, notamment chez les chamanes.

— Les guérisseurs ?

— Guérisseur, oui mais le chamane est surtout un intercesseur entre le monde visible et le monde invisible. Et pour cela, il a besoin de pratiquer certains rituels pour quitter son corps. Certains consomment des plantes psychotropes qui altèrent leur état de conscience et amplifient leur perception des choses de l'invisible.

Frère loup remua en lui. Il était dangereux d'insister sur le sujet. Depuis l'absorption de certaines substances hallucinogènes dans la jungle amazonienne, Alexandre Santaroga avait découvert l'existence de deux personnalités en lui, l'une consciente et relativement inoffensive et l'autre inconsciente et redoutable. Une fois réveillée, cette dernière personnalité était demeurée en partie consciente. Plus primitive, elle se manifestait de manière sporadique et si inquiétante qu'il l'avait surnommée « Frère loup ». Il veillait à la maîtriser en toutes circonstances même sous le coup de violentes émotions.

— Ce rêve éveillé se pratique aussi de manière collective, reprit-il d'un ton plus mesuré. Nous retrouvons toujours le moniteur mais il dirige un groupe entier et c'est là que je deviens plus sceptique sur sa capacité à guider tout un collectif.

Ses grandes mains plièrent le papier avec précaution avant de le glisser dans une enveloppe.

— Vous prêterez une extrême attention aux paroles du meneur de jeu et à la manière dont il oriente les rêves des autres. Car notez bien que le rêve éveillé est avant tout un rêve dirigé ! Une dernière chose.

Son ton se fit grave.

— Si l'on parle d'un absent à cette soirée, un certain Gabriel de la Biole, écoutez bien tout ce qu'on dit de lui.

— Comment savez-vous qu'il sera absent ? demanda Varya.

— Parce qu'il est mort, répondit Santaroga.

Ils sortirent du restaurant et Santaroga alluma un petit cigare avec une mine gourmande. Un couple d'hirondelles à vélo, en cape et képi malgré la chaleur, passa en les ignorants. Varya eut un mouvement de recul instinctif. Surpris, Santaroga la considéra d'un œil intéressé. L'attention de la jeune femme se reporta sur les gobe-mouches furetant sur les Boulevards.

— Des badauds, dit-il d'un ton docte. Racine provençale *badar* : lorsque vous contemplez un spectacle bouche bée. Du latin *badare* : être ouvert !

— Vous m'en direz tant !

— Voulez-vous aller vers la Seine ? proposa-t-il. Elle m'attire toujours. Définitivement, je pense qu'on ne peut exister qu'au voisinage de l'eau !

La promenade ne déplaisait pas à Varya, qui accepta. Ils cheminèrent jusqu'au fleuve sous un soleil chaud.

Dans une lavandière au bord de la Seine, des femmes lavaient le linge. Plus bas, on baignait des chevaux. Varya se tourna vers lui pour réclamer son acompte.

Cigare aux lèvres, Santaroga sortit son portefeuille et en tira trois cents francs qu'il lui tendit avec discrétion.

— Mais… bredouilla Varya, nous avions dit cent francs d'acompte et deux cents une fois le travail accompli.

— Prenez.

Un signe de confiance rare. Dieu se bougeait-il enfin les fesses ? Les yeux de la jeune femme se mouillèrent et elle se détourna pour contempler le fleuve tranquille.

— Donnez-moi deux cents francs, murmura-t-elle enfin. Vous avez trop confiance en la nature humaine. Si vous me donnez tout maintenant, je n'aurai plus aucune raison de faire ce que vous m'avez demandé. Je ne suis pas aussi honnête que vous le pensez.

Son cigare resta bien calé entre ses lèvres tandis qu'il lui glissait deux cents francs dans la main. Elle serra les billets en ayant le sentiment de n'avoir jamais été aussi riche de sa vie.

— Vous venez de me démontrer le contraire, fit-il remarquer, mais je vous obéis. Ce qui ne remet pas en question la confiance que j'ai en vous.

Elle lui glissa un regard fatigué par-dessus son épaule.

— Ne faites pas trop de paris sur moi, vous risqueriez d'être déçu…

Le soleil devenait une boule de feu dont les rayons illuminaient les toits de Paris. La lumière vive donnait un contour acéré aux formes. Ils restèrent un moment silencieux face à la Seine et aux quais grouillants de promeneurs et de vendeurs à la sauvette. Plus bas, des silhouettes aux vêtements élimés ou en loques dissimulaient dans l'ombre des ponts leur misère et leurs souffrances. Légèrement en retrait, Santaroga contemplait d'un air concentré le duvet doré sur la nuque de Varya et un nuage régulier s'échappait à travers ses lèvres entrouvertes.

— Une chose encore, dit-elle. Vous m'avez bien expliqué que je devais écouter les autres mais que suis-je censée dire lorsque mon tour viendra ? Car on va me demander, à moi aussi, de… de rêver éveillée ?

— C'est plus que probable.

— Et que devrai-je faire alors ?

Le psychanalyste eut un fin sourire.

— Suivez le Lapin Blanc au fond du terrier !

~

Couronné par les Buttes-Chaumont, le XIXe arrondissement accueillait une population hétéroclite d'ouvriers et d'employés. Avenue Jean-Jaurès, au marché aux bestiaux des abattoirs, on tuait la nuit et on débitait le jour.

L'homme huma dans l'air l'odeur ferreuse du sang, enfonça ses mains calleuses dans son manteau et traversa la rue. En le croisant, les gens évitaient son regard un peu fou.

Il s'enfourna dans un entrelacs de couloirs d'immeubles et de cours secrètes avant de grimper à l'étage. Il frappa le nombre de coups convenu et on le fit entrer. Un gringalet nerveux et un homme plus âgé lui faisaient face.

— Alors, tu es revenu de Russie, constata ce dernier d'un ton las.

Il invita le nouvel arrivant à s'asseoir. Celui-ci prit place à la table chargée d'un plat de chou et d'une volaille bien grasse.

— Comment ça se présente là-bas ? demanda le plus âgé.

— Staline a bien manœuvré, affirma son invité. Le Guide a récupéré le soutien de l'armée. Comme dans un jeu de go, il convertit les pions à sa couleur les uns après les autres. Cet homme est une machine.

— Trotski ne le laissera pas faire, objecta le gringalet en ricanant.

— Il est de plus en plus isolé, répondit l'homme au regard un peu fou. Depuis le décret du Praesidium du Comité exécutif central, on enferme dans un camp de concentration tout individu « socialement dangereux ». Ce vocable peut regrouper à peu près tous ceux qui s'opposent à Staline. Ces saletés de trotskistes veulent exporter leur révolution partout dans le monde. Staline préfère se concentrer sur la Russie. Il s'occupera de nous plus tard !

Il se passa la main sur le visage.

— Nous ne ferons pas renaître seuls la Russie impériale, ajouta-t-il. Nous ne devons rien attendre de ceux qui n'ont pas su nous aider par le passé. En fait, nous n'avons rien à espérer des gouvernements actuels, à part peut-être celui de

Mussolini. Il nous faut créer des alliances avec des hommes nouveaux, les leaders de demain.

Il fit une pause pour jauger son assistance.

— L'Allemagne est un fruit mûr, vous ne pensez pas ?

— Tu parles d'un pays, rétorqua l'ancien, qui a permis la révolution bolchevique, d'abord en écrasant les armées impériales, puis en facilitant le retour de Lénine.

— Cette Allemagne a été vaincue, humiliée comme nous. Elle aussi a été trahie par les Juifs ! La république de Weimar est un cadavre en décomposition. Un poisson, ça commence toujours à puer par la tête !

Le silence se fit et dura…

— Certains d'entre nous, reprit-il sur le ton de la confidence, ont noué des liens avec des forces en devenir. Nous avons de l'argent. Une alliance est possible si nous les finançons maintenant. D'ailleurs, nous avons commencé à le faire. Vous connaissez l'Aufbau ?

La porte s'ouvrit brutalement laissant place à une figure impassible. Les trois hommes attablés se levèrent par réflexe, leur fourchette à la main. Puis l'un d'eux sembla mesurer l'urgence de la situation et chercha une arme. L'inconnu qui venait d'entrer l'ignora. Il en tenait lui-même une à la main.

— Camarades, annonça-t-il d'une voix forte, vous êtes dissous !

Après quoi, il fit feu sans sourciller.

3

Je sais qui j'étais quand je me suis levée ce matin, mais je crois qu'on a dû me changer plusieurs fois depuis ce moment-là.

De la suite de son hôtel, Santaroga demanda un numéro. La voix courtoise de l'opératrice lui annonça qu'elle le mettait en relation avec son correspondant. Il échangea quelques mots avec celui-ci et ils convinrent d'un rendez-vous. Après cela, il se fit monter les journaux de l'après-midi.

La mort par suicide de Gabriel de la Biole se trouvait mentionnée dans l'un d'eux en page intérieure. On décrivait l'homme comme un proche des nationalistes et de Mussolini mais aussi comme un bienfaiteur investi auprès de la Société des Nations et dans différents mouvements humanitaires, de la Croix-Rouge au Near East Relief américain, ou Save the children.

Le téléphone sonna. Le psychanalyste décrocha et on l'informa avec une politesse gênée qu'une personne de la police désirait le voir. Il pria qu'on la fasse monter. On l'avait interrogé chez Gabriel de la Biole à l'arrivée de la police de quartier et il avait laissé son adresse en cas de besoin.

Le policier se présenta et lui indiqua qu'on souhaitait le rencontrer au Quai des Orfèvres.

— Est-ce une invitation ou une convocation ?

L'autre hésita, mal à l'aise.

— Une invitation si vous venez, une convocation si vous ne venez pas.

Santaroga lâcha un bref aboiement qui pouvait ressembler à un rire et qui en était un d'ailleurs.

— Je viendrai, bien sûr, mais est-ce que cela signifie qu'on a un doute sur le motif de la mort de M. de la Biole ?

Le policier évita son regard une seconde de trop.

— Enquête de routine, monsieur.

~

La rencontre providentielle avec Santaroga venait de changer le cours des choses. L'avance accordée permit à Varya de régler une nuit supplémentaire à l'hôtel autrement qu'avec son corps comme le lui promettait le regard lubrique du tenancier.

Le ventre bien rempli, elle décida de s'intéresser à son aspect et d'acheter un nouveau chemisier et une paire de chaussures. Il lui fallait investir dans l'avenir. Le docteur Santaroga fréquentait les endroits de la bonne société. Mais d'abord, elle allait se reposer. Elle ôta ses bottines avec un soupir de soulagement et, sans retirer ses bas, se massa les pieds avec bonheur. Ensuite elle s'étendit sur le lit.

Je ferme les yeux cinq minutes. J'oublie les fracas de la vie.

Cinq minutes. Est-ce trop demander? Mon Dieu, vous qui faites si peu pour moi d'habitude, donnez-moi juste cinq minutes d'oubli. Je suis si fatiguée.

Ses paupières clignèrent et vacillèrent. Lorsque Varya les rouvrit, elle jeta un œil à sa montre et jura. Deux heures venaient de s'écouler !

— J'avais dit cinq minutes, dieu des riches ! Croyez-vous que j'aie autant de temps qu'eux devant moi ?

Elle se chaussa tout en maugréant. Ses relations avec Dieu étaient devenues très conflictuelles ces dernières années, et elle ne lui parlait généralement plus que pour lui adresser des reproches, voire mettre en doute son existence.

De l'étage au-dessus filtraient des halètements sourds, les gémissements d'une femme qui simule et raconte au client crédule qu'il l'emmène au septième ciel et qu'elle n'a jamais connu telle extase avant lui.

Quel plaisir ces bêtes pensent-elles que l'on a sous leurs coups de reins brutaux ?

Varya secoua la tête avec fatalité. Il faudrait qu'elle trouve un autre hôtel que ce lieu de passe. Elle se refit une beauté devant la glace qui lui renvoya l'image d'une jolie personne en suspension, flottant entre doute et certitude.

Dans la rue, elle se balança sur ses talons, indécise quant à la direction à prendre. Elle se retrouva face à sa jeune voisine de palier portant l'uniforme de la séduction bon marché : jupe trop courte et seins trop voyants, sac de résille d'argent sous le bras et clips aux oreilles. Grande et dégingandée, le nez retourné, une bouche mobile et un regard téméraire, elle prit sans s'en rendre compte la même pause que lorsqu'elle ouvrait son compteur aux clients : les hanches cambrées, un sourire vague aux lèvres. La fille la catalogua sans doute comme collègue car elle lui demanda du feu.

Varya ne fumait pas mais estimait que les allumettes faisaient partie du matériel de survie indispensable en territoire ennemi. Elle en craqua une dans une odeur de soufre qui emplit ses narines. D'un coup, le souvenir des feux de bois dans la toundra lui tordit l'estomac. La prostituée remercia et inhala une profonde bouffée. Ceci fait, elle l'étudia avec attention.

— Occasionnelle ? demanda-t-elle son examen terminé.

Ne comprenant pas la question, Varya haussa vaguement les épaules. L'autre prit un air protecteur.

— Fais gaffe aux placeurs. Ils traînent dans les cafés le soir pour chercher des occasionnelles. Ils paient la passe puis dérouillent un peu la fille pour lui faire peur, histoire de lui montrer que rester seule n'est pas bon pour la santé. Ils font les sorties des prisons quand les filles que personne n'attend ne savent pas où poser leur valise. Ils sont aussi dans les églises ! Ils repèrent les pécheresses en comptant le nombre de cierges qu'elles allument !

Elle s'interrompit pour inhaler puis exhaler un nuage de fumée en rejetant la tête en arrière dans une pose soudain très sensuelle.

— Et puis, ils font la sortie des hôpitaux, reprit-elle les sourcils froncés. Ils graissent la patte des infirmières pour savoir sur quelles malheureuses tomber. Alors, ils leur apportent des fleurs. Et une fois qu'elles sont amoureuses d'eux, après quelques coups de reins, c'est le débourrage ! Et ils s'y mettent à deux ou trois !

Ne sachant que faire de cette avalanche de renseignements,

Varya resta coite bien que pas surprise de la lubricité et de la méchanceté des hommes. L'air concentré et bien élevé, elle se montra à l'écoute de son aînée qui reprit :

— Tu es jolie, tu devrais te mettre en carte.

— Pardon ?

— Pour faire comme moi, quoi. Ça demande pas mal de paperasses avec la police mais une fois qu'elle t'a mise en carte, tu peux travailler officiellement. Sinon, un jour ou l'autre tu te fais choper et ça les rend méchants. Après, ils te la donnent plus.

— Je ne travaille pas dans cet hôtel, protesta Varya, j'y dors ! Les chambres ne sont pas chères ici même s'il y a plus calme ailleurs !

L'autre fit la moue.

— Je fais trop de bruit ? On tombe pas toujours sur des types bien constitués mais plus on crie, plus le pourboire est généreux. Ces petits mâles ne sont satisfaits d'eux qu'en faisant chanter les femmes. Cela les rassure sur leur virilité. Moi je préfère les petits vieux. Je les aime bien. Ils ont un pied dans la tombe et un autre dans la vie alors moi je les tire du côté de la vie.

Elle inhala encore et cette fois toussa.

— La plupart des filles sont des ambulantes, sur le trottoir comme moi. Les autres dans les maisons. Il y a moins de risques mais c'est limite l'esclavage avec la dette qu'ils te mettent sur le dos et que tu n'arrives pas à rembourser. Tu leur rembourses le gîte, le couvert, la blanchisserie…

Elle s'interrompit, semblant découvrir une vérité première.

— T'es pas française, toi !

— Russe. Tu en as vu, des Russes, par ici ? questionna vivement Varya.

— Non mais je me suis fait monter par un Américain hier. Très bien constitué mais il aimait trop l'arrière. Ah, les étrangers !

— Ça ne m'intéresse pas !

— Oh là, fais pas ton étroite !

Cette prostituée tenait dans la rue un poste d'observation stratégique. Varya se força à la patience.

— Désolée, j'ai pas l'habitude. Un Américain alors ?

Mais la fille était passée à autre chose. Elle notait machinalement les regards masculins qui l'évaluaient. Un jeune étudiant boutonneux passa devant elle pour la seconde fois.

— Tu veux pas jouer à tire-lait aujourd'hui ? lui lança-t-elle.

La question eut pour seul effet de le faire rougir et accélérer le pas.

— C'est ça, retourne chez maman te polir le chinois !

Elle prit un air dégoûté.

— On tirerait plutôt un pet d'un âne mort que dix francs de celui-là ! Il paye seulement des yeux ! Bon, faut que je travaille un peu. Si tu cherches un autre endroit pour crécher, va au Terminus. J'y suis allée une fois pour une passe à la demande mais on y préfère les clients du genre *ouvriers chrétiens* si tu vois ce que je veux dire.

Varya nota l'adresse donnée par sa nouvelle amie. Ceci fait, économisant ses sous, elle marcha encore, malgré ses ampoules aux pieds, attendant un nouveau signe du destin. Après tout Dieu, dans son insondable complexité, lui avait envoyé un homme-sandwich pour la conduire au Printemps et de là à Santaroga, son bienfaiteur.

Une soupe populaire officiait non loin de là. Même s'il était encore trop tôt pour le dîner, une foule hétéroclite s'y pressait déjà, disparate mais unie par une commune faim, les mêmes mines et vêtements usés. Varya médita. Hier encore, elle aurait pu se fondre parmi cette foule. La file semblait dérouler la litanie de tous les guerres et déplacements forcés, les redécoupages des frontières et l'exil des minorités ethniques des pays nouvellement créés. Planté sous un bec de gaz, un agent de police en cape et képi surveillait tout cela d'un air circonspect.

Un cycliste passa, les pinces bien accrochées au bas de son pantalon. Elle y vit le signe attendu et prit la même direction que lui. Lorsqu'elle le perdit de vue, elle remercia son ange gardien : elle venait d'atteindre la terre promise!

Noma, le premier magasin à prix unique, avait ouvert ses portes cette année : tout de 0,50 à 10 francs! Pas vraiment un prix unique, donc, mais des prix échelonnés! Varya s'y engouffra avec un frisson de volupté. Après l'achat d'un chemisier, elle fit un sacrifice financier pour des chaussures neuves. Un peu de rouge à lèvres et de maquillage lui parut utile pour ajouter la touche de féminité nécessaire à toute soirée. Varya acquit donc une minaudière, un poudrier avec rouge à lèvres incorporé. Elle acheta aussi un ruban à motifs circulaires orné de boutons octogonaux pour son poignet. Paris resterait toujours Paris!

Elle ressortit du magasin, les paquets de ses anciens effets sous le bras, et les rapporta à l'hôtel. Malgré la fatigue, elle décida de poursuivre son incursion vers le but désespéré qu'elle s'était fixé. Dans les rues, son regard fut irrésistiblement attiré par une plaque qui indiquait *« Confort moderne. Eau, gaz et électricité à tous les étages* », plaque de plus en plus fréquente lorsqu'elle quittait les quartiers les plus pauvres. Une autre inscription retint son attention :

« *Madame Irma, voyante, conseille et renseigne sur tous sujets* ».

L'immeuble étant plutôt cossu, Varya en déduisit que la voyante gagnait bien sa vie, gage de sérieux. La fameuse Mme Irma l'accueillit dans un deux-pièces aux meubles lourds que des tentures pelucheuses assombrissaient. Elles s'assirent au fond de larges fauteuils en doux velours saumon.

— Je cherche un homme, expliqua Varya.

— Nous en cherchons tous un !

— Ce n'est pas ce que vous croyez.

Varya le lui décrivit et les yeux de l'autre s'écarquillèrent de surprise. Cela ne satisfit pas sa cliente. Une voyante, ça ne devrait jamais avoir l'air surpris, non ?

— Venez avec moi, dit la cartomancienne.

À deux pas de là, un guéridon à trois pieds prêta son concours et sa surface en marbre froid pour recevoir les cartes. La voyante lui en fit tirer cinq et prit un air soucieux en découvrant la combinaison.

— Vous avez traversé de grandes épreuves et éprouvé de terribles peines.

Varya siffla d'exaspération.

— C'est le cas de tous les gens qui viennent vous voir !

— Que de morts autour de vous, s'exclama l'autre.

La jeune femme eut un haut-le-cœur.

— Le passé ne m'intéresse pas, dites-moi plutôt mon avenir !

— Vous allez être très entourée. Des hommes et des femmes, ils tournent autour de vous comme des mouches autour du pot de miel. Toutes ces personnes attendent quelque chose de vous, l'une vous aime, une seule vous protège. Éclairez-moi cette carte-là.

Varya retourna une carte. Les doigts de la voyante la frôlèrent et se retirèrent aussitôt comme si elle brûlait.

— Un homme vous cherche. Un homme double. Il vous cherche désespérément depuis votre arrivée à Paris ! La mort marche à ses côtés.

Varya fronça les sourcils.

— Je ne comprends pas... un homme double ?

L'autre lui fit tirer encore une carte et son teint se brouilla.

— Attention, il vous veut du mal. Fuyez ! Fuyez !

Varya tressaillit.

— C'est impossible, personne ne sait que je suis ici !

Elle commençait à regretter son argent. Elle se leva, reprit son sac d'un air farouche et fusilla du regard la voyante.

— Je devrais vous demander de me rembourser, vous ne m'avez été d'aucune aide !

~

Arnaud Fauber, l'inspecteur de la Sûreté, entra. Il affichait à peine trente ans, une minceur musclée et un boitillement, souvenir d'une balle dans le genou, lors de la Grande Guerre sur les chemins de Notre-Dame-de-Lorette, qui lui avait valu une belle décoration. Sa seule présence semblait imposer le respect même aux plus anciens.

Il examina les corps, demanda des photos bien précises, puis se mit en devoir de fouiller les vêtements des cadavres avec minutie.

— Russes blancs, déclara-t-il. J'en connais d'ailleurs un de nom.

— Un seul assassin ? s'enquit un inspecteur de police à la calvitie naissante. Le concierge a vu de sa loge des habitants sortir ou rentrer mais un seul étranger à l'immeuble pénétrer dans la matinée. Il portait un long manteau et un chapeau rabattu jusqu'aux yeux. En repartant, il courait comme un lapin et dévalait les marches trois par trois ! Aucune description valable.

— À mon avis, murmura Arnaud Fauber, un homme seul et un tireur d'élite. Trois tirs, trois balles dans le cœur. Même à peu de distance, tout le monde ne vise pas avec cette précision !

— La Guépéou, la police d'État de l'Union soviétique, serait à l'origine de plusieurs centaines d'assassinats à travers l'Europe.

— Possible qu'elle soit derrière ceux-là, admit Fauber, mais ce sont de petits gibiers pour les Rouges. On vit une période d'extrême tension chez les exilés russes. Les grands-ducs Nikolaï Nikolaevitch et Kirill Vladimirovitch se disputent la légitimité de représenter les restes de la Russie tsariste. D'autres factions rivales pensent être l'avenir d'une nouvelle Russie.

— Les Russes blancs ne se tuent pas entre eux ici, objecta un autre policier. J'espère que ça ne vient pas de chez nous !

Fauber eut un mince sourire.

— Pas à ma connaissance !

— Staline alors ou Trotski ? s'enquit l'autre policier.

Arnaud Fauber gémit intérieurement. En dehors de la Sûreté générale, les affaires internationales passionnaient moins la police que les apparitions de Joséphine Baker, les seins nus, sur les scènes parisiennes.

— Trotski est isolé. Staline contrôle désormais l'armée et le parti.

Les autres le considérèrent avec tout le respect teinté d'un léger mépris que l'on réserve aux intellectuels, excepté l'inspecteur à la calvitie qui renifla bruyamment.

— Je ne vais pas pleurer sur le sort de Trotski. Ce Juif est le plus sanguinaire du lot.

— Vous en savez des choses, s'amusa Fauber.

— J'ai épousé une Russe blanche. Elle m'a parlé de leurs règlements de comptes.

L'inspecteur de la Sûreté le fixa sans mot dire. Comme le silence finit par devenir pesant, les deux hommes se mesurant du regard, un autre policier intervint :

— Le problème, c'est qu'ils ne doivent pas faire ça chez nous !

Arnaud Fauber prit bientôt le chemin des locaux de la Sûreté générale. Il se rendit directement dans le bureau de son supérieur où il relata ce qu'il avait vu. Il se tint ensuite debout, les bras le long du corps. L'autre lui jeta un regard agacé.

— Les notes d'information secrètes de la Sûreté générale française sont réputées pour être solides et détaillées. Nous savons qu'une des trois victimes russes appartient à l'Aufbau. Vous comprenez ce que cela signifie ?

Fauber acquiesça. Derrière une façade commerciale, l'Aufbau, littéralement *construction*, était une organisation secrète disposant d'une section allemande et d'une autre russe. Un de ses fondateurs, le Balte Scheubner-Richter, avait participé avec un général russe, Biskoupski, au putsch Kapp-Lüttwitz à Berlin en 1920 dans une tentative pour renverser le gouvernement allemand. La section allemande comprenait un agitateur dénommé Adolf Hitler et certains de ses proches. Scheubner-Richter et Biskoupski l'avaient rencontré avec des affairistes allemands pour financer le parti national-socialiste. À cette occasion, Biskoupski représentait le grand-duc Kirill Vladimirovitch, prétendant au trône impérial, au comité financier chargé de soutenir ce mouvement.

— La chambre était louée pour un mois, apprit-il à son supérieur, sans doute pour organiser quelques rencontres discrètes.

— Entre Russes blancs, alors ? Il est vrai que la cellule allemande est aujourd'hui mal en point.

En novembre 1923, le dénommé Hitler avait tenté à Munich un coup d'État avec un général allemand pour prendre le contrôle de la Bavière. Le putsch de la Brasserie. Mal organisé et mal réalisé. Scheubner-Richter avait été tué. On savait que Biskoupski avait caché Hitler dans son appartement au lendemain du putsch raté. Depuis, on avait mis ce dernier en prison où il en avait profité pour écrire un livre nauséabond, *Mein Kampf*, publié l'an dernier. La judaïté y était décrite comme un virus dans le corps sain de la société.

— Sur fond d'antisémitisme, l'Aufbau appelle à une alliance d'une nouvelle Allemagne avec une Russie impériale, rappela le supérieur de Fauber. Inévitablement, elle attire l'attention du pouvoir bolchevique. Désormais, nous avons à Paris un tueur fraîchement débarqué de Moscou.

— Et si c'était une tueuse ?

— Ils n'enverraient pas de femme pour une telle mission. Trouvez-le et vite !

~

En fin d'après-midi, Alexandre Santaroga contempla l'assistance choisie. Rue Boissy-d'Anglas, dans un magnifique hôtel particulier, se réunissait le Cercle de l'Union artistique, surnommé *L'épatant*. Le Cercle disposait de salles à manger pour les habitués où même la gent féminine avait le droit d'entrer ! Il organisait des expositions, des soirées artistiques ou, comme, ce soir, des conférences.

Beaucoup de femmes se trouvaient présentes pour écouter le psychanalyste. Un auditoire soyeux et parfumé. Très attentif et intéressé. Les regards s'attardaient sur lui, découvrant avec surprise que l'intellectuel à la réputation sulfureuse se doublait d'une force de la nature à l'indéniable charme latin.

Santaroga médita un instant. Pendant que les maris se faisaient massacrer dans les tranchées, leurs épouses avaient tenu ce pays à bout de bras, dans les usines ou les bureaux. Et voici qu'à l'armistice, on les remerciait et on les renvoyait poliment dans leurs foyers.

Ces femmes lui faisaient un peu penser au Tiers-État à

l'aube de la Révolution et à son fameux manifeste : *Qu'est-ce que le Tiers-État ? Rien ! Que veut-il devenir ? Quelque chose !* Même les révolutionnaires n'en avaient pas voulu. Ils avaient appelé *tricoteuses,* un terme injurieux à l'époque, celles qui prenaient place dans les tribunes ouvertes au public de l'Assemblée ou des clubs politiques. Et lorsqu'elles étaient allées à l'Assemblée pour réclamer un rôle dans la société, le président leur avait répondu en leur rappelant les tâches attribuées à chaque sexe et leur rôle à elle : être la divinité du foyer !

Santaroga prit la parole. Il savait ses livres complexes à lire pour le premier venu et s'efforça de simplifier sa pensée, mêlant à son discours humour, chaleur et compassion. Il rappela que le premier acte de la psychanalyse fut de redonner la parole au malade. Vint une description synthétique de l'appareil psychique en place. Le *ça*, centre des forces pulsionnelles inconscientes, le *surmoi* où s'exerce la censure morale et enfin le *moi* où se confrontent les exigences contradictoires du *ça* et du *surmoi*. Les névroses n'étaient pas dues à une dégénérescence organique mais à un refoulement. Lorsqu'un désir ou un souvenir se heurtaient à l'interdiction du surmoi, ils étaient refoulés dans l'inconscient. Leurs tentatives d'expression se traduisaient alors par autant de symptômes névrotiques. Seule la découverte du sens caché de ceux-ci permettait la guérison du patient.

— Il existe un autre inconscient, collectif celui-ci, que Jung voit comme la couche la plus profonde du psychisme humain. Les grands archétypes collectifs émanant d'une culture millénaire le structurent : l'archétype des parents, de la race ou des civilisations supérieures, des religions. Ils sont aussi à l'origine de crises de civilisation. Prenez le fascisme et l'archétype de l'homme fort, l'homme providentiel...

Son exposé terminé, une main nue se leva avec autorité, révélant une femme brune au regard déterminé et un peu insolent.

— Elle s'appelle Maryse Choisy, lui expliqua rapidement, à mi-voix, le maître de séance. Une journaliste qui s'immerge dans un environnement spécifique. Elle a écrit : « Mes vendanges en Languedoc », « Un mois mannequin », « Un mois dompteuse dans une ménagerie foraine ».

Il eut une discrète grimace.

— Pour se faire remarquer, elle se promène sur les planches de Deauville avec une lionne en laisse !

Un peu gêné par ces longues précisions, Santaroga donna la parole à la journaliste.

— Pourquoi vous êtes-vous disputé avec Freud ?

Le psychanalyste se figea, il ne pouvait éluder la question.

— Freud m'a fait découvrir le mécanisme du refoulement, répondit-il d'un ton neutre. Mais, comme origine de celui-ci, Freud revient toujours à la cause sexuelle. « C'est ainsi, dit-il, c'est comme une terrible malédiction jetée sur toute l'espèce humaine et contre laquelle nous sommes impuissants. »

Il s'abîma brièvement dans ses souvenirs avant de reprendre d'un ton plus tendu.

— Freud juge sa théorie incontournable, un dogme auquel il faut tout sacrifier. Le reste est pour lui la vase noire de l'occultisme ! Il a voulu m'enrôler à sa cause sexuelle d'où il rejette toute forme de spiritualité. Tout vient d'en bas et rien d'en haut ! J'ai dû prendre la difficile décision de m'éloigner de lui alors que je le considérais presque comme un père.

— Et Jung l'a remplacé ?

— En quelque sorte.

Les années avaient passé sans que la plaie se referme. Comment leur dire qu'il avait quitté Freud pour Jung parce que celui-ci lui offrait à découvrir un monde infini ?

— La psychanalyse, reprit-il d'un ton plus ferme, n'a pas pour unique vocation de remuer la boue noire des profondeurs, elle doit supporter de prendre de la hauteur et s'intéresser à la spiritualité.

Il se tourna d'un autre côté de l'assistance pour bien marquer son souhait de passer à un autre sujet. Il y croisa le regard chaud et attentif d'une brune aux yeux noisette portant un collier de perles orné de roses en épines. La trentaine pétillante, elle arborait un air distingué et sans prétention. Le bâton de rouge avait orchestré la musique d'une grande et jolie bouche. Comme s'il venait de la solliciter, elle leva une main gantée.

— Elsa Sorano, murmura le maître de séance avec un respect qu'il n'avait pas manifesté précédemment. Vous devriez l'écouter !

Parler de ses anciens liens avec Freud constituait toujours pour lui une épreuve. Santaroga s'accrocha donc à cette femme comme à une bouée de sauvetage.

— Pourquoi ne parlez-vous pas de Dieu mais de l'image de Dieu dans l'âme humaine ?

Voilà ! Excellente question, on ne me la pose pas assez !

— Il y a toujours dans l'acte de croire quelque chose d'imprévisible, commença-t-il. Dieu, voilà un bon exemple d'inconscient collectif. C'est l'image qu'on se fait de lui à travers les siècles qui domine notre psyché, pas Dieu lui-même.

De nouveau, la même main gantée se leva.

— Vous ne parlez pas du désir de Dieu.

Habile. Voici la vraie question dissimulée derrière la question précédente. Le désir.

Lui qui avait voulu éviter Freud !

— Le désir de Dieu : « Que je te cherche en te désirant et te désire en te cherchant, te trouve en t'aimant et t'aime en te trouvant. »

Elsa Sorano ne le quittait plus des yeux comme s'il venait de lui dédier personnellement cette citation d'Anselme de Cantorbéry. Santaroga hocha la tête et rebondit habilement.

— Moi je crois au rêve. La voie royale qui nous conduit à l'inconscient. Avec lui, notre psychisme échappe à la censure du surmoi. Le rêve peut donc révéler, sous une forme imagée et symbolique qu'il nous revient d'analyser, les conflits inconscients de chacun de nous. Le rêve rappelle aussi à l'homme qu'il porte en lui une mémoire oubliée, celle de l'humanité.

~

Abandonnée par toute l'Europe en Crimée, la dernière armée blanche organisée avait été évacuée par mer fin 1920, aidée officiellement par les seuls Français. Le contre-amiral Dumesnil s'impliqua d'autant plus pour récupérer civils et militaires qu'il avait lui-même épousé une Russe blanche.

À Paris, au grand mécontentement de la Russie soviétique,

l'Office des réfugiés russes s'érigeait comme une ambassade officieuse pour les exilés blancs. Une institution autorisée par le gouvernement français à délivrer des certificats de nationalité aux Russes émigrés. Même sans valeur juridique, on les reconnaissait comme des témoignages dignes de foi. L'Office venait aussi en aide à ces réfugiés par des secours et un esprit de solidarité éprouvés.

Le grand-duc Kirill Vladimirovitch s'était autoproclamé tsar en 1924 après la publication du rapport officiel du juge Sokolov jugeant véridique l'assassinat de la famille impériale six années plus tôt. Mais l'oncle du tsar défunt, le grand-duc Nikolaï Nikolaevitch, gardait l'avantage malgré ses soixante-dix ans car il avait de son côté le général Wrangel et le reste des armées blanches. Quatre-vingt mille soldats à qui il avait demandé de déposer les armes pour reprendre un travail tout en restant structurés au sein d'associations, prêts à être remobilisés.

Varya examina les environs de l'Office, la main sur son sac qui contenait son revolver. Elle se sentait autant prête à détaler qu'à combattre. Tout Russe enfui de son pays natal était considéré comme traître à celui-ci et potentiellement contre-révolutionnaire. Il régnait à Moscou une peur du complot qui frisait le délire. Le pouvoir en place faisait même éliminer à l'étranger les exilés les plus en vue. Au sein du pouvoir politique bolchevique, les alliances se faisaient et se défaisaient. Les purges allaient bon train. Trotski risquait de se retrouver exilé ou assigné à résidence avant que l'on n'ose s'attaquer plus directement à lui.

Varya passa devant l'Office, évitant la lumière des réverbères. L'endroit devait être surveillé par les partis de tout bord. Y entrer équivalait à agiter un écriteau au-dessus de sa tête révélant son identité. Certaines photos d'elle, du temps où elle vivait à la cour du tsar, traînaient encore dans la presse. Guidée par son instinct de survie, Varya aspirait à l'ombre et cherchait un endroit où voir sans être vue. Elle trouva un café où elle réussit à rester près d'une heure et demie devant une tasse de chocolat froide avant qu'on ne la relance pour une seconde consommation. Comme elle ne voulait pas dépenser dix sous de plus, elle quitta les lieux sans avoir aperçu celui qu'elle recherchait.

Un homme se leva derrière elle. Petit, nerveux et affublé d'un nez en forme de patate. Le temps de régler fébrilement sa consommation et de sortir, il la retrouva et la suivit jusque dans le IIe arrondissement. Là, il rentra en collision avec une dame qui portait dans ses bras un carton à chapeaux. Le temps de s'excuser, la jeune Russe avait disparu. Il tourna un instant sur lui-même comme une toupie désorientée, aperçut les plis d'une robe au seuil d'un hôtel particulier chic de la rue Chabanais. Il s'en approcha, cligna des yeux de surprise puis emprunta le chemin du retour vers l'Office des réfugiés. Il alla droit vers un bureau où un homme grand et maigre, au profil aquilin, fumait une Gauloise tout en caressant une petite chienne lovée sur ses genoux. Le nouvel arrivant lui raconta d'une voix hachée par l'émotion qui il croyait avoir vu. L'autre pâlit.

— Si elle n'est pas morte, vous savez ce que cela signifie ?

— Oui, nous devons en parler au grand-duc !

4

Ne te crois jamais différente de ce qui aurait pu paraître aux autres que ce que tu étais ou aurais pu être n'était pas différent de ce que tu avais été qui aurait pu leur paraître différent.

House of all nations, annonçait fièrement un écriteau dans le vestibule du Chabanais, tant il est vrai que le sexe n'a pas de frontières et transcende tout nationalisme !

Fondé en 1878 comme succursale du plaisir du Jockey Club, trente-cinq filles, sept sous-maîtresses, le double d'employés. Le Chabanais avec sa chambre Édouard VII, ses panneaux hindous et sa chaise-cheval à la destination improbable. La chambre japonaise laquée à souhait et emplie de glaces pour s'admirer dans toutes les positions. La chambre mauresque digne de l'Alhambra… Pas une visite d'un grand dignitaire étranger à Paris ne se déroulait sans qu'on prévoie une visite au Chabanais, camouflée pudiquement dans le protocole sous les termes de *visite au président du Sénat*.

Une agence de placement avait obligeamment mis Tillie

en tête de liste pour la place en contrepartie d'un gracieux pourboire de sa part, des choses qui se faisaient. La sous-maîtresse se planta devant elle et la jaugea de ses grands yeux gris. C'était une superbe mulâtresse aux longues jambes galbées, comme Joséphine Baker, et elle en jouait avec les clients, sans monter puisque telle n'était pas sa fonction.

— Tu te plairas ici. Les Espagnoles font d'excellentes femmes de ménage !

— Je suis catalane ! répliqua aussitôt Tillie.

De ses origines, elle avait gardé un brin d'accent et un tempérament fier et bagarreur.

L'autre la considéra un instant.

— Espagnole ou catalane, c'est pareil, non ? Les clients adorent les Espagnoles. Il ne t'est jamais venu à l'idée de jouer de tes charmes ?

La sous-maîtresse usait d'un français châtié. Elle examina Tillie avec une attention accrue. Une jeune femme énergique et nerveuse au teint mat, le visage acéré, le nez busqué et, sous la crinière noire de ses cheveux bouclés, d'immenses yeux de jais brillants, le tout accompagné de formes sensuelles.

La journaliste dissimula son inquiétude, elle n'avait pas l'intention de payer de sa personne. Les femmes ne l'intéressaient pas et même les hommes avaient peu de place dans sa vie. Elle n'avait tout simplement pas le temps !

— Tu as travaillé dans d'autres maisons ? insista la mulâtresse.

— Oui, c'est inscrit dans mon certificat : *Le Palais oriental* à Reims.

Un bordel de luxe avec une vision luxuriante de l'Orient où venaient s'ébattre les grandes fortunes du champagne.

Les yeux gris se posèrent sur elle, l'évaluant. D'une main, la sous-maîtresse lissa la chevelure faussement désordonnée de Tillie qui eut un geste de recul.

— Jolie brune, apprécia la mulâtresse, affable et distinguée. Un peu délurée aussi. Tu plairais bien aux clients ici. Penses-y. Je peux arranger la chose.

Elle caressait désormais sa joue. La journaliste entrevoyait la suite.

— Je vais y réfléchir. Par quoi dois-je commencer aujourd'hui ?

— Va à l'office.

À cet instant, il y eut un brouhaha. Une jeune femme aux cheveux blonds comme l'or coupés court et aux vêtements fripés venait d'entrer. Elle parlait avec un léger accent russe. Un monsieur mal attentionné la suivait et elle suppliait de sortir par une porte de derrière pour le semer. On commença par refuser mais, devant son entêtement et pour ne pas faire de scandale, on l'y accompagna. La sous-maîtresse afficha un air navré devant ce manque de manières.

Une fille en tenue de serveuse de paquebot passa au bras d'un monsieur aux tempes argentées qui devait avoir choisi la cabine du Transatlantique. Tillie se dirigea vers l'office lorsque la voix de la mulâtresse la rattrapa.

— Tillie ! Apportez une bouteille de champagne fraîche et deux flûtes dans la chambre du Transatlantique !

~

Dans le Ve arrondissement, la grande mosquée de Paris récemment achevée attirait toujours autant de curieux. On comptait l'inaugurer début juillet en présence du président de la République, Gaston Doumergue, du cheik marocain Moulay Youssef et de représentants de différents pays musulmans.

Sensible à l'architecture orientale, Santaroga admira le haut minaret dominant les jardins, patios et allées carrelées de mosaïques multicolores. En posant sa première pierre en octobre 1922, le maréchal Lyautey avait laissé parler son cœur :

« Quand s'érigera le minaret que vous allez construire, il ne montera vers le beau ciel d'Île-de-France qu'une prière de plus dont les tours de Notre-Dame ne seront point jalouses. »

Il se souvenait du sacrifice des soldats d'Afrique pour la France. L'érection de la mosquée de Paris se voulait un témoignage d'amitié de la France pour l'islam autant qu'un hommage rendu aux nombreux musulmans morts pour elle pendant la Grande Guerre.

— Une belle réalisation, non ?

Un homme trapu, aux rouflaquettes impressionnantes et aux lunettes rondes à monture en corne, se tenait derrière le psychanalyste. Sans attendre de réponse, il lui tendit sa carte.

— Police judiciaire. Commissaire Binocle. Oui je sais, ça peut amuser.

Il se rembrunit et prit un air menaçant.

— Au début…

Le policier prit familièrement le bras de Santaroga pour l'entraîner avec lui vers une voiture garée en double file.

— J'ai pris la liberté d'assister à votre conférence puis de vous suivre. Voyez-vous, dans mes enquêtes, j'aime bien savoir à qui j'ai affaire.

Il ouvrit une portière et l'invita à prendre place puis il fit le tour et de la voiture et le rejoignit. Sans attendre d'instruction, le chauffeur démarra.

— Où m'emmenez-vous ? demanda Santaroga inquiet de ce quasi-enlèvement.

— Au 36, quai des orfèvres.

— Je m'y serais rendu tout seul, j'ai bien reçu votre convocation.

— Le temps presse. La mort de Gabriel de la Biole a provoqué des remous en haut lieu. La politique… Vous le connaissiez bien ?

— C'était mon patient depuis deux ans, répondit prudemment le psychanalyste.

— Vous êtes sortis ensemble quelques heures avant sa mort. Et quelques heures après, vous débarquez chez lui pour le découvrir égorgé. Curieux…

— Je m'inquiétais pour lui.

— Vraiment ? Il vous paraissait dans un état inquiétant ?

— Pas plus que d'habitude. Mais j'ai eu un mauvais pressentiment.

L'autre grimaça.

— Oh, des trucs de psychanalyste alors ! J'avoue que je n'ai pas compris grand-chose à votre conférence. En résumé, nous ne sommes pas seuls dans notre tête, c'est ça ?

— Disons qu'après Copernic et Darwin, nous venons

d'infliger à l'humanité une troisième humiliation : nous ne sommes pas maîtres dans la maison !

Binocle prit un air perplexe.

— M. de la Biole était-il fou ?

— Non. Il présentait juste des séquelles psychologiques dues à la guerre. Cauchemars à répétition, idées morbides et, de manière générale, une difficulté à se réinsérer dans la société.

Le policier continua à l'interroger sur Gabriel de la Biole avant d'atteindre l'île de la Cité. Santaroga se retrouva bientôt assis face au commissaire et encadré par un duo d'inspecteurs moustachus. Binocle portait une montre à gousset et une barbiche grisonnante à double pointe qu'il se sentait obligé de lisser lorsqu'il parlait. Une habitude irritante. Le loup de Santaroga s'éveilla. Derrière une grande glace sans tain, il sentait la présence attentive d'un autre prédateur. Les policiers s'efforçaient de l'oublier comme s'il ne s'agissait que d'un observateur invisible et indésirable, une pièce d'un jeu parallèle.

— Notre conversation peut vous étonner mais M. de la Biole vivait en solitaire, entama le commissaire. Vous êtes peut-être une des rares personnes à qui il ait pu se confier. Avait-il des ennemis ?

— Mais il s'est suicidé.

L'autre eut un mince sourire.

— M. de la Biole était-il droitier ?

— Non.

Le policier agita en l'air un doigt triomphant.

— Notre médecin légiste a constaté que la blessure au cou partait de la gauche vers la droite. Un mouvement contraire à ce qu'il aurait dû être pour un gaucher, vous en convenez ?

Santaroga hésita.

— Il a pu se trouver dans un état second et si son rêve était de se tuer ainsi, comme un droitier…

— Mais vous n'en avez aucune certitude ?

— Absolument aucune ! En plein sommeil profond, le somnambulisme entraîne une motricité du sujet sans la connaissance. La réflexion n'est donc plus là pour diriger ce dormeur dont seule une petite partie du cerveau est éveillée.

— De sorte qu'il pourrait s'égorger lui-même ?

— Il est très rare qu'un somnambule puisse effectuer une activité complexe et encore moins lorsqu'elle sort du quotidien !

Le commissaire travailla la pointe de sa barbiche en exhalant pesamment. Une constance à s'asseoir aux bonnes tables avait durablement augmenté son tour de taille et ses vêtements sentaient l'oignon frit, souvenir du dîner de la veille.

— Vous voyez, continua-t-il d'un ton docte, ceci mérite qu'on s'arrête à la possibilité d'un meurtre. D'autant plus que M. de la Biole évoluait dans des milieux un peu agités ?

Il eut un bref coup d'œil désapprobateur vers l'observateur invisible derrière la grande glace, révélant ainsi la raison de la présence de celui-ci.

— Du coup, je suis obligé de vous demander où vous étiez la nuit dernière.

— À mon hôtel.

— Seul ?

— Bien sûr !

Le psychanalyste avait imperceptiblement haussé le ton. L'autre prit un air confus.

— Navré, il est vrai que la nuit les honnêtes gens dorment. Nul doute que le concierge de votre hôtel puisse en témoigner, n'est-ce pas ?

— Nul doute que vous lui ayez déjà posé la question ! répondit Santaroga à qui on ne la faisait plus.

— Certes ! Car M. de la Biole a reçu une visite dans la soirée. Une voisine a aperçu aux alentours de vingt-deux heures une silhouette féminine.

Il jaugea la carrure de Santaroga avec un brin d'envie et s'efforça inconsciemment de rentrer le ventre.

— Pas du tout ressemblante avec vous, bien entendu.

— Bien entendu !

Agacé, le psychanalyste se pencha en avant.

— Cette voisine n'a-t-elle pas vu si la personne portait des chaussures à talons ? Cela aide à identifier le sexe des gens !

Un inspecteur émit un petit bruit de gorge amusé. Le commissaire lui glissa un regard de reproche avant de lisser sa barbiche.

— Il faisait sombre, monsieur, mais il lui a semblé, oui. De même que les formes d'une robe. De plus, notre témoin a aperçu des cheveux blonds très clairs sous un chapeau cloche.

— Une femme alors !

— Sans doute.

— Et cette voisine a-t-elle vu ressortir cette inconnue ?

— Grâce au ciel, les femmes sont curieuses de nature ! Cette dame s'est mise à lire près de la fenêtre pour surveiller la sortie. Et elle a aperçu notre mystérieuse inconnue s'enfuir de la maison une vingtaine de minutes plus tard. Peu de temps après, le domestique est rentré. Il n'a rien remarqué d'inhabituel et est allé se coucher. Cela dit, M. de la Biole était peut-être mort avant l'entrée de sa visiteuse. Il est également possible que son domestique soit son assassin. Il me semble toutefois qu'un meurtre maquillé de cette manière serait un peu sophistiqué pour un domestique, vous ne trouvez pas ?

Santaroga n'avait pas de préjugés de classe et garda donc le silence. L'autre n'attendait d'ailleurs pas vraiment de réponse et poursuivit.

— Autre hypothèse, quelqu'un a pu s'introduire dans la demeure après que le maître et le domestique s'étaient couchés.

Autre hypothèse : on a conditionné Gabriel de la Biole à se tuer. Ne savez-vous donc pas qu'il est aisé de manipuler un esprit ? J'en sais quelque chose ! Il suffit de semer une idée, de l'arroser et de la laisser germer.

Les pieds fermement posés à terre, Santaroga sentit des vibrations parcourir le sol. Il se concentra. Derrière la glace sans tain et la cloison mince, quelqu'un tapait en cadence du pied et du talon, sans doute d'agacement. Était-il le seul à percevoir ce rythme trépidant ?

Comme répondant à un signal secret, le commissaire interrompit son monologue pour sortir d'un tiroir de son bureau le mot froissé et taché de sang de Gabriel de la Biole.

— Vous avez indiqué hier à mon collègue de quartier qu'il s'agissait bien de l'écriture de M. de la Biole, ce qui a été confirmé par son domestique et son notaire. Nous sommes intrigués par son contenu. Peut-être pourriez-vous nous donner votre avis de praticien.

Sans un bruit, le commissaire se pencha en avant, scrutant intensément Santaroga. Celui-ci lut de nouveau la phrase tracée par son patient dans un demi-sommeil :

Cette nuit j'ai rêvé que je tuais quelqu'un quand je me suis réveillé j'ai réalisé que c'est moi que j'avais tuer.

~

Sur le quai de Seine, le psychanalyste jeta un coup d'œil à sa montre et héla un taxi pour se rendre rue Royale, dans le quartier d'affaires haussmannien. Il devait retrouver Elsa Sorano au salon de thé Ladurée, un établissement décoré dans le goût second Empire. Les femmes adoraient ce genre d'endroits pour se retrouver entre elles. Aussi, en entrant, Santaroga sentit les regards converger vers lui. La clientèle féminine admira l'énergie qui l'habitait.

Il découvrit Elsa sous les miroirs dorés, au milieu des panneaux peints. Elle était seule et n'avait cessé de l'observer depuis son entrée. Tout son corps semblait exprimer une attente. Se voyant repérée, elle pencha imperceptiblement la tête.

Santaroga avait rarement rencontré de femme aussi attirante. Un gracieux maquillage soulignait ses traits harmonieux, le rouge à lèvres une bouche sensuelle. Ses yeux noisette dans lesquels luisait une lueur mordorée ne le quittaient pas.

Frère loup frémit en lui comme alerté d'un nouveau danger.

Il s'arrêta devant la table et inclina le buste car elle n'esquissait pas le moindre mouvement, se contentant de le fixer.

— Madame Sorano.

— Elsa ! Appelez-moi Elsa !

D'un geste négligent de la main, elle l'invita à s'asseoir. Une jeune serveuse se précipita aussitôt. Un peu cabot, il commanda un thé inconnu, tant par goût de l'aventure que pour ne pas diminuer l'intérêt de son public féminin. L'étudiant paresseusement, avec ce sourire assuré propre aux classes supérieures, Elsa Sorano lui tendit sa carte du bout des doigts. Elle la tenait cependant assez serrée pour qu'il dût les effleurer afin de s'en saisir.

— Merci d'avoir accepté mon invitation à la fin de votre conférence, fit-elle d'un ton aimable. Vous devez être très occupé.

— Puis-je vous demander qui vous adresse à moi ? s'enquit-il tout en caressant entre ses doigts la carte de visite aux belles lettres calligraphiées.

Il ressemblait à un grand chat à moitié endormi mais, sous ses paupières mi-closes, ses yeux brillaient avec une intensité particulière.

— Gabriel de la Biole. Nous appartenons au même Cercle de rêve éveillé. Ne vous a-t-il jamais parlé de nous ?

Le cœur de Santaroga marqua un arrêt. Le hasard, le destin, le karma. Tout se mêlait. Le psychanalyste avait toutefois recueilli dans sa vie suffisamment de surprenantes confidences pour savoir, à l'occasion, n'afficher autre chose qu'un intérêt poli.

— Que vous a-t-il dit ?

— Que vous le soignez depuis deux ans et qu'il va beaucoup mieux depuis. Je sais qu'il a été très marqué par la guerre. Mais vous n'avez pas répondu à ma question.

La guerre. Trois millions de cadavres. Pour qui ? Pour quoi ? Pourquoi ? Un million et demi de morts en France mais combien d'autres victimes : invalides, mutilés, gueules cassées, gazés, veuves et orphelins ? Le monde avait volé en éclats, sa déflagration brisant toutes les illusions. La guerre avait détruit Gabriel de la Biole. L'état-major allemand avait décidé de saigner les troupes françaises en les fixant sur Verdun. L'état-major français refusant de céder un pouce de terrain, il s'était ensuivi pour les deux camps un carnage sans nom.

Ces pensées s'étaient bousculées très vite derrière le front soucieux de Santaroga. Lui-même n'avait pas été épargné par la Grande Guerre. Il jaugea Elsa Sorano. Elle semblait ignorer la mort de Gabriel de la Biole. Sans doute n'avait-elle pas lu les journaux de l'après-midi. À vrai dire, tout ceci était inespéré. Il disposait désormais de deux pions pour intégrer et comprendre ce qui s'était passé dans le Cercle des rêveurs éveillés. Il se concentra pour répondre à la question posée.

— Gabriel de la Biole m'a récemment appris qu'il appartenait à un Cercle de rêves éveillés mais sans m'en dire plus.

Sur le moment, il lui parut plus sage de ne pas faire mention du décès de l'homme qui l'avait recommandé. Après tout, il séjournait à Paris le temps de quelques conférences. Lui non plus n'était pas censé tout savoir.

— Il me raconte ses rêves, bien entendu, reprit le psychanalyste. Des rêves sombres. Des rêves où il meurt.

Lorsque Gabriel de la Biole était venu le trouver, il faisait partie de ces agités nocturnes qui, depuis leur retour de la guerre, terrifiaient leur entourage en se réveillant la nuit, hurlant comme des loups. Sauf que Gabriel n'avait pas d'entourage et ne passait jamais une nuit complète avec une femme de crainte de l'effrayer. Santaroga, lui, avait appris à maîtriser son loup.

Contrairement à son attente, Elsa ne rebondit pas sur sa remarque. Elle le laissait dévoiler ses cartes avec la patience d'un grand félin.

— J'ignore, ajouta-t-il en pesant ses mots, si ce qu'il me raconte est différent de ce qu'il peut dire dans cet état de demi-conscience du rêve éveillé de votre Cercle.

— Je croyais qu'un analyste devait garder la confidentialité sur ce que raconte son patient!

C'est qu'il est mort madame.

— À vrai dire, je m'inquiète pour lui.

Santaroga s'efforçait d'éviter de s'exprimer sur Gabriel au passé.

— Vous ne devriez pas, rétorqua-t-elle d'un ton sarcastique. Il est rempli d'enthousiasme depuis l'arrivée de Mussolini au pouvoir en Italie. Cela a changé sa vie!

Eh bien ça ne se voyait pas!

On lui apporta un thé à la couleur cuivrée. Il inspira pour en apprécier le bouquet. Une gorgée révéla des notes boisées et fumées, à peine grillées.

— Et que puis-je pour vous? demanda-t-il d'un ton soigneusement neutre après avoir reposé sa tasse.

— M'aider à comprendre ce que je suis devenue.

Il attendit la suite car il s'agissait d'une entrée en matière très prometteuse. Sans se presser, elle sortit une cigarette d'un étui en or émaillé au bouton-poussoir orné de petits diamants. Différents panneaux à pans coupés, rehaussés d'émail bleu translucide, composaient ce charmant étui. On aurait dit le carnet de bal d'une autre époque.

Santaroga se pencha pour allumer la cigarette. Il ne connaissait rien de plus sensuel au monde que d'offrir sa flamme à quelqu'un de l'autre sexe. Et il le faisait très bien. Elle le remercia d'un battement de cils et de la suite de son récit.

— Je suis issue de ce que l'on peut appeler une famille aisée. Une jeune fille de bonne famille. J'ai reçu la plus stricte des éducations. Je ne me suis pas caressée, je suis restée vierge, j'ai suivi le catéchisme. Je me suis mariée au moment souhaité par mes parents et avec qui ils le désiraient. Un mariage de raison. Un mariage d'argent !

Elle tapota sa cigarette d'un geste sec pour faire tomber la cendre dans le cendrier. Lorsqu'elle se redressa, son regard était froid.

— Je me suis bien entendu fait déflorer par Henri, mon mari, lors de la nuit de noces. Je vous avouerai que cela a plus relevé de la déception que de la révélation. Ce n'est pas désagréable mais on se fait des idées surévaluées de la grosse chose que vous trimballez entre les jambes, vous les hommes !

Santaroga croisa les mains sans rien dire. Ce genre d'attaques était de plus en plus fréquent depuis l'armistice !

— Je vous choque, docteur ?

— Pas le moins du monde. Vous me faites part d'une opinion assez répandue chez mes patientes et que je ne suis pas loin de partager !

Elle croisa les jambes, révélant un genou fin, prélude à des cuisses soyeuses. Le psychanalyste s'efforça de ne pas baisser les yeux.

— Vous devez avoir l'habitude des ménagères coincées, reprit-elle d'un ton ironique. Celles qui ont toujours rêvé de le faire sans oser le faire. C'est le fonds de commerce de Freud, n'est-ce pas ?

Toutes ces Viennoises abruties de convention à qui leurs parents interdisaient de se laver seule de crainte qu'elles ne se frottent entre les cuisses ! On leur attachait parfois les poignets pendant leur sommeil.

Santaroga dissimula son étonnement. Non tant pour la provocation, car un certain nombre de ses patientes commençaient par là, que pour le langage familier employé par Elsa Sorano, en décalage avec son statut et sa classe sociale. Le psychanalyste avait soigné assez de patients perturbés par un trouble d'identité pour savoir que plusieurs états distincts de la personnalité pouvaient se manifester en se succédant mais jamais ensemble. Avec Elsa, ils semblaient simultanés. Une seule personne, deux langages.

Une dame de la haute qui s'essaie à la provocation pour choquer et jouer les affranchies, conclut-il, un peu déçu.

— Je ne me prête pas à de telles généralisations sur mes patientes, déclara-t-il sans élever le ton. Mais vous-même, vous n'êtes plus une de ces ménagères bridées dont vous parlez, n'est-ce pas ?

— Vous avez mis le doigt dessus !

Elle secoua la cendre de sa cigarette d'un geste las.

— Tout ce que je vous dirai restera entre nous ?

— Bien entendu.

Elle prit une inspiration avant de se lancer.

— Un soir, mon mari était absent pour un voyage d'affaires. Il a fait fortune dans le commerce des produits coloniaux puis s'est lancé dans l'électroménager. Vous savez : tous ces appareils qui déchargent les femmes de l'entretien de la maison. Bien que celles qu'on en équipe ne se livrent pas à des tâches ménagères. Elles ont des domestiques pour cela ! Vous êtes allé au salon de l'électroménager au Grand Palais ? Il n'y a rien de plus assommant que mes oisives congénères discutant de l'intérêt d'un aspirateur Hoover alors qu'elles n'ont pas touché un plumeau de leur vie !

Le psychanalyste lâcha un bref éclat de rire qui résonna entre les murs, attirant l'attention amusée de l'assistance. Elsa Sorano lui jeta un regard intrigué. Elle ignorait que, au cours des banquets de fin de congrès, Santaroga était connu pour son rire homérique.

— Mon mari vend tous ces produits américains en France. C'est une occupation qui l'occupe beaucoup pour mon plus grand bonheur. Il vient de rentrer avec un projet de nouvelle machine à laver la vaisselle.

Il remarqua qu'elle parlait de lui sans rancune ni agressivité.

— Bref, je suis sortie, continua-t-elle. Je devais me rendre à une soirée. Mon chauffeur m'y a déposée. Et là, j'ai soudain changé d'avis. J'en suis sortie précipitamment, j'ai hélé un taxi et je me suis fait conduire dans un quartier mal famé. Il y avait une boîte à Pigalle mais je n'ai pas osé entrer. Trop de lumières. Le chauffeur a dû sentir mon trouble et mon désir. Il était jeune, plutôt beau gars. « Vous cherchez des émotions fortes, m'a-t-il lancé. Je connais un endroit si ça vous dit. Montez donc à l'avant, ça vous changera ! »

Santaroga pinça l'arête de son nez d'un air très concentré, s'efforçant de démêler le vrai du faux dans ces propos. Les bourgeoises de la haute nourrissaient souvent ce type de fantasme : descendre d'un échelon dans l'échelle sociale par le sexe.

— Il a commencé à caresser mon genou puis, devant mon absence de réaction, a soulevé ma robe pour caresser mes cuisses tout en conduisant. J'avais des bas, vous voyez ce que cela permet ?

Elle s'aperçut que les femmes de la table à côté avaient cessé leur conversation pour tendre l'oreille et elle baissa le ton. Sa voix ne fut plus qu'un murmure, contraignant son interlocuteur à se pencher vers elle pour l'entendre, comme en confession.

— Il a arrêté sa voiture dans une rue sordide et m'a entraînée sur la banquette arrière. Là, il m'a fait asseoir sur lui et remuée jusqu'à nous faire jouir.

Santaroga nota son besoin d'afficher les détails les plus sordides.

— Et cela a continué par la suite ?

Il préférait poser la question qu'en tirer la conclusion inévitable.

— Oui mais j'ai cherché à structurer ma pensée. J'avais entendu parler du Troisième Terme de la Trinité, rue Vavin. Connaissez-vous ?

— Je connais le postulat de base selon lequel le Premier Terme est Dieu le père révélant la religion judaïque, le Second Terme est Dieu le fils en Jésus-Christ fondant la religion chrétienne. Quant au Troisième Terme, il s'agit du Saint-Esprit.

Elsa émit un petit rire sardonique et secoua sa chevelure brune.

— Ce n'est pas ça.

Il hésita.

— Satan, alors ? chuchota-t-il en se penchant un peu plus vers elle pour que personne ne les entende.

Elle fit de même, ainsi leurs lèvres furent-elles très proches pendant un instant.

— Le Sexe, énonça-t-elle avec une douloureuse allégresse. Et comme le Sexe confère la Connaissance, c'est Satan régénéré !

Elle se laissa aller en arrière sur son dossier, le libérant d'un coup de son emprise et l'observant à travers un nuage de fumée, savourant sa surprise.

— Maria de Naglowska, murmura Santaroga sous le choc.

Ce nom permit à Elsa Sorano de manifester son étonnement.

— Vous la connaissez ?

— Pas personnellement.

Il avait rencontré une fois la prêtresse slave lors d'une soirée à la Coupole. Frêle et sans beauté particulière, elle possédait néanmoins un regard magnétique qui perçait tous vos codes. C'était une de ces nombreuses et faméliques réfugiées russes blanches. Sans possibilité de vendre son corps, elle avait créé des cérémonies de magie sexuelle, comme Paschal Beverly Randolph, mais sans exiger que ses disciples soient des couples. Dès lors, les bourgeois en mal d'émoi et les étrangers s'étaient bousculés à sa porte, des billets plein les mains. Comme les femmes étaient moins nombreuses, elle recrutait ses prêtresses parmi des prostituées afin que chacun puisse disposer d'une croupe offerte à chaque cérémonie. Et c'était dans ce type de société satanique qu'Elsa se retrouvait !

Un pli soucieux se dessina sur le front de Santaroga. Frère loup pouvait se montrer très protecteur parfois. Elsa Sorano n'en avait toutefois pas terminé avec lui.

— À la première cérémonie à laquelle j'ai assisté, dit-elle, on m'a désigné un frère en Dieu. Voulant effectuer ma conversion avec zèle et foi, il m'a retournée, a relevé ma robe et m'a prise par-derrière, debout les mains contre le mur. J'ai découvert le septième ciel et me suis convertie !

Par réflexe, le psychanalyste leva les yeux au plafond. Le peintre chargé de sa décoration avait reproduit une femme alanguie, entourée d'angelots joufflus qui, mystérieusement, jouaient avec des brioches. Un bonnet de marmiton coiffait l'un d'eux. Santaroga n'avait encore jamais vu d'ange pâtissier.

Très intéressant tout cela finalement ! Et cette manière de raconter avec tant de détails, de recul et d'ironie. Pourquoi me déballe-t-elle tout cela d'un coup, dans un salon de thé ? Cherche-t-elle simplement quelqu'un avec qui partager ses fantasmes ? Non, ça ne colle pas. Il y a autre chose. Il serait intéressant de découvrir quoi !

Elsa décroisa et recroisa ses jambes pour attirer de nouveau son attention.

— Aujourd'hui, chaque fois que je sors, j'en profite pour coucher avec le plus parfait inconnu, rien que pour le plaisir, sans même lui demander son prénom.

Son œil glissa sur lui.

— Monsieur Santaroga…

Il recula légèrement tant pour se mettre à l'abri de lui-même que pour envoyer un message explicite.

— Si je deviens votre analyste, fit-il d'un ton neutre, alors vous m'appellerez docteur.

Elle prit une voix faussement soumise.

— D'accord, monsieur Santaroga.

~

Tillie passait à l'accueil lorsqu'elle entendit les deux Russes interroger la sous-maîtresse pour avoir une fille. L'un était petit et nerveux, l'autre grand et maigre, le visage taillé en lame de couteau. Ils demandaient une jeune Russe qu'ils avaient vue entrer ici un moment avant. La sous-maîtresse secoua la tête avec perplexité. Aucune fille n'était sortie et elle n'avait pas de pensionnaire russe pour l'instant. Cela dit, ils pouvaient choisir parmi tous les genres s'ils possédaient un compte en banque suffisamment garni. Les prestations du Chabanais étaient réservées à une élite fortunée. La réponse sembla mettre les Russes hors d'eux et ils sortirent sans un mot. La mulâtresse prit à part Tillie.

— Ces types-là me font froid dans le dos !

La journaliste poussa un soupir de compassion exagéré et gravit de nouveau les escaliers. Changer les draps, monter à boire aux clients, le travail n'était pas de tout repos et ses pieds endoloris se rappelaient régulièrement à elle. Néanmoins, servir le champagne en chambre lui avait permis de visiter le salon chinois, celui de torture, les piscines romaines et de surprendre l'éducation anglaise en écuyère bottée, la cravache à la main, d'un soumis tremblant. Tillie changeait les draps dans la chambre du Transatlantique lorsque la sous-maîtresse entra et referma avec une lenteur délibérée la porte derrière elle.

— C'est arrangé, j'ai une place possible pour toi.

Elle dégrafa son corsage.

— D'abord, je voudrais vérifier que tu es compétente pour la place. Tu connais les hommes, ils nous veulent vicieuses au plaisir !

~

Santaroga vit les rues se restructurer par le jeu de l'ombre et de la lumière, baignant soudain les lieux de mystère. Chaque objet perdait son sens premier. Les passants anonymes devenaient des marionnettes désarticulées. Sentant poindre la mélancolie, il respira doucement et tenta de se recentrer.

Gabriel de la Biole avait-il été réellement assassiné ?

Il mima le geste du couteau qui ouvre la gorge de gauche à droite puis de droite à gauche. Devant lui, des passants effrayés changèrent de trottoir. Santaroga grimaça. Dans la forêt amazonienne, il avait été amené à lutter pour sa survie. Cela ne lui avait pas laissé que de bons souvenirs. La nature pouvait se montrer aussi cruelle que les hommes.

À son hôtel, alors que la nuit recouvrait Paris, le psychanalyste répéta le mouvement devant une glace. Qui peut dire si un somnambule ne reproduit pas à l'inverse ses gestes ? Un peu comme s'il était sorti de son corps et s'était vu s'égorger à l'envers, comme dans un miroir.

Voilà, il me faut changer de point de vue, traverser le miroir.

Santaroga se massa les tempes. La journée avait été rude depuis l'aube : de la découverte de la mort de son patient aux rencontres de Varya et d'Elsa Sorano. Il lui fallait maintenant restituer leur signification particulière à chacune de ces dernières. Fait exceptionnel, au terme de cette journée, il disposait de deux clés d'entrée dans le Cercle des rêveurs éveillés. Jung le disait : « Quiconque entre dans le pays des fées doit venir avec la bonne clé ! »

~

Varya avait tant marché qu'elle n'en pouvait plus. Son poursuivant semé, elle fit une pause dans un café. L'endroit ne ressemblait en rien à celui où Santaroga l'avait emmenée déjeuner. Au centre trônait un poêle éteint à cette saison, un court comptoir avec trois étagères portant des bouteilles entamées. Quelques tables et des bancs usés. Un nuage de fumée planait dans la salle qui sentait la bière rance et le vin aigre. Dans un coin de la pièce, près des carreaux tachés qui servaient de fenêtre, un groupe d'habitués tapait le carton et annonçait « belote » d'un ton triomphant. Elle commanda au comptoir un chocolat qu'elle sucra autant que la décence le permettait.

Varya étouffa soudain un hoquet de surprise. La main d'un homme était venue frapper son postérieur dans une claque familière qui avait provoqué des gloussements parmi les buveurs. Elle se retourna pour le fusiller du regard puis engloba dans son mépris toute l'assistance. Insensibles à sa révolte, les faces goguenardes ne se détournèrent même pas. Varya réalisa alors que les demoiselles respectables ne fréquentaient pas ce genre de cafés, surtout le soir. Elle recentra son attention sur l'indélicat, habillé comme l'as de pique, les yeux en boutons de bottine et le nez en pied de marmite. *Pas vraiment dangereux*, décida-t-elle. L'outre à vin se crut toutefois obligée d'ajouter :

— Elle a besoin de compagnie la demoiselle ?

Varya indignée chercha des yeux l'appui du patron du bar. Celui-ci se crut obligé de lâcher d'un ton peu convaincu :

— Allons Bernard, tu as trop asphyxié le Pierrot, n'embête pas la p'tite dame !

Ignorant que le Pierrot était un verre de vin blanc, elle jeta sèchement une pièce sur le comptoir. Était-ce un hasard, la pièce roula un instant sur la tranche avant de s'écraser dans un bruit assourdissant. Elle avait eu tort de s'arrêter dans ce bistrot. Elle devait se méfier de tout. Pas de place pour les petites filles dans l'obscurité quand les loups rôdent au-dehors !

Elle se hâta et prit une rue au hasard. Bien vite perdue, elle se retrouva dans un dédale de ruelles noires et sentit une présence derrière elle. Comme elle le craignait, le dénommé Bernard l'avait suivie. Son haleine empestait le vin blanc.

— Allons, ma p'tite dame ! Z'êtes trop aimable pour moi, c'est ça ? Tu veux combien ?

Varya se retourna d'une traite.

— Ai-je l'air d'une prostituée ? Est-ce bien là le sens de tes paroles, moujik ?!

Elle fut satisfaite de l'effet de sa déclaration. L'homme recula. La jeune femme se sentit alors ridicule. Ce n'était pas elle qui avait effrayé le poivrot mais deux jeunes gens aux cheveux peignés en arrière et coiffés de casquettes rabattues jusqu'aux sourcils. Des gueules de maquereaux s'étant vu récemment pousser des écailles. Leurs vêtements bon marché sentaient la caque et leur allaient comme un tablier à une vache. L'un d'eux portait une barbe en couenne de lard et l'autre promenait avec lui un menton mal rasé et une face de raie.

— Eh ben, pépère, grogna ce dernier, on ennuie les dames ? Va donc siphonner ailleurs !

— Je voulais juste la faire remoudre cette michetonneuse ! protesta l'ivrogne. J'en ai marre de faire dégorger le poireau tout seul !

— Tire-toi connard !

L'inconnu du bistrot recula en bredouillant puis tourna les talons et s'en fut en titubant. L'un des sauveurs de Varya ricana.

— Eh bien, tu as de la chance qu'on passait par là, toi ! Tu vois ce que c'est d'aller aux asperges sans un jules pour couvrir tes arrières ?

Il parlait en avalant ses mots et avec des expressions si imagées qu'elle ne pouvait ou n'osait pas comprendre. Elle resta coite.

— T'as pas de jules ? insista le maquereau. T'es occasionnelle, c'est ça ? Une michetonneuse ?

— Non mais t'as vu comme la môme est gaulée, renchérit Couenne de lard. Avec elle on est sûr de pas épouser la veuve poignet !

Varya roulait de grands yeux éberlués. Le second apache la détailla comme un morceau de viande sur un étal.

— J'ai l'impression qu'elle est étrangère la môme, elle nous capte pas.

— Étrangère ou pas, on va la mettre à la marmite ! Ça fera une bonne couillère !

Pressée de mettre fin à cet échange, la jeune femme jugea bon de donner signe de vie.

— Merci, vous êtes très cordiaux et je vous sais gré de votre intervention mais il faut que je rejoigne un ami au plus vite.

L'autre se retourna vers son collègue.

— Dis donc, elle parle finalement… et comme dans les livres ! Une vraie demi-sel !

Varya soupira intérieurement. *Comment appelle-t-on ça ? Tomber de Charybde en Scylla ?*

Les deux apaches la poussaient petit à petit dans la ruelle sombre tout en pérorant :

— Tu devrais être prudente mais avec nous tu risques rien ! On veille sur nos gagneuses. Y a pas de problème. Tu verras jamais un client frapper une de nos mômes.

— Tu veux travailler pour nous ? renchérit Face de raie. Y a de l'artiche à gagner ! Si tu veux mordre à la grappe, tu as besoin de protecteurs. Attention, nous on est pas des julots casse-croûte ! Tu fais l'attoucheuse en ambulante et on fait moitié-moitié.

— Faudrait d'abord voir à l'essayer avant de lui faire gagner son pain de fesse, marmonna Couenne de lard. En plus elle nous doit bien ça, elle est venue tapiner sur notre territoire sans permission. D'habitude on met à l'amende…

Comme elle résistait à la pression de l'homme qui voulait la plaquer contre le mur, il la fit pivoter et commença sans vergogne à lui remonter sa robe jusqu'aux hanches. Varya sentit le sang cogner à ses tempes pendant qu'elle rougissait jusqu'à la racine des cheveux. Prenant cela pour un consentement, l'homme enroula son bras autour de ses reins et, de son autre main, chercha sa poitrine en chantonnant :

— Département du bas-rein, arrêt à Saint-Jean-le-Rond! Bienvenue à Paris!

Tout à coup, la jeune femme réagit. Elle se retourna brusquement et lança son poing droit dans la gorge de l'apache qui tomba, les mains à son cou et les yeux exorbités. Sa bouche s'ouvrait et se refermait comme celle d'un poisson jeté hors de l'eau. Il tentait de respirer ou parler mais n'arrivait plus qu'à émettre de petits couinements affolés.

— Bienvenue dans ma réalité! hurla-t-elle.

— Salope! fit l'autre en sortant un couteau. Je vais te tailler, moi!

Mais il était excessivement lent pour elle et il parlait trop. Comme un automate programmé par des années de guerre, Varya pivota pour accompagner le bras et le retourner en portant son poids en avant. À l'arrivée, la lame s'enfonça dans l'estomac de Face de raie qui cria :

— La salope m'a crevé! La salope m'a crevé!

Il répétait cette phrase, fixant le sang qui jaillissait tandis que son compagnon cherchait toujours désespérément un peu d'air. Varya sentit la terreur s'insinuer en eux. Ils avaient l'habitude de proies faciles, de femmes victimes. Leur monde s'écroulait. Ils connaissaient la peur, la vraie, celle de mourir.

Elle fit un pas vers eux. À la guerre, un ennemi qu'on n'achève pas est un danger de plus. Mais un coup de sifflet stria la nuit.

— Qu'est-ce qui se passe ici?

Une silhouette portant une cape et un képi ridicule

s'avançait. Varya se mit à courir, les larmes aux yeux. Un moment, elle entendit le bruit d'une course dans son dos et s'arrêta un bref instant afin de retirer ses chaussures pour augmenter l'allure.

Elle déboula au milieu d'une foule bien habillée qui se pressait sur un boulevard à la sortie d'un théâtre. Elle remit ses chaussures, s'attirant des regards étonnés. Un instant, une masse compacte l'empêcha d'avancer. Varya dut résister à une envie soudaine de s'y frayer un chemin à coups de couteau. Puis son instinct de survie ressurgit et elle profita de cette multitude pour s'y diluer. Elle retrouva ses esprits et son souffle dans une rue moins fréquentée.

Un passant la renseigna pour regagner son hôtel. Varya reprit alors son chemin, seule au monde. Elle avait perdu la direction, le sens même de la route. Elle plongea dans la nuit comme dans l'abîme noir d'un désespoir profond. Et la nuit la happa et la fit disparaître, elle et ses larmes.

5

Elle se demandait (dans la mesure où elle était capable de réfléchir, car elle se sentait tout endormie et toute stupide à cause de la chaleur) si le plaisir de tresser une guirlande de pâquerettes valait la peine de se lever et d'aller cueillir les pâquerettes.

Dans la demeure où on les retient prisonniers, il y a des hommes en armes et au mur des graffitis obscènes que les soldats ont délibérément tracés pour offusquer les jeunes filles comme elle. Avec les autres, Varya descend l'escalier sous leur surveillance. En bas, une porte donne sur la cave. Une autre sur l'extérieur. Celle-ci s'ouvre. Elle met un pied dans la cour où les attend un convoi de voitures. Un oiseau s'envole et s'engouffre dans sa bouche.

— Ah !

Varya émergea de son sommeil en criant. Elle inspira, expira, le temps de cinq battements de cœur. Les rayons du soleil pénétraient par la fenêtre pour éclabousser de taches blanches son lit. Elle s'efforça d'oublier son cauchemar et réfléchit. L'horizon de sa vie se réduisait pour l'instant aux murs décrépis de cette chambre et aux cent francs qu'elle devait encore percevoir parce qu'elle avait été trop bête pour les refuser la veille.

Trop bête ? Non. Santaroga était son sauveur et les portes qu'elle pousserait grâce à lui seraient son salut. Elle croisa dans l'escalier sa voisine de palier qui la regarda d'un drôle d'air.

— Je t'ai vue rentrer hier soir, t'avais pas l'air bien.

— Je me suis fait embêter par des gens.

— Comment ça ?

— Ils voulaient me faire travailler pour eux dans la rue.

Son menton trembla. L'autre arbora un air triomphant.

— Je savais que tu étais une occasionnelle !

Varya était trop lasse pour la détromper. Elle jeta un coup d'œil autour d'elle. Le quartier offrait un espace sans soutien ni protection. Trouver une alliée en la personne de la prostituée constituait donc un avantage indéniable.

— Tu pourras m'avertir si quelqu'un me cherche ? demanda-t-elle. Ces deux gars m'ont fait peur.

La prostituée prit un air maternel même si elle devait avoir le même âge qu'elle.

— T'inquiète, je te le dirai et si je ne peux pas te parler je te ferai un signe comme ça.

Elle porta son pouce à sa gorge et mima un couteau posé sur la carotide qu'elle remua de droite à gauche en tirant la langue comme une folle.

— Mais ça n'arrivera pas ma chérie.

La fille la prit dans ses bras et lui donna un bisou maladroit sur la joue.

En reprenant sa route, Varya, émue, médita sur ce baiser et se mit à considérer d'un œil neuf le monde autour d'elle. Depuis douze ans, les choses avaient changé avec ces petites grisettes qui émergeaient du trottoir comme des plantes sauvages. Filles-mères, employées sans emploi, expulsées de leur logement, poussées à la rue par un destin implacable.

Plus loin, l'odeur du café au petit matin sur les terrasses, pendant que les derniers balayeurs rangeaient leurs outils, chassa sa mélancolie. Le premier soleil qui enluminait la demoiselle en dentelle de fer ou les gargouilles de Notre-Dame. Les quotidiens du matin qui sentaient bon l'encre fraîche. Son moral remonta en flèche.

Décidément, se dit-elle en passant devant un kiosque à journaux, le monde a bien changé depuis mon dernier passage. La fée électricité, l'eau et le gaz à tous les étages, la TSF, l'avion qui abolit les distances, les voitures et le cinéma pour faire rêver… Des midinettes manifestaient devant la Bourse du Travail et les hommes passaient devant elles en pouffant. Elles demandaient le droit de vote pour les femmes. Quelle idée ! En Russie, c'était plus simple : on ne votait pas du tout !

~

Santaroga fit appeler le domicile de Gabriel de la Biole. Le domestique répondit. Le psychanalyste se nomma. Il y eut un silence embarrassé au bout du fil.

— Que désirez-vous, monsieur ? demanda l'autre d'une voix blanche.

— Est-il possible de passer au domicile de votre maître ?

— Mon maître est mort !

— Oui, fit Santaroga en adoucissant sa voix, ma requête est inhabituelle mais M. de la Biole était mon patient. J'aurais souhaité examiner ses notes. A-t-il noté ses rêves dans un carnet comme je le lui avais conseillé ?

— Monsieur, la police a emporté tous ses papiers et sa chambre est condamnée. Ils s'y sont enfermés pendant des heures. J'ignore ce qu'ils pouvaient bien faire !

Relever des empreintes, triple buse ! Chercher des indices.

— Vous avez pourtant vu comme moi qu'il s'est suicidé ! reprit l'autre d'une voix chevrotante. Vous en témoignerez, n'est-ce pas ?

Le psychanalyste se fit attentif. Il percevait de la peur chez son interlocuteur.

— Pouvons-nous nous voir ? proposa-t-il.

— Pourquoi monsieur ?

La voix n'était plus qu'un gémissement misérable.

— Pour parler de ce qui est arrivé.

— Je ne pense pas, monsieur. Excusez-moi, je dois m'absenter.

— Attendez ! Si vous changez d'avis, voici le téléphone de mon hôtel.

Il le lui donna rapidement sans savoir si l'autre notait. Aussi répéta-t-il le nom de son hôtel.

— Merci mais je ne crois pas que je vous appellerai. Au revoir monsieur.

Et le domestique raccrocha.

Ils ont dû bien le secouer, pensa le psychanalyste en posant le combiné. *La seule personne sur place et, ma foi, cela n'arrangerait-il pas tout le monde que l'assassin soit un domestique? Si assassin il y a! Voilà, ça c'est la question!*

~

Le soleil du milieu de la matinée resplendissait lorsqu'on introduisit Varya dans un intérieur où, sous un éclairage diffus, s'étalaient des tons gris et chromés, des boiseries et des tentures beiges.

Le choc. Tamara, la « femme au regard d'acier », avait dit Santaroga. Une blonde voluptueuse et glacée à la bouche sensuelle. De grands yeux voilés par de longs cils, les sourcils dessinés vers le haut.

— J'ai vécu à Saint-Pétersbourg, dit Tamara une fois les présentations effectuées. Vous êtes russe?

— Je l'ai été.

La Polonaise la considéra avec curiosité, intriguée par le mélange de bonnes manières innées chez la jeune femme et la modestie de ses atours. Varya sentit une drôle de sensation l'envahir. Un peu comme si on la déshabillait sans son consentement. À vingt-huit ans, malgré son mariage dix ans plus tôt avec un avocat polonais, l'artiste ne dissimulait guère sa bisexualité. Venue d'un milieu aisé et cultivé, habituée au cosmopolitisme, elle naviguait avec la même grâce tranquille dans les milieux artistiques et les soirées mondaines.

Lorsque, par politesse, Varya reporta de nouveau son attention sur elle, ce fut pour découvrir chez la peintre une expression rêveuse. Ses cheveux blonds et courts étaient tirés en arrière, les boucles effleurant à peine ses épaules. Ils encadraient un visage bien en chair, à la slave, qui arborait un air de mystère perpétuel.

— J'ai rencontré à Paris beaucoup de princes russes exilés, ajouta Tamara sans cesser de la scruter.

Dans l'atelier où elle recevait, les peintures ou les esquisses témoignaient d'une stylisation néocubiste avec une composition resserrée, mise en valeur par quelques couleurs vives sur des fonds gris ou noirs. Les nus féminins abondaient, seuls ou en couple. Déesses aux silhouettes voluptueuses et au regard vide comme si le désir s'exprimait seulement par le corps. Varya détourna pudiquement les yeux devant une huile sur toile. Elle représentait un groupe de quatre femmes nues, dans une composition à la limite de l'orgie sans que l'on devine à qui elles s'offraient, comme si on venait de superposer quatre épisodes différents de l'acte sexuel.

— Le grand Santaroga en personne qui me demande un service, savoura Tamara avec une fièvre soudaine. Savez-vous que j'ai eu des conversations passionnantes avec lui sur la nature de la libido ? Est-elle désir sexuel, puissance, faim ou bien encore énergie vitale ou tout cela à la fois ?

Devant l'absence de réaction de Varya, son exaltation retomba et elle prit un air plus attentionné.

— Comment va Alexandre ? Ses amis disent qu'il ne s'est jamais vraiment remis de sa rupture avec Freud.

Varya ouvrit une grande bouche.

— Ils étaient amants ?

Tamara éclata de rire.

— Bien sûr que non ! Alexandre aime les femmes ! Un peu trop même… (Elle redevint sérieuse.) Leur relation était purement intellectuelle, de disciple pour Santaroga à maître pour Freud. Mais voilà, un jour ou l'autre le disciple a besoin d'exister et de voler de ses propres ailes.

— *Nolens, volens*, cita Varya qui avait bonne mémoire.

La peintre lui jeta un coup d'œil curieux.

— C'est étonnant que vous soyez recommandée par Santaroga et que vous en sachiez si peu sur lui.

Varya se ferma comme une huître sur sa perle tout en se maudissant. Elle devait cesser d'afficher sa naïveté et sa méconnaissance du monde qui l'entourait.

— J'aime beaucoup ce que vous peignez. (Elle se souvint du commentaire de Santaroga.) Vous avez un style néorenaissance !

— Ah bon ? À quoi voyez-vous cela ?

Varya émit un soupir modulé. Elle n'en avait pas la moindre idée. À vrai dire, ces tableaux lui rappelaient plutôt des affiches publicitaires.

— Disons que j'ai un peu utilisé l'art maniériste de la Renaissance, concéda la peintre pour l'aider à reprendre pied.

— C'est bien ce que je voulais dire !

Tamara de Lempicka la considéra d'un air songeur. Habituée aux paroles faciles de la bonne société, elle trouvait adorables les silences de son invitée. Lorsque Varya ne voulait pas répondre, elle se contentait de vous fixer sans un mot de ses grands yeux bleus. Jusqu'à ce que vous vous sentiez assez mal à l'aise pour passer au sujet suivant.

— Êtes-vous d'accord pour ce petit service ? demanda

Varya. J'adorerais (elle insista sur le *r* pour se donner un petit air à la mode) assister à une réunion de ce Cercle.

Tamara reporta son attention sur sa visiteuse en esquissant un vague air de reproche.

— Ma chère, Santaroga me demande de mentir. De vous adresser à Tillie et de lui dire que vous posez pour moi et souhaitez ardemment participer à une séance de rêve éveillé. Tout simplement !

Son doigt glissa sur l'arête de son propre genou mais Varya sentit presque physiquement une caresse sur le sien et frissonna.

— J'apprécie Tillie. Elle a réalisé une belle interview de moi après mon exposition à Milan l'an dernier. Cela dit, mes peintures lui importaient moins que ma rencontre avec Gabriele D'Annunzio. Ce vieux nabot en uniforme !

Elle évita de préciser qu'il en allait de même pour elle. D'Annunzio, le chantre du nationalisme italien qui, en septembre 1919, s'était emparé de la ville de Fiume au nom du royaume d'Italie, n'avait été qu'un marchepied de plus pour la célébrité. Au Vittoriale, la folle demeure du flibustier de l'Adriatique transformée en lupanar de carton-pâte, celui-ci avait fait tirer des coups de canon en son honneur. En attendant mieux car malgré son âge, le vieux n'avait que ça en tête ! Mais alors que ça !

Varya avait entendu parler de l'Italien. Un poète héros de la Grande Guerre et un aristocrate excentrique, qui avait opéré un coup de force dans le nouvel État yougoslave avec une bande d'arditi en uniforme noir. L'armée royale italienne l'avait remis au pas l'année suivante. On le disait protégé par Mussolini depuis la prise de pouvoir de celui-ci.

— Bref, reprit Tamara en la distrayant de ses pensées, je ne peux me prêter au jeu demandé par Santaroga.

— Vous refusez ?

Une partie de Varya était soulagée, l'autre redoutait la perte des cent francs restants, n'envisageant pas de restituer l'acompte déjà perçu. Sans se presser, Tamara la considéra. Hormis l'or pâle de ses cheveux, Varya possédait des traits fins, un nez adorable, de très jolis yeux sous des sourcils bien dessinés et étirés.

— Ai-je dit que je refusais ?

La détresse de Varya était presque palpable. La peintre l'enveloppa d'un regard chaud et calculateur.

— Déshabillez-vous. Vous allez poser pour moi. Comme cela, je n'aurai pas menti ! Pas plus que pour votre désir d'assister à ces rêves éveillés si je comprends bien.

— Poser nue ? s'offusqua Varya.

Le visage de Tamara prit de nouveau cette expression rêveuse chargée d'attente et de mystère.

— Oui, dit-elle. Nue. Intégralement.

— Je serai payée ? demanda le futur modèle plein d'espoir en se levant.

Tamara prit un air pincé.

— Vous ne manquez pas d'air !

— Je ne vole personne, répliqua Varya d'un ton énervé.

— Non, bien sûr, fit Tamara un peu désorientée. Disons cinquante francs.

— Pas plus ?

— Il y a une foire aux modèles chaque lundi à l'angle de la rue de la Grande-Chaumière et du boulevard du

Montparnasse, susurra Tamara. On s'y vend pour quinze francs les trois heures de pose.

— Hum…

— Cela ne durera pas plus d'une heure, précisa-t-elle en sentant que l'autre calculait pour se livrer à un âpre marchandage.

Varya eut un soupir exagéré puis gagna l'abri d'un paravent pour se déshabiller. Elle fut soulagée de dissimuler ainsi ses nouveaux vêtements, trop populaires. La jeune femme retira sa robe, ôta ses chaussures, ses bas, puis trottina, enveloppée dans une serviette, jusqu'au siège indiqué par la peintre. Le cœur soudain battant, celle-ci suivit des yeux la trace émouvante de ses pieds nus sur le plancher.

Tamara de Lempicka mordilla son crayon puis le tint devant elle à hauteur de visage, un œil fermé. Elle semblait vouloir prendre la mesure de son corps avant d'en découvrir la géographie secrète. Varya la considéra avec une attention nouvelle. La peintre gardait en toute circonstance un port de tête aristocratique, conservant son mystère et cherchant à percer celui des êtres qui l'entouraient. Cependant quelque chose en elle exprimait toujours une attente douloureuse que rien ne viendrait totalement satisfaire.

— Pouvez-vous ôter cette serviette ma chère ? demanda la peintre d'une voix neutre.

Varya émit un souffle léger, ouvrit les doigts et la serviette sembla flotter un instant dans l'air avant de glisser à terre. Stupéfaite, Tamara porta la main devant sa bouche. C'était un corps parfait qui se dessinait devant elle, mais marqué de cicatrices.

— Seigneur ! Êtes-vous passée sous une voiture ?

— Non, répliqua vertement Varya. Sous des hommes ! C'était bien une femme de la haute société pour ne pas reconnaître la trace de coups de baïonnette !

— Mon Dieu…

La peintre lui jeta un regard empreint de compassion et de respect.

— J'en suis désolée.

Un instant, Varya qui paraissait si forte et si dure devint une enfant au front lisse, aux yeux bleus trop grands et trop pleins de larmes. Tamara vint à elle et la prit dans ses bras. Après quoi, elle l'embrassa et Varya, surprise, trouva son baiser très doux et ses gestes attentionnés. Toutefois, lorsque ses lèvres cherchèrent les siennes une seconde fois, par jeu autant que par goût, elle se détourna.

— Je ne suis pas une prostituée, cracha-t-elle avec colère.

Tamara recula d'un pas, impressionnée par son air dur. Ses lèvres pulpeuses luisaient comme une blessure.

— Pardon, je ne voulais pas vous manquer de respect. C'était une marque de tendresse. Et puis, vous me plaisez, j'ai cru que je pouvais.

— Pas sans ma permission ! gronda Varya.

~

En proie à une fièvre inhabituelle, Frère loup s'agitait en lui. Santaroga s'approcha de la fenêtre. Au milieu des passants, il vit le domestique de Gabriel de la Biole, immobile, le nez levé en direction des façades de l'hôtel. Il sembla soudain prendre une décision et entra dans un café où le psychanalyste le perdit de vue. Le téléphone sonna. La standardiste lui annonça un certain M. Laplanche.

Santaroga dissimula son amusement. En Suisse, il avait connu une famille de ce nom. Celui-ci provenait de l'emplacement de leur demeure, située au bord d'un ruisseau qu'on pouvait traverser à l'aide d'une planche.

— Je prends l'appel.

La voix du domestique résonna dans l'écouteur.

— Monsieur Santaroga ? Pardon de vous déranger, vous m'aviez dit...

— Vous avez bien fait de m'appeler. J'ai le sentiment que vous avez un grave problème.

— Comment avez-vous deviné ?

— Je suis un peu voyant, plaisanta à demi le psychanalyste, mais j'ai aussi été interrogé par la police.

— Ils me soupçonnent ?

Santaroga laissa passer quelques secondes interminables avant de dire :

— Et si vous montiez plutôt m'expliquer tout cela ?

Quelques minutes plus tard, Laplanche se glissa sans bruit dans la suite de Santaroga. Comme un cambrioleur à la recherche d'objets précieux, il fit du regard un tour rapide des lieux. Il reporta ensuite son attention sur le psychanalyste qui le vit se composer un masque compassé.

— Votre appel m'a fait réfléchir, dit-il en serrant son chapeau entre ses doigts.

Santaroga l'invita à s'asseoir, ce que l'autre fit du bout des fesses.

— La police me soupçonne, fit-il. Pourtant, vous avez été témoin de ma très grande surprise et de mon horreur à la découverte du corps de mon maître. Vous en témoignerez, n'est-ce pas ?

— Certes, mais vous êtes la seule personne présente sur les lieux du meurtre toute la nuit. Cela joue en votre faveur. Quel assassin serait assez fou pour se placer dans la position de principal suspect ?

L'autre se pencha en avant et baissa le ton.

— On me persécute, monsieur, parce que je ne suis qu'un homme du peuple. (Sa voix se chargea de rancœur.) Ah ! On ne la soupçonnerait pas elle !

Intéressé, Santaroga se pencha vers lui.

— Une femme, dites-vous ?

La voix du domestique se fit encore plus ténue.

— Monsieur fréquentait…

— Une blonde ?

L'autre parut surpris.

— Brune, monsieur.

Santaroga eut une seconde de déception mais si la voisine avait vu une femme blonde, la brune avait pu tout aussi bien mettre une perruque ce soir-là, surtout si elle venait pour le tuer.

— À quoi ressemble-t-elle ?

Laplanche dissimula un sourire.

— Mon maître me donnait congé lors de ses venues. Une fois pourtant, j'ai manqué ma séance de cinéma. Je voulais voir *Le jardin du plaisir*. C'est le premier film d'un certain Alfred Hitchcock. Bref, je suis rentré plus tôt que prévu. Elle sortait à ce moment-là. Une femme qui m'a paru très belle, la trentaine à peine. Bien habillée et portant un chapeau et une voilette.

— Vous en avez parlé à la police ?

— Naturellement, monsieur. Et ils m'ont interrogé à son sujet, mais je ne sais rien d'elle.

— Si vous ne l'avez aperçue qu'une seule fois, comment être certain que c'est cette personne que M. de la Biole fréquentait régulièrement ?

Une lueur rusée se glissa dans le regard du domestique.

— Le parfum qu'elle laissait dans la maison, monsieur. Toujours le même.

Identifier une suspecte à son parfum... À retenir !

— Avez-vous une idée de son nom ? insista Santaroga.

L'autre prit un air concentré. Le psychanalyste avait l'impression d'avoir en face de lui un mauvais comédien de boulevard.

— Je l'ai entendu au téléphone lui donner rendez-vous. Il l'appelait Hécate.

Santaroga frémit. Hécate ! Que n'avait-on sacrifié à la terrible déesse : des chevreaux, des chats, des bœufs noirs, des chiens qui hurlent à la lune. Magicienne par excellence, elle reliait enfer, terre et ciel. Déesse lunaire, de l'ombre, de la nuit et aussi déesse des carrefours, lieux hantés par la magie la plus terrible. On rencontrait Hécate en enfer comme à la surface de la terre les jours de pleine lune et les jours de lune noire. « Elle se tient en tous lieux où se croisent trois chemins. »

La destinée ! À ce moment, Santaroga eut la prescience qu'il n'allait pas tarder à croiser son chemin.

~

Elsa Sorano contemplait son mari qui parcourait le journal tout en pignochant dans son assiette à dessert.

— Avez-vous fait bon voyage ? demanda-t-elle poliment pour relancer la conversation.

— Oui, répondit-il sans lever les yeux de son papier, l'Afrique est toujours étonnante mais c'est agréable de pouvoir partager un petit déjeuner à la française avec vous.

— Repartez-vous bientôt ?

Il émit un rire un peu pincé, sans illusion.

— Si pressée de me voir décamper ?

— Bien sûr que non. Vous savez combien votre compagnie m'enchante !

Elle laissa flotter un silence parlant avant de l'aiguillonner.

— Vos petits Noirs ont-ils bien appris leur leçon ? Avez-vous distribué des médailles aux enfants dont les parents sont morts pour la France ? Il paraît qu'on a fait combattre jusqu'à sept cent mille hommes de nos colonies pendant la guerre et que plus d'un sur dix n'en est pas revenu.

— La France leur sera éternellement reconnaissante de leur sacrifice, croyez-moi !

— Une France qui s'est partagé avec les autres pays vainqueurs toutes les colonies de l'Allemagne en Afrique et les provinces arabes de l'Empire ottoman. Qu'est-ce qu'une frontière pour un pays vainqueur ? Oui, qu'est-ce qu'une frontière pour ceux qui n'ont pas de limites ?

Henri Sorano agita son journal en l'air.

— Ma chère, vous parlez comme une radicale. Croyez-m'en bien, les femmes ne devraient pas parler de politique et laisser ces affaires complexes aux hommes !

— Rassurez-vous, nous n'avons pas le droit de voter,

contrairement aux Finlandaises qui l'ont depuis vingt ans ainsi que le droit d'éligibilité.

— Société permissive. Le climat sans doute.

— Pas le droit d'ouvrir un compte en banque sans autorisation maritale ! continua inexorablement Elsa Sorano.

— Je vous l'ai donnée !

— Grand merci, vous êtes trop généreux de m'accorder des droits élémentaires ! Pareil pour exercer un métier ou avoir un passeport !

— Je vous ai permis d'avoir un passeport mais vous n'avez pas besoin de travailler ! Quelle idée ! Et puis, vous ne sauriez rien faire !

Mais Elsa Sorano se trouvait d'humeur combative ce matin-là.

— Aux États-Unis, Margaret Sanger a ouvert en 1916 une clinique dédiée au contrôle des naissances. Les pouvoirs publics l'ont fermée en un temps record, neuf jours plus tard. Ils n'en sont pas restés là et ont fait arrêter puis juger sa directrice pour distribution de préservatifs.

— Ils ont bien fait ! Mais vous parlez d'un autre pays.

— En France, depuis 1920, la loi a assimilé la contraception à l'avortement qui est considéré comme un crime !

D'un geste sec, elle brisa de la paume le haut de son œuf coque délaissé et qui tiédissait. Le jaune se répandit comme du sang sur la nappe. Mécontent, son mari froissa son journal.

— Oh, vous êtes d'une humeur aujourd'hui !

— Normal, fit-elle en prenant une serviette pour essuyer sa main, lisez donc les brochures. La femme est une hystérique toujours au bord de la crise de nerfs. Si seulement elle prenait les pilules aux légumes de chez Pinkham, elle irait mieux !

— Vous vous en prenez aux publicitaires maintenant ?

— Dans la publicité nous sommes infantilisées et bêtifiées. Course d'obstacles pour trouver un mari : la demoiselle à l'haleine fraîche distancera celle à l'haleine immonde qui n'a pas choisi le bon bain de bouche ou les bonnes cigarettes.

Son déjeuner gâché, Henri Sorano se leva.

— Je dois aller travailler. Mes affaires avec les États-Unis. Quel miracle leurs aspirateurs ! Bientôt, nous n'aurons plus besoin de domestiques !

Elsa arqua un sourcil ironique.

— Vous comptez les pousser tout seul vos aspirateurs ?

Son mari sembla considérer la question avant de rendre les armes et de se diriger vers la porte. Il se ravisa avant de sortir.

— Oh, j'ai oublié de vous dire. Nous allons organiser une petite soirée chez nous samedi.

— Si vite ?

— Oui, je devais profiter de la présence d'exportateurs américains qui repartent lundi. Mais les invitations sont parties hier, ma secrétaire s'en est occupée.

— J'imagine que vos amis nationalistes en seront ? lança-t-elle avec un sourire éblouissant de perfidie. Tous les admirateurs de votre Mussolini.

— Benito dirige l'Italie d'une main de maître. Admettez qu'avec lui les trains arrivent à l'heure !

— C'est indéniable !

— Ah, fit M. Sorano, mon journal.

Il le reprit à la page où il l'avait laissé, y jeta un coup d'œil distrait pour tomber sur un article annonçant le suicide de Gabriel de la Biole. Accablé, il reposa le journal sur la table.

— Dieu du ciel ! En voilà un qui ne sera pas des nôtres samedi !

6

Elle avait coutume de se donner de très bons conseils (quoiqu'elle ne les suivît guère).

Binocle, le commissaire aux rouflaquettes, secoua obstinément la tête.

— Je n'arrive pas à comprendre qu'un homme tel que Gabriel de la Biole, aussi riche et encore jeune, puisse se suicider.

Arnaud Fauber, l'inspecteur de la Sûreté générale, chercha à dissimuler son agacement.

— Vous ignorez tout des souffrances des anciens combattants et de leurs traumatismes. N'avez-vous pas écouté Santaroga ? La victime devait se trouver entre rêve et réalité. Une sorte de rêve éveillé.

— Hummm. S'il n'y avait pas eu la visite de cette femme, l'affaire serait déjà classée. Une blonde…

— Avec une perruque tout est possible ! Cela dit, elle est peut-être réellement blonde.

L'autre fronça les sourcils.

— Je me demandais : comment cela se fait-il que la Sûreté vous mette sur le coup, vous n'avez donc pas de travail par ailleurs ?

— Si, j'ai trois meurtres de Russes blancs sur les bras.

— Ah ! Ils remettent ça ! Le petit père Staline envoie ses agents de la Guépéou.

— Ça, je n'en sais rien. Le monde des Russes blancs à Paris est très compliqué. Le grand-duc Kirill est en passe de rallier autour de lui toute une frange très batailleuse et revancharde des Blancs, des gens pas toujours recommandables qui recherchent des alliances dangereuses. Et de votre côté ?

— Oh, des affaires classiques, sauf cette nuit. Une jeune femme seule a planté un maquereau avec son propre couteau et manqué d'en tuer un autre d'un coup dans la gorge !

— Une prostituée ?

— Non, il ne semble pas. Une occasionnelle ou simplement quelqu'un qu'ils importunaient. Les deux types ont failli y laisser leur peau.

— On a arrêté la femme ?

— Non, elle a échappé à un agent de police qui l'a poursuivie. Je vous le dis, c'est quelqu'un cette Russe !

Arnaud Fauber dressa l'oreille.

— Une Russe ?

— Elle en avait l'accent, selon les victimes.

Fauber se pencha en avant.

— À quoi ressemblait-elle ?

— Jeune, vingt-cinq ans, blonde aux yeux bleus. Très jolie et très dangereuse !

Arnaud Fauber lut avec intérêt les rapports. Une jeune Russe qui manque envoyer à la morgue deux lascars méritait bien quelques minutes d'attention. L'agent de police l'avait vue de dos mais la description des deux maquereaux était plus explicite. Leur témoignage était risible. Ils avaient secouru la fille agressée par un ivrogne et, en retour, s'étaient vus attaqués sans avertissement !

Ses pensées dérivèrent sur l'affaire de la Biole. On suspectait le domestique, un communiste notoire, ou une jeune femme blonde…

Soudain, l'inspecteur de la Sûreté fronça les sourcils. Les maquereaux rapportaient en plus que la femme savait manier le couteau comme un homme. Le profil commençait à devenir intéressant.

~

Suivre un homme avec discrétion n'était pas aisé lorsqu'on possédait la taille et la carrure de Santaroga. Heureusement, sûr de son fait et pressé comme un lavement, Laplanche ne se retournait pas.

Le psychanalyste jeta un coup d'œil à sa montre. Il ne devait pas être en retard pour son rendez-vous avec Varya. Il soupira, un peu mécontent de lui-même. Il suivait trop souvent son instinct. Un peu comme les bêtes sauvages. Emboîter le pas à Laplanche après son départ de l'hôtel lui avait paru une évidence.

Il quitta les beaux quartiers pour un Paris plus gris, plus laborieux. Ici, la casquette remplaçait le chapeau. Un petit monde d'employés et d'ouvriers occupait ces lieux populaires. Un vendeur de journaux au verbe haut vendait le journal *L'Humanité*.

Santaroga pensa à ce que lui avait confié Gabriel de la Biole lorsque pour la première fois, la Confédération générale du Travail avait organisé une fête pour le 1er mai. Ses parents, craignant une révolution, avaient barricadé portes et fenêtres et armé leurs domestiques tout en constituant des stocks de provisions. L'insurrection attendue n'avait pas eu lieu. On se contenta de crier dans les rues « Vive Jaurès » et de chanter *L'Internationale* !

Laplanche leva le poing en souriant. Le jeune homme qui vendait *L'Humanité* s'approcha et lui donna une fraternelle accolade. Santaroga hocha la tête, satisfait. Le masque du domestique venait de tomber. Voilà pourquoi la police l'avait pris en grippe. Un communiste au service du Grand Capital !

~

Varya rejoignit Santaroga au Café Delaville où il lui avait fixé rendez-vous à treize heures. Son entrée officielle et la présence d'une porte dérobée révélaient ses origines de maison close. Au début du second Empire, l'endroit avait été un des plus luxueux bordels d'Europe, comme en témoignait son escalier monumental flanqué de colonnes en faux porphyre, coiffées de chapiteaux corinthiens tout aussi toc. À l'époque, l'aventure érotique s'accompagnait d'un voyage dans un Orient aussi factice que doré. Pourquoi l'Orient était-il si souvent associé à l'idée de sexe dans l'esprit de l'Occident ?

Ignorant tout cela, la jeune Russe foula d'un pas assuré le sol de la grande salle byzantine en mosaïque à motifs floraux sur fond d'or. La richesse des lieux réveillait en elle des images d'un passé depuis longtemps révolu.

— Vous avez votre invitation ! s'exclama Santaroga lorsqu'elle lui apprit la nouvelle. C'est parfait ! Parfait ! J'écrirai à Tamara pour la remercier, à moins que je n'aie le temps de lui rendre visite. Bien, déjeunons ! Pendant ce temps, je vous en dirai plus sur les Cercles de rêves éveillés.

Varya s'étant rangée à ses conseils, on leur apporta à tous deux la spécialité de la maison : des filets de sole Marguery, du nom du fondateur du restaurant. La jeune femme contempla d'un air satisfait le poisson garni de crevettes, de moules, nappé de sauce au vin blanc et gratiné au four. Il s'en élevait une odeur délicieuse. Elle sentit qu'elle pourrait s'habituer à tout ce luxe.

Moins affamée que la veille, Varya mangea plus posément et avec grâce. Les repas, songea le psychanalyste, ont toujours été marqués par une connotation forte de l'ordre social. Ce qui poussait dans la terre était réservé au peuple, et dans les arbres à l'élite. La viande était destinée aux nobles, la chasse interdite au peuple sur leurs terres. Et la place à table variait selon son rang, du plus haut au plus près du pouvoir et inversement. Il était intéressant de constater à quel point son invitée se trouvait à l'aise avec une multitude de couverts à sa disposition, sachant précisément lequel manier et comment, ceci malgré la pression sociale exercée incidemment sur elle par un grand restaurant.

— Au fait, c'est quoi une demi-sel ? demanda soudain Varya en se souvenant du mot employé à son égard par l'un des maquereaux la veille.

— Oh, fit Santaroga d'un ton ennuyé, il s'agit d'une

demi-mondaine qui vend ses charmes de temps à autre à du beau monde. Une occasionnelle de la bonne société !

— Hum…

Il arqua un sourcil.

— C'est curieux que vous me demandiez ça.

— C'est encore plus curieux que vous soyez en mesure de me répondre ! rétorqua-t-elle d'un ton sarcastique.

Santaroga lâcha un bref éclat de rire qui fit tourner nombre de regards intrigués vers lui. Il entreprit de découper son poisson avec une précision chirurgicale. Levant les yeux, il s'aperçut que Varya opérait avec la même facilité sans toutefois le singer.

Entre deux bouchées, il tenta de lui expliquer la révolte intellectuelle représentée par le dadaïsme né de la rencontre inattendue entre un peintre français, Marcel Duchamp, et le peintre espagnol Francis Picabia. En 1916, à Munich, constitué d'exilés, de marginaux, voire de déserteurs, le mouvement prit son nom : *dada*. L'après-guerre lui permit de créer à Paris une ambiance Dada où s'exprimait toute sa rage nihiliste.

— Que voulaient-ils obtenir ? s'étonna son invitée.

— Rien.

— Rien ?

Santaroga récita par cœur leur manifeste :

— « Plus de peintres, plus de littérature, plus de musiciens, plus de religion, plus de politique, plus d'armée, plus de police, plus de patrie, enfin assez de toutes ces imbécillités, plus rien, plus rien, rien. Rien, rien, rien… »

— Pourquoi me parlez-vous de ce mouvement ?

— Parce que aujourd'hui, il est pratiquement mort après

ce gigantesque exercice de démolition. Mais, sur ses ruines encore fumantes est né un mouvement très fécond : le surréalisme.

Conscient de l'esprit pratique de Varya, Santaroga lui expliqua ses idées fondatrices : un automatisme psychique qui permet à la pensée de s'exprimer en dehors du contrôle de la raison et de toute préoccupation sociale ou esthétique. André Breton, l'auteur du *Manifeste du surréalisme*, reprenait ainsi la pensée psychanalytique qui révèle toute la place de l'inconscient dans notre vie.

— Et nous arrivons donc ainsi à notre Cercle de rêves éveillés, conclut la jeune femme un peu impatiente.

Elle avait encore beaucoup à faire au-dehors avant la séance du soir. Se gorger de soleil, trouver un compatriote, essayer de ne pas se faire violer ou tuer…

Toujours au diapason de ses pensées, Santaroga appela le garçon pour la seule chose capable de la faire patienter : un dessert !

— Le rêve éveillé est censé libérer la créativité artistique. (Il sourit.) C'est aussi un substitut à la drogue ou aux alcools forts ! Et là, bien sûr, je suis très intéressé !

Il en frétillait sur place et ses yeux pétillaient.

— Vos surréalistes sont donc des pionniers dans leur domaine, conclut Varya en enfonçant sa cuillère dans un gâteau ressemblant à une montagne enneigée et mêlant, dans une exquise bouchée, meringue, crème de marrons et crème chantilly.

Santaroga éclata de rire. On se retourna encore dans la salle mais avec des sourires complices car son rire était communicatif. L'air un peu pincé, sa convive en attendit l'explication.

— Les pionniers, c'étaient nous, les psychanalystes !

Un peu revanchard, il se garda de citer Freud.

— Vous faites mieux qu'eux ? demanda Varya après avoir léché sa cuillère avec discrétion.

— Je suis un des maîtres du rêve éveillé, expliqua avec sérieux Santaroga, car je m'y suis entraîné.

Elle nota que se révélait l'orgueil intellectuel du psychanalyste.

— Tout le monde n'est pas capable de rester en équilibre sur cette crête entre éveil et sommeil, reprit-il avec gravité. Là, il est vrai que l'on peut produire un rêve et le contrôler en partie. Pour partie seulement, sinon cela ne vaut rien, vous comprenez ? Car, contrairement à l'hypnose, nous ne sommes pas certains que le sujet ne dirige pas consciemment son rêve.

— Et vous, vous savez ?

Il n'y avait aucune moquerie dans la voix de Varya, impressionnée malgré elle. L'expression de Santaroga se fit plus grave.

— Je suis un arpenteur. Depuis l'enfance, j'ai cheminé sur des cimes entre la raison et la folie.

Il se pencha vers elle comme pour une confidence.

— Ma rencontre avec Jung m'a libéré du poids de mon passé. J'avais trente ans. J'ai couru à travers le monde. Dans la jungle amazonienne, j'ai absorbé une certaine substance qui a libéré mon don de double vue.

Varya frissonna.

— Et que vous dit votre don de double vue à mon propos ?

Santaroga parut s'évader ailleurs. Sa convive sentit le temps s'étirer et se ralentir autour d'eux comme dans une bulle.

— Il me révèle un passé terrible et une confusion d'identité, répondit-il enfin. Je diagnostique aussi une certaine perte de repères et de valeurs malgré une détermination qui semble vous pousser toujours en avant. Mais vers quoi ?

Varya pâlit.

— Pourquoi êtes-vous devenu psychanalyste ? chuchota-t-elle précipitamment.

— Pour aider les gens à se réparer !

Elle hésita une seconde.

— Si j'avais quelque chose de cassé en moi, vous sauriez le réparer ?

— Si vous le désirez vraiment, oui.

Il attendit quelques instants sans insister. Elle se mordit les lèvres et lui jeta un regard soudain timide.

— Parfois, je me demande si je suis réveillée ou encore endormie. Est-ce que cela vous arrive ?

— Presque tous les jours ! Peut-être que vivre sa vie, c'est aussi la rêver ? Quel est le rêve qui vous hante, Varya ?

Elle le contempla un instant, bouche bée, avant de lâcher dans un murmure :

— Quand je rêve, je descends un escalier. Toujours le même. Il mène à deux portes. L'une s'ouvre et l'autre pas. Je voudrais pousser celle-ci mais elle reste obstinément fermée. Alors je prends la porte vers l'extérieur. Je me retrouve dehors et un oiseau s'envole sous mes yeux et s'engouffre dans ma bouche. Et tout cela me met hors de moi !

— C'est normal. L'esprit dont nous sommes inconscients est conscient de nous. Il voudrait vous parler et vous voudriez comprendre.

— Cela me reviendra bien !

— Vous ne comprenez pas. C'est comme se souvenir d'un rêve après s'être réveillé. Pratiquement impossible. Voulez-vous que je vous aide à pousser cette porte ?

Elle laissa passer un silence interminable avant de chuchoter :

— Peut-être qu'il ne vaut mieux pas ?

~

Des dames élégantes aux jambes galbées flânaient le long des allées. Assis sur un banc du jardin des Tuileries, Santaroga ferma un instant les paupières. Lorsqu'il les rouvrit, le soleil l'éblouit. Il tenta d'accommoder mais sa vision se brouilla et il sentit comme une vague le ramener en arrière.

Dans le premier souvenir de sa vie, il se réveillait en costume d'enfant sous l'ombrage d'un arbre, un jour d'été, baigné dans des jeux de lumière irréels. Il se rappelait alors avoir ressenti un sentiment de bien-être indescriptible. Le monde était splendide et coloré. Une autre fois, il entrait à quatre pattes dans la salle à manger dont on venait de cirer la table. Une odeur de miel flottait dans la pièce, sa mère se retournait et lui souriait.

Pourquoi tout cela s'était-il gâté ? Un tunnel sombre

semblait l'avoir amené de l'enfance à l'âge d'homme. Il en était sans doute de même pour Varya.

Il sentit soudain une présence à côté de lui sur le banc et une odeur d'eau de Cologne fade qui gâcha son plaisir du moment. Pour couronner le tout, passait une femme en long manteau et bas clairs, surveillant son enfant assis sur un chariot tiré par une biquette récalcitrante et puante.

— C'est amusant de se donner rendez-vous dans un jardin public, fit l'homme à côté de lui. On dirait que nous avons quelque chose à cacher.

Il jeta un regard calculateur à Santaroga.

— Avons-nous quelque chose à cacher ?

— Pas le moins du monde. Ma maison de Genève me manque. La nature aussi. Ici, je prends l'air et j'emmagasine du soleil.

Le psychanalyste examina le journaliste. Un spécialiste du monde politique au sein de la IIIe République. Un expert des forces en présence et des combinaisons possibles. Un ancien patient aussi. Guéri. Une source reconnaissante et fiable.

— Vous vouliez que je vous parle de Gabriel de la Biole. Sa mort vous intrigue ?

Le ton de son interlocuteur était plein d'espoir. Santaroga se chargea de le calmer.

— J'essaie juste de comprendre qui était mon patient. J'ai l'impression d'avoir rencontré un homme avec une seule personnalité et aujourd'hui d'en découvrir une seconde, tout à fait contraire à la première.

— Schizophrénie ?

— N'exagérons pas. C'est plutôt comme lorsque l'on veut

montrer en société un visage qui n'est pas vraiment le sien. Ce qui est relativement courant !

La *persona*. Votre masque de représentation en société. Ce que vous n'êtes pas en réalité mais ce que les autres pensent que vous êtes. Parfois aussi ce que vous imaginez être vous-même car telle est la puissance du masque qu'il peut aspirer la personnalité de son porteur ! Santaroga songea un instant à Elsa et aux deux aspects de sa personne.

— Cela vous remet en question, n'est-ce pas ?

Oui, bien sûr ! Il fallait en passer par là. Une bonne dose d'humilité pour avouer que l'on pouvait ne jamais vraiment connaître ses patients. Un jour, une patiente qu'il croyait avoir guérie de sa peur des hommes avait tiré sur l'un d'eux qui la pressait un peu trop.

Le psychanalyste releva la tête. Un groupe de couturières passa, transportant des ballots avec des vêtements reprisés et des tissus prétaillés. Le charme de Santaroga et sa carrure imposante nourrirent un temps leur conversation.

— Vous connaissez leur devise ? demanda le journaliste. *Nos doigts à qui les paye, nos fesses à qui nous plaît !*

Santaroga s'agita car il détestait la trivialité.

— Et si nous arrêtions de plumer le perroquet pour revenir à Gabriel de la Biole ?

— Ou comment un héros de guerre, un homme d'affaires philanthrope devient un chantre du nationalisme et du fascisme ?

— Il faudrait d'abord définir ces deux thèmes, posa doctement Santaroga.

— Symboliquement, vous êtes mieux à même que moi de le faire, remarqua l'autre, soudain respectueux.

Le psychanalyste comprit que son ancien patient aspirait à ce qu'il prouve de nouveau sa supériorité.

— Vous avez lu *Les fondements économiques de la protection*, de Simon Patten ? C'est trop souvent par instinct et sans examen contradictoire que se forment, sur toute question de liberté commerciale, des convictions d'autant plus intransigeantes qu'elles sont peu raisonnées. Et qui nous amènent à un repli sur soi.

— L'archétype de l'homme est nomade, remarqua le journaliste. Il épuise les ressources et repart. Lorsqu'il se sédentarise, il va les piller ailleurs. Le nationalisme, pour vous, c'est donc le repli sur soi. Et le fascisme ?

— De tout temps, s'échauffa Santaroga, la tentation d'un ordre nouveau a existé, fondée sur un nationalisme agressif et racial. Un parti de masse et un expansionnisme guerrier complètent le nationalisme pour en faire un fascisme.

Maurice Barrès l'avait décrit par la formule « la terre et les morts ».

— Le fascisme est-il un marxisme mal révisé ?

— Allez savoir !

Santaroga se tut un instant puis rappela le sujet initial.

— Gabriel de la Biole ?

L'autre remua ses pieds sous le banc comme s'il ne tenait plus en place.

— Il s'est d'abord occupé des blessés et des invalides de guerre à travers diverses associations puis, comme si cela ne suffisait pas, des apatrides.

Après l'armistice, le monde avait encore connu vingt-sept conflits ! songea Santaroga. La guerre civile russe d'abord. À la chute de la Crimée blanche aux mains des Rouges, huit cent mille Russes avaient été évacués vers Constantinople puis transférés en Grèce ou en Europe centrale. La guerre soviéto-polonaise et celle avec les pays Baltes ensuite. La Syrie, le Liban, l'Égypte, l'Irak, la Corée, la Chine, l'Inde, la Palestine, la guerre gréco-turque ainsi que diverses tensions ethniques avec les minorités dans les pays nouvellement constitués avaient jeté sur les routes des millions de personnes.

— Au terme de la Convention gréco-turque de 1923, reprit le journaliste, plus d'un million de Grecs orthodoxes ont dû quitter leurs terres orientales pour la Grèce tandis que quelques centaines de milliers de musulmans effectuaient le trajet inverse. Puis ce fut le tour des Arméniens rescapés du génocide de 1915 et spoliés de leurs biens par le nouvel État turc de Kemal.

Et tout à coup, pensa Santaroga ému, face à cette marée humaine jetée sur les routes, l'Europe hésite. Le droit d'asile, ce droit sacré commun à tous les hommes, devient une prérogative étatique et les États-Unis prennent des actes de restriction de la politique migratoire.

— Cette année 1923, continua l'autre, M. de la Biole s'est précipité en Syrie. Il a financé des associations pour la restitution des femmes et des enfants dont des familles turques s'étaient emparées. Il a travaillé avec des organisations philanthropiques comme le Near East Relief américain, les Quakers, Save the children.

Il se tut au passage d'une Américaine promenant en laisse deux jeunes guépards avec une mâle assurance et un chapeau cloche sur la tête. Pensif, Santaroga les suivit du regard.

Pourvu qu'ils ne croisent pas la biquette !

— On aurait cru alors qu'il se dirigeait vers une carrière à la Société des Nations, reprit le journaliste, mais non ! Soudain, Gabriel de la Biole semble virer de bord. Direction l'Italie et Mussolini, les partis populistes et nationalistes.

Santaroga médita la remarque. En 1918, des émeutes en Allemagne avaient obligé l'empereur à abdiquer. Cette mini-révolution alimentait la légende d'une armée allemande invaincue, trahie par un coup de poignard dans le dos des civils ou des Juifs ! Même si c'était méconnaître que l'armée allemande reculait ou était battue de partout, que ses alliés avaient déposé les armes et que la prochaine offensive générale des forces françaises, anglaises et américaines allait provoquer un désastre militaire complet pour elle.

Mais voilà, la légende se crée. Nous vivons l'ère des illusions collectives.

— Gabriel de la Biole a-t-il créé des liens avec certains individus ? s'enquit-il.

— Il me semble.

— Un en particulier ?

L'autre réfléchit une seconde.

— Henri Sorano… Un homme d'affaires et un soutien inconditionnel de Mussolini.

Le mari d'Elsa ! Santaroga sentit son cœur rater un battement. Quel dieu dément avait jeté à ses pieds les morceaux de ce puzzle insensé ?

Il regarda alentour. La femme aux guépards avait disparu comme dans un rêve. Avait-elle seulement existé ?

~

Pour les surréalistes, le café était un lieu vital, incontournable pour se rencontrer, comploter contre la société bourgeoise et échanger des idées. Victor Harman et ses amis occupaient donc un point névralgique du bar de La Coupole, boulevard du Montparnasse. De là, ils pouvaient surveiller l'arrivée de tout nouveau venu.

Ils étaient vêtus de manière aussi dépenaillée que possible, certains avec des blouses d'ouvriers alors que ceux-ci se levaient à l'heure à laquelle eux-mêmes se couchaient. Les traits tirés et les yeux rouges, ils se remettaient d'une soirée avec la bande d'André Breton. On s'y était travesti, on avait bu et joué au cadavre exquis. Breton avait ensuite annoncé de nouvelles exclusions du mouvement pour cause de dérive bourgeoise et rappelé à chacun la nécessité de prendre sa carte du parti communiste.

— Le nationalisme est notre ennemi, reprit Victor Harman en levant son verre, car notre art transcende les frontières. Quant au fascisme, il signifie la perte de l'individualité dans quelque chose de très gros, très lourd et pas beau ! À la santé du Soviet, longue vie aux Rouges et mort aux Blancs !

On leur apporta de nouvelles fines à l'eau pour les calmer. L'été dernier, à La Closerie des Lilas, boycottant un banquet littéraire donné en l'honneur du poète Saint-Pol-Roux, ils avaient renversé les tables, brisé vitres et vaisselle tout en clamant des propos séditieux comme « À bas la France ! », jusqu'à ce que la police les arrête.

— J'aime beaucoup ce qu'a fait Miró, fit l'un d'eux sans raison. *Étoiles en des sexes d'escargot.*

— Moi, répliqua un autre, je n'y vois aucun sens.

Cette remarque eut le don d'exaspérer Harman, connu pour son intransigeante orthodoxie à la doctrine du surréalisme.

— Le surréalisme exclut le jugement et l'obéissance aux normes. Nous ne sommes pas là pour répondre au goût de la bourgeoisie, nous intégrer dans la société ou dans un quelconque circuit marchand. Notre rôle est de tout faire imploser ! Vous connaissez notre Manifeste : tous les moyens sont bons pour ruiner les idées de famille, de patrie et de religion !

— Moi, fit l'un d'eux, avec des amis, j'ai récemment envahi un théâtre où l'on donnait un de ces drames bourgeois à vomir. Nous avons joué de la trompette pendant la représentation et je me suis pendu aux rideaux pour les déchirer. Les spectateurs ont fini par nous taper dessus mais nous nous sommes bien amusés !

— Des enfantillages tout ça, gronda Victor Harman hors de lui. Faites-moi plutôt sauter tout ça ! Des bombes ! Donnez-moi des bombes qu'on en finisse une bonne fois pour toutes !

~

Fin octobre 1924, le Cartel des gauches français avait reconnu le gouvernement soviétique. En 1922, avec sa lucidité qui deviendrait bientôt légendaire, le leader radical Édouard Daladier était revenu enthousiaste de son voyage au pays des Soviets. De son côté, Herriot appelait ce pays frère la *Russie nouvelle*. Seule l'annexion de la Géorgie par les Soviets avait refréné leur ardeur. Sans raison particulière, les radicaux français aimaient bien les Géorgiens.

Varya battit des paupières sous le soleil piquant de l'après-midi en examinant la façade discrète du cabaret. Le Caveau d'Ukraine pouvait être surveillé comme l'Office des réfugiés russes hier. Et les cafés alentour ne devaient pas être plus sûrs. Policiers, as du renseignement français, agents de la Guépéou infiltrés ou en mission, forces blanches opposées à d'autres forces blanches, traîtres de tous les camps. En une seconde, elle eut la vision d'une fourmilière grouillante sous ses pieds. Mais, baignée d'une lueur blanche et diffuse, la ville offrait autant de lignes de fuite que ses rues.

Quelqu'un sortit. Un nez crochu et une grande barbe noire, une figure connue. Enfin ! Elle lui emboîta le pas. Se sentant suivi, il se retourna. À sa vue, il pâlit affreusement. Elle s'approcha avec une lenteur voulue alors qu'il restait figé sur place.

— Vous ? s'écria-t-il. Vous ! C'est impossible, vous avez été passée par les armes avec les autres avant d'être achevée à la baïonnette ! Ceux de l'Office ont raison : vous êtes un esprit revenu nous tourmenter !

— Je ne suis que chagrin.

Varya lui agrippa le poignet comme s'il s'apprêtait à s'enfuir.

— Et j'ai la vie dure, comme les mauvaises herbes !

Il la considéra avec un respect mêlé de crainte mais une autre peur prit le dessus.

— Il ne vous faut pas rester là, je peux être suivi !

— Je dois voir le grand-duc Nikolaï Nikolaevitch !

L'homme frissonna.

— Il se tient sur ses gardes. On veut l'assassiner. Les opérations à l'étranger des services secrets soviétiques sont sous contrôle de la Guépéou. Leurs agents se sont mêlés à tous les réfugiés russes à qui on a laissé passer la frontière sans passeport. Il y en a certainement ici même à l'Office.

— Nous sommes en France quand même !

— D'où venez-vous ? Staline fait liquider ses ennemis blancs à l'étranger. Personne n'est à l'abri à Paris. Les assassins non plus. Une fois leur mission accomplie ou échouée, lorsqu'ils reviennent à Moscou il leur arrive de se prendre une balle dans la tête. Un retour, c'est toujours compliqué. Les jeux de pouvoir changent très vite là-bas, vous comprenez ?

— Pourquoi me dites-vous ça ? bredouilla Varya.

— Au cas où…

Il jeta un coup d'œil furtif autour d'eux. Près de là, on ravalait la façade noircie d'un immeuble. Une brume blanche noyait les lieux d'où il semblait s'échapper des fantômes, mais il ne s'agissait que d'ouvriers au travail juchés nonchalamment sur des échafaudages.

— Si les Blancs du grand-duc Nikolaevitch et ceux du grand-duc Kirill Vladimirovitch se disputent le pouvoir, reprit-il, c'est sans compter les officiers blancs retournés et les faux monarchistes envoyés par Moscou. Savez-vous ce que l'on dit des Russes qui débarquent à Paris de nos jours ? « *Bolcheviques, voleurs ou quémandeurs* ».

— Je suis autre chose, fit doucement Varya.

— C'est bien ça qui me fait peur !

Son ton prit une intensité dramatique.

— Je ne veux pas être mêlé à ça. Vous êtes tous devenus

des fous furieux ! Vous ne ferez qu'amener la mort et la destruction.

Il s'arracha à sa poigne et s'en fut d'un pas rapide. Décontenancée, Varya le laissa partir. Elle respira un grand coup puis tourna les talons. Alors, elle vit un homme baisser la tête et feindre de contempler la devanture d'un magasin. Il portait un chapeau qui lui cachait les yeux. Varya se mordit les lèvres. On venait de la repérer.

Reprenant ses habitudes de bête traquée, la jeune femme fuit précipitamment.

~

À la tombée de la nuit, Arnaud Fauber fut maintes fois sollicité par les filles de Montmartre, au demeurant assez gentilles, qui le prenaient pour un bourgeois en goguette. Dans la pénombre des rues de Montmartre, les clients négociaient âprement le prix de la passe. Entre dix francs, pour les moins gâtées par la nature, jusqu'à deux cents pour les plus jolies ayant la chance de tomber sur un riche touriste étranger.

Les malfaiteurs aussi s'intéressaient à ce type de portefeuilles mais eux ne négociaient pas. Arnaud Fauber s'efforçait donc de marcher au milieu de la rue, attentif aux mouvements suspects. Son regard exercé surprenait autant le geste furtif de la fille qui remontait son bas que celui du mauvais garçon suivant les touristes naïfs.

À plusieurs reprises, l'inspecteur de la Sûreté s'arrêta auprès d'une fille, sortit un billet en posant une question. À chaque fois, il rangea à regret son billet. Vers minuit, il se retrouva devant la porte d'une boîte de nuit qui affichait : « *Il est défendu aux dames de fumer dans l'établissement* ». À l'intérieur, c'était : « *Interdit aux messieurs de danser ensemble* ». On attendait en effet d'eux qu'ils paient cinq sous la danse avec une des filles.

Arnaud Fauber commanda une vodka au lieu de sa limonade ordinaire afin de ne pas se faire remarquer. L'air de rien, il examina la salle comme s'il était à la recherche d'une fille avec qui danser, bien que ce type de frais ne soit pas remboursé par la Sûreté générale. Un va-et-vient prudent avec une salle du fond farouchement gardée n'échappa pas à son attention et lui révéla bientôt l'existence d'un tripot clandestin. Mais la cliente qu'il cherchait n'était pas du genre à jouer, du moins pas à ce type de jeu. Une jeune Russe, blonde aux yeux bleus et sachant manier le couteau.

7

> — *Mais je ne veux pas aller parmi les fous, fit remarquer Alice.*
> — *Impossible de faire autrement, dit le Chat ; nous sommes tous fous ici.*

Comme prévu avec Tamara, Tillie accueillit Varya peu avant vingt et une heures dans le hall de son journal. La journaliste venait de se changer et arborait une étonnante tenue d'aviatrice mais ses pieds étaient encore endoloris de ses va-et-vient incessants dans le lupanar. Cela ne diminuait en rien son impatience.

— Ah ! Vous voilà enfin ! lança-t-elle d'une voix pressée même si elle n'attendait que depuis deux minutes. Alors, comme ça c'est vous la petite protégée de Tamara de Lempicka ?

Son regard l'enveloppa pour mieux apprécier la nature de ses relations avec la peintre qui affichait publiquement sa bisexualité. Comme bien souvent avec Varya, elle en fut pour ses frais. L'exploration visuelle se brisa sur le visage fermé de la jeune Russe.

— Vous me faites penser à quelqu'un… je n'arrive pas à me rappeler…

Varya pâlit mais ne dit rien.

— Venez, fit la journaliste intriguée, ma voiture est à deux pas.

Elle tourna aussitôt les talons et s'en fut à grandes enjambées. Varya dut lui courir après pour la rattraper. Manifestement, Tillie n'aimait pas perdre son temps.

Une Hispano-Suiza ! Décapotable et avec un oiseau de métal trônant au-dessus du radiateur. Impressionnée, Varya considéra avec respect la silhouette nerveuse qui se faufilait au volant.

— Vous montez ou non ? s'impatienta Tillie.

Le cuir de la banquette sentait le neuf.

— Les femmes conduisent des voitures ici ? s'étonna Varya en prenant place.

— Quelques-unes. Je pilote aussi un monomoteur biplace !

— Oh ! Vous avez appris à piloter un avion ?

— Dès que j'ai su qu'on ne me donnerait jamais un train à conduire !

— Ahah !

— Et puis ça va plus vite. Enfin… quand on ne se pose pas en catastrophe dans un trou paumé ! En Bulgarie, j'ai dû atterrir dans un champ à deux heures de la ville la plus proche !

Comme une carte illustrée ou une catin dévoyée, la nuit parisienne déploya ses atours brillants. Varya aperçut la tour Eiffel illuminée par la publicité Citroën dont le nom brillait au-dessus des chevrons de la marque. Tillie possédait un sens particulier de la priorité : toujours la sienne ! L'assurance et l'imprudence semblaient sa marque de fabrique. Grisée par l'énergie cinétique du véhicule, Varya ferma un instant les yeux. À un carrefour, la journaliste s'arrêta et l'observa avec intensité. Le souvenir revint enfin.

La jeune femme d'hier au Chabanais ! Celle qu'on suivait et qui voulait sortir par une issue derrière l'hôtel ! Et celle que ces deux Russes cherchaient ensuite !

Se sentant étudiée, Varya se tourna vers elle. Un sourire se dessina sur les lèvres de Tillie.

— Vous êtes russe ?

— Ça s'entend ?

— Un peu.

Elle redémarra.

— Vous êtes espagnole ? demanda Varya pour relancer la conversation.

— Catalane ! Ce n'est pas le même accent ! Au fait, vous aimez la peinture de Tamara ? demanda-t-elle.

— Je ne sais pas. Et vous ?

La journaliste rit.

— Vous alors, on est rarement déçu lorsque l'on vous pose une question !

Varya réfléchit un instant. De la voiture, elle apercevait les reflets vacillants des lumières sur la Seine piquant l'eau obscure d'autant de pointes de diamant.

— Un cubisme retravaillé, dit-elle en se souvenant des propos de Santaroga.

— Un cubisme adouci et qui ne détruit pas les formes, précisa Tillie. Un compromis acceptable en quelque sorte. Du cubisme sans danger auquel les bourgeois peuvent adhérer. La vanité leur fait accrocher ses toiles à leurs murs pour se donner l'impression d'être à la page tout en se disant : *on va bien s'y faire !*

— Vous voulez dire que Tamara peint pour de l'argent ?

— Elle peint au moins pour plaire ! Ce qui, tout compte fait, revient au même ! Ah, nous y voilà enfin !

L'Hispano-Suiza s'arrêta. De l'autre côté de la rue se dressait une petite boutique à la devanture dissimulée derrière des volets d'un bleu très clair qui commençait à s'écailler. Sur ceux-ci, une inscription : *En cas d'absence, revenez plutôt hier.* Varya allait ouvrir la portière lorsque Tillie la retint.

— Attendez, fit-elle d'un ton de conspiratrice, ils arrivent. Observez avant d'être vue. Leçon de base du journalisme !

Quelqu'un approchait de la boutique, vêtu d'un pantalon et d'une veste, une cravate rayée noir et blanc sur une chemise blanche lui étranglant le cou. Son chapeau arborait un large ruban gris. Il paraissait légèrement essoufflé comme s'il s'était pressé pour ne pas être en retard. Tillie posa négligemment la main sur le poignet de Varya, guettant une réaction à ce contact.

— Celui-là, fit-elle en désignant le jeune homme maigre mais beau garçon, c'est Mac Kenzy. Vingt-huit ou vingt-neuf ans. Parents canadiens français émigrés à Chicago. Vous ne remarquerez qu'à peine son accent. Tous les Américains et Canadiens résident à Montparnasse. Avec quelques économies ou une pension de leurs parents, ils y vivent royalement grâce à un taux de change avantageux.

— Que font-ils donc à Paris ? s'étonna Varya.

— Ils tapent des manuscrits, assurent des traductions,

donnent quelques cours et posent parfois pour des photos pornographiques !

Elle éclata de rire devant la mine déconfite de la jeune femme.

— Méfiez-vous d'eux, ils ne sont là que pour le sexe ! Paris est un terrain de chasse pour tous ces étrangers venant de pays puritains. Ils pensent que l'esprit français se loge entre les cuisses tièdes des filles ! Ils connaissent les lupanars les moins chers de Paris et les fréquentent assidûment.

Varya se sentit rougir.

— Vous êtes bien prude pour un modèle, remarqua Tillie.

— C'est que je ne pose pas depuis très longtemps.

— Pour Tamara seulement ?

— Oui.

La journaliste la scruta plus attentivement.

— Elle vous fait poser nue, j'imagine ?

— Oui.

— Cela ne m'étonne pas, fit l'autre d'un ton entendu.

— Que voulez-vous dire ?

Tillie ne répondit pas, jouant à son tour le mystère.

— Voilà Elsa, glissa-t-elle soudain à l'arrivée d'une brune aux formes minces.

Celle-ci portait une robe de satin blanc rehaussé de feuilles crémeuses, un long collier de perles de rocaille avec un fermoir en fleur de nacre et des boucles d'oreilles assorties.

— Elsa Sorano. Henri, son mari, est importateur de produits coloniaux. Grosse fortune. Il se mêle de politique aussi. Tous les gens qui ont de l'argent ont envie d'y goûter à un moment ou un autre. C'est pour cela que nous avons toujours des gouvernements de notables ! Elsa est ravissante, n'est-ce pas ? C'est aussi une femme plus complexe qu'il n'y paraît. Ses rêves sont compliqués, parfois théâtraux. Je me demande si elle ne surjoue pas un peu…

Elle se retourna vers Varya, en voyant Elsa accueillie avec empressement par un petit homme d'une quarantaine d'années, mince et remuant, aux cheveux hirsutes qui se hérissaient sur son crâne comme des épis en bataille.

— Voici Victor Harman, notre meneur de jeu. Avec Mac Kenzy, Elsa et moi, cela fait quatre. Nous sommes cinq hauts rêveurs d'habitude avec Gabriel de la Biole. Un type d'une platitude désespérante. Aucune créativité ! Tout dans la nostalgie. Il semble absent ce soir. Tant mieux, vous le remplacerez ! Ah oui, autant que vous le sachiez, Victor Harman est à voile et à vapeur. De la jaquette, quoi !

Varya, perdue, secoua la tête.

— Pardon, fit Tillie, j'oublie que vous n'êtes pas française même si vous avez sans doute séjourné ici pour parler aussi bien notre langue. Disons qu'entre une belle femme et un homme moche, Victor choisira la femme. Mais, entre une belle dame et un beau garçon, il se prononcera pour ce dernier. Cela dit, c'est aussi un délicieux poète et un moniteur avisé. Ah, oui, je dois vous prévenir, il vous faudra vous présenter. Qu'allez-vous dire ?

— Varya, Russe, vingt-quatre ans, modèle nu !

— Mmmm… apprécia Tillie, Mac Kenzy va être fou de vous !

Une fois dans la rue, elle prit avec familiarité le bras de Varya. Sans hésitation, elle poussa la porte de la boutique aux volets bleus qui se révéla un atelier de peintre surmonté d'une spectaculaire verrière. Un fauteuil de cuir trônait dans un coin face à quatre chaises au dossier inconfortable et à un gramophone posé sur un guéridon. Des rideaux élimés encadraient la devanture. Au plafond un lustre à gaz éclairait la pièce, jetant des lueurs troubles sur la surface ternie des miroirs aux murs. Le sol était propre et la pièce offrait un vaste espace vide en son centre avec un grand tapis coloré aux motifs en losanges.

Tillie présenta Varya d'autant plus brièvement aux autres qu'elle ne savait rien sur elle. Elsa arqua un sourcil aristocratique. Si la mise de la nouvelle venue était celle d'une petite dactylo, son allure et son maintien le démentaient. Chat aux gestes sveltes et aux manières doucereuses, les cheveux aux quatre vents, Victor Harman flaira la nouveauté intéressante et s'inclina devant elle. Le teint pâle, les dents jaunies par le tabac, il avait une voix flexible, allant des graves à l'aigu selon ses émotions.

— Voici donc la muse de Tamara et l'amie de Tillie. Double haute recommandation s'il en faut ! Mais qui se dissimule derrière ces traits ravissants ?

— Connaissez-vous le jeu du test ? intervint Mac Kenzy. On vide par terre le contenu du sac d'une femme et, d'après ce qu'on y trouve, on brosse son portrait !

Varya sentit son cœur se serrer à la pensée du revolver qui lestait le fond de son sac.

— Il n'en est pas question ! fit-elle précipitamment.

Le Canadien haussa les épaules.

— Il plaisante, la rassura le poète. Mac Kenzy, tenez-vous correctement ou je vous exclus du Cercle ! Ma chère Varya, à quoi rêvez-vous habituellement ?

Elle réfléchit. Aux moments les plus durs, elle avait rêvé

à une belle côte de bœuf bien tendre qui fondait dans la bouche.

— À de la viande rouge, répondit-elle.

Victor Harman ouvrit grande la bouche et la referma sans mot dire. Il se tourna vers la journaliste comme pour la prendre à témoin et celle-ci hocha la tête, amusée.

— Déconcertant, fit le surréaliste en étrécissant les yeux. À première vue car, à la réflexion, ce matériel onirique est riche à souhait. La viande rouge, le sang, le corps et bien entendu on en arrive à l'âme prisonnière de toute cette viande. Voici ce que nous sommes lors de notre passage sur terre, de simples morceaux de viande !

— Les assaisonnements aussi, compléta Varya d'un ton très sérieux, le temps de cuisson, les sauces…

Réprimant son hilarité, Tillie lui fit discrètement signe de s'arrêter. Mais le petit poète semblait enchanté. Il bomba le torse en posant un regard hardi sur Varya.

— Ma chère, je sens que vous allez balayer la poussière de notre quotidien !

Elsa Sorano émit un petit gloussement.

— Pour ça, mon mari préfère les aspirateurs Hoover !

Victor Harman ne releva pas.

— Varya, vous réveillez le poète qui est en moi. Et la joie du poète est de savoir qu'il est essentiel à la vie !

— Et la joie du poêle est de savoir qu'il est essentiel à la chaleur, répliqua Varya.

Le poète écarta les mains et se tourna vers les autres rêveurs éveillés.

— Vous avez entendu ? J'adore cette femme ! J'adore cette femme !

Reportant à plus tard l'analyse de tout ce que venait de lui dire la nouvelle venue, Victor Harman se mit à lui prodiguer des conseils.

— Ma chère, le rêve fait partie de nous. Quelque chose à l'état d'inconscient dans notre psyché veut devenir conscient et, pour cela, prend la forme d'images intérieures. Ce sont ces images que vous allez exprimer. Vous devez être détendue et dans un état de totale relaxation qui vous mènera progressivement à un état qui ne ressemble ni à votre conscience ni au sommeil.

— Un demi-sommeil, quoi, fit Varya.

Une ombre envahit la prunelle du poète.

— À vous de franchir le seuil crépusculaire qui vous permettra d'atteindre l'état de rêve éveillé. Laissez l'image s'imposer spontanément puis livrez-vous à un enchaînement imaginaire d'idées, d'autres images, de symboles que vous nous décrirez au fur et à mesure qu'elles vous apparaîtront. Je vais m'efforcer de vous aider à visualiser et partager ce que vous voyez même si cela ne paraît avoir aucun sens. Mon objectif est de fusionner avec vous.

Varya eut une moue dubitative. Elle n'avait nulle envie de fusionner avec qui que ce soit.

— La signification des images vous appartient, insista Victor Harman comme s'il sentait sa réticence, mais en fusionnant avec vous je peux les comprendre et vous aider à les interpréter.

Les participants s'allongèrent sur le tapis, un coussin sous la nuque, le corps disposé en étoile, la tête vers le centre tout en se tenant la main. Varya réajusta nerveusement sa robe. Elle avait remarqué que Mac Kenzy, à sa gauche, reluquait ses chevilles et tentait d'apercevoir la forme de ses jambes sous le tissu tiré. Tillie lui serrait fermement la main droite comme si elle se portait garante de la sécurité de sa nouvelle connaissance.

— Nous allons ouvrir le livre de lumière et traverser les sept vallées, déclara Victor avec emphase.

Puis il se mit à parler de plus en plus vite d'une voix atone. Étonnamment, celle-ci avait un effet calme et apaisant sur l'assistance. La première, Elsa Sorano, prit la parole d'une voix extasiée.

— Je suis un oiseau, j'ai des ailes.

Si tu n'en avais pas, pensa Varya, *tu ne pourrais pas voler, dinde !*

Comme si elle venait d'exprimer à voix haute sa pensée, Varya sentit la main de Mac Kenzy serrer convulsivement la sienne à la manière d'un éclat de rire. Tentée un instant de lui répondre, elle s'en abstint, redoutant le fou rire.

— Une lueur dorée envahit le ciel…

Elle va bientôt entendre chanter les anges.

— Je suis prise d'un léger vertige. Je glisse mais je n'ai pas l'impression d'une chute. Plutôt d'une ascension.

— Continuez de monter, conseilla Victor.

— J'ai trop chaud, se plaignit Elsa. Je sens que je brûle de l'intérieur. Je dois trouver un endroit plus frais pour mon organisme surchauffé. C'est comme si on m'avait conçue pour vivre dans les pays froids. Dès que je descends vers le sud, je transpire. J'ai des auréoles sous les bras et j'ai horreur de ça.

— Elsa, fit Victor Harman, vous volez. Oubliez la chaleur et les auréoles sous les bras. Vers quoi volez-vous ?

— La rédemption ou la chute…

— La rédemption suit la chute et non l'inverse. Vous vous êtes relevée, Elsa, et vous montez vers des cieux nouveaux. La découverte de nouveaux espaces de liberté. Décrivez-nous l'endroit où vous vous trouvez.

— Je suis trop près du soleil. Il devient aveuglant. Tout est rouge. Tous ces rayons qui me touchent, ces mains brûlantes sur moi. Que dois-je faire ? Que dois-je faire ?

La voix du meneur de jeu vint dissiper la tension.

— Redescendez sur terre, Elsa. Retrouvez l'air frais. Reposez-vous sur l'herbe verte. Vous y êtes ?

— Oui.

— Ne pensez plus à rien. Laissez votre esprit vide.

Victor Harman inspira et expira.

— Varya, c'est à vous. Libérez votre esprit de toutes contingences matérielles.

La jeune Russe sentit au même moment Tillie et Mac Kenzy qui, sans se concerter, lui adressaient un petit message d'encouragement en pressant ses doigts. Elle sourit.

— Détendez-vous, reprit le meneur de rêves en un murmure. Fermez les yeux et respirez profondément. Ne pensez plus qu'à votre petit orteil gauche, puis passez à l'orteil suivant, soyez chacun de vos orteils et expirez lentement. C'est votre orteil qui respire désormais. Sentez votre respiration remonter le long de votre jambe jusqu'à votre ventre. Ne pensez plus qu'à la respiration de votre ventre. Vous dormez. Un demi-sommeil léger, totalement détendu. Vous ne pensez plus à rien. Votre rêve va percer comme une nouvelle pousse perce la croûte de la terre, s'échappant des ténèbres pour tendre vers la lumière. Laissez éclore la fleur de votre conscience. Laissez les images et les émotions vous envahir sans retenue. Contentez-vous d'observer et de décrire sans émettre de jugement.

— …

— Varya, insista Victor Harman, observez votre atmosphère intérieure. Laissez l'image la plus forte prendre possession de vous et se développer.

Et tout à coup Varya se sentit envahie par une marée d'images.

Est-ce encore moi dans ce corps ? Est-ce moi en train de rêver ? Est-ce que je rêve que je rêve ? Ce corps m'appartient-il encore ou quelqu'un d'autre en a-t-il pris possession ? Et si ce n'est plus moi où suis-je ? Et qui suis-je ? Je suis tellement dispersée…

— Je suis dans une pièce enfumée, fit Varya d'un ton endormi. Il y a autour de moi des gens aux visages luisants de sueur et aux yeux fous. On met une balle dans le barillet vide d'un revolver, puis on le tourne. J'entends le clic du percuteur. Pas de détonation. On me tend l'arme. Je l'applique contre ma tempe et je presse la détente. Tout le monde retient son souffle. Un clic. Un sursis. Tout le monde éclate de rire… Je donne l'arme à mon voisin.

Varya sentit alors la main soudain moite de Mac Kenzy s'agiter dans la sienne. Un de ses doigts râpa l'intérieur de sa paume comme un signal. Elle se tut. Il régna dans la salle un silence lourd de tension.

— Qui voyez-vous autour de vous ? demanda Victor Harman d'une voix inexplicablement aiguë.

— Des figures inconnues. Celles d'une humanité malade.

— Que faites-vous à présent ?

— Je me réveille. Je suis seule dans mon lit et je pleure.

Comme soulagée, la main de Mac Kenzy se détendit alors entre ses doigts.

Pour fêter l'arrivée de Varya, on fit une photo de groupe. Mélange déconcertant de rouerie et de maladresse juvénile, Mac Kenzy tritura ensuite son chapeau entre ses mains.

— Puis-je vous raccompagner, mademoiselle ?

Tillie s'interposa.

— Varya et moi nous allons boire un verre ensemble. (Elle anticipa la proposition.) Toutes les deux. Sans homme !

— Sans homme ? s'exclama le Canadien. À Paris, la capitale de l'amour ?

— Non ! rectifia la journaliste, la capitale du tourisme sexuel !

— Comme Venise au XVIIIe siècle. Si nous en discutions ?

— Nous comptons nous en tenir à des conversations de femmes si vous voyez ce que je veux dire, monsieur Mac Kenzy ! Cela ne vous ennuie pas de remettre à une prochaine fois vos maladroites tentatives de séduction ?

Le Canadien eut une grimace de contrariété.

— Et en plus, renchérit Varya revancharde, vous vouliez vider mon sac par terre !

Mac Kenzy leva les bras au ciel dans un geste de désespoir et d'innocence entremêlés.

— Une autre fois, alors…

Il les salua et disparut, harponné par l'obscurité. Une nuit chaude et veloutée régnait à l'extérieur du Cercle. Dans l'air tiède s'attardait le parfum des Parisiennes. La journaliste reprit le volant et démarra sans plus attendre, refusant la priorité à un véhicule déjà engagé.

— J'aime bien votre voiture, fit Varya. Elle roule vite.

— J'ai toujours voulu repousser mes limites, renchérit Tillie. La régularité de l'existence est tout simplement révoltante ! Rester perpétuellement en mouvement est pour moi une nécessité. Les moyens de locomotion me fascinent. Quand j'étais enfant, j'imitais le bruit du train dans les couloirs, je faisais voguer des bateaux dans les bassins. Je construisais aussi des avions miniatures avec tout ce que je trouvais ! Maintenant, je sais les piloter !

Elle emprunta à vive allure de grands boulevards brillamment éclairés jusqu'à une place où les accueillirent des flots de lumières crépusculaires. Sur Pigalle flottaient des airs de jazz. Les souteneurs battaient la semelle, les rabatteurs de boîtes ameutaient les touristes américains. Tillie semblait bien connaître l'endroit et les dirigea au pas de course vers une façade plus rassurante. Un imposant portier noir en livrée, galonné comme un amiral d'opérette, leur en ouvrit la porte. Elles furent happées dans un halo de fumée et un bourdonnement étouffé de rires.

Varya observa les femmes autour d'elle, le teint pâli par la poudre de riz, les joues rehaussées de rose, les cils noircis, les sourcils épilés et redessinés au crayon noir. Leurs robes à taille basse s'arrêtant au genou, elles arboraient des silhouettes fines et élancées. Habituée à la rigidité des matières, Varya admira le tombé souple des étoffes tandis que Tillie hélait un serveur et commandait d'autorité des boissons au shaker.

— Êtes-vous depuis longtemps à Paris ? demanda la journaliste d'un ton nonchalant.

— Je viens d'arriver.

— De Russie ?

— De l'étranger !

— Inutile de vous demander de quel pays ? dit Tillie qui commençait à connaître la chanson.

— Non, je ne me souviens plus !

Et c'était vrai. À partir d'un certain moment, tout s'était embrouillé dans son esprit comme si elle s'était cogné la tête trop fort contre quelque chose de très dur.

Tillie ne fit pas de commentaire. Elle aimait tout savoir sur tout le monde. Le peu de temps dont elle disposait ne devait pas être gâché en hommes ou en conversations oiseuses. Elle venait d'avoir trente ans et estimait qu'il lui fallait aller plus vite encore pour se faire reconnaître dans le monde si masculin des grands reporters. Elle était consciente qu'on en demandait deux fois plus à une femme qu'à un homme pour se faire accepter.

La jeune Varya semblait digne d'attention. Tillie en avait rarement appris aussi peu sur quelqu'un.

— Gabriel de la Biole est mort, savez-vous ? lâcha-t-elle négligemment. Il s'est ouvert la gorge la nuit dernière. Je n'ai pas jugé bon d'en informer les autres ce soir, de peur de gâcher notre séance.

Varya tressaillit. Santaroga avait répondu sans détour à sa question sur la future absence de Gabriel de la Biole à cette séance mais sans mentionner les circonstances de sa mort. L'œil attentif de la journaliste, braqué sur elle, la mettait mal à l'aise.

— C'est affreux, dit Varya.

Tillie sortit de son sac un journal du soir et le lui tendit à la bonne page. Un entrefilet rapportait les circonstances de l'atroce suicide de Gabriel de la Biole, présenté comme un homme d'affaires, un humaniste ainsi qu'un ardent patriote proche des mouvances nationalistes.

— C'est étrange qu'il se soit ouvert la gorge, fit son interlocutrice pensive. Lors d'une séance, il nous a raconté un rêve sinistre où il tranchait la gorge d'un dormeur au milieu de la nuit. En se réveillant, il constatait qu'il s'était lui-même tué!

— En dormant?

Tillie baissa les yeux.

— Je ne me souviens plus très bien. Il faudrait retrouver les notes de séance de Victor.

Elle s'interrompit le temps qu'on leur serve leur *Bijou cocktail.* Le curaçao blanc s'y mêlait avec la grenadine, la chartreuse, l'orange bitter et le vermouth. Varya y goûta prudemment.

— Où sont-elles ces notes? demanda-t-elle en ingurgitant cette fois une généreuse lampée de son verre.

— Nous les rédigeons généralement à la fin de chaque réunion, dans les grandes lignes et avec les souvenirs de tous. Victor les réécrit ensuite pour qu'Elsa les fasse taper par la secrétaire de son mari.

Terminus, tout le monde descend! pensa Varya. *Voilà trois cents francs bien gagnés!*

— Pourquoi ce prénom de Tillie? demanda-t-elle par curiosité. Ce n'est pas le vôtre, n'est-ce pas?

La journaliste secoua gaiement sa chevelure ondulante, presque reptilienne.

— C'est mon nom de plume. Je voulais être libre. Choisir mon nom a été ma première déclaration de liberté. Savez-vous ce qu'a dit Casanova à quelqu'un qui lui reprochait de s'être créé de toutes pièces son titre de chevalier de Seingalt ? « À ce que je sache, les lettres de l'alphabet appartiennent à tout le monde ! »

D'une main distraite, elle remua son verre et les glaçons de son cocktail s'entrechoquèrent dans un bruit délicieusement crispant.

— Je suis d'origine catalane et mon grand-père a été négociant en Inde, en Chine et au Japon. J'ai toujours été bercée d'histoires exotiques, de légendes et de souvenirs ressassés.

Les glaçons dans son verre carillonnèrent.

— Nous étions parisiens avant que mon père ne se mette en tête de laisser son négoce et d'aller exploiter un grand domaine à la campagne. Là-bas, on vous lave encore les cheveux au jaune d'œuf! J'y ai péri d'ennui. J'avais besoin de voir des gens, sentir le monde bouger autour de moi. Bien entendu, mes parents ont perdu toutes leurs plumes dans ce domaine qu'ils étaient incapables de gérer. Nous sommes revenus à Paris, loger chez une grand-tante. Mon Dieu quel bonheur, même si plus personne ne m'invitait car nous avions déchu !

Elle n'ajouta pas que la mésaventure sociale de sa famille la poussait à rechercher une reconnaissance à travers la prise de risques de ses reportages inattendus.

Varya porta à nouveau son verre à ses lèvres sans cesser de l'écouter. L'association des alcools lui plaisait autant que les belles couleurs de son cocktail. Tillie reprit la parole. Son invitée nota que lorsqu'elle parlait, tout à coup ses mains s'affolaient et voletaient en l'air pour donner plus de force à ses paroles.

— Pendant la guerre, on a demandé aux femmes de

travailler à la place des hommes. Après l'armistice, on les a priées de rentrer chez elles et de faire grimper le taux de natalité pour remplacer les générations tombées. On a distribué des primes à la naissance, une allocation annuelle pour le quatrième enfant, une médaille au cinquième.

Elle leva son verre pour porter un toast.

— À la santé du professeur Adolphe Pinard qui, une fois élu au Parlement, a dit que le lait de la mère appartient à l'enfant !

Elles burent. Malgré les protestations de Varya gênée, Tillie commanda une seconde tournée car le verre de son invitée était vide.

— Moi, reprit-elle, j'avais vingt ans et nulle envie de servir de bonne à un homme ! Mon second acte de liberté a donc été de me marier avec le garçon que je désirais et non avec celui que mes parents m'avaient choisi. Je pensais que le mariage me permettrait de m'affirmer. Erreur grave ! C'est comme se lever chaque matin pour prendre la route et commencer par poser le pied dans une bouse !

Un instant interloquée, Varya éclata de rire. La journaliste la contempla avec sympathie.

— J'ai divorcé l'année suivante. Il y a des malentendus qu'il faut vite lever. Vous ne croyez pas qu'il est inutile de perdre son temps à se battre pour des choses qui n'en valent pas la peine ?

Ses yeux sondèrent à nouveau ceux de sa convive.

— Moi, fit Varya en réponse à l'attente muette, d'aussi loin que je me souvienne, je me suis toujours battue pour une seule chose : survivre !

La journaliste attendit la suite mais elle comprit que la

confidence en appelait une autre. Mue par une soudaine impulsion, elle avoua sur un ton de conspiratrice :

— En fait, j'ai infiltré ce Cercle de rêveurs éveillés pour rédiger un article. Si vous saviez d'ailleurs tout ce que j'infiltre ! Même les maisons closes !

Elle marqua une pause. Varya conserva les lèvres serrées. Loyale, elle ne souhaitait pas trahir Santaroga qui s'était montré généreux.

— Vous garderez mon secret, n'est-ce pas ?

La Catalane s'était penchée vers elle, l'air inquiet. Varya leva la main et dit avec gravité :

— Je vous le jure sur les restes de la Très Sainte Russie.

— Voilà, fit la journaliste avec un brin d'exaltation dans la voix, une authentique Russe blanche !

Elle ajouta en faisant rouler le *r* :

— J'adorrrre !

Varya se pencha à son tour vers elle.

— Quel genre d'homme était Gabriel de la Biole ? s'enquit-elle autant par devoir professionnel que par curiosité.

— Un ancien combattant et un homme d'affaires qui a aussi beaucoup agi pour des œuvres humanitaires avec les réfugiés avant de devenir un nationaliste et un admirateur de Benito Mussolini et de sa marche sur Rome.

— Je ne m'intéresse pas à la politique, se hâta de déclarer Varya.

Le regard sagace de Tillie s'attarda sur elle.

— Comment une Russe aujourd'hui peut-elle se permettre d'ignorer la politique ?

— Je voyage beaucoup ! répliqua Varya. En fait, personne au monde ne voyage plus que moi !

— Avez-vous rencontré des compatriotes ici ? la brusqua Tillie qui pensait aux deux Russes qui couraient après elle.

— Je n'en ai pas eu le temps mais j'aimerais en rencontrer un en particulier.

— Qui ?

Varya se mordit les lèvres. Est-ce que Tillie pourrait l'aider ? Elle avait l'air de connaître tant de personnes. Une entrée discrète dans le monde des Russes blancs à Paris s'annonçait compliquée. Ils étaient sur les nerfs. À tout prendre, la journaliste lui paraissait plus fiable.

— Le grand-duc Nikolaï Nikolaevitch, répondit-elle en baissant prudemment la voix.

Ah, voilà ! pensa triomphalement Tillie. *Se confier aux gens leur délie toujours la langue. Et ce n'est pas la première cavériste venue qui cherche à rencontrer le chef militaire de l'Union russe !*

— Le grand-duc vit au château de Choigny, expliqua-t-elle. Il est surveillé par la police française et gardé par une quinzaine d'officiers cosaques, quelques hommes de troupe fidèles et des chiens très méchants lâchés la nuit dans le parc. Il quitte rarement son domaine et ne reçoit que des gens sûrs.

Varya fit la moue. En quelques mots, la journaliste venait de ruiner ses espérances.

— Il a peur des agents de Staline ?

— Pas seulement ! répondit Tillie un sourire aux lèvres. Vous n'imaginez pas comme les Russes blancs émigrés sont divisés.

— Avant l'émigration, c'était pareil !

Varya en savait quelque chose. Les armées blanches

avaient réuni jusqu'à un demi-million d'hommes que seul rassemblait leur ennemi commun bolchevique. Sinon, tout les opposait politiquement.

— Oui, fit Tillie qui semblait connaître la question, des alliances de circonstances bien fragiles.

Elle considéra Varya avec attention.

— Le grand-duc donne peu d'interviews. Mais je suis certaine qu'une reporter de renom comme moi pourrait être reçue par lui !

Comme elle s'y attendait, Varya leva vers elle un regard chargé d'espoir. Tillie croisa les jambes et agita distraitement un pied qu'elle s'appliqua à fixer.

— Évidemment, je pourrais me faire accompagner par une assistante comme vous qui prend des notes…

— Vous feriez cela pour moi ?

La journaliste releva lentement la tête.

— Et vous Varya, que feriez-vous pour moi ?

— C'est-à-dire ?

— Pour commencer : me dire qui vous êtes vraiment !

Varya se mordilla les lèvres.

— Ah ça, voyez-vous, c'est compliqué parce que je ne me souviens plus vraiment qui je suis. Vous avez lu *Alice au pays des merveilles* ?

~

Santaroga appréciait les grands cafés de la capitale, Montparnasse, la faune du Paris de la nuit avec les bohémiens de la rive gauche et les écrivains américains d'avant-garde exilés dans ce qu'ils considéraient comme la plus belle ville du monde. On y trouvait Hemingway, Joyce, Djuna Barnes, Kay Boyle, Leo et Gertrude Stein, Man Ray et Kiki, son égérie, tout comme Cocteau ou Fitzgerald.

D'un pas conquérant puisqu'elle prenait l'habitude des grands restaurants, Varya pénétra une heure avant minuit dans le Bouillon Rougeot. Elle eut un mouvement de surprise en découvrant la grande salle d'un bloc avec ses boiseries aux courbes sinueuses enchâssant de vastes miroirs biseautés. Sur les carreaux de céramique des murs, on avait peint des pergolas autour desquelles s'enroulaient de délicieux liserons. D'exquises statuettes féminines en bronze, aux épaules dénudées et soutenant des globes lumineux, éclairaient les tables. La lumière soulignait la carrure imposante du psychanalyste penché sur ses notes.

Sous la verrière aux couleurs chatoyantes, Santaroga écouta avec attention le rapport de séance de Varya tout en tirant pensivement sur sa cigarette. À la fin de son récit, il lui livra ses réflexions.

— Victor Harman a interrompu Elsa Sorano au moment crucial pour l'orienter vers ce qui l'intéressait lui : le vol. Il n'a tenu aucun compte du sentiment de chaleur intense qu'Elsa ressent comme Icare lorsqu'il s'approche trop près du soleil. L'excitation de ce qu'elle fait la terrifie également.

Il se tut tandis que le serveur apportait à son invitée un confit de canard aux pommes persillées et à lui-même des quenelles de brochet au coulis de crustacés. Il laissa son invitée attaquer son plat.

— Elsa, remarqua Varya après une première bouchée qui l'avait conduite au paradis en première classe. Vous l'avez appelée Elsa. La connaissez-vous donc ?

— C'est ma patiente depuis hier soir.

La Russe eut un hoquet de surprise.

— Vous ne perdez pas de temps !

Il eut un sourire confus.

— Elle m'a demandé d'être son analyste. Je ne pouvais pas refuser une si belle clé d'entrée au Cercle des rêveurs éveillés.

Varya prit un air vaguement égrillard.

— Seulement pour cela ?

— Les belles patientes ne manquent pas mais coucher avec l'une d'elles revient un peu à commettre un inceste.

Et il l'avait commis par deux fois ! Non. Il avait aimé par deux fois. Et Sabrina, aujourd'hui mariée et mère de deux enfants, était heureuse, du moins le supposait-il. Quant à Emilie Brown, elle avait rejoint les rangs des psychanalystes et le poursuivait à chaque congrès de son regard inquisiteur, entre tendresse et sévérité, comme un fer brûlant apposé sur une cicatrice toujours fraîche.

— De quoi souffre Elsa ? demanda Varya curieuse comme une pie devant un objet brillant.

— Secret professionnel !

Elle n'insista pas et raconta les rêves de Mac Kenzy et Tillie qui n'entraînèrent aucun commentaire particulier de la part du psychanalyste.

— Personne n'a parlé de Gabriel de la Biole ? s'enquit-il.

— Non. Ils avaient l'air d'ignorer sa mort, sauf Tillie qui n'a rien dit aux autres.

— Mon patient allait mieux, assura Santaroga. Il s'était sorti de ses cauchemars et de ses obsessions morbides jusqu'à ce qu'il intègre ce Cercle. Il m'a confié avoir fait un rêve la nuit précédant sa mort. Il entrait dans une demeure qui lui paraissait familière et en égorgeait le propriétaire dans son sommeil. La nuit dernière, il a découvert que cet homme n'était autre que lui-même. Il s'est ouvert la gorge en pensant tuer quelqu'un ! Mais qui voulait-il tuer au départ ? Voilà ! Ça, c'est la question !

— Pourquoi me dites-vous tout cela ? chuchota Varya d'une voix un peu tremblante.

— Parce que je ne veux rien vous cacher !

Elle le considéra un instant. Elle n'était plus habituée à rencontrer ce genre d'hommes. Des gens forts, intelligents, mais sans détour. Gentils également. Bienveillants. La voyante lui avait parlé d'un homme qui la protégerait...

— Tillie m'a raconté que, lors d'une séance, il a fait ce rêve dont vous venez de parler.

Il n'était pas facile d'étonner Santaroga.

— Gabriel avait omis de me dire qu'il s'agissait d'un rêve éveillé !

Il fouilla dans ses poches.

— J'ai recopié le mot qu'il a laissé. Je vais vous le montrer.

Il déplia le papier. Varya se pencha et lut avec un sentiment de malaise croissant :

Cette nuit j'ai rêvé que je tuais quelqu'un quand je me suis réveillé j'ai réalisé que c'est moi que j'avais tuer.

— Vous avez remarqué la faute d'orthographe ? demanda Varya.

Il lui jeta un regard pénétrant.

— Beaucoup de Français confondent *é* et *e-r*. Je vous félicite mademoiselle. Vos études en France ont été profitables !

Contrariée, Varya remua les lèvres sans rien dire.

— Est-ce un fait significatif? demanda-t-elle enfin.

— Je l'ai fait remarquer au commissaire de quartier qui m'a interrogé sur les lieux. Croyez-moi ou non, il ne s'en était pas aperçu. Il a même fait appel à deux agents pour vérifier qu'il s'agissait bien d'une faute ! Et encore, un seul était d'accord avec moi !

Il pointa un doigt vers son interlocutrice.

— *Et alors ?* m'a demandé le commissaire en fin de compte. Croyez-vous qu'une personne qui se vide de son sang ne puisse pas commettre une faute d'orthographe ? Une faute que certains peuvent commettre même lorsqu'ils sont en pleine forme ?

Santaroga s'assombrit soudainement.

— Figurez-vous que je n'en sais strictement rien !

Il repoussa son assiette à moitié pleine.

— Comment un homme qui a la gorge ouverte aurait-il le temps d'écrire une phrase aussi longue ? remarqua Varya.

— La blessure a été infligée avec maladresse. Gabriel de la Biole s'est vidé progressivement de son sang. En fait, il s'est vu mourir.

— Mon Dieu !

— Au Quai des Orfèvres, un commissaire de la Criminelle voulait savoir si je connaissais des ennemis à mon patient. Il m'a appris que l'homme s'était ouvert la gorge comme un droitier alors qu'il est gaucher ! Et qu'une femme blonde était venue le voir le soir de sa mort.

Varya tressaillit et se hâta de nettoyer à coups de fourchette rapides les restes de son assiette. Santaroga remarqua qu'elle agissait ainsi comme si elle craignait qu'on ne vienne la lui retirer avant qu'elle ne l'eût finie. Un réflexe.

Des sentiments variés animaient la convive. Ses rencontres avec le psychanalyste, Tamara et le Cercle des rêveurs éveillés l'avaient un temps distraite de sa tâche mais maintenant tout était fini. Tillie allait l'aider à mener à bien sa mission. Celle-ci terminée, Varya pensa avec regret qu'elle ne reverrait plus Santaroga. Elle se rejeta en arrière, admirant les arbustes qui déployaient leurs branches sur la verrière, envahissant de myriades de fleurs les vitraux colorés. Tous ces beaux lieux, on ne l'y emmènerait plus.

— Je vous en prie, intervint Santaroga, toujours au diapason de ses pensées. Nous ne sommes pas pressés et puis vous prendrez bien un dessert ? Je vous accompagnerai !

Mais Varya avait mangé trop vite et se sentait déjà l'estomac lourd. Elle refusa poliment.

— Il faut que je réfléchisse à tout cela, dit-il alors. Venez prendre le petit déjeuner avec moi demain matin. Disons à huit heures trente. Je laisserai votre nom à la réception de mon hôtel et je vous retrouverai à la salle à manger.

— Ma mission continue ? demanda Varya si surprise qu'elle en oublia de marchander le tarif de sa collaboration.

— Oui et nous devons en rediscuter. Je veux comprendre ce qui a poussé mon ancien patient à ce rêve horrible au sein du Cercle !

Il marqua une pause.

— Et puis, il y a vous…

— Moi ?

— Vous n'avez pas envie de vous souvenir ? Ne faites-vous

pas toujours ce même rêve qui se répète indéfiniment sans vous apporter de réponse ? Cette porte qui reste fermée ?

Une fois de plus, il la vit hésiter et, comme un cheval, renâcler devant l'obstacle.

— Me souvenir ? Oui. Derrière cette porte que je n'ai pas pu pousser, il y a peut-être des moments de ma vie dont je ne me souviens pas. Comment appelez-vous cela ? Amnésie ?

Santaroga expira doucement. On y était ! Il s'efforça de ne pas la brusquer.

— L'amnésie est un phénomène complexe dont les causes peuvent aussi bien être organiques que psychologiques. Sur quelle période s'étend cette amnésie ?

— Il m'est difficile de vous répondre. Des pans de mon existence de-ci, de-là.

— J'ose alors espérer qu'elle n'est due qu'à un refoulement. Votre inconscient efface de votre mémoire un souvenir particulièrement angoissant pour faire disparaître l'anxiété qui lui est liée. C'est comme un mécanisme de défense.

— Mais ce rêve…

— Les souvenirs refoulés. Votre esprit est comme une maison. Ils tambourinent à la porte pour qu'on les laisse entrer. Souvent, ils surgissent dans les rêves car le surmoi est alors endormi et n'exerce plus aucune censure. C'est pourquoi le patient doit raconter son histoire et celle-ci, dans toute son intensité dramatique, fournit au praticien la clé de la thérapie.

Un long frisson la secoua. Le psychanalyste savait quand ne pas insister. La parole devait se libérer, pas être arrachée de force. Une serveuse vint le prévenir de l'arrivée de sa voiture.

— Je vous raccompagne avec mon taxi, proposa-t-il en se levant.

— Merci, je préfère marcher un peu, découvrir la ville le soir.

— Seule ? s'alarma Santaroga.

Elle laissa filtrer un sourire féroce.

— Ne vous inquiétez pas pour moi.

~

Elsa Sorano murmura quelques paroles et la silhouette en forme de saucisse qui filtrait les entrées lui ouvrit la porte. Elle pénétra dans un atelier de manutention reconverti en lieu de culte. Sous une lumière tamisée, des couples s'y pressaient déjà ainsi que des mâles seuls que son arrivée sembla émouvoir. L'assistance se composait de personnes des deux sexes aux yeux brillants. Certains avaient un air gêné, d'autres tentaient de conserver un masque impassible mais on percevait chez tous une sourde attente.

Une femme maigre au regard égaré monta sur une sorte de chaire. Vraisemblablement une Slave, au visage osseux et fascinant.

— Mes frères, mes sœurs, commença-t-elle avec un accent si épouvantable qu'on pouvait se demander s'il n'était pas feint.

Elsa se savait déjà choisie et cela l'excitait terriblement.

— Ça sera encore non, maugréa un homme au crâne luisant de sueur à son voisin en la reluquant. Cette petite-bourgeoise ne vient ici que pour les sermons. Elle ne pratique pas. J'aimerais pourtant qu'elle devienne ma sœur!

La fin du prêche amena des rapprochements à s'effectuer.

— Ma sœur…

Certains hommes avaient trouvé ici un terrain de chasse facile sous couvert d'un argument religieux. Ils en avaient adopté le vocabulaire à leur besoin. Elsa Sorano se tourna d'un bloc.

— Mon frère ? Tu as besoin de dégorger le poireau ? Que quelqu'un t'essore le nœud ?

L'autre déglutit, une lueur fiévreuse dans l'œil. Elle s'approcha de lui et posa une main nonchalante sur son entrejambe.

— Je les aime de taille conséquente, je doute de trouver satisfaction avec toi. La nature ne t'a pas assez doté!

Elle sortit en faisant claquer ses talons. La voiture l'attendait, sagement rangée contre le trottoir. Elle monta sans hésiter à l'avant. Le chauffeur la contempla d'un air torve.

— Alors, ma sœur, vous les avez bien excités ?

Elsa éclata d'un rire nerveux.

— Je leur ai mis une trique pas possible!

L'homme posa une main paternelle sur son genou, savourant le contact de la soie sous sa paume.

— Oh ma chère, comme c'est excitant! Je vous ai imaginée là-bas…

— Je vois, mécréant! Mais j'ai assisté à l'office, je n'ai pas communié!

— Cela viendra ma sœur, cela viendra…

8

En fait, cela rappelait à la fois la tarte aux cerises, la crème renversée, l'ananas, la dinde rôtie, le caramel, et les rôties chaudes bien beurrées.

Le taxi s'arrêta près de Varya le long du boulevard du Montparnasse. Elle se tendit, prête à s'enfuir ou à se battre, mais une silhouette familière descendit de la voiture.

— Détendez-vous, fit Mac Kenzy en la voyant prête à prendre la fuite ou à lui sauter à la gorge. Ah que vous êtes nerveuse !

— Encore vous ! s'exclama-t-elle.

Mac Kenzy remua gauchement ses épaules étroites.

— Je loge non loin d'ici et je vous ai aperçue. Je n'ose vous dire : quel heureux hasard !

— N'essayez même pas ! Pourquoi me collez-vous comme une double cerise ?

— Vous n'allez pas me reprocher d'avoir une envie irrésistible de faire votre connaissance !

Varya lui rendit son regard sans ciller.

— Tant qu'elle n'est pas guidée par une irrésistible envie de coucher avec moi !

Il rit et elle donna l'adresse de son hôtel au chauffeur de taxi. Le trajet fut court et elle s'efforça de garder une distance raisonnable avec le Canadien.

— Vraiment certaine de ne pas vouloir boire un verre ? insista celui-ci lorsque le taxi s'arrêta.

— Une autre fois, promis.

Sur le trottoir, Varya sursauta. À l'étage, la lueur d'une lampe torche brilla une seconde dans sa chambre avant de s'éteindre. Elle chercha des yeux la prostituée. Celle-ci tournait sur elle-même dans une pose alanguie au passage d'un badaud. Lorsqu'elle aperçut la jeune femme, elle prit un air terrifié et lui fit signe de dégager en mimant le geste d'égorgement convenu qu'elle exagéra inutilement. Cela ne fit pas sourire Varya. Varya n'avait jamais souri à la mort.

Maîtrisant sa panique, elle se retourna brusquement vers le taxi du Canadien qui l'avait raccompagnée. L'apercevant, Mac Kenzy tapota l'épaule du chauffeur qui redémarrait pour qu'il s'arrête. Intrigué, le jeune homme baissa sa vitre.

— Un problème ?

Elle se pencha très vite vers lui.

— D'accord pour boire un verre mais je ne veux pas coucher avec vous après. OK ?

Mac Kenzy rit.

— OK ! OK ! Je vous adore. On ne rencontre pas souvent des gens comme vous ! Montez donc, jeune vierge. Je ne vous toucherai pas… pour ce soir. Demain, je ne vous promets rien !

— Où m'emmenez-vous ? demanda Varya une fois en sécurité à l'intérieur du véhicule.

Le Canadien la jaugea, circonspect.

— Victor Harman donne une fête chez lui. Je comptais m'y rendre mais je ne pense pas que vous apprécierez. Un peu décadent pour vous, jeune fille de bonne famille ! Alors, direction le Luna Park !

— Qu'est-ce que c'est ?

— Un endroit où vous vous sentirez en sécurité parce qu'il y a beaucoup de monde ! Une fête foraine ! Vous n'en avez pas dans votre pays ?

— Plus vraiment, non !

— Voilà ce qu'il en coûte de faire une révolution ! On perd de vue les choses les plus élémentaires.

— La révolution, c'est comme Saturne qui dévore ses enfants les uns après les autres !

Mac Kenzy lui jeta un regard surpris.

— Hum... Vous êtes trop sérieuse, le Luna Park vous changera les idées !

~

Une femme aux seins nus juchée sur leurs épaules, deux robustes gaillards hilares paradaient dans le couloir. De pièce en pièce circulaient en se cognant des hommes outrageusement poudrés et fardés, les lèvres peintes, et des femmes en tenue masculine. Assis par terre, d'autres invités fumaient et buvaient tout en refaisant le monde après l'avoir préalablement détruit. La tête coiffée d'une perruque blonde et les yeux maquillés, Victor Harman savourait une fine à l'eau.

Ce genre de petite fête décadente qu'il donnait régulièrement lui permettait d'affirmer à peu de frais son sens de la révolte, sinon de la révolution.

— Alors ma chère, s'enquit-il auprès d'Elsa Sorano, cette nouvelle recrue, Varya. Qu'en pensez-vous ?

— Je ne sais pas, elle est fermée à double tour.

— Comme tous les Russes que je connais. Ils ne vous laissent aucune prise sur eux.

— Oui, lorsqu'elle a fini de parler, on n'en sait pas un iota de plus sur elle !

— Ma foi, remarqua le poète, à part moi qui ouvre toujours ma grande gueule pour la ramener, tout le monde dissimule ses pulsions les plus secrètes pour jouer le grand théâtre de la vie.

— Vous pouvez parler, poète corrompu ! Derrière vos vices apparents se dissimulent des choses encore plus inavouables !

— Vous me flattez ! se rengorgea Harman. Pour en revenir à Varya, cette jeune femme dispose d'un énorme potentiel ! Je suis certain que nous pourrions lui faire accomplir des choses extraordinaires !

— Vous ne croyez pas en avoir déjà assez fait ? demanda Elsa soudain sur la défensive.

— Cette petite Varya n'est pas comme nous. Je la soupçonne de pouvoir aller beaucoup plus loin encore. Relisez Dostoïevski. Ces Russes sont sans limites ! Ils ont su faire la révolution et envoyer *ad patres* leur père le tsar ! Le *Je* est devenu un *Nous*.

— C'est étonnant de voir à quel point un poète comme vous aime s'inscrire dans un projet collectif !

— Varya s'inscrira dans le nôtre, croyez-moi ! Vous devriez vous rapprocher d'elle.

Elsa Sorano eut un mouvement de recul involontaire.

— Mon cher, vous savez bien que je n'ai pas de goût pour les personnes de mon sexe. Moi, ce sont les hommes avec ce qu'il faut entre les jambes et que cette chose se dresse sur mon passage. Pas comme votre pauvre bistouquette de chevalier de la rosette qui ne se met au garde-à-vous que devant des culs masculins.

Le poète hurla de rire.

— Ma chère, j'adore votre grossièreté tant elle ne vous ressemble pas !

— Mon cher Victor, allez vous faire foutre !

— Vos rêves sont si lumineux et vos désirs si vulgaires !

Elle croisa les jambes et balança son pied avec agacement.

— Que savez-vous de mes désirs ? Rien. Rien ! Rien !

Sur une large étagère trônait une grande poupée désarticulée, aux fesses comme rougies par la fessée, et les pieds chaussés de petits souliers vernis noirs.

— Le sexe de la femme se présente aussi bien dans l'orteil que sous les aisselles, commenta négligemment le poète en sentant le regard d'Elsa s'attarder sur la création.

— Ne parlez pas de choses que vous ne connaissez pas !

~

La voiture les laissa à l'entrée du Luna Park.

— Vous aviez parlé d'un verre, remarqua Varya en s'appuyant sur son bras pour descendre.

— On s'amuse beaucoup plus ici que dans un café ! rétorqua Mac Kenzy.

Ouvert en 1909 entre l'avenue de la Grande-Armée et les fortifications, le Luna Park attirait une nombreuse clientèle de toutes conditions. Près de l'entrée, deux adolescentes échevelées avaient cédé aux joies de la balançoire et des hommes d'âge plus mûr s'arrêtaient pour les contempler dans l'espoir d'apercevoir leur petite culotte.

Varya fit quelques pas, émerveillée. Les manèges et les attractions ruisselaient de lumière. Lorsqu'elle fermait les paupières et les rouvrait vivement, ces lumières semblaient exploser puis se diluer dans une toile d'araignée étincelante.

Mac Kenzy fit découvrir à une Varya ravie la *Roue diabolique*, le *Moulin de la rivière mystérieuse*. Sur les montagnes russes du *Scenic Railway*, il passa son bras autour d'elle, soi-disant pour la protéger, puis tenta de l'embrasser. Soudain dégrisée, Varya esquiva le baiser et eut une moue dégoûtée.

— Allons, j'ai fait une erreur, reconnut-il sans honte en l'aidant à s'extraire du wagonnet une fois à l'arrêt. Laissez-moi une seconde chance !

Hédonisme et juvénilité semblaient caractériser le jeune homme, un mélange d'impatience fébrile de vivre et de détachement suprême. Varya ne s'y trompait pas. Pour lui, une femme devait être un objet de plaisir. Il y avait toutefois chez ce garçon une sincérité brutale, une fraîcheur et une énergie irrésistibles.

— Une seconde chance de m'embrasser ou de me mettre dans votre lit ? s'enquit Varya avec malice.

Le Canadien se troubla.

— Pardonnez-moi. C'est vrai que j'ai pris à Paris l'habitude des filles faciles et que...

— Vous m'avez pris pour l'une d'elles ?

Elle faillit le gifler et il s'en rendit bien compte.

— Non, pas du tout. Vous êtes différente de toutes les autres. C'est cela qui m'attire chez vous ! Vous savez, on se lasse de ce qui est facile.

Le Canadien avait pour lui le mérite de la franchise. Varya huma l'air. On vendait des petits cochons en pain d'épices qu'on pouvait s'épingler aux vêtements avant de les manger. Mac Kenzy renifla.

— Ah, tout ça ne vaut pas Chicago ! On y mange des saucisses noyées dans la choucroute !

Un instant, un groupe d'employées les enveloppa. Le regard de Mac Kenzy s'attarda presque machinalement sur les jupes flottantes et les talons de leurs bottines.

— Ne vous gênez pas pour moi, fit Varya d'un ton indifférent. Comme je vous l'ai dit, je n'ai aucune intention de coucher avec vous !

Il la regarda avec adoration.

— Non, pardon. Je suis avec vous. Nous allons faire la fête toute la nuit et à l'aube nous irons au Select. On y sert au petit déjeuner des tranches de pain grillé qu'on recouvre d'un mélange de bière, cheddar et jambon.

— Je suis déjà invitée pour le petit déjeuner, se rappela Varya. Il me faut plutôt trouver un hôtel, le mien ne me convient plus !

Le Canadien parut surpris.

— Vous n'avez pas pris vos affaires.

— J'en achèterai d'autres !

Elle avait dans son sac son revolver, *Alice au pays des merveilles* ainsi que ses derniers billets, et sur elle ses habits neufs. Elle avait connu pire situation.

— Je peux vous loger chez moi, proposa l'autre avec espoir. Cela vous économisera la chambre.

Le coup d'œil que lui lança Varya fut si éloquent que Mac Kenzy n'insista pas. Ils marchèrent un temps côte à côte.

— Vous venez de Russie, Varya ? s'enquit-il.

— Non, de Bora Bora !

Il n'insista pas.

— Connaissez-vous bien les autres membres du Cercle des rêveurs éveillés ? demanda-t-elle négligemment, une pomme d'amour à la main.

Varya n'en avait encore jamais mangé et peinait à percer la carapace de sucre avec ses petites canines.

— Pas plus que ça. Je me suis intéressé aux surréalistes car, voyez-vous, en arrivant à Paris je voulais écrire un livre. Quelque chose de neuf. Je pensais supprimer tout signe de ponctuation.

Ainsi Tillie avait raison quant aux occupations des Américains du Nord dans la capitale.

— Posez-vous pour des photos pornographiques ? demanda-t-elle abruptement.

— Grand Dieu non !

Le jeune homme semblait offusqué.

— Pourquoi me demandez-vous cela ?

— Parce qu'une amie m'a dit que cela arrivait souvent chez les Américains à Paris.

— Une méchante langue que votre amie ! Et d'abord, je suis un Canadien français expatrié !

Varya rit.

— C'est fort possible, admit-elle. À Paris, on a la langue acérée, non?

— La langue et la plume, oui!

Près d'eux, un orgue de Barbarie expulsa en tressautant sa bande de carton perforé. Mac Kenzy lui prit le bras pour les éloigner de ces ritournelles et ils se retrouvèrent devant un manège de chevaux de bois qui semblaient flotter en apesanteur. Les yeux humides, Varya contempla les montures peintes qui s'élevaient et descendaient dans l'air doux du soir, emportant sur leur dos des enfants émerveillés. Comme elle regrettait de ne pas avoir plus souvent tenu la main de sa mère et de s'être laissé chatouiller le ventre comme elle adorait. Elle détourna le regard.

— Il est surprenant que vous n'ayez pas cherché à faire plus ample connaissance avec Elsa Sorano, persifla-t-elle pour reprendre contenance.

— Elle ne me voit même pas! Je ne dois pas être son type d'homme et puis elle est un peu âgée pour moi!

Décidément, le Canadien disait toujours le fond de sa pensée!

— Et l'absent : Gabriel de la Biole? Le connaissez-vous?

— Un type assez fermé et solitaire. Je me suis toujours demandé ce qu'il venait faire dans un Cercle de rêves éveillés. Un ancien combattant. On voyait bien qu'il gardait des séquelles de la guerre.

— Comment cela?

— Des rêves virant au cauchemar et une pensée morbide. Il n'arrivait pas à tourner la page.

— Il est mort.

Mac Kenzy sursauta.

— Mon Dieu ! Comment cela ?

Elle lui raconta ce qui était écrit dans les journaux du soir afin de ne pas se trahir.

— Quelle horreur ! (Il se reprit.) Mais tout cela est très typique des anciens combattants. Un certain nombre se suicident, quelques-uns deviennent fous ou même tuent leurs proches. J'ai entendu à ce propos des histoires abominables. Enfin, parlons d'autre chose, nous sommes à la fête foraine, après tout !

Sa main enserra son épaule. Il se rapprocha d'elle jusqu'à sentir son flanc contre le sien.

— J'ai envie de vous embrasser, gémit-il.

— Pas sans ma permission ! gronda Varya.

— Bien entendu. Est-ce que je l'ai ?

— Non !

Ils rirent de concert et, docilement, Mac Kenzy s'écarta d'elle. Varya prit un air désespéré.

— Je vous apprends qu'un des participants de votre Cercle vient de se trancher la gorge et vous, vous ne songez qu'à m'embrasser !

— Ah, oui, vous avez raison. C'est très mal.

— Je vous le confirme !

Mac Kenzy soupira.

— Enfin… Et dire qu'il a rêvé sa propre mort en public !

— Pardon ? s'exclama Varya. Que dites-vous ?

— Je me souviens qu'il rêvait qu'il tuait quelqu'un mais qu'en se réveillant, il constatait que c'était lui-même qu'il venait de tuer !

La jeune femme hocha la tête, satisfaite. Ceci venait

corroborer le témoignage de Tillie. Il lui restait à essayer d'en savoir plus.

— Comment en est-il arrivé à ce rêve éveillé ?

Mac Kenzy prit un air soucieux.

— Je crois me rappeler que Victor Harman a beaucoup insisté pour jouer sur ses pulsions morbides. Parfois, notre cher poète ne sait pas s'arrêter.

9

— Voudriez-vous me dire, s'il vous plaît, quel chemin je dois prendre pour m'en aller d'ici ?
— Cela dépend beaucoup de l'endroit où tu veux aller, répondit le chat.
— Peu m'importe l'endroit... dit Alice.
— En ce cas, peu importe la route que tu prendras, répliqua-t-il.
— ... pourvu que j'arrive quelque part, ajouta Alice en guise d'explication.

Mac Kenzy avait réussi à lui trouver un hôtel un peu moins miteux que l'autre, tout en se désolant de son refus d'accepter son hospitalité.

Nulle prostituée ici, juste des ouvriers ou des commis au regard las et au corps fatigué. Robinet et toilettes à l'étage, comme dans le précédent hôtel. Celui-ci se trouvait en face des Halles de Paris, un endroit qui commençait à vivre dès minuit. Était-ce le va-et-vient de marchandises entre les pavillons du bâtiment de fer à la toiture vitrée ? Varya ne trouvait pas le sommeil. Disparus d'un coup le Luna Park et ses lumières, le train fantôme, la grande roue et les pommes d'amour. Tout était factice. Avec la nuit revenait la solitude. Aurait-elle été moins seule dans les bras de Mac Kenzy ?

Sur le papier imprimé de la chambre se bousculait la foule de ses souvenirs. Était-ce cela, le rêve éveillé ?

Elle fit le vide en elle, se détendit comme on venait de lui apprendre puis convoqua une image.

Non loin de Saint-Pétersbourg, se dresse Tsarskoïé Selo, la résidence aux grandes colonnes blanches. Après le dimanche rouge de 1905 où les soldats tirent sur la foule, la famille impériale s'y sent plus en sécurité qu'au Palais d'hiver. Dans le parc, on trouve un village chinois. Avec ses amies, Varya y joue avec des cerfs-volants représentant un dragon à la longue queue volante. À l'époque, chevaucher le vent lui procure des frissons de bonheur et un sentiment de liberté intense.

Pendant qu'Olga pose la tête contre le tronc d'un arbre et compte jusqu'à vingt, Varya court se cacher dans le jardin. Si vite qu'au détour d'une allée, elle se précipite tête baissée dans les jambes d'un homme immense. C'est le tsar Nicolas II. Il se penche vers elle et l'aide à se remettre debout avec un doux sourire.

10

Nous te prions de bien vouloir
accepter cet élégant dé à coudre.

Varya s'appliquait à engouffrer une énorme assiette d'œufs brouillés, de bacon, saucisses, gruau de maïs et pain carré. Elle comptait faire passer tout cela avec de grandes rasades de thé noir lorsque Santaroga la rejoignit, tiré à quatre épingles.

— Bon appétit, fit-il en s'asseyant.

— Merchi, répondit Varya la bouche pleine.

À ce régime-là, pensa le psychanalyste, elle n'allait pas tarder à se remplumer.

— Pardon, ajouta-t-elle, ch'est chose vilaine et laide de parler la bouche pleine !

Santaroga rit, charmé.

— Êtes-vous bien rentrée hier soir ?

Elle déglutit avant de répondre :

— M. Mac Kenzy, un Canadien membre du Cercle des rêveurs éveillés, m'a emmenée au Luna Park.

Elle releva le menton avec fierté.

— Je suis montée sur la grande roue !

— Qu'alliez-vous faire avec ce jeune homme ? s'enquit Santaroga d'un ton faussement détaché.

Elle lui jeta un regard furibond.

— Vous n'êtes pas mon oncle ! Cela ne vous concerne en rien ! Je peux toutefois vous le dire : rien du tout ! Même si, bien entendu, il a essayé de m'embrasser et ceci à plusieurs reprises, mais je ne l'ai pas laissé faire ! Jamais sans ma permission !

— Ah, fit-il décontenancé par ce flot de paroles.

— Mac Kenzy est un juvénile imbécile qui ne pense qu'à ça, comme tous les hommes !

Le psychanalyste prit un toast qu'il se mit à beurrer. Elle traitait le Canadien d'idiot avec un ton qui dénotait un tendre intérêt pour lui.

— Je n'aime pas me sentir rangé dans une catégorie, dit-il. La vôtre est si vaste qu'elle contient la moitié de l'humanité, moi compris. Et clairement, non, je ne pense pas qu'à ça comme vous dites.

Varya rougit légèrement.

— C'est parce que vous êtes trop vieux.

Santaroga ouvrit grande la bouche de surprise.

— J'ai quarante-cinq ans !

— Oui, fit innocemment Varya, et moi vingt de moins ! Et elle tendit un doigt vers lui comme si elle venait de le toucher dans un duel d'escrime.

— Touché, fit Santaroga décontenancé.

Varya saisit entre ses doigts une tranche de bacon grillé

qu'elle grignota en lui racontant les confidences de Mac Kenzy sur Gabriel de la Biole.

— Il a vécu par une sorte de prescience ou de rêve prémonitoire cette mort horrible, commenta Santaroga. Ce n'était pourtant pas un homme doué de double vue comme moi !

Elle le fixa de ses grands yeux bleus.

— L'instinct ! C'est pour ça que je suis encore en vie !

Le psychanalyste s'engouffra dans la brèche.

— À quoi avez-vous échappé, Varya ?

— À l'ennui !

— Êtes-vous allée aux États-Unis ?

— Pas eu l'occasion, répondit Varya. J'étais trop occupée à me nourrir de racines pour survivre.

— Où ça ?

Varya se contenta de le fixer sans mot dire comme elle savait si bien faire lorsqu'elle ne désirait pas répondre à une question.

— Aux États-Unis, on trouve des gratte-ciel, expliqua Santaroga. Jamais plus beau nom n'a été donné à une réalisation de l'homme. Nous savons ériger jusqu'aux nuages mais nous sommes incapables de contrôler les fondations de notre esprit, de notre mémoire.

— C'est bien essayé, apprécia-t-elle, mais inutile. Je ne suis pas du matin, moi !

Il soupira et revint à sa préoccupation première.

— Que Gabriel rêve seul de sa propre mort est intrigant mais concevable. Qu'il répète ce rêve au sein du Cercle est plus étrange car le rêve éveillé est un rêve dirigé !

Varya s'empara d'un pain saupoudré de sucre.

— Par Victor Harman…

— Parfaitement !

— Que décidez-vous ?

Elle semblait attendre ses instructions. Santaroga réalisa qu'elle se retrouvait seule, sans attaches ni moyens dans un pays étranger.

— Alors ?

Elle était toute en tension, remarqua-t-il, et brave, d'un courage sans limites, prête à monter à l'assaut sous ses ordres.

— J'aimerais bien lire les notes de séance de Victor Harman, lâcha-t-il.

Varya approuva.

— Il les donne à Elsa qui les fait taper par la secrétaire de son mari avant de les lui rendre. Elles sont donc à récupérer chez Harman. À moins qu'Elsa, par curiosité, ou par sécurité, en garde une copie chez elle, voire conserve les originaux.

Le psychanalyste soupira.

— Je ne suis pas un cambrioleur…

Ce qui n'était pas tout à fait exact car, dans sa vie, il avait été amené à se battre, à espionner et voler. Varya esquissa une moue charmante et prit un air enjoué.

— Ah, non ! fit Santaroga. Ah non !

— J'ai apporté ceci, fit-elle en passant à autre chose.

Elle sortit de son sac une photo.

— Tillie l'a prise à la fin de la première soirée au Cercle des rêveurs éveillés. Je suis allée la chercher à son journal comme elle nous l'avait proposé. Dommage qu'Elsa pose et que Mac Kenzy n'ait pas enlevé son chapeau ! On le reconnaît à peine. Là, c'est Victor Harman, toujours souriant.

Intéressé, il lui prit le cliché des mains.
— Tillie est sur la photo, remarqua-t-il.
— Elle a utilisé un retardateur. Franchement, il faut sortir un peu le nez de vos bouquins et vous intéresser aux nouvelles technologies !
Gêné inconsciemment par quelque chose, Santaroga examina de nouveau le cliché avant de le reposer.
— Puis-je la garder un peu ? demanda-t-il d'un ton innocent.

~

Tillie emporta son café du matin dans le salon. Il y régnait un joyeux désordre car elle ne perdait pas de temps à ranger. Au mur s'affichaient comme autant de trophées ses souvenirs de voyages : des masques aztèques, africains et papous. C'était ce qu'il y avait de plus facile à emporter car elle ne s'encombrait guère de bagages. Elle s'enorgueillissait même d'avoir rapporté en toute illégalité de très anciennes poteries d'Égypte et du Siam et des bronzes de Grèce ou de Turquie.
La journaliste s'assit sur l'accoudoir d'un fauteuil de cuir et contempla d'un air morne une pipe à eau turque trônant au milieu de la pièce. Elle ne savait pas trop ce qui la turlupinait. La mort de Gabriel de la Biole ou l'arrivée impromptue de Varya au Cercle ? Elle se rappelait le visage inquiet mais calme de la jeune Russe traversant le Chabanais. Entrer dans un bordel pour éviter un homme trop entreprenant ! C'était tout Varya !
Lorsque Tillie l'avait accueillie au journal, l'impression de déjà-vu s'était expliquée par la brève rencontre au Chabanais

qui avait éclipsé un autre fait. Au Chabanais, elle avait déjà éprouvé ce sentiment de déjà-vu.

Tillie s'était rendue une seule fois en Russie, en 1924, après la publication du rapport du juge Sokolov, pour mener sa propre enquête sur la mort du tsar. Elle était certaine de ne pas y avoir croisé Varya.

La journaliste ouvrit son dossier de l'époque. S'y trouvaient un certain nombre de photos qu'elle avait collectées pour illustrer son article. Parmi les plus récentes, le tsar posait dans les jardins de sa résidence d'été de Tsarskoïé Selo. Affable, humain mais conservateur, éloigné du peuple et influençable, Nicolas II ne pouvait être l'homme de la situation. En se mordillant les lèvres, Tillie examina d'un air concentré la famille des Romanov qui, inconsciente du danger, souriait à l'objectif.

Nicolas II était entouré de sa femme, de son fils le fragile tsarévitch et de ses quatre ravissantes filles : Maria, Olga, Tatiana et Anastasia. Il s'agissait sans doute du printemps 1917, après l'abdication en mars du tsar, un très bref sursis pour celui-ci qui, redevenu simple aristocrate, s'était fait jardinier et plantait en sifflotant choux et carottes. Les petites duchesses jouaient au tennis avec une jeune fille à l'air décidé. Les années avaient passé depuis mais elle ressemblait à Varya.

~

Pour la première fois depuis des années, Varya se détendit. Elle avait négocié la poursuite de sa participation à l'affaire et obtenu une chambre payée par Santaroga dans le même hôtel que lui, petit déjeuner compris ! Et Dieu sait que le petit déjeuner pouvait être copieux ! Elle y gagnait ainsi un regain de confort, de discrétion et surtout de sécurité. Personne n'irait la chercher dans un si bel endroit !

Sur la plate-forme arrière de l'autobus, Varya se laissa décoiffer, savourant le souffle de l'air sur son visage. Quelqu'un derrière elle se mit à fredonner un succès de Joséphine Baker : *J'ai deux amours, mon pays et Paris…* Elle se surprit à siffloter cet air gai. La tête en vrille, elle se trompa et descendit trop tôt. Pas grave, on apprenait une ville avec ses jambes !

La fête des Bretons de Paris se déroulait dans une liesse joyeuse. La capitale de la France était celle des communautarismes. Le bourgeois à l'ouest et à l'est l'ouvrier. Les Savoyards partout, leurs ramoneurs déguisés en autant d'ombres mystérieuses courant sur les toits.

Les étrangers aussi possédaient parfois leur propre quartier. Le centre pour les Grecs, Arméniens et Juifs d'Europe centrale fuyant les persécutions. Les Polonais, les Italiens, les Allemands, Autrichiens, Hongrois et Espagnols disséminés un peu partout. Et bien entendu les Russes. L'Europe semblait traversée de grands remous migratoires et la France paraissait à tous une terre d'asile. Pour combien de temps encore ?

Indifférents à cette agitation, de petits garçons lançaient leur voilier sur les bassins du jardin des Tuileries tandis qu'un groupe de touristes britanniques immortalisaient leur voyage, les deux mains autour de leur appareil photo reposant sur leur ventre.

Varya se fit annoncer à Tamara de Lempicka. Celle-ci était

rentrée à deux heures du matin après un souper au Dôme et une soirée chez un couturier pour peindre jusqu'à l'aube à la lueur d'une lampe bleue. Le teint brouillé, elle trônait fatiguée devant un petit déjeuner très parisien. Elle aérait les orteils de ses pieds nus aux ongles peints en rouge avec un journal qu'elle balançait d'une main nonchalante. Son œil s'éclaira à la vue de son modèle.

— Ah, Varya ! Quelle merveilleuse surprise ! Que je suis heureuse ! Asseyez-vous et partagez mes agapes !

Elles étaient moins copieuses que celles de l'hôtel mais il ne restait plus de place dans l'estomac de Varya qui se contenta d'un moka très noir à l'arôme exotique.

Tamara étouffa un bâillement. Avait-elle trouvé cette nuit de nouveaux mécènes, acheteurs ou plus ? Son mariage ne semblait pas lui apporter toutes les satisfactions attendues. Lorsqu'une figure masculine passa par la porte pour lui demander quelque chose, elle la rabroua et l'apparition disparut aussitôt. C'est elle qui portait la culotte !

La jeune femme avait conquis de haute lutte Tadeusz Lempicki, un don Juan adulé. Leur mariage en 1916, dans la chapelle des chevaliers de l'ordre de Malte à Petrograd, avait été son moment de triomphe. À cette époque, l'Empire russe agonisait déjà. Lorsque, après la révolution d'Octobre, son mari avait été arrêté par la Tchéka, la police secrète des Rouges, elle était allée offrir son corps au consul suédois de Petrograd pour qu'il l'aide à le faire libérer. Réfugié en France, le couple avait connu la misère, condamné à une vie minable dans une misérable chambre d'hôtel. Désœuvré et réduit à lire des romans policiers bon marché, son mari ne représentait déjà plus l'avenir pour son épouse.

Tamara avait réagi avec une énergie folle et une audace extrême. Avec des pinceaux, elle avait décidé d'exploiter son seul talent à l'académie de la Grande Chaumière qui offrait des cours gratuits, puis avec des peintres confirmés, se positionnant aux frontières du postcubisme et du néoclassicisme, empruntant à Ingres, tirant profit des pulsions érotiques de ses potentiels clients. Pour se faire connaître, elle s'était jetée à corps perdu dans la haute société afin de la reproduire sur ses toiles. Reconnue grâce à la galerie Colette-Weil lors de la première expo Art déco de Paris, exposant au salon des Tuileries et au Salon des femmes peintres, elle construisit son propre succès en allant chercher ses clients dans les soirées.

— Êtes-vous venue poser pour moi, adorable enfant ? demanda Tamara.

Varya secoua la tête.

— Je souhaitais vous remercier de votre lettre d'introduction. J'ai passé une soirée très agréable au Cercle des rêveurs éveillés.

— Très gentil d'être venue m'en faire part ! Et cela révèle une excellente éducation !

Son ton ironique dénotait qu'elle devinait ses intentions.

— Vous voulez en savoir plus sur qui, ma chère modèle ?

Varya accusa le coup. Puis, elle se figea tandis que Tamara poussait vers elle un étui doré qu'elle entrouvrit, découvrant des cigarillos à la jolie couleur cannelle.

— Merci, ça fait tousser et je pense que ce n'est pas très bon pour les poumons.

— Sottise ! C'est excellent pour la santé et pour la voix ! Tous les médecins vous le diront !

Varya prit le temps de la réflexion pour répondre à la première question de Tamara.

— Santaroga, d'abord, fit-elle soudain.

— Je croyais que vous le connaissiez bien pour qu'il vous recommande à moi.

— En fait, nous nous sommes rencontrés il y a peu de temps et, auparavant, je dois avouer que je n'avais jamais entendu parler de lui !

Tamara parut intéressée.

— Quel est l'état de vos relations avec lui ?

— Elles me semblent amicales et doivent le rester, répondit fermement Varya en se calant le dos bien droit sur sa chaise. Il parle et je l'écoute.

— Bien, fit Tamara comme si elle parlait à un enfant.

Elle s'enveloppa d'un nuage de fumée, croisa une jambe sur l'autre, remua ses doigts de pied et entreprit d'agiter de nouveau son journal comme un éventail.

— J'ai trop dansé hier, j'ai mal aux pieds. Voulez-vous me les masser ?

Varya conserva l'immobilité du minéral. Tamara n'insista pas.

— Bien. Notre ami Santaroga alors…

Elle plissa les yeux jusqu'à créer une minuscule et délicieuse ride entre ses sourcils. De son côté, Varya se concentra. Un détail de leur conversation lui revint à l'esprit.

— Il semble passionné par le chamanisme.

— Il a même écrit deux livres sur le sujet ! répondit Tamara avec ironie.

La peintre tira de nouveau sur son cigarillo. Elle semblait en trouver le parfum exquis mais Varya retroussa les narines.

— Pardon mon ange, je vous incommode ?

— Oui.

Tamara de Lempicka rit et éteignit son cubain avec une lenteur étudiée.

— J'ouvre le feu sur Santaroga ! Un pionnier comme tous les psychanalystes. D'abord disciple de Freud, il a été découragé par le dogmatisme du bonhomme. Le sexe, vous savez ? (Elle sourit.) Tous les problèmes viennent de là ! Il le quitte pour suivre les traces de Jung, un psychanalyste suisse en dissidence avec Freud. Il s'est mis à voyager et, encouragé par Jung, à s'intéresser au chamanisme en Sibérie puis en Amérique du Sud. Il raconte qu'il y a consommé certains produits hallucinogènes qui l'ont conduit au bord de la folie mais ont aussi ouvert sa perception à des choses jusqu'alors inconnues.

— Un grand malade !

Tamara lui jeta un regard incisif.

— Il faut avoir été sorcier ou chamane pour soigner la folie.

— Ou fou soi-même, non ?

La peintre ne sut que répondre. Aussi poursuivit-elle :

— Alexandre a vécu un an dans la jungle avec les Indiens d'Amérique du Sud. Il en est revenu avec une autre vision du monde et, dit-il, certains pouvoirs. Son œuvre est très marquée par l'univers dualiste du chamanisme. L'homme et la femme, le jour et la nuit, le bien et le mal, l'animal et l'humain, le visible et l'invisible.

— La vie et la mort.

— Pour que tout reste en équilibre, chaque chose a sa contrepartie ou son opposé.

Varya sembla méditer la réponse avant de changer de sujet.

— Il n'est pas marié ?

— Son épouse l'a quitté car il s'investissait au-delà du raisonnable auprès de certaines de ses patientes.

— C'est-à-dire ?

— Phénomène classique du transfert : la patiente tombe amoureuse de celui qui la soigne. L'inverse est aussi possible. Ou les deux.

Tamara prit un air vaguement gêné.

— Je vous en parle non par indiscrétion mais parce que c'est de notoriété publique. Tout comme le fait que Santaroga ait renoncé à une carrière psychiatrique prometteuse pour un parcours difficile et très controversé dans la psychanalyse. Sa curiosité intellectuelle a toujours été la plus forte ainsi que son appétit insatiable de connaissances. Il est toujours avide de ce que les gens peuvent lui apporter. Savez-vous où il a passé ses vacances l'an dernier ? Chez les Indiens Pueblos au Nouveau-Mexique.

La peintre la contempla un instant sous ses longs cils avant de reprendre :

— Tillie aussi est une aventurière. Elle pilote un avion, s'est immergée chez les Pygmées d'Afrique et les chasseurs de têtes de Bornéo. Au Japon, elle s'est faite geisha pour un reportage. Ces deux-là se complètent bien. Leur rencontre pourrait être explosive !

Varya cita les noms des autres participants du Cercle des rêveurs éveillés. Tamara avait entendu parler de Victor Harman comme d'un dandy homosexuel, un poète chantre du surréalisme.

— Méfiez-vous quand même de lui, on dit qu'il a une langue de vipère.

— Vous voulez dire la langue fourchue ?

Tamara eut un rire amusé.

— Si vous voulez.

Mais Varya était tenace.

— Attention, la langue fourchue est une double langue. Une double parole. Celle du mensonge et celle de la vérité.

— Dieu ! Encore des symboles. Vous parlez comme Santaroga !

— Ah bon ?

La jeune Russe sembla flattée.

— Vit-il de sa plume, Victor Harman ?

Tamara rit.

— Dieu non ! C'est un poète ! La poésie n'intéresse que ceux qui l'écrivent et leurs collègues pour en dire du mal !

— Alors de quoi vit-il ?

— De l'héritage de ses parents décédés, je suppose. Vous n'imaginez pas le nombre de rentiers à Paris !

Elle prononça ces mots avec un dédain perceptible. Dans un monde dominé par les hommes, elle avait forcé toutes les portes pour imposer son travail et son talent, manœuvrant pour que l'on parle toujours d'elle comme en témoignait sa virée en Italie auprès de Gabriele D'Annunzio. Obstinée, dominatrice, elle donnait de sa personne pour rester le centre de l'attention.

Le nom de Sorano lui était plus connu. Elle avait eu l'occasion de rencontrer le couple lors d'un dîner.

— Une petite oie blanche mariée à un grand méchant loup, commenta négligemment la peintre.

— Qu'entendez-vous par là ?

Tamara de Lempicka commençait à s'ennuyer. Aussi répondit-elle avec un peu d'humeur.

— Je vous reçois, je prends du temps pour vous et je réponds à vos questions mais vous, que me donnez-vous en retour ?

Varya se raidit.

— Poserez-vous une heure pour moi ? s'enquit la peintre avec espoir.

Elle accompagna sa demande d'un charmant sourire. Varya porta instinctivement la main devant sa bouche à la pensée du baiser volé de leur première rencontre.

— D'accord mais c'est cinquante francs comme hier !

La peintre écrasa sa cigarette d'un geste agacé.

— Comme d'habitude ! Je rends service et en plus je paye !

Comme une biche effarouchée, Varya se leva d'un bond, prête à fuir. La mine contrite, Tamara contourna la table et lui prit la main qu'elle caressa en se répandant en excuses. Elle savait son modèle intraitable. Il lui faudrait beaucoup de temps pour apprivoiser ce petit animal sauvage.

— Vous poserez toutes vos questions pendant que je ferai de vous une esquisse.

— D'accord mais je reste habillée !

— Pour ce prix, je vous veux nue !

Elles se rendirent à l'atelier. Varya détourna les yeux devant l'esquisse d'une Andromède nue aux poignets enchaînés.

— Voudriez-vous mettre des chaînes aux poignets afin de poser pour moi ? demanda Tamara émoustillée.

— Euh… non. Pas du tout !

La peintre rit.

— Pourquoi vous intéressez-vous tant aux membres de votre Cercle ? demanda-t-elle, curieuse.

— Eh bien, si j'y retourne, j'aime autant savoir à qui j'ai affaire ! Vous avez parlé tout à l'heure de M. Sorano comme du grand méchant loup.

— Il n'est pas membre de votre Cercle de rêves, non ?

— Non, mais sa femme si. Et son attitude m'intrigue.

Tamara eut une moue sceptique.

— J'ai la délicieuse impression d'être manipulée par vous.

— Moi, répliqua avec malice Varya, j'ai la délicieuse impression d'être reluquée par vous !

Tamara cilla fugitivement. Elle ne pouvait nier son attirance pour cette splendide jeune femme, détonnant mélange de force et de fragilité, au regard vieux comme le monde mais à la fraîcheur intacte. Varya ne ressemblait à personne.

— Ah, vous faites bien de me le rappeler. Déshabillez-vous si vous voulez que je réponde à toutes vos questions, mon cher ange russe !

À présent, Tamara mourait d'envie de revoir son modèle dépouillé de tous ses atours, offerte en pâture à sa palette.

— Alors, le grand méchant loup ? la relança cette dernière en plongeant derrière le paravent. Il cache ses longs poils sous les vêtements de grand-mère ?

— Un homme d'argent. Il presse les enfants d'Afrique comme des citrons. Aujourd'hui, il s'intéresse aux produits américains. Les aspirateurs l'émerveillent. Vous voyez le niveau ? Ras du tapis ! Une part de son argent va au financement de mouvements nationalistes et d'anciens combattants.

— C'est un fasciste lui aussi ? voulut l'aider Varya en se déshabillant.

— Vous vous intéressez à la politique ?

— Pas plus que ça, répondit très vite Varya. Quelqu'un a dû m'en parler mais je ne me souviens plus qui.

La peintre commençait à connaître la jeune femme et ne fut pas dupe. Elle claqua la langue d'un air désapprobateur.

— Ils sont tous fascinés par Benito Mussolini… Le culte de l'homme providentiel. Dieu nous garde de cela en France !

— Pourquoi ?

Varya venait d'apparaître dans une pose touchante. Ses deux mains reliées entre elles protégeant son intimité même si elle avait gardé ses bas et sa petite culotte.

— Euh… fit Tamara.

L'envie qu'elle avait de ce corps était à proprement parler indécente. Elle dut retenir ses furieuses pulsions pour ne pas se jeter sur Varya et couvrir sa chair de baisers.

— Vous avez Staline en Russie. Vous devez donc comprendre pourquoi !

Varya se ferma comme une huître et, avec un léger soupir, Tamara se concentra sur son dessin tandis que l'objet de son désir s'asseyait sur une chaise haute. Le crayon courut sur la toile. Une bouche sensuelle, un menton volontaire, des seins fermes, des hanches minces. Comment restituer sur une toile la force originelle de son désir canalisée dans l'expression de ce corps nu ?

Le modèle dévisagea son peintre. Une lueur nouvelle flottait derrière les yeux de Tamara tandis qu'elle la croquait avec gourmandise. Elle lut aussi sur son visage les années de souffrance soigneusement dissimulée sous les crèmes et un masque impassible. Varya songea aux origines de la Polonaise. Une exilée chassée de son pays par la Révolution. Elle se radoucit et la considéra d'un œil neuf. Tamara avait été gentille avec elle et la respectait. Varya eut donc envie de lui dire quelque chose d'aimable.

— Vous êtes très belle.

— Je vous remercie ! Je vous plais, mon ange ?

Pas de réponse bien entendu. La peintre agita son crayon en l'air et se pencha en avant, à la limite du déséquilibre.

— Voulez-vous voir ce qu'est devenue mon esquisse d'hier ? J'ai peint cette nuit, saisie d'une inspiration subite !

Autant Tillie était une femme pressée, autant Tamara savait prendre son temps et le faire traîner à la slave. Avec des gestes d'une lenteur affolante, elle découvrit une toile qui représentait Varya en robe verte avec chapeau et gants blancs, ses cheveux coupés comme des copeaux d'or. Ses tétons pointaient trop nettement à travers le tissu de la robe magnifiquement drapé.

— Celle-ci, fit pensivement Tamara, je mettrai du temps à la peindre. Je l'appellerai *La jeune fille en vert.*

— Pourquoi en vert ?

— Je veux vous redonner l'espoir, répondit mystérieusement Tamara.

La peintre avait capté par ses secrètes vibrations le désespoir qui minait son modèle.

— Pourquoi m'avoir fait poser nue alors que vous me reproduisez habillée ?

— J'ai appris à peindre avec Maurice Denis, à l'académie Ranson. Il nous disait de nous rappeler qu'un tableau, avant d'être une femme nue ou une autre représentation, était d'abord et essentiellement une surface plane recouverte de peintures assemblées en un certain ordre.

— Je ne comprends pas.

— Moi non plus mais c'est sans importance !

Varya approfondit son étude du jour. Elle représentait une jeune fille, nue cette fois, qui serrait contre son sein une colombe blanche, laissant un téton apparaître. Tendu, bien sûr. Elle regardait de côté, le menton sur l'épaule. Sa pose était songeuse, avec un brin d'innocence et de coquinerie mêlées. Était-ce ainsi que la peintre la voyait ? Toute cette jeunesse et cette fraîcheur envolées de l'intérieur mais reposant uniquement en surface ?

— Je l'intitulerai *Femme à la colombe*, déclara Tamara qui semblait toujours trouver le titre de chacune de ses œuvres avant de les achever.

— Ce n'est pas vraiment moi, fit Varya après un instant d'hésitation.

— Non, reconnut Tamara, juste une part de vous. La plus claire. L'autre, votre part d'ombre, vous la tenez si dissimulée au plus profond de vous que je ne peux pour l'instant ni la voir ni même l'imaginer.

~

À Boulogne-Billancourt, dans le nouveau quartier du parc des Princes, de petits hôtels particuliers érigés témoignaient de la libre imagination d'architectes résolument modernes comme Le Corbusier, Raymond Fischer, Pierre Jeanneret et surtout Mallet-Stevens. La demeure des Sorano adoptait les lignes épurées d'un paquebot avec sa proue, ses ponts en retrait et ses balcons bardés de ferronnerie d'art. Le béton brut avec parement de briques succédait à des surfaces peintes lisses. Un immense jardin l'entourait, orné d'arbres à feuillages et de jolis massifs de fleurs.

À l'intérieur, depuis le toit-jardin, de vastes puits de lumière projetaient l'éclat blanc du soleil. Les fenêtres en longueur faisaient penser à tout sauf à des hublots. Le séjour ressemblait à une guérite luxueusement meublée. Un lustre l'éclairait tandis que la lumière du jour entrait à flots. Des fauteuils et canapés se trouvaient disposés en cercles et un piano occupait un espace calfeutré.

Dominant une cheminée de marbre, un grand tableau carré représentait cinq femmes debout ou agenouillées, et la dernière allongée. Trois d'entre elles étaient nues dont deux pourvues d'un corps d'un blanc de neige. L'une, debout, était vêtue d'une sobre robe noire tandis que celle qui était agenouillée se perdait dans les plis d'une robe bleue. Un haut chapeau noir agrémenté de plantes recouvrait sa tête. En fond de toile, sur un arbre au feuillage rouge, une quinzaine de perruches vert et jaune semblaient dormir ou surveiller les femmes.

Elsa Sorano vint accueillir Santaroga et l'entraîna dans son cabinet de travail. Un espace vaste et décoré de tableaux d'avant-garde, ainsi que de meubles en ronce de bois aux angles arrondis, des panneaux et paravents stylisés emplis d'oiseaux et de rondeurs. Alors qu'elle lui tournait le dos, il aperçut un portrait d'Elsa sans cadre, tombé à terre. Il se pencha pour le ramasser et le reposer sur le guéridon.

— Vous êtes trop aimable d'avoir accepté cette première

séance chez moi, fit-elle en s'asseyant sagement, les jambes bien serrées.

— Je ne reste que deux semaines à Paris, lui rappela Santaroga. Vous aurez ensuite le choix d'arrêter la thérapie, de venir me rendre visite deux ou trois fois par mois à Genève où je vis et j'exerce. Vous pourrez encore choisir un autre analyste à qui je vous recommanderai.

— Voici un ton aussi docte que professionnel, se moqua Elsa Sorano, mais je vous remercie pour toutes ces précisions. Quand donc doit se terminer une analyse ?

Freud avait sa propre réponse : « ça s'arrête quand le patient est guéri ou quand il n'a plus d'argent ! »

— Quand vous le jugerez bon, répondit-il prudemment.

— Nous verrons bien, cueillons le moment présent. Dois-je m'allonger sur ce divan ?

Santaroga secoua la tête.

— J'ai l'habitude d'être assis face à mon patient. Il ne faut toutefois pas être loin de l'autre.

— Je n'aspire qu'à me rapprocher de vous, cher docteur !

Frère loup resta sourd à la provocation. La collaboration s'annonçait difficile. Il n'avait pas encore commencé la première séance qu'Elsa anticipait déjà le phénomène courant de transfert affectif du patient envers son traitant.

— Je tiens juste à ce que vous restiez en accord avec vous-même, dit-il.

Elle le contempla fixement.

— Vous avez vraiment cru ce que je vous ai dit dans ce salon de thé ?

Il lui rendit son regard.

— Je dois croire mon patient. Trouver la vérité m'importe peu. Je dois rechercher le pourquoi de cette vérité.

Elsa Sorano tenait toutefois à son divan. Elle s'y allongea sans écouter les protestations de son analyste et retira ses chaussures d'un geste furieusement sensuel. Il comprenait bien qu'elle tenait à offrir à son regard ses longues jambes et ses mollets galbés. Tirant son fauteuil, il pouvait voir ses chevilles gainées de soie, sous un brun qui donnait à sa peau un éclat mat et brillant. Il essaya de se concentrer.

— Vous m'avez parlé de votre mariage, arrangé par vos parents et non souhaité par vous.

— Mes parents ont toujours été bons et aimants avec moi, répondit Elsa. J'étais la dernière d'une longue fratrie. Un incident de parcours. On ne m'en a que plus choyée et adorée. Je faisais ce que je voulais de mon entourage. Père et mère m'aimaient et voulaient le meilleur pour moi. Et le meilleur pour eux s'est présenté, pour mon malheur, sous les traits du jeune Henri Sorano, un être insignifiant mais fils d'une dynastie de riches négociants et neveu d'un ministre.

— Pourquoi le jugez-vous insignifiant ?

— Parce qu'il ne signifie rien pour moi !

— Vous ne l'aimez pas. Vous traite-t-il mal ?

— Oh non ! Il me couvre de bijoux, de vêtements luxueux et m'invite à la vie la plus mondaine qui soit. Mais quelle est mon utilité dans ce bel écrin ?

Une fossette se creusa sur sa joue. Il la sentit se raidir.

— Je ne peux pas avoir d'enfants. Ma vie va s'écouler de réception en réception, en séjours à Nice ou à Deauville. Je verrai chaque matin, en me maquillant, les rides se creuser sur mon visage en me demandant ce que je ferai de ma journée : avec qui prendre le thé, quelle exposition visiter, à quel dîner dire du mal des autres. Au soir de ma vie, je resterai avec mes souvenirs, ces morceaux d'un passé terne qui me renverront comme un miroir toute l'inutilité de ma vie.

Son œil embué s'attarda sur le tableau sur le mur en face d'elle.

— Pardon, chuchota-t-elle, il n'y a que les riches pour s'apitoyer sur eux-mêmes !

Il suivit son regard pour tenter de trouver une association d'idées. Nue, à part une fleur piquée dans ses cheveux, ses bas et ses escarpins orange à talon vert, une femme dansait langoureusement avec un homme en habit de soirée, muni d'ailes d'archange.

— C'est vous qui avez choisi cette toile ? demanda-t-il.

— On l'appelle *Le tango de l'archange.* C'est Victor qui m'a aidée à la choisir. Nous sortons parfois ensemble. (Elle rit.) Non, pas encore un de mes amants. Victor est un homosexuel notoire. Il est assez efféminé, voyez-vous.

Calme et concentré, Santaroga se pencha légèrement en avant. Il lui déplaisait de transformer une séance d'analyse en enquête mais l'occasion était trop belle. Et Freud n'avait-il pas énoncé qu'un psychanalyste était un détective de l'âme ?

— Victor… fit-il.

Elsa répondit comme il le souhaitait.

— Victor Harman. Un poète surréaliste. Vous connaissez ?

— Gabriel m'avait parlé de lui.

— J'ai appris ce qui lui était arrivé, chuchota-t-elle. Terrible, n'est-ce pas ?

Elle semblait affectée.

— Vous le connaissiez bien ? demanda-t-il.

— Pas vraiment. Je le voyais pendant nos séances. Une fois, il m'a offert un verre après l'une d'elles mais j'ai trouvé sa conversation si ennuyeuse que je n'ai pas renouvelé l'expérience.

— De quoi parlait-il donc ?

— De politique. Ce petit monsieur voulait redessiner les frontières, jouer avec les nationalismes. Il désirait créer avec d'autres une association d'anciens combattants d'élite de la dernière guerre. L'idée était de former une sorte de chevalerie du courage et de l'honneur. Il en avait imaginé l'insigne : une tête de mort superposée sur une croix orthogonale de six langues de feu et diagonalement de deux glaives. Il l'a rêvé au cours d'une séance du Cercle !

— Votre mémoire est d'une précision remarquable, madame. J'aurais toutefois pensé qu'il ne songeait plus qu'à la paix.

Elsa se retourna pour lui jeter un regard aigu.

— Les avocats n'acceptent pas que des innocents comme clients. Auriez-vous refusé Gabriel comme patient du fait de ses opinions politiques ?

— Un psychanalyste est au-delà du bien et du mal.

— Et puis Mussolini ne désire pas la guerre, ajouta-t-elle d'un ton plus hésitant.

Santaroga fronça les sourcils. De sombres prémonitions l'habitaient. Si beaucoup de ses confrères mettaient encore en doute ses théories, la plupart des leaders politiques avaient subodoré depuis longtemps leur réalité et jouaient sur les pulsions et répulsions ancestrales de leurs citoyens.

— Gabriel de la Biole fréquentait-il votre mari ?

Les pieds déchaussés d'Elsa s'entrechoquèrent nerveusement.

— Il me semble.

Elle changea rapidement de conversation.

— Puis-je fumer ? Mon étui à cigarettes est sur le bureau avec le cendrier. Seriez-vous assez aimable pour me l'apporter ?

Santaroga haussa un sourcil. La jeune femme ne considérait l'analyse qu'à travers un subtil rapport de forces. Il lui concéda néanmoins l'avantage de ce léger service. Il en profita pour traîner son siège face à Elsa, rétablissant la configuration dont il avait l'habitude même si elle restait couchée. Dans un silence religieux, Elsa porta la cigarette à ses lèvres et inspira profondément.

— Pourquoi toutes ces questions à propos du Cercle des rêveurs éveillés et de Gabriel ? demanda-t-elle à travers un nuage de fumée qui voilait l'éclat de ses yeux.

— Je me demandais en quoi ces expériences oniriques pouvaient avoir modifié votre personnalité. Ou changé votre comportement. Possédez-vous des notes de vos séances ?

Il surprit un coup d'œil inquiet d'Elsa en direction de son bureau.

— Elles n'auraient aucun intérêt pour vous.

— Permettez-moi d'en juger.

— Oh, ça non ! L'épisode que je vous ai relaté avec un inconnu s'est d'ailleurs déroulé avant ma première séance. Le second également.

Manifestement, il était inutile d'insister même si les notes se trouvaient à portée de main.

— Et les autres inconnus ? s'enquit-il pour reprendre son rôle d'analyste.

— Cela n'a rien à voir. Après une séance au Cercle, je rentre toujours chez moi. J'essaie d'emmagasiner le plus longtemps possible la lumière qui a brillé pendant la séance. Une petite flamme. Vous voyez ce que je veux dire ?

Santaroga se souvint d'un rêve de Jung. Il s'y avançait dans une nuit épaisse, face à un vent violent, tenant et protégeant de ses deux mains une lumière qui menaçait à tout instant de s'éteindre. Cette petite flamme, c'était sa conscience.

— La seconde fois, reprit Elsa, ils s'y sont mis à deux avec moi.

Elle se redressa sur un coude et le contempla de ses yeux brillants.

— Et je dois vous l'avouer, j'ai adorrrré ça !

Son regard fixe ne le quittait plus.

— Je vous choque ?

Le psychanalyste secoua la tête. Il avait entendu bien pire de ses patients.

— Je ne porte jamais de jugement.

Elsa agita un de ses petits pieds gainés de soie.

— J'étais chenille, je me suis transformée en papillon. Allez-vous m'empêcher de papillonner ?

Santaroga sut qu'il devait frapper un grand coup pour s'extirper de la spirale de provocation qui s'était instaurée entre eux. Il fit mine de se lever.

— Vous semblez très bien assumer votre sexualité. Beaucoup de mâles vivent de telles aventures sans que cela les perturbe ou ne choque notre bonne société. De nos jours, les femmes se sont émancipées. Toutes ces nouvelles expériences sexuelles vous ravissent. Alors, pourquoi cette analyse ? Je voyage à l'étranger, je découvre de nouveaux pays et de nouvelles cultures. Vous aussi, vous explorez de nouveaux territoires inconnus : des corps d'hommes anonymes. Continuez si cela vous rend heureuse.

Elsa poussa un cri de désespoir.

— Non, je vous en prie. Ne m'abandonnez pas !

Il se pencha en avant.

— Elsa, c'est vous qui vous abandonnez. À travers la nuit la plus profonde, vous devez à tout prix sauver votre petite flamme.

~

Varya avait protesté pour la forme. Une invitation à faire les boutiques chics pour acheter une nouvelle robe et des souliers, le tout élégamment sponsorisé par Tamara de Lempicka à la place des cinquante francs promis, était une proposition qu'elle ne pouvait décemment refuser.

— Ma chère, avait décrété la Polonaise, je ne vous supporte plus avec cette robe de dactylo que vous avez tant de mal à ôter devant moi ! Je ne vois qu'une solution : les boutiques !

En descendant du taxi, Tamara donna deux sous à un marchand de journaux.

— Pour patienter pendant l'essayage, expliqua-t-elle en souriant. Je ne regarde que les publicités, cela me donne des idées pour mes peintures !

La Polonaise possédait un sens graphique proche de celui

des affiches publicitaires. Elle lui en montra une pour lui prouver qu'elle ne plaisantait pas. Elle représentait un homme élégant qui toisait son épouse avec hauteur tandis que celle-ci rougissait.

— Que voulez-vous! s'exclama Tamara avec humeur. La femme est mise en accusation car la chasse d'eau fonctionne mal. Cette ménagère aurait dû utiliser une cuillerée à soupe de tel produit pour régler le problème!

Le mot boutique ne semblait pas convenir à une maison de couture en vogue. Varya hésita, pensant à ce qu'elle devrait en retour à Tamara de Lempicka.

— Euh... bredouilla-t-elle soudain écrasée par la crainte. C'est coûteux, non?

— Ma chère, fit Tamara en l'entraînant à l'intérieur, seules les ressources financières distinguent les femmes les unes des autres. Aujourd'hui, même les employées mettent des bas de soie et soignent leur habillement pour bien paraître.

Elle lui fit un signe discret pour désigner une jeune dactylo qui passait dans le hall d'accueil en portant sa machine à écrire.

— Hier soir, avec ce type de robe au Cercle des rêveurs éveillés, vous avez dû être cataloguée comme une employée de bureau ordinaire. Pardon, hein? Je vous parle franchement!

Varya serra les dents puis se détendit à la vue des longues écharpes orientales de Chanel. La maison Gabrielle Chanel respirait le chic et le luxe à profusion. Une mannequin au type slave suivit Varya du regard et se pencha vers une de ses compagnes pour lui glisser un mot à l'oreille. L'autre examina à son tour la jeune Russe avec attention. Tamara surprit cet échange silencieux mais ne dit rien.

On les conduisit avec empressement à l'intérieur d'un salon d'essayage où une employée d'âge mûr à la mise impeccable les accueillit. Varya apprécia les manières distinguées de Tamara, cette assurance tranquille qui s'impose aux autres sans la moindre trace d'arrogance. Un mince modèle vint présenter une robe du soir noire, serrée à la ceinture, simple et élégante.

Varya se tourna vers son mentor.

— Euh… trop courte, non ?

Tamara rit gentiment.

— Mais d'où sortez-vous ? La femme moderne boit des cocktails, fume, conduit, joue au tennis, va au spectacle, choisit ses amants… (elle jeta un coup d'œil taquin aux formes élancées de Varya) ou ses amantes !

Varya ne réagit pas. Les avances de Tamara n'étaient jamais pressantes. Un simple rappel qu'elle était là et répondrait présente au cas où… Jusqu'alors, Varya n'avait guère envisagé ce genre de choses même si elle se souvenait, avec un brin de gêne, de baisers sur la bouche échangés avec une cousine une dizaine d'années plus tôt.

— Cette année, précisa la modiste comme si elle n'avait rien entendu, n'est qu'une accentuation des tendances de l'année précédente. La robe s'arrête au-dessus du genou.

— Au-dessus du genou ? fit Varya choquée.

Les femmes s'entre-regardèrent en souriant puis reportèrent leur attention sur elle. Tamara se chargea d'enfoncer le clou.

— Aujourd'hui, la femme s'autorise le désir !

Un second modèle entra, sans doute une fille d'Ukraine,

à la blondeur des champs de blé de là-bas. Elle ne put s'empêcher de dévisager Varya, jusqu'à s'attirer une remontrance muette de la vendeuse. Alors elle virevolta sur elle-même, offrant à la vision toute la fluidité d'une charmeuse de soie brodée de motifs floraux sous un tulle de soie avec une ceinture écharpe sur la taille basse, jupe doublée en forme de toupie.

— C'est magnifique, murmura Varya estomaquée.

La vendeuse approuva avec fierté.

— La griffe Chanel. Vous devriez l'essayer !

Bientôt la jeune femme sortit de la cabine d'essayage vêtue de la robe du soir et les deux autres ouvrirent de grands yeux. Dans n'importe quelle cour d'Europe, Varya aurait tenu sa place sans complexe tant elle déployait avec naturel de grâce et de charme.

— Elle vous plaît ? demanda Tamara en réprimant les battements de son cœur.

Varya acquiesça avec timidité.

— Alors, nous la prenons !

— Non, protesta Varya à regret, c'est trop, beaucoup trop !

— Mais non, vous poserez pour rien les prochaines fois. Cela nous évitera vos pénibles marchandages ! Voyons maintenant un sac de soirée et des escarpins. (Elle prit un air pensif.) Il faut vous habiller selon votre vrai rang.

La vendeuse tressaillit imperceptiblement à ces derniers mots. Lorsqu'elles quittèrent le salon d'essayage, elles aperçurent le modèle ukrainien. Une couturière tournait autour, la bouche remplie d'épingles. Le modèle suivit longuement Varya du regard.

11

Car cette étrange enfant aimait
beaucoup faire semblant d'être
deux personnes différentes.

Planté devant le portail de la demeure de Gabriel de la Biole, Santaroga se retourna. Ce devait être la maison d'en face dont les fenêtres donnaient chez son patient. Une coquette villa avec des jalousies peintes en vert et des portes à claire-voie. Il traversa la rue.

La maison fleurait bon la cire et le miel. Elle dégageait le charme suranné de ces demeures d'un autre siècle où la place de chaque objet est figée pour l'éternité. Santaroga s'empressa de débarrasser la dame de son plateau, de crainte que les tasses en porcelaine ne se brisent. Sa séduction naturelle semblait troubler la quinquagénaire qui le recevait.

— Je vous en prie, laissez-moi faire !

— Merci, monsieur.

Avec un sérieux imperturbable, Santaroga servit le thé. Il en avala une gorgée, nota qu'il s'agissait d'un darjeeling aux arômes caractéristiques de muscat mûr. Sans doute une récolte d'été.

— Mes enfants, fit-elle lorsqu'elle le vit contempler une photo dans un cadre d'argent représentant deux garçons posant sagement en habit de communion.

Santaroga lui adressa un vague compliment pour leurs bonnes joues. Son hôtesse lui paraissait si revêche qu'on avait peine à penser qu'un jour quelqu'un l'ait désirée. Par la fenêtre, il jeta un regard distrait dans la rue.

— Le quartier est paisible, constata-t-il.

— Oui et les commerçants très aimables.

Au passage d'une voiture, une personne se retourna avant d'ouvrir le portail d'en face. Il en profita pour tester la vision de son hôtesse car c'était à cette distance qu'elle avait aperçu la blonde entrer chez de la Biole, le soir de sa mort.

— Oh, qui est-ce ?

Elle jeta un rapide coup d'œil par la fenêtre.

— Le domestique de ce malheureux M. de la Biole. Drôle d'engeance. Je l'ai vu discuter avec des gens peu fréquentables lorsque son maître s'absentait.

— Qu'entendez-vous par des gens peu fréquentables ?

— Du genre ouvrier.

Elle affichait une moue constipée.

— Les faisait-il entrer dans la maison ? s'enquit le psychanalyste avec curiosité.

— Non, dans le jardin pour leur parler. J'ai failli prévenir son maître mais j'ai eu peur de paraître un peu revêche.

Il lui adressa son sourire le plus charmeur.

— Me permettez-vous de vous montrer une photo, chère madame ?

Sans attendre de réponse, il lui tendit le cliché fourni par Varya représentant tous les rêveurs éveillés.

— Reconnaissez-vous la personne venue le soir de la mort de M. de la Biole ?

Elle hésita et finalement désigna Varya.

— De dos, elle pourrait lui ressembler avec cette chevelure. Comme je l'ai dit à la police, elle ne s'est pas retournée.

Santaroga ferma brièvement les yeux. Lorsqu'il les rouvrit, il n'y voyait pas plus clair.

— Puis-je vous demander encore une faveur ?

La dame frémit. Le psychanalyste s'était levé et, penché au-dessus d'elle, enveloppait le dos du fauteuil de la main. De l'autre, il montra à nouveau la photo à son hôtesse. De cette position, il pourrait capter ses émotions et saurait si elle était sûre d'elle.

— En dehors du soir de la mort de M. de la Biole, d'autres personnes présentes ici lui ont-elles rendu visite ?

Se souvenant du précepte chinois « Ne suis pas des yeux le doigt qui te montre la lune mais la lune elle-même », le regard de Santaroga alla droit à la personne désignée. Et cette fois le doigt pointa Tillie !

Santaroga s'efforça de réfléchir rapidement. Son avantage sur les policiers chargés de l'enquête était la photo en sa possession et sa connaissance des membres du Cercle. Que lui avait dit Laplanche déjà ? La voilette, c'est ça, la voilette !

— Cette dame que vous venez de désigner ne porte-t-elle pas à son habitude un chapeau et une voilette ?

— Non, ça c'est une autre !

— Une troisième femme ! s'exclama Santaroga un peu perdu.

Devant son air incrédule, elle lui expliqua avec un rien de condescendance :

— La démarche. C'est dans la démarche qu'on reconnaît une femme à coup sûr. Chacune d'elles possède une démarche distincte !

C'est drôle comme une silhouette féminine s'esquisse par une démarche et dans l'air par un parfum.

Trois femmes. Trois suspectes.

~

Tamara de Lempicka insista pour amener Varya boire un thé. Difficile de refuser après s'être vu offrir une robe de couturier et un ensemble de jour Chanel ! Elle renonça toutefois à regret à une pâtisserie alléchante car elle n'allait pas tarder à déjeuner avec Santaroga. La peintre contempla sans remords le chariot de pâtisserie qui s'éloignait. Si Varya était presque maigre, Tamara se trouvait mince et entendait le rester.

— Un jour, raconta cette dernière, j'ai acheté une demi-douzaine de religieuses chez un pâtissier afin de peindre une nature morte. Mais à l'époque, j'étais si affamée que je les ai toutes avalées avant de commencer ma toile. J'ai dû les dessiner de mémoire !

Varya éclata de rire.

La surprendre, l'amuser, nota aussitôt Tamara. Elle n'utilisait jamais les verbes « tenter ou « essayer ». Un jour, Santaroga l'avait étonnée en se livrant à une expérience à ce sujet. Quelque part, le cerveau abdiquait dans l'essai. Il ne fallait pas laisser place au doute.

— Après, reprit-elle, bien sûr, j'ai regretté. Mais que voulez-vous, je résiste à tout sauf à la tentation.

Son invitée battit des paupières.

— Pourquoi tant d'attentions à mon égard ? Que voyez-vous en moi que je ne vois pas ?

— Peut-être une vérité que vous cachez aux autres ou que vous vous dissimulez à vous-même. Une vérité qu'a vue cette jeune Ukrainienne qui vous dévisageait.

Le visage de Varya se ferma aussitôt.

— Allons, soupira Tamara, ne faites pas l'huître !

La pointe de sa chaussure taquina la cheville de Varya qui sourit mais quand l'autre revint pour la caresser, elle fronça les sourcils comme une maîtresse d'école face à une élève indisciplinée. La peintre cessa aussitôt son jeu. Selon l'occasion, Tamara de Lempicka pouvait se montrer docile même si elle possédait un caractère très dominant. Ses silences mystérieux, appuyés par un regard fixe, ne fonctionnaient pas avec l'objet de son désir sur qui tout glissait comme sur une toile cirée.

— Avez-vous rencontré Gabriel de la Biole ? demanda Varya d'un ton neutre.

— L'homme qui s'est ouvert la gorge ?

Varya acquiesça sobrement. Tamara but une gorgée de thé tout en l'observant par-dessous ses longs cils.

— Nous avons parlé de M. Sorano tout à l'heure, fit-elle en reposant sa tasse d'un geste alangui. C'est drôle, il était en cheville avec Gabriel de la Biole.

Tamara recula comme si elle venait de placer une bombe et attendait une réaction.

— Comment ça « en cheville » ? s'étonna Varya.

— En affaires, si vous préférez.

Elle appliqua ses mains fines aux doigts déliés sur la table, captant ainsi l'attention de son interlocutrice.

— Vous aurez bientôt l'occasion de lui montrer votre belle robe de soirée !

~

Après être passée à son hôtel pour y suspendre sa robe du soir, Varya arriva avec près d'une heure de retard pour son déjeuner avec Santaroga à La Rotonde, boulevard du Montparnasse. Celui-ci venait d'ailleurs tout juste d'arriver mais il n'en souffla mot. Elle refusa que le garçon s'empare de son chapeau cloche et le posa avec prudence sur la table d'où le psychanalyste venait poliment de se lever.

— Déjà en retard, remarqua-t-il avec malice, vous vous adaptez vite aux habitudes parisiennes !

La jeune femme rosit.

— Pardonnez-moi mais Tamara a tenu à m'offrir une robe et l'ensemble que je porte !

La joie d'étrenner sa nouvelle parure et de la faire admirer prit le dessus sur sa bonne éducation. Elle tourna sur elle-même pour montrer sa jupe et sa veste en crêpe de laine noire éclairée par un chandail en jersey de laine blanc et un collier de perles. Le camélia en boutonnière de la veste de son tailleur portait la griffe de Chanel.

— Et vous avez vu mes chaussures ? lui glissa-t-elle avec un clin d'œil appuyé. C'est celles qui vont avec la robe du soir mais j'avais trop envie de les porter !

Elle tendit sur le côté sa jambe, dévoilant un pied cambré

dans un escarpin Perugia en brocart argenté et lamé, la bride en T.

— Je ne peux pas regarder, chuchota Santaroga gêné, cela ne se fait pas en public ! Et en privé ça serait la même chose !

Varya pianota de ses doigts sur la table.

— Qu'est-ce que les gens de votre âge sont coincés !

Elle étudia le menu tout en remuant son petit pied chaussé. Santaroga sembla alors se rappeler qu'il serait de bon ton de lui adresser un compliment par ailleurs mérité.

— Vous êtes… euh… très élégante !

Elle lui jeta un œil sévère par-dessus la carte.

— Ah quand même, vous le dites !

Il se frappa le front.

— J'aurais moi-même dû penser à faire renouveler votre garde-robe ! Tamara l'a fait pour moi.

— Eh oui ! Vous m'avez envoyée dans ce Cercle habillée comme une souillon !

— Néanmoins je me rattraperai. Il vous faut une seconde robe.

Varya frétilla. Elle commençait à adorer la vie parisienne !

— Tamara m'a offert deux tenues, ajouta-t-elle négligemment.

Santaroga sourit largement pour montrer qu'il comprenait le message. Ils commandèrent des homards grillés et on les servit rapidement. Satisfaite, Varya lui raconta la teneur de ses échanges avec Tamara. Le psychanalyste fit de même pour Elsa Sorano, tout au moins dans la partie concernant les rêveurs éveillés et les notes du Cercle. Il garda secret son passage à Auteuil.

— Vous voyez, remarqua Varya. Rien ne sert d'être trop

honnête. Si vous voulez lire ces notes, il faudra vous en emparer !

— Je crois savoir où elle les conserve. Mais peut-être suffirait-il que je les demande en tant qu'ancien analyste de Gabriel de la Biole.

— On peut, avant de vous les donner, supprimer des passages s'ils paraissent compromettants pour Victor Harman.

— Compromettants ?

— Ne jouez pas les naïfs avec moi, lui reprocha Varya. Vous ne cherchez pas seulement à comprendre ce qui a poussé votre patient à se trancher la gorge. Vous suspectez quelque chose !

Santaroga croisa les mains et posa son menton dessus.

— Nous avons un Cercle de rêves éveillés, un homme qui y rêve sa propre mort. Et la vie de cet homme, après la Grande Guerre, a pris une direction inattendue. Il fréquente d'ailleurs le mari d'une des rêveuses.

— Sorano ?

— Oui, Sorano partage les mêmes convictions que lui contrairement aux autres personnalités du Cercle, à savoir : un poète homosexuel surréaliste, une grande bourgeoise très émancipée, une journaliste catalane un peu aventurière. Quant à ce Canadien, vous êtes mieux placée pour m'en parler !

Varya lui offrit en retour la seule candeur glacée de ses yeux bleus.

— Bref, fit-il, mon patient se retrouvait comme un virus dans un corps sain.

— Alors, ils l'auraient détruit ?

— Inconsciemment… ou pas ! Et voilà qu'Elsa Sorano, un autre membre du Cercle, devient ma patiente !

— Vous ne croyez pas aux coïncidences ?

— Je crois en la synchronicité.

— Qu'est-ce ?

En langage savant, cela aurait donné : une coïncidence significative ou une correspondance entre un contenu psychique et un événement objectif sans qu'ils soient causalement reliés. Il choisit une explication plus simple :

— C'est l'apparition simultanée de plusieurs événements sans lien de causalité entre eux mais dont l'association prend un sens pour celui qui les perçoit.

— Je ne connais pas votre synchronicité, répliqua Varya, mais il fut un temps où je dégainais mon revolver à chaque coïncidence !

Santaroga espéra une suite. Parfois, il sentait qu'elle attendait de lui qu'il la délivre des peurs et des obsessions qui la maintenaient en servitude.

En une seconde, Varya s'était recomposé un masque impassible. Ses vraies émotions semblaient toujours absorbées par son enveloppe externe. Coudes sur la table, la jeune femme croisa les mains l'une sur l'autre et le dévisagea.

— Est-ce qu'Elsa Sorano essaie de vous séduire ?

— Parfois les patientes jouent avec nous et tentent de nous manipuler. Elsa me provoque et cherche à susciter des sentiments chez moi. Du désir, de la jalousie, de la compassion aussi par moments.

C'était presque un soulagement pour lui d'en parler.

— Tout semble basé sur le sexe chez elle, constata-t-il avec un brin de regret dans la voix.

Il n'aimait rien tant que les univers intérieurs riches, subtils et complexes.

— Freud aurait adoré ça, fit-il avec dépit. Du sexe partout. Confirmation de ses théories ! Mais toutes ses provocations m'empêchent de débuter sérieusement une analyse.

Santaroga s'ébroua et jeta un regard nostalgique autour de lui. Ils se trouvaient au rez-de-chaussée de La Rotonde avec son bar, son grill-room et sa nouvelle brasserie. Fini les clients fauchés comme Picasso, Chagall ou Vlaminck qui payaient leur écot d'un croquis. Terminé le doux Club des Louftingues et ses violentes discussions sur l'art ou la politique dans l'arrière-salle d'où sortaient autrefois des volutes de fumée.

— Ici, il y a une dizaine d'années, se rappela-t-il, Staline et Trotski jouaient aux échecs. Apparemment, aujourd'hui Staline a mis mat son vieux rival !

— Qu'est-ce qui vous fait dire cela ?

— Les observateurs s'accordent à dire que Staline a mis la main sur tous les rouages du Parti et repris le contrôle de l'armée.

Varya hésita. Jusqu'à présent, Santaroga était la seule personne à ne pas l'avoir vraiment interrogée sur son passé. Mais l'habile digression du psychanalyste sur la situation politique russe l'amenait à se positionner. Et ne pas le faire révélerait aussi bien des choses. Il avait impeccablement manœuvré et peut-être que le choix même du restaurant résultait de sa stratégie.

Varya se cala sur sa chaise, le dos bien droit, les mains croisées sur la table de manière à ne pas se trahir par un mouvement compulsif.

— Dans toutes les révolutions, dit-elle en pesant ses mots avec soin, c'est toujours l'aile la plus extrême qui prend le pouvoir. Lui appartenir devient comme un gage de loyauté. Les sociaux-démocrates puis les socialistes révolutionnaires ont été considérés comme des furieux avant d'être traités de modérés et chassés du pouvoir puis exterminés par les Rouges.

— Quant à Trotski ?

— Les trotskistes sont partisans d'une révolution permanente et mondiale. Staline veut d'abord achever la sienne chez lui. La révolution d'un seul pays. Il est ce que l'on pourrait appeler le retour de balancier : la raison qui reprend le pouvoir. Tout cela finira mal pour quelqu'un, c'est évident.

En prenant autant de recul, Varya s'était bien sortie du piège. Du moins le croyait-elle. Le psychanalyste se pencha vers elle.

— Cette maîtrise de notre langue... Vous avez séjourné ici mais n'y êtes pas revenue depuis longtemps. Sinon, vous n'auriez pas l'air de perpétuellement redécouvrir Paris. Et puis vous savez des choses et d'autres pas. Comme s'il y avait eu une coupure dans votre vie. Je dirais que vous avez passé votre première enfance en France et que vous êtes retournée en Russie où vous avez continué à parler français. Avec une gouvernante ou des membres de votre famille. Une famille cultivée donc. Ensuite, je ne sais pas. Vous êtes de retour très récemment. Seule et démunie mais également souple et adaptable, comme si vous aviez appris à survivre en territoire hostile.

Il baissa encore le ton.

— Moi, si j'étais une Russe blanche en fuite et en exil, je

me montrerais très prudente car l'on sait que les envoyés de Staline assassinent leurs adversaires d'hier réfugiés en France.

La réplique fut foudroyante.

— Moi, si je me nommais Alexandre Santaroga, mon orgueil intellectuel ne supporterait pas d'avoir été roulé !

Ça y est, pensa le psychanalyste, *tu l'as poussée dans ses derniers retranchements, maintenant voici ton tour. Prépare-toi à encaisser !*

— Roulé par mon patient qui se révèle être un fasciste fanatique et par un Cercle de rêves qui l'a peut-être envoyé à la mort en lui faisant revivre un rêve morbide d'ancien combattant ! Mais ce n'est encore pas le plus important.

Elle ne lâche jamais rien, constata avec respect Santaroga.

— Le plus important dans toute cette histoire, reprit Varya dévoilant sa ténacité, c'est que votre patient a pu se tuer à cause d'une expérience de rêve éveillé. Et le rêve, c'est votre propriété ! Qu'allaient-ils faire ces gens du Cercle à s'occuper de ça ? Le rêve, c'est la voie royale. On n'a pas le droit de se tuer en rêvant !

Santaroga tressaillit. Il n'avait pas véritablement envisagé les choses sous cet angle. En pointant du doigt un certain orgueil intellectuel, elle avait sous-estimé son sentiment de culpabilité. Culpabilité de n'avoir pas mieux connu son client, ses souffrances, d'avoir sous-estimé son état dépressif.

— Je n'ai pas su aider Gabriel comme il le fallait, admit-il. Je ne voudrais pas commettre la même erreur avec vous.

Il l'enveloppa de son regard chaud et lumineux.

— La vie vous a cassée, Varya, laissez-moi vous aider à vous réparer !

Elle en eut le souffle coupé.

— Ici ?

— C'est un commencement.

Varya se mordilla les lèvres.

— J'aimerais bien trouver des réponses à mes questions mais est-ce que cela me sera préjudiciable ?

— Oh Varya, fit-il avec douceur, je ne peux vous apporter de réponse définitive, juste une opinion personnelle.

— Et vous garderez cette opinion pour vous car ce n'est qu'une opinion, n'est-ce pas ? murmura-t-elle.

Santaroga se permit une grimace malicieuse.

— Rappelez-vous que je vis en Suisse. Toujours neutre !

~

Assis, Arnaud Fauber contempla son supérieur s'épuiser en va-et-vient incessants autour de son bureau.

— Ça s'agite à l'Office des réfugiés russes et au Caveau d'Ukraine.

— Le Caveau d'Ukraine, cette boîte minable ?

— Siège de l'armée blanche d'un général de cavalerie.

— Effectifs sous les armes : un fou, deux estropiés et une douzaine de cosaques ivrognes ! dit Fauber.

Un sourire froid apparut sur le visage de l'autre sans atteindre ses yeux.

— Ne les sous-estimez pas, ce sont des fous dangereux. Ils ont l'air de chercher quelqu'un ! Un de leurs émissaires a même couru jusqu'au château de Choigny où réside le grand-duc Nikolaï Nikolaevitch et ensuite cela a été l'ébullition. Chose étrange, on constate la même effervescence chez son concurrent, le grand-duc Kirill Vladimirovitch.

— Ces deux-là se détestent pourtant.

— À moins qu'un adversaire commun puisse un temps les réunir, non ?

— Même Staline n'y a pas réussi !

Le supérieur haussa les épaules.

— Ensuite, des Russes sont sortis de partout pour ratisser la ville.

Fauber pointa un museau interrogateur vers son supérieur.

— Et qui cherchent-ils ?

— D'après mon informateur, une jeune femme.

— Russe ?

— Oui.

Ses yeux s'étrécirent.

— J'imagine qu'il s'agit d'une blonde avec un regard bleu glacé ?

— Qu'est-ce qui vous fait dire ça ?

L'inspecteur de la Sûreté générale prit un air innocent.

— Sans doute l'imagerie populaire, l'idée qu'on se fait d'une beauté russe !

~

Ils se trouvaient dans la suite de Santaroga. Celui-ci avait tiré les rideaux et laissé allumée une seule lampe du salon.

— Je ne vais pas vous hypnotiser pour cette première fois. Vous avez appris au Cercle à convoquer vos souvenirs, vous fixer sur des images. Fermez les yeux et détendez-vous. Maintenant, remontez le temps. Vous vous trouvez en Russie. Quel temps fait-il ?

— Froid.

— Où êtes-vous ?

— Dans une rue de Vladivostok.

Une carte se dessina dans l'esprit de Santaroga. Vladivostok, entre la Mandchourie chinoise et la mer du Japon. L'ultime bastion de la Russie blanche.

— Comment est la ville ?

— Terne. Étirée le long d'une interminable route sale et neigeuse l'hiver, sale et poussiéreuse l'été.

Une ville sans autre curiosité que son quartier chinois et ses maisons d'amour.

— Qui gouverne la ville ?

— Le dernier gouvernement antibolchevique de Russie après l'évacuation de la Crimée.

— Quelle est la situation ?

— Les Blancs ne peuvent plus se fier à personne. Les Occidentaux les ont abandonnés. Les Rouges approchent et les Japonais se retirent.

Santaroga songea qu'il était tombé à un moment crucial de l'histoire de Varya.

— Que faites-vous ? demanda-t-il.

— Je cherche un bateau sur lequel embarquer.

— Racontez-moi ce que vous voyez.

Elle lui raconta la cohue de soldats nerveux, les femmes lasses traînant des enfants pleurant ou bien étrangement silencieux. Tout le monde espère fuir la ville et monter sur un bateau pour échapper aux Rouges mais il n'y aura pas assez de place pour tous. Beaucoup commencent à le comprendre.

Les images se précisent, prennent vie.

Elle a faim. Des hommes à la barbe hirsute font cuire des pommes de terre à un feu dans la rue. On n'a pas envie de les déranger. Des sous-officiers jaugent la file des femmes comme ils inspecteraient un étal de marché. Un lieutenant se colle à Varya. Il a une physionomie agréable mais une haleine de rat crevé.

— Viens avec moi dans ma chambre, dit-il. Je t'emmènerai au Japon puis nous irons en Europe. Tu es déjà allée à Paris ?

Oui, Paris, elle connaît. Un autre temps. Une autre vie. Elle hésite. Une voix qui ne lui ressemble pas susurre à son oreille : « Mets-toi sur le dos et pense à Paris ! »

Si elle était certaine qu'il dit vrai, elle irait peut-être avec lui. Mais à combien de femmes a-t-il proposé la même chose ?

Varya n'a qu'une idée en tête : partir, survivre. Elle ne croit pas aux promesses de l'officier. Elle se dégage pour chercher un plus haut gradé. Un homme plus vieux capable de compassion. Elle en trouve un qui lui prend le menton entre ses doigts avec lassitude.

— Pourquoi t'emmènerais-je ? Tu as quelque chose à me donner ?

Dégoûtée, elle s'arrache à lui.

— J'étais avec le tsar !

— Le tsar est mort. Il a fait massacrer son armée et nous a conduits à la ruine. Alors, demoiselle de compagnie, si je te fais embarquer, tu me donnes quoi en échange, à part tes souvenirs d'un monde qui n'existe plus ?

Varya plisse le nez. Il sent le vieux chien mais rien d'attendrissant chez lui. Le regard dur de ceux qui n'en ont plus rien à faire de rien, de personne.

Elle tourne les talons. Elle a vécu pire même si ici c'est le chaos. Tout le monde cherche à sauver sa peau. Elle trébuche sur une femme aux seins lourds, assise à terre. Son enfant près d'elle la contemple, les yeux vides. Sa mère pleure. L'enfant essaie de la réconforter en lui donnant des baisers mouillés. Un instant, Varya a envie de les prendre par la main, de leur insuffler un peu de la vie qui brûle encore en elle, de sa colère aussi. La colère, ça vous aide à rester vivant. Les emmener ? Oui, mais où ? Elle n'a rien à offrir. Dans sa poche repose son dîner soigneusement conservé : un quignon de pain rassis. Elle le donne à l'enfant puis s'enfuit sans se retourner.

Santaroga la tira doucement de son rêve éveillé.

— La chute de Vladivostok, c'était bien en octobre 1922 ?

— Oui.

Trois ans et demi ! Elle avait mis tout ce temps pour arriver à Paris !

— Vous souvenez-vous de ce que vous avez fait depuis ?

— Je dois me dépêcher, murmura-t-elle pour toute réponse. J'ai déjà trop attendu.

Il saisit ses poignets et emprisonna son regard dans le sien.

— Qu'avez-vous donc à faire de si urgent, Varya ?

Elle l'avait dit à Tillie alors elle pouvait bien le lui dire aussi à lui.

— Il faut que je voie le grand-duc Nikolaevitch. J'ai une révélation importante à lui faire !

Soudain, sa voix devint un murmure :

— Mais je ne sais plus laquelle ! Quelque chose m'empêche de me souvenir…

— Un conflit psychique. Vous avez dit à cet officier à

Vladivostok que vous étiez avec le tsar. Pouvez-vous m'en dire plus ?

Elle n'hésita qu'un instant.

— Mon père était colonel de la garde impériale. J'avais dix ans quand il est mort lors d'un exercice. Avec bonté, le tsar nous a permis, à ma mère et moi, de rester à la cour. Comme j'avais à peu près le même âge que ses filles, je jouais avec elles. Ma mère est morte de maladie deux ans plus tard. Le tsar m'a gardée près de ses enfants comme camarade de jeu et de classe.

— Merci de votre confiance, fit Santaroga ému.

Son loup remuait désormais en lui pour se déclarer le nouveau père d'adoption de Varya.

— Voulez-vous vraiment vous souvenir ?

Comme Varya hésitait, il lui tendit une pièce.

— Serrez-la dans votre main. Lorsque vous voudrez tout arrêter vous l'ouvrirez, elle tombera et vous vous réveillerez. Maintenant…

Il se mit à balancer son pendule sur un rythme précis.

— Fixez attentivement ce pendule, suivez-le des yeux. Ne le quittez pas du regard. Portez toute votre attention sur lui. Vous ne voyez plus que mon pendule. Vous ne pensez plus qu'au pendule.

La voix du psychanalyste s'enroula autour d'elle comme une chaude couverture dans laquelle on a envie de s'endormir. Elle se sentit glisser dans le sommeil.

— Vous dormez, Varya ! Laissez ma voix vous guider. Vous m'avez raconté un rêve qui vous poursuit. Un escalier que l'on descend, une porte que l'on ouvre vers l'extérieur, une autre qui reste fermée. Vous êtes dans cet escalier. Vous le descendez. Où êtes-vous ?

— Dans la maison Ipatiev.

Santaroga maîtrisa un frisson. La maison Ipatiev à Ekaterinbourg était tristement connue pour avoir été le lieu du massacre du tsar et de toute sa famille.

— Qui est avec vous? demanda-t-il d'une voix monocorde.

— Devant moi, il y a le tsar avec le tsarévitch dans les bras. Sa femme le suit ainsi que leurs filles. Il y a aussi le médecin de la famille impériale, des serviteurs et des soldats. Ils nous poussent.

— Vous arrivez en bas de l'escalier, Varya. Que voyez-vous?

— Il y a deux portes, l'une est fermée et mène à la cave. L'autre s'ouvre au-dehors.

— Poussez la porte qui est fermée!

— J'essaie, elle reste fermée.

— Insistez, Varya. Insistez!

— On nous pousse au-dehors. Des voitures nous attendent dans la cour.

— Revenez en arrière, vous devez ouvrir la porte fermée, insista Santaroga.

— Je ne peux pas. On nous fait monter dans les voitures. Elles démarrent.

— Que voyez-vous par la vitre?

— Un soldat me sourit. Il me fait un signe discret.

La main de Varya s'ouvrit soudain et laissa tomber la pièce à terre dans un bruit assourdissant. Elle ouvrit les yeux, un air exalté se peignit sur son visage et elle murmura, extasiée :

— Le tsar est vivant! Le tsar est toujours vivant!

12

Et, pensait Alice, à quoi peut bien servir un livre où il n'y a ni images ni dialogues ?

La splendide mulâtresse, sous-maîtresse du Chabanais, ayant mal pris le refus de Tillie de céder aux plaisirs de la chair, la journaliste se trouvait reléguée en extra pour l'après-midi dans une maison de quartier près de l'Opéra. Il s'agissait d'une maison parisienne aux allures provinciales avec de gentilles filles à l'accent breton ou auvergnat. Elles tricotaient dans le salon, jouaient à la belote ou s'échangeaient des recettes de cuisine. Sans doute allaient-elles à la messe le dimanche pour racheter leurs péchés. Avec une régularité de métronome, des habitués vidaient des bocks au comptoir ou jouaient aux cartes. On voyait plus rarement la mère maquerelle qui gérait l'affaire ou son mari que l'on appelait *Monsieur*.

— Un placeur m'a présentée à Monsieur qui cherchait des nouvelles en province, racontait l'une d'elles à ses compagnes. Monsieur m'a offert des fleurs avant de m'essayer. Il m'a trouvée assez bonne pour m'amener ici.

Elles rirent de connivence.

— Moi, se plaignit une autre, la femme de notre Alphonse a mis mes papiers sous clé et ma dette augmente tous les jours entre le gîte, le couvert, les condoms et les examens médicaux. J'ai commencé chez Didi-la-Vache mais où serai-je dans dix ans ? Je ne peux m'en aller avant de l'avoir remboursée. Surtout qu'il y a des juges qui fréquentent ici. Vous verrez que je vais me retrouver comme pierreuse à faire le tapin aux fortifs !

Pour changer, Tillie cirait, frottait, astiquait, ouvrait la porte, essuyait les tables, changeait les draps, retapait les lits.

— Qui m'a mis des épingles dans mes draps ? s'écria une fille que les autres avaient prise en grippe parce que les tenanciers l'invitaient à déjeuner avec eux.

La sous-maîtresse se mit à enquêter : pas question de laisser passer ça ! Surtout si la favorite est en cause !

Des clients sonnèrent. Tillie était aussi chargée de la porte. Elle leur ouvrit et les conduisit à la sous-maîtresse. Des Russes. Encore ! Ils demandèrent des filles et, en attendant, se mirent à boire des bocks au comptoir. Ils avaient de l'argent. On leur amena les pensionnaires disponibles dans un petit spectacle de seins nus, sans robe ni paillettes. La revue du pauvre. Une petite noiraude à la poitrine lourde leur plut tout de suite car elle se donnait un genre vicieux. Une blonde aux hanches aussi larges que sa poitrine était plate, une rousse piquante et une brune placide aux paupières tombantes tournoyèrent sur elles-mêmes, les mains sur les hanches.

Ils auraient voulu une Asiatique mais les bordels parisiens n'avaient pas le droit d'employer d'étrangères depuis la convention de Genève. C'étaient d'ailleurs les seuls en Europe à la respecter ! Ils choisirent donc une fille chacun et laissèrent ruminer en paix la dernière.

Hormis le plus âgé qui traitait avec gentillesse la blonde dénommée Arlette, très entreprenante une fois allongée, les autres ne brillaient pas par leur science des préliminaires.

— Tu viens d'où avec un accent pareil ? demanda Arlette à son cavalier entre deux positions.

L'autre mit un doigt sur la bouche.

— Je viens d'ailleurs et ça suffit bien !

Au bout d'une heure, on vint tambouriner à leur porte pour leur faire savoir qu'il fallait déguerpir ou payer double. Leur exercice d'hygiène terminé, ces messieurs quittèrent donc la chambre. Au vu de l'épaisseur du portefeuille du plus âgé, la blonde les reconduisit jusqu'à la porte d'entrée sur laquelle donnait le petit salon d'accueil avec la fille aux paupières tombantes. Celle-ci leur jeta un regard apathique.

— Il est bientôt dix-sept heures, fit Arlette d'un ton engageant. Je reprends mon service dans trois heures, si vous voulez on peut manger un morceau avant de se quitter. L'amour, ça creuse, non ?

Le plus vieux tergiversa. Il appréciait la mise propre d'Arlette et ses lèvres charnues qui s'étiraient dans une invite aguicheuse.

— C'est que nous avons du travail.

— Tu parles ! fit un autre. Retrouver une jeune Russe dans Paris sans savoir où elle est ! Le grand-duc est devenu fou ! D'ailleurs, tous les chauffeurs de taxi de chez nous sont déjà sur le coup !

— Tais-toi donc, le rabroua l'autre. Où te crois-tu ?

Venue ouvrir, Tillie tressaillit en entendant les propos échangés. Les Russes baissèrent le ton et se mirent à parler dans leur langue. Finalement, le plus jeune se tourna vers la gagneuse avec un sourire qui révéla une bouche édentée.

— Nous avons bonne nourriture chez nous !

Elle n'hésita qu'une seconde. Une partie à quatre s'annonçait dont les revenus lui reviendraient sans partage.

— Je prends mon manteau et je vous rejoins tout de suite.

Tillie leur ouvrit la porte et les suivit des yeux, songeuse. Elle aperçut alors un homme se détacher d'un mur auquel il était adossé pour lire son journal, replier celui-ci avant de leur emboîter le pas.

~

L'endroit n'était pas à la hauteur des espérances d'Arlette. Une cuisinière à charbon en tôle noire devait chauffer l'unique pièce l'hiver. Une penderie avait été transformée en cabinet de toilette avec un tuyau en caoutchouc qui courait jusqu'au robinet fontaine du palier. Dans un coin, un lit brinquebalant supportait un sommier déchiré. Néanmoins, les draps semblaient propres.

Ils mangèrent des harengs aux oignons et à la crème aigre avec des pommes de terre en buvant une bière tiède mais au goût agréable. La prostituée décida de brusquer les choses. Le temps c'était de l'argent.

— Eh les hommes, si vous me voulez, vous pouvez m'avoir mais il va falloir allonger le prix pour trois ! Et un par un, s'il vous plaît ! Allez ! Je vous excite, c'est certain !

Ils rirent puis opinèrent de la tête. À trente francs la passe, elle demanda donc le triple puis transigea à quatre-vingts.

— Prix d'ami pour la Très Sainte Russie ! gloussa-t-elle car elle avait compris à qui elle avait affaire.

~

Varya retrouva sa gaieté d'enfance en étalant ses nouvelles possessions sur son lit afin de les admirer. Une fois son exaltation retombée après la séance d'hypnose, Santaroga l'avait amenée dans une grande maison de couture. En sa compagnie, elle avait choisi une paire de chaussures en satin de soie rouge et noir avec broderies florales en perles métalliques ainsi qu'une robe griffée Madeleine Vionnet. Elle l'enfila pour s'admirer à nouveau. C'était quelque chose qu'elle pouvait porter au dîner : une robe en crêpe de soie verte de coupe droite, avec encolure bateau. Des nervures ondulaient avec grâce de haut en bas sur toute la surface sauf les manches. L'image que la glace lui renvoyait la troubla pourtant.

Lors de son premier bal, un camarade d'enfance lui avait avoué son amour. Elle en avait été flattée mais peinée pour lui. Elle ne l'aimait pas. Était-ce le visage de cette jeune fille trop indifférente que la glace lui renvoyait ? C'était elle sans être elle. Comme si son identité s'était un jour disloquée. Comme si elle était en même temps les deux faces d'une pièce qui tournait interminablement sur la tranche sans savoir de quel côté elle allait tomber.

À Moscou, Staline remettait désormais en cause le rôle de Trotski dans les événements passés et commençait à faire effacer son visage des photographies de la Révolution, réécrivant ainsi l'histoire à sa manière. Cela devait faire un drôle d'effet de voir son visage disparaître progressivement partout. Le sien à elle semblait se dissoudre dans le reflet du miroir.

~

À dix-huit heures, Santaroga quitta l'Hôtel des Sociétés savantes où il venait de donner une conférence et échappa à un journaliste avant de sortir. Il chercha des yeux un taxi. Il en vit un de l'autre côté de la rue démarrer pour lui offrir ses services mais une autre voiture qui passait s'arrêta à son signe. Le psychanalyste y grimpa et indiqua une adresse. En se retournant, il vit le taxi évincé leur emboîter rageusement le pas.

Il descendit rue du Bac, en face du Club alpin français en charge de la promotion de la montagne et qui affichait en fronton cette belle devise : « Pour la Patrie, par la montagne » ! Il grimpa à l'office notarial. Le notaire qui l'accueillit avait les mains moites et des manières empressées. Fragile comme une brindille, il ressemblait à une feuille morte dans son costume au col amidonné.

— Professeur Santaroga, quel honneur de vous recevoir ! J'ai scrupule à vous déranger pour si peu mais une clause du testament de M. Gabriel de la Biole vous concerne à titre personnel. Comme nous avons la chance de vous compter parmi nous à Paris, je me suis permis de vous faire appeler à votre hôtel. Avez-vous une question à me poser ?

— De quand date ce testament ?

— Il a huit mois. M. de la Biole voulait d'ailleurs me revoir pour apporter une modification à celui-ci. Malheureusement, il n'en a pas eu le temps.

— Est-ce que Gabriel de la Biole était coutumier des changements sur son testament ? demanda Santaroga troublé.

— Pas du tout ! Maintenant, si vous voulez bien me suivre, je m'apprêtais à effectuer la lecture des clauses générales à la famille puis nous entrerons dans les détails.

Et j'entre dans les détails, nota le psychanalyste pensif.

Une fois installé, il observa l'assemblée qui tirait des têtes de faire-part. Des mines compassées mais personne de vraiment éploré. Une tante acariâtre figée comme une vieille vigne séchée sur pied, un neveu à la figure osseuse, un cousin au maintien tout militaire. Une nièce au visage criblé de taches de rousseur complétait le tableau. Le reste de la famille avait été décimé par la Grande Guerre puis par la grippe espagnole. Il reconnut Laplanche, sa vieille connaissance, les oreilles bien longues et ses paupières en capote de fiacre. Comme un corbeau lugubre, l'homme arborait manifestement son costume du dimanche en même temps que la mine funèbre appropriée. Apercevant Santaroga, il réprima un geste de surprise avant de le saluer avec cérémonie.

Au grand étonnement du psychanalyste, la fortune de Gabriel de la Biole n'allait ni à Mussolini ni à un quelconque mouvement nationaliste. Elle était répartie pour un tiers entre les derniers membres de sa famille, pour un deuxième tiers à la Croix-Rouge ainsi qu'à nombre d'œuvres de charité. Le dernier tiers allait à une femme au nom étranger imprononçable qu'il se hâta d'écrire phonétiquement sur son calepin. Personne ne semblait connaître la bénéficiaire et le notaire n'avait pas reçu de ses nouvelles à l'instant. Ce partage parut déplaire à la parentèle qui ne comprenait pas que leur parent éloigné, qu'ils ne voyaient au mieux qu'une fois l'an, ne leur lègue pas tout.

— Quant à vous, M. Santaroga, mon client vous lègue sa collection de livres.

Quelqu'un étouffa un gloussement mais la pimbêche austère s'inquiéta.

— Des livres de valeur ?

— Non, la rassura le notaire, ce sont essentiellement des ouvrages récents. Une trentaine de livres, romans ou essais.

La famille respira, soulagée. Au sortir de l'étude, le domestique de Gabriel de la Biole s'inclina et esquissa une courbette, cul tendu à l'horizontale.

— Si vous le souhaitez, monsieur, je peux vous accompagner tout de suite à la demeure de mon regretté maître pour récupérer vos livres. Si vous avez le temps, bien entendu.

Il était venu en tram et espérait se voir ramener en taxi. Santaroga hésita. Après la révélation de Varya à la maison Ipatiev, il lui tardait de retrouver la jeune femme mais peut-être était-elle sortie. Où s'arrêtait son rôle désormais ? Il suivit le domestique et fit signe à un taxi en maraude, éprouvant une étrange impression de déjà-vu lorsque celui-ci s'arrêta.

— M. de la Biole recevait-il souvent à son domicile ? demanda-t-il une fois à bord et désireux de profiter de l'occasion.

Trois femmes, trois suspectes. Et Laplanche ne lui avait parlé que de la mystérieuse Hécate, en chapeau et voilette.

À sa surprise, le domestique ne répondit pas à la question mais leva les yeux au ciel.

— Et dire qu'il ne me lègue que six mois de gages, moi qui l'ai servi avec dévouement alors que tous ses parents éloignés ne passaient le voir qu'à la Noël, et encore juste pour recevoir un joli cadeau !

Santaroga sortit son portefeuille et en retira quelques billets.

— Monsieur ! protesta Laplanche pour la forme.

— Je pense comme vous que vous méritiez plus et puis la collection de livres vaut bien cela. Vous m'aiderez à l'emballer.

Le domestique empocha prestement les billets tout en se confondant en remerciements.

— Il recevait quelquefois, répondit-il adouci. Des groupes d'hommes de diverses nationalités. Je n'étais à son service que depuis deux ans mais j'ai compté des Italiens, des Allemands et des Russes. Beaucoup de Russes.

Le chauffeur de taxi releva la tête. Dans le rétroviseur, Santaroga croisa son regard dur et en alerte.

— Ils discutaient tard dans la nuit et buvaient beaucoup, continua Laplanche. Ils refaisaient le monde.

— Ou la carte du monde… Parlaient-ils en français ?

— Oui.

— Vous leur apportiez à manger et à boire ? s'enquit Santaroga.

— Oui, monsieur.

— De quoi parlaient-ils exactement ?

Il avait coincé Laplanche qui ne pouvait les avoir servis en se bouchant les oreilles.

— Ils parlaient politique, monsieur. De Mussolini, du danger du bolchevisme et de la nécessité de s'allier contre lui.

De nouveau, le psychanalyste sentit le chauffeur se raidir.

— Une alliance des Blancs et des chemises noires contre les Rouges ? s'enquit Santaroga troublé.

La menace d'un ennemi commun amenait souvent à d'improbables rapprochements mais il y avait un sens à tout cela. Abandonnés par toutes les nations démocratiques, les Russes blancs pouvaient espérer mieux de régimes nouveaux et forts.

— Je ne comprends rien à tout cela monsieur, répondit humblement Laplanche, je le crains. Euh, je le crois.

Lapsus révélateur.

— Vous n'approuvez pas ce genre de choses, en conclut Santaroga.

— Monsieur, pardonnez-moi mais mon opinion n'a aucune importance.

— Je vous en prie.

L'autre déglutit.

— Si vous me le permettez, je pense que M. Mussolini a vite oublié ses origines syndicales !

Mussolini n'avait remporté que quelques milliers de voix lorsqu'il s'était présenté aux élections avec un programme mêlant revendications syndicales et nationalisme et l'aide de quelques syndicalistes révolutionnaires. Ceux-ci avaient vite été déçus par la suite des événements.

— Pas d'autres femmes que la mystérieuse Mme Hécate et sa voilette ?

La figure du domestique s'allongea. Il s'attendait presque à recevoir un nouveau billet pour l'information.

— Une femme au type espagnol est venue plusieurs fois au volant d'une superbe automobile, en tout bien tout honneur puisque monsieur ne m'a pas donné congé à cette occasion.

Tillie… La voisine disait vrai. Ce Laplanche est une mine d'or quand on sait exploiter le filon!

Par la vitre, il contempla les rues paisibles d'Auteuil, bordées de coquettes villas à deux niveaux entourées de parterres de gazon et de fleurs. Vers dix-neuf heures, ils arrivèrent devant la demeure de Gabriel de la Biole avec sa façade au crépi clair et aux angles ornés de briques, son escalier en mosaïque, la porte d'entrée surmontée d'une voûte piquetée de triangles dorés assemblés en formes sinueuses.

— Dois-je vous attendre, monsieur? demanda le chauffeur de taxi.

Il avait un accent slave prononcé. Avant l'arrivée des Russes blancs, les chauffeurs de taxi, de P'tit Paul à Fleur de nave en passant par Tête de buis, avaient été des personnages pittoresques provenant de milieux populaires. Ils parlaient de leur voiture comme de la lessiveuse, du compteur comme d'un mouchard et appelaient le client grincheux un «coureur à pied». Désormais, les Russes apportaient au métier leur pittoresque et leur élégance désabusée. Ces seigneurs déchus attiraient la compassion du bourgeois et cela leur valait de forts pourboires. Ceci incitait les taxis parisiens à imiter l'accent russe en roulant les *r*!

Santaroga prit son temps avant de répondre, considérant le visage maigre, taillé à coups de serpe. Inexplicablement, le psychanalyste pensa au soldat qui avait souri à Varya dans la cour de la maison Ipatiev.

— S'il vous plaît, oui. Je n'en ai pas pour très longtemps.

— J'ai tout mon temps.

C'était le premier que rencontrait le psychanalyste qui disposait de tout son temps. Ce chauffeur de taxi était décidément à part.

— Tiens, se troubla le domestique lorsqu'il fit tourner la clé dans la serrure, j'ai oublié de fermer. Ce n'est pas dans mes habitudes !

Il poussa la porte et fit entrer son visiteur. Après quoi, il referma à clé derrière lui.

Avec ses lourdes tentures et ses doubles rideaux de velours occultant la lumière, le verre travaillé sous toutes ses formes, opaque, patiné ou marqueté, la demeure semblait un refuge du passé, entre style ondulé et style nouille au raffinement sensuel. Au fur et à mesure de leur progression, comme dans un silencieux rituel, Laplanche allumait chaque lampe Gallé, baignant les lieux d'un éclat mystérieux.

Santaroga voulut sortir son étui à cigarettes mais ses doigts tâtèrent un objet inattendu. Intrigué, il le tira de sa poche, surpris de découvrir la photo d'Elsa Sorano qu'il avait ramassée chez elle.

— C'est elle ! s'exclama le domestique. Mme Hécate !

Santaroga sentit son cœur battre lourdement. Il ne releva que très lentement la tête pour dissimuler son désarroi. Mme Hécate ! En tout état de cause, Elsa pouvait exercer sur les hommes la même fascination mystique que la terrible déesse.

Le psychanalyste réfléchit. Chez Elsa, il avait pris cette

photo dans l'intention évidente de la reposer sur le guéridon mais, au lieu de cela, il l'avait fourrée dans sa poche ! Acte manqué. Son désir inconscient s'était ainsi manifesté à l'improviste. Mais quelle était la nature de ce désir ?

Elsa et Gabriel ! Le fil du hasard, le tissu des possibles. Tout prenait sens à qui savait observer et analyser.

— Vous êtes certain que c'est elle ? Après tout, son visage était dissimulé.

— Permettez-moi monsieur, un visage comme celui-ci ne s'oublie pas !

Son loup s'agita, fou de colère. Comment avait dit Varya déjà ? « Si j'étais Santaroga, je serais fier d'être ce que je suis et mon orgueil intellectuel ne supporterait pas d'avoir été roulé ! »

— Voici monsieur, fit le domestique en ouvrant avec solennité la porte du bureau de Gabriel de la Biole.

La pièce offrait une vision de beauté et de sensualité. Sur une table de travail trônait une lampe de bronze doré au feu représentant une danseuse qui semblait se fondre dans les éléments. Des fleurs désormais sèches remplissaient un vase à la surface givrée gravée de motifs végétaux colorés. Les grandes fenêtres laissaient pénétrer des flots de lumière qui venaient éclabousser les murs. Sur ceux-ci, dominés par une influence byzantine, scintillaient des stucs de Klimt tout en caséine, feuille d'or, pierres semi-précieuses et nacres. Les tableaux étincelaient de doré, sacralisant des femmes au torse nu rehaussé par l'or et les bijoux.

Santaroga dressa soudain le nez en l'air. Il venait de capter un effluve féminin. Avec une pesante tristesse, il reconnut le parfum d'Elsa. Semblant ne rien remarquer, le domestique lui désigna une magnifique bibliothèque en bois d'acajou ornée de bronze mais le contenu lui fit moins bonne impression que le contenant. Des livres récents et à la reliure quelconque. Il y découvrit même celui de la journaliste Tillie au titre ironique : *Carnet de bord d'une femme trop pressée.* Il ne fut que modérément surpris d'y trouver une dédicace manuscrite à l'attention de Gabriel : « À mon ami qui rêve éveillé, en remerciant le ciel de l'avoir rencontrer ! Tillie. »

Bizarre cette faute…

— Si vous le souhaitez, fit Laplanche d'un ton ampoulé, je vous les ferai livrer.

— C'est inutile. Puisque je suis ici, je vais les emporter.

— Alors, il vous faudra au moins deux cartons. Je vais vous les chercher.

Resté seul, Santaroga se mit très vite en mouvement. Il alla jusqu'à la chambre de Gabriel de la Biole et huma l'air. Frère loup y trouva un autre parfum et nota avec satisfaction qu'il ne s'agissait pas de celui d'Elsa.

Les femmes sont la clé de tous ces mystères, mon ami loup !

Il revint sur ses pas et entreprit d'explorer les tiroirs du bureau. Rien d'intéressant à part du papier à lettres et des plumes. Peut-être que la police avait déjà fouillé le tiroir. Santaroga était amateur de romans policiers. Il tira le tiroir complètement et examina en dessous. Rien. Il tira le second tiroir. Toujours rien. Son regard rencontra la présence incongrue sur le bureau d'une broche en forme de femme libellule aux ailes diaphanes, son corps d'elfe enserré dans des griffes de dragon. Le travail d'orfèvre d'un Lalique.

Un bruit de pas l'alerta. Il retourna près de la bibliothèque.

Le domestique revenait avec deux cartons et se fit un devoir d'y empiler les livres.

— Vous êtes bien aimable, dit le psychanalyste. Portons un carton chacun, voulez-vous ?

Ils se dirigèrent vers l'entrée lorsque Santaroga sentit un appel d'air en passant devant le salon. Il jeta un œil et vit une forme fine enjamber le rebord d'une fenêtre. Il laissa tomber son carton et courut à celle-ci, suivi comme son ombre par Laplanche.

Santaroga passa à son tour le rebord. Habillé en cycliste, une casquette sur la tête, le fugitif avait déjà franchi le portail et semblait taillé pour le sprint. Le psychanalyste renonça à le poursuivre et s'agenouilla pour contempler les empreintes menues laissées dans la terre fraîche.

— Un cambrioleur ! tonna le domestique.

En se relevant, Santaroga s'égratigna le cuir chevelu sur un rosier. Avec délicatesse, il leva la main pour cueillir entre ses doigts un long cheveu noir accroché aux épines d'une fleur.

Ou une cambrioleuse.

~

Avant la tombée de la nuit, le Cercle des rêveurs éveillés se réunit. Vêtue de sa nouvelle robe et de ses escarpins, chapeau cloche et sac à main, Varya rejoignit la petite bande en attirant sur elle des regards masculins appréciateurs.

Tillie lui saisit d'autorité le bras et l'entraîna à part.

— Je suis en pourparlers avec le grand-duc Nikolaï Nikolaevitch. Pour une interview, dit-elle très vite. Si vous voulez en être, j'ai besoin de savoir où vous joindre. Je n'ai pas le temps de jouer à cache-cache !

Varya hésita. Il lui répugnait de révéler où elle logeait mais il fallait en passer par là pour avancer et Tillie n'avait aucune raison de la trahir. Elle lui indiqua donc son hôtel.

— Varya ?

— Oui.

— Ils m'ont l'air très agités à Choigny. Par hasard, savez-vous pourquoi ?

— Comment le saurais-je ?

La journaliste l'examina un instant sans rien dire tout en tapant impatiemment de la semelle.

— Il faut dire qu'on assassine pas mal de Russes blancs à Paris ces temps-ci. Vous êtes au courant ?

Varya garda l'éloquence d'une statue de marbre. Tillie croisa les bras et la considéra sans aménité.

— Avant-hier je vous ai vue cavaler à travers un claque de luxe. Deux Russes sont venus plus tard se renseigner sur vous. Et aujourd'hui, j'entends trois autres Russes blancs parler d'une de leurs compatriotes que tout le monde recherche…

Varya tressaillit.

— Laissez-moi vous aider, insista Tillie.

— Ne vous mêlez pas de ça !

— Allons, les interrompit le meneur de rêves mécontent de leur incartade. C'est le moment de rendre hommage à Gabriel.

Tillie, Mac Kenzy, Elsa et Victor Harman se tinrent en cercle, main dans la main, recueillis. Par solidarité, Varya se joignit à eux.

— Gabriel nous a quittés, déclara sobrement Victor Harman. Paix à son âme. Qu'elle s'envole en des lieux colorés et paisibles. Nous devons quant à nous poursuivre la voie que nous nous sommes tracée ou plutôt que nos rêves nous tracent.

Il jeta un coup d'œil incisif à la nouvelle initiée.

— Peut-être Varya, si elle oublie un instant la violence de ce monde, pourra-t-elle nous rejoindre sur ces hauteurs magiques et prendre la place de Gabriel ?

Elsa Sorano tressaillit comme si elle venait de toucher une prise à nu alors que Tillie prenait un air songeur. La jeune Russe rougit délicatement. Elle sentit les doigts de Tillie et de Mac Kenzy s'agiter presque en même temps dans sa paume. Le Canadien tenait à elle et la nouvelle venue intriguait trop la journaliste pour que celle-ci la laisse s'échapper avant de l'avoir percée à jour.

— Souvenez-vous, Varya, ajouta le surréaliste. Pour accéder au pays des merveilles, on présente un flacon à Alice. Sur l'étiquette est inscrit : « Buvez-moi ». Vous avez toujours le choix mais un seul moment pour vous décider. Soit vous restez à votre vie ennuyeuse, soit vous sautez à pieds joints dans le terrier du Lapin Blanc pour prendre le thé avec le Chapelier fou !

On peut tout dire de ma vie, pensa fugitivement Varya, *sauf qu'elle a été ennuyeuse. En fait, je rêverais de m'ennuyer !*

Elle sentit tout le poids du livre de Lewis Carroll dans son sac et prit une forte inspiration.

— Donnez-moi à boire !

Un frisson d'excitation parcourut l'assistance. Les rêveurs

éveillés se regardèrent puis reportèrent leur attention sur Varya. Victor Harman rompit le cercle.

— Qu'il en soit ainsi !

~

Santaroga donna au chauffeur l'adresse de son hôtel et ferma brièvement les yeux. La cambrioleuse devait fouiller la chambre à leur arrivée. Elle était redescendue avant eux mais n'avait pas eu le temps de gagner l'entrée. Que cherchait-elle ?

À la réception, il trouva un mot rassurant de Varya. Elle allait bien et se rendait à une réunion du Cercle. La jeune femme prenait sa mission très à cœur. On lui remit également un mot d'Elsa qui l'invitait plus tard à boire un verre.

Il s'intéressa alors aux cartons de livres et découvrit l'un de ses propres ouvrages : *Réflexes de meute*. Intrigué, il l'ouvrit et étouffa une exclamation. Erreur d'impression ! La première page était blanche. Les autres aussi mais Gabriel de la Biole les avait noircies d'une écriture fine et serrée. Il venait de mettre la main sur le journal intime de son patient ! Et ceci en toute légalité puisqu'il lui avait légué ce livre.

C'était une sorte de journal de bord, à mi-chemin entre le carnet de notes et le journal personnel. Ce que son patient écrivait n'était ni plus ni moins que l'histoire de l'Europe d'après-guerre. Des faits, rarement accompagnés de commentaires, comme pour dire que rien ne s'était arrêté depuis l'armistice.

Catastrophes naturelles, grippe espagnole et guerres endémiques avaient continué à endeuiller la planète. Tout était recensé par Gabriel : les révoltes en Corée et en Chine contre les occupants japonais qui se vengent affreusement, la guérilla nationaliste en Irlande contre les Britanniques, les émeutes en Égypte contre ces mêmes Anglais qui, en Inde, ouvrent le feu sur la foule civile. Et aussi les mouvements nationalistes arabes écrasés en Syrie par les Français, les guerres entre l'Union soviétique et les pays Baltes jusqu'en 1923, contre la Pologne…

Santaroga s'ébroua lentement. Les années de guerre avaient été pour lui des années de transformation et de crise intérieure qu'il avait subies plutôt que vécues. Pour lui qui espérait toujours de l'homme une possibilité d'élévation, ce rappel était pénible à lire. Le pire était encore à venir.

En Anatolie, les troupes turques de Mustafa Kemal envahissent et incendient Smyrne, brûlant cent mille de ses habitants. Plus d'un million de Grecs, Arméniens et Assyriens sont jetés sur les routes hors de l'Anatolie occidentale. Commentaire de Gabriel de la Biole : « Ce que Kemal a pris par la force, on le lui a concédé officiellement par traité en 1923. Les hommes forts, voilà ce que l'on respecte. »

Il avait ensuite répertorié ses différentes rencontres dans cette Europe agitée de l'après-guerre.

« Rencontré Gabriele D'Annunzio après l'aventure de Fiume. Belle vitalité !

Rencontré Mussolini en mai 1924, après qu'une énorme majorité s'est dégagée en sa faveur aux élections. Quelle virilité ! Les Italiens ont trouvé un nouvel empereur. »

Archétype, pensa Santaroga. Le monde italien vit avec dans son inconscient la grandeur de l'Empire romain. Mussolini ressuscite celui-ci d'un salut bras levé comme les licteurs de la Rome antique. Il copie D'Annunzio qui faisait voter la foule sur la place de Fiume en lui demandant de lever le bras comme un seul homme pour approuver ses décisions.

Pensées noires sur fond noir. Il continua sa lecture avec un malaise croissant. Des alliances, des organisations comme cette étrange Aufbau, des noms, célèbres ou pas. Une Europe du fascisme et des nationalismes se dessinait avec des figures encore inconnues qui y brilleraient peut-être demain.

Curieux tout ça, pensa Santaroga en tournant une autre page. *Troublant ! On a taillé à vif dans la chair des nations pour en faire des pays à coups de ciseaux. Mais où placer l'âme d'une nation ? Qu'est-ce qui en fait la substance ? La langue, l'histoire ou un passé commun ? Ou bien des rêves inachevés ?*

13

Loin au-dessus du monde, tu voles,
Comme un plateau de thé dans le ciel.

À la sortie du Cercle, en dehors d'Elsa Sorano qui semblait pressée de s'en aller après les avoir invités à une soirée chez elle le lendemain, tout le monde s'arracha Varya. Victor Harman rappela alors que celle-ci avait décidé de suivre le Lapin Blanc et que le Lapin Blanc, c'était lui !

Varya donna toutefois rendez-vous à Mac Kenzy plus tard. Elle avait trop fréquenté de femmes dernièrement et elle se sentait curieuse de mieux connaître le Canadien dont la désinvolture la séduisait plus qu'elle ne la choquait.

— Allons chez moi, proposa le poète, c'est à deux pas d'ici.

Par la fenêtre de son taxi, Santaroga observa les membres du Cercle des rêveurs éveillés sortir de la curieuse petite boutique aux volets bleus. Il vit Varya suivre le poète et hésita. Son inquiétude le poussa un instant à se montrer.

Allons, se morigéna-t-il. *Elle a survécu à une révolution et une guerre civile, ce n'est pas un petit poète surréaliste qui va lui faire du mal!*

Il se concentra sur les autres. Mac Kenzy et Tillie contemplaient avec dépit Varya et Harman s'éloigner. Puis le Canadien secoua les épaules et s'en fut à pas vifs après un bref adieu à Tillie et Elsa. Celles-ci s'attardèrent un instant mais la journaliste regagna sans tarder sa splendide Hispano-Suiza.

— Suivez cette voiture, fit-il en espérant que le chauffeur ne le prenne pas pour un mari jaloux.

La voiture de Tillie s'arrêta bientôt devant le grand hall du journal *Le Matin.* Santaroga attendit quelques minutes avant de s'y présenter et de demander à parler à Tillie. La journaliste vint l'accueillir dans le hall.

— Docteur Santaroga! s'exclama-t-elle en appréciant d'un coup d'œil l'imposante armoire à glace devant elle.

Il s'inclina avec galanterie.

— Vous êtes la personne au monde que je désirais le plus rencontrer! Puis-je vous parler en particulier?

Intriguée, elle le conduisit dans un petit bureau dans lequel flottaient des relents mâles de sueur et de tabac pour pipe.

— Pourquoi désiriez-vous me voir? demanda-t-elle un rien méfiante.

— J'ai parcouru votre livre *Carnets de bord d'une femme trop pressée*, fit Santaroga en prenant place sur une chaise qui oscilla sous son poids. Il révèle un empressement pathologique! Je suppose qu'au théâtre, vous sortez à la fin du premier acte?

— Le temps passe si vite.
— Pourquoi êtes-vous allée chez les Papous ?
— J'avais envie d'aller au centre de Bornéo.
— Pourquoi là-bas précisément ?
— Parce que c'était en blanc sur les cartes !
— Gardez quand même un peu de curiosité pour vos vieux jours, conseilla-t-il.

Ils rirent de concert et Santaroga contempla d'un œil neuf cette aventurière intrépide.

— J'imagine, fit-elle, que ce n'est pas pour me parler des chasseurs de têtes de Bornéo que vous êtes venu me voir.
— Non, pour ça !

Et il se tapota du doigt une narine.

— Dans le hall du journal, je vous ai tout de suite identifiée à votre parfum !
— Pardon ? dit Tillie interloquée.
— Le même parfum que chez Gabriel de la Biole cet après-midi !

Il appréciait le côté garçon manqué et la crânerie de Tillie mais la préférait coupable à la place d'Elsa Sorano. La journaliste pâlit. Il tira un mouchoir de sa poche et soudain se pencha sur elle. De sa main libre, il effleura sa chevelure, soulevant une mèche à la manière d'un coiffeur pour dame.

— Et vous avez laissé cela dans son rosier. Que d'indices !

Tillie découvrit au creux du mouchoir un long cheveu noir qu'il comparait maintenant à ceux de sa mèche. Désorientée, elle ne répondit pas. Santaroga continua pour elle.

— Vous vous demandez comment j'ai fait le lien entre une cambrioleuse aperçue de dos et vous ? Voyez-vous, la voisine de Gabriel de la Biole vous avait déjà identifiée comme une visiteuse régulière de celui-ci. Ce que le domestique a confirmé.

La journaliste encaissa sans broncher.

— Maintenant, ajouta Santaroga, la question qui se pose est celle de votre présence en tant que cambrioleuse chez Gabriel.

Elle resta silencieuse. Le psychanalyste sourit.

— Première hypothèse, vous vous rendez compte de la perte d'un objet personnel sur les lieux du crime. Un collier, un pendentif… que sais-je encore.

— Vous lisez trop de romans policiers !

— Seconde hypothèse, continua-t-il imperturbable, vous cherchez quelque chose que vous n'avez pas eu le temps de trouver le soir de sa mort parce que vous avez été dérangée. Enfin…

Il la contempla longuement.

— Enfin, peut-être autre chose. Sa mort vous a poussée à aller récupérer un certain objet chez lui.

Elle cligna des paupières.

— Un objet à vous ? continua-t-il.

Il s'était saisi nonchalamment de sa main et son pouce tâtait discrètement son pouls. Pas de réaction.

— Quelque chose qui lui appartenait mais qui avait de l'importance à vos yeux ?

La journaliste retira brusquement sa main. Le journal intime de Gabriel de la Biole ! Voilà ce qu'elle cherchait !

— Étiez-vous la maîtresse de Gabriel ?

Elle adopta une posture plus détendue qui pouvait être une réponse en soi. Après tout, Mme Hécate, la régulière, avait été identifiée par Laplanche comme étant Elsa.

— Vous vous êtes rendue chez lui le soir de sa mort, continua Santaroga, affublée d'une perruque blonde !

Tillie secoua la tête d'un coup sec avant de reprendre son air crâneur. Santaroga se raidit. Son loup eut besoin de capter son regard pour affirmer sa dominance sur elle. Mais Tillie était de la même trempe que Varya : insubmersible ! Elle venait de résister à une véritable agression sans dégâts majeurs et maintenant elle reprenait le dessus.

— Et vous, contre-attaqua-t-elle, qu'êtes-vous allé voler chez Gabriel avec la complicité de son domestique ?

— Je recueillais mon héritage !

Elle se cabra comme un cheval devant l'obstacle.

— Et en quoi consistait-il ?

— Pourquoi vous le dirais-je si vous ne me révélez rien de votre côté ?

— Et pourquoi vous ferais-je confiance ? rétorqua-t-elle. Les Suisses, on ne sait jamais de quel côté ils sont, sinon du leur !

— Je ne suis pas suisse !

— Genevois.

— Français vivant à Genève !

— Humm, d'accord. Mais pourquoi avez-vous parlé de lieux du crime ? Gabriel s'est suicidé.

Cherchant sans la trouver une position plus confortable, il se carra dans sa chaise qui grinça.

— Je n'en suis pas du tout certain !

— Pourquoi ?

— Pourquoi ? (Son regard se fit pensif.) Au départ, une faute d'orthographe que par ailleurs beaucoup de monde fait, un gaucher qui se tue comme un droitier, des relations dangereuses...

Il la sentit tout à coup sur le qui-vive.

— Et quel est votre intérêt à vous dans cette affaire ? s'enquit-elle.

Voilà, pensa Santaroga. *Ça, c'est la question !*

~

La nuit tombait de tous côtés, ils se trouvaient entre chien et loup. Un moment dangereux où s'estompent les frontières entre rêve et réalité.

Derrière un voile d'échafaudage se dissimulait la façade passablement bourgeoise de l'immeuble du poète. Victor Harman jeta un regard gourmand aux jeunes ouvriers qui rangeaient leurs outils avant de pousser la porte. Dès qu'ils eurent franchi le vestibule, Varya ne sut plus où donner de la tête. Murs et étagères déroulaient sans logique apparente une succession de peintures ou de sculptures, de constructions en fil de fer représentant des objets habituels détournés de leur usage.

— Pour nous, surréalistes, ma chère Varya, l'intrusion soudaine d'un élément aussi énigmatique que vous constitue une chance folle ! Vous venez rompre la banalité du quotidien, vous stimulez notre esprit, vous ravivez nos sens. Que dis-je ! Vous les ravissez !

Varya rit gaiement avant que son attention soit captivée par une autre réalisation sur la table basse du salon. L'élément masculin évoquait la pointe d'un fer de lance tendu vers une pièce aux formes vaguement féminine qui semblait se dérober à l'assaut pour esquiver le coup. À côté un jeu d'échecs étalait ses pièces, autant de tasses, de boulons et de coquillages.

— Remettez en question la destination première de l'objet, expliqua le poète. Détournez-le de sa fonction habituelle.

Il désigna du menton une peinture. Une tension insupportable paraissait habiter un corps féminin étiré et aux extrémités desséchées. L'absence de structure et de cohésion portait à son paroxysme l'étrangeté de la toile.

Varya vacilla légèrement.

— Ne cherchez pas à retrouver votre équilibre, conseilla le poète. Le vertige, c'est ce qu'il y a de meilleur dans la vie !

Elle détourna les yeux mais l'endroit n'offrait aucune possibilité de repli. Sur le mur d'en face, siégeant sur un trône, une femme dotée d'une tête d'oiseau l'observait d'un œil vide.

Victor Harman semblait très fier de son intérieur dédié à la muse de l'étrange. Varya quant à elle n'y trouvait aucun sens. À quoi bon toutes ces horloges et ces coucous qui tiraient la langue ?

— C'est cela, triompha le poète. Pas de sens ! Rien ! Rien ! Rien !

Il s'assombrit et ajouta :

— Et rien n'est un but en soi pour moi.

L'instant d'après, un sourire ravagea son visage.

— Le surréalisme, voyez-vous, c'est libérer notre inconscient, envoyer se faire foutre la société et voguer sur des eaux inexplorées, nos voiles gonflées de rêves et de désirs.

Varya acquiesça sans mot dire. Victor Harman reprit :

— André Breton a repris la pensée de Freud décrivant l'inconscient comme une réalité dominant les actes et pensées de tout individu. Il l'a transformée en une méthode artistique pour échapper au contrôle rationnel d'une société bourgeoise que les surréalistes méprisent profondément.

— Gabriel de la Biole n'était-il pas un grand bourgeois ?

Un nuage sembla passer entre eux, l'œil du poète se fit plus coupant qu'un morceau de verre.

— Pas plus qu'Elsa, voire que Tillie même si elle se donne des allures de garçon manqué et d'aventurière ! Les serviteurs du système ont un rôle à jouer car c'est de l'intérieur qu'on le dynamite. L'implosion a toujours plus de portée que l'explosion !

Varya ne possédait que quelques connaissances pratiques en matière d'explosifs mais elle comprenait le raisonnement dans son ensemble. Santaroga craignait que ce qu'elle retenait en elle ne puisse la dévaster. Son esprit se mit en branle : n'était-elle pas elle-même porteuse de quelque explosif caché ?

— Vos séances devaient être toutes captivantes au Cercle, dit-elle en revenant à sa mission. En conservez-vous la trace ?

— Bien sûr ! s'exclama le poète. Quelle matière riche et colorée ! Ne sommes-nous pas faits de l'étoffe dont sont tissés les songes ? Je pourrais en faire un livre, une encyclopédie ou une épopée !

— Puis-je les voir ?

Victor Harman se rembrunit.

— C'est un matériel un peu confidentiel, voyez-vous.

— Vous parliez d'en faire un livre !

— J'en parlais seulement ! Jouons plutôt un petit jeu qui

vous révélera toute la richesse de notre inconscient : *le cadavre exquis*. Chacun de nous marque un mot : article pour l'un, sujet pour l'autre, puis adjectif, verbe et replie le papier pour le masquer à l'autre. Au bout du compte, avec la délicieuse mise en jeu du hasard, nous finissions par construire d'instinct une phrase structurée et une pensée originale ! Je commence.

Il inscrivit un mot et plia le papier avant de le tendre à Varya qui se prêta à l'exercice, les sourcils froncés comme une élève appliquée. À la fin, Harman déplia le papier et lut :

— *« La Russe » « agacé » « égorge » « le poète »*. Comme c'est curieux ! Bien entendu, c'est plus significatif lorsque l'on est nombreux.

— À deux, c'est trop facile, ronchonna Varya. Vous pouvez toujours renchérir sur votre mot précédant le mien. Il n'y a que les poètes et les militaires pour tuer aussi facilement !

— Chère Varya, vous pensez beaucoup trop à la guerre pour une aussi ravissante personne aux ongles bien rouges !

Elle se pencha vers lui.

— Cher Victor, vous auriez dû voir l'horreur des entrailles qu'on répand dans toute guerre, le sang coulant des ventres crevés, la puanteur des cadavres et des corps gangrenés.

Le visage du poète se ferma.

— Oh, ma chère ! Je l'ai connue. J'étais à Verdun dans les tranchées et, croyez-moi, je m'y suis pissé et chié dessus !

Elle le considéra avec une acuité nouvelle. Il lui prit la main et la conduisit dans une pièce attenante.

— Asseyez-vous ma chère.

Ce devait être la salle à manger car une longue table s'y trouvait avec une corbeille de fruits posée en son milieu. Les fruits n'étaient pas comestibles et se révélaient être des oiseaux ou des arbres dotés d'yeux et d'oreilles. Il la fit asseoir puis posa une fiole sur la table et la poussa vers elle. Intriguée, Varya se pencha pour déchiffrer l'inscription sur l'étiquette : « Buvez-moi ! »

Victor Harman éteignit l'électricité, plongeant l'appartement dans un flou inquiétant. Il alluma des bougies et en souffla la fumée dans sa direction. Son invitée en aspira malgré elle et toussa. Ce n'était pas de l'encens comme elle le crut au début, mais il lui semblait retrouver l'odeur de l'opium qu'elle avait sentie plus d'une fois à Vladivostok.

Elle cilla nerveusement. Tout à coup, le poète lui apparut comme un gros Lapin aux yeux fous puis un Chapelier au couvre-chef gigantesque. Par réflexe, Varya jeta un regard par la fenêtre, se rassurant à la vue des lumières qui commençaient à illuminer l'immeuble d'en face. Dans sa vie, lorsque tout allait mal, un seul coup d'œil au-dehors la rassérénait quelques secondes.

Le Lapin Blanc se leva et alla tirer les rideaux. Varya en eut la respiration coupée. C'était comme une déclaration de guerre. Elle pensa avec désespoir qu'elle venait de poser son sac à main sur une chaise, hors de portée sans se pencher. Un mouvement qui risquait de déclencher les hostilités. Elle avait appris la conséquence de chaque geste quand on se trouvait au bord de la confrontation. Comme répondant à un signal d'alerte indépendant de sa volonté, son corps commença à se tasser pour bondir de son siège. La voix du poète s'éleva alors dans l'air avec une grâce cruelle et antique.

— Vous avez lu *Alice au pays des merveilles* ? (Il n'attendit pas sa réponse, comme si cela allait de soi.) Elle découvre un petit flacon sur une table de verre au fond du terrier du Lapin Blanc et une clé. Elle peut rebrousser chemin mais elle prend le flacon et le porte à ses lèvres. La boisson a le goût de la tarte aux cerises, de la crème renversée, de l'ananas, de la dinde cuite, du caramel et des rôties chaudes bien beurrées. Elle boit et le voyage commence.

Varya s'immobilisa sous le regard devenu vitreux du poète.

— Vous avez le choix, vous aussi. La jolie tasse en porcelaine et l'on continue sa vie comme si de rien n'était. La fiole qui vous dit « Buvez-moi » et c'est le voyage initiatique qui commence. Tout s'arrête et on descend avec le Lapin Blanc au fond du gouffre ! Mais attention, il n'y a pas de retour possible !

La jeune femme hésita au souvenir d'Alice qui rapetissait jusqu'à ne plus mesurer qu'une vingtaine de centimètres. La bonne taille pour franchir la porte et pénétrer dans l'adorable jardin où avait disparu le Lapin Blanc. Elle cligna des paupières. La brume semblait s'élever dans la pièce, estompant la forme du Chapelier fou.

Vous n'aurez qu'à suivre le Lapin Blanc, avait dit Santaroga. Avait-il précisé : *au fond du gouffre* ?

Elle ne se souvenait plus. De chacune de ses longues mains osseuses, le poète jouait avec la tasse et le flacon devant lui sans la quitter des yeux.

— La tasse et vous restez dans votre monde de souffrance et de terreur mais un monde bien réel que vous connaissez et qui vous est familier. La fiole et vous choisissez un monde que vous ignorez. Un peu comme lorsque vous jouiez avec une balle dans le barillet.

Varya frissonna.

— C'était un rêve.

— Un rêve tellement réel ! Car c'est bien cela, Varya, contrairement à toute cette petite clique de bourgeois qui se presse au Cercle, vous, Gabriel et moi nous sommes allés au plus profond du gouffre.

— Oui.

— Et savez-vous pourquoi nous en sommes revenus ? (Encore une fois, il n'attendit pas la réponse.) Pour tout faire sauter !

Un silence. Varya entendit distinctement les battements de son cœur, à peine étouffés par l'horloge. Elle détestait tous ces implacables mécanismes occupés à régir le temps des hommes. Sa main enserra la fiole. Sentant une attente folle du côté de Victor Harman, elle l'observa plus attentivement. Un rêve ? Le temps semblait s'étirer comme un élastique. Alors, elle aperçut une goutte de sueur perler à son front et descendre lentement le long de sa tempe.

On ne transpire pas dans les rêves.

Ses doigts se desserrèrent et elle lâcha le flacon, basculant du même coup en arrière.

— Vous alliez accepter de boire, fit le surréaliste d'un ton de reproche.

— Je pensais qu'il s'agissait d'une expression symbolique.

Il se pencha vers elle, les yeux fous.

— Absolument pas ! Le flacon, c'est la clé ! Je ne peux que vous montrer la porte. C'est à vous de la pousser !

Santaroga m'affirme un peu la même chose lorsqu'il me dit qu'il ne peut que me montrer la voie…

Avec une lenteur calculée, Varya repoussa la fiole et, sans cesser de le fixer, se pencha pour ramener son sac sur ses genoux. Elle y sentit aussitôt le poids rassurant de son revolver. Le poète la contempla un instant puis éclata de rire.

— Pas de chance, Varya, vous n'avez pas suivi le Lapin Blanc ! Vous connaissez la route ou vous croyez la connaître ? Erreur grave ! La vraie voie, c'est la révolution prolétarienne et bolchevique !

Il déversa le contenu de la fiole dans la tasse qu'il vida d'un trait. Après cela, il sortit un mouchoir de sa poche et se tamponna les lèvres avec distinction.

— Premier test et première leçon ! Tout est dans la tête, Varya ! Tout est dans la tête !

14

Soit que les serrures fussent trop larges,
soit que la clé fût trop petite, aucune
porte ne voulut s'ouvrir.

Logements pour célibataires respectables, annonçait le panneau à l'entrée de l'immeuble.

Une enfilade de couloirs obscurs et d'escaliers sales, des gosses qui crient, des gifles qui claquent, des gifles qui se perdent. L'homme au chapeau s'immobilisa. La marche venait de craquer sous ses pas. Il laissa filtrer un souffle et se tendit à l'écoute des bruits aux étages. C'était la bonne heure, celle où les gens terminaient de dîner et où l'on débarrassait la table. Le moment le plus bruyant.

Plus haut, il entendit les pleurs d'un bébé et la dispute d'un couple. On montait l'escalier derrière lui. Une grande fille au visage chevalin et aux hanches maigres remorquait un type bien habillé levé dans un dancing. Il enfonça son chapeau jusqu'aux sourcils et fit mine de chercher ses clés. Le couple le dépassa, la femme l'examinant à la dérobée.

Lorsqu'il entendit une porte se refermer derrière eux à l'étage, il se mit au travail, sortant un passe qu'il entreprit de tourner dans la serrure. Sentant le pêne s'enclencher, il empoigna un revolver armé d'un long silencieux et entra, refermant du pied derrière lui.

Il traversa rapidement la pièce en désordre. Sans femme avec eux, les occupants vivaient comme des porcs, à manger, boire et forniquer. D'un coup de pied, il envoya valser la porte de la chambre et dit d'une voix calme :

— Camarades, vous êtes irrécupérables !

Deux des Russes dormaient. Ils ouvrirent les yeux, juste à temps pour voir leur autre camarade, à moitié debout, essayer de saisir son arme. Ils moururent l'instant d'après sans avoir pu esquisser un geste. Sortit alors des couvertures la figure paniquée d'Arlette. L'homme au chapeau eut un mouvement de surprise et son regard s'assombrit.

— Foutu boulot, jura-t-il.

Elle resta un moment abasourdie, le fixant d'un œil vague puis un long cri fusa de sa gorge lorsqu'elle comprit.

~

Varya aperçut la silhouette nerveuse et élancée de Mac Kenzy sur le trottoir devant l'entrée du Cercle. Il portait un feutre gris perle à ruban noir très élégant. Ses boutons de manchette flamboyaient à la lumière des réverbères.

— Vous êtes très beau. Vous êtes passé chez vous pour vous changer ?

— J'ai bien fait, remarqua-t-il. Vous m'auriez fait attendre longtemps !

— Désolée, j'ai marché un peu après ma visite chez Victor Harman pour respirer et reprendre mes esprits.

— Intéressante discussion ? s'enquit-il.

— Passionnante !

— Dois-je être jaloux ?

Elle rit.

— Saviez-vous que Victor Harman était fou ?

— Comme tous les surréalistes ! Il vous a fait le coup de la fiole ?

— Oui. Vous avez bu, vous ?

— Bien sûr, j'ai cru que c'était de l'alcool ! Entre ça et une tasse de thé, je n'hésite pas !

Varya lui jeta un regard amusé.

— Les surréalistes adorent Lewis Carroll, continua Mac Kenzy. Ils aiment traverser le miroir. Le Lapin les fait craquer et le Chapelier fou les rend dingues ! Du coup, ils adorent prendre le thé et présenter de petites fioles à boire. Et lorsque vous jouez aux échecs avec eux, ils protègent toujours leur reine !

Varya éclata de rire. Victor Harman affichait un air d'irrévérence marqué à l'égard du bourgeois. Son côté asexué lui permettait de jouer la ruse de la femme et l'arrogance de l'homme. Il déployait toute son intelligence pour séduire intellectuellement tandis que Mac Kenzy dépensait tout son charme physique dans le même but. Varya éprouvait le sentiment troublant de n'appartenir ni à leur monde ni à aucun autre.

— Vous saviez qu'il était communiste ?

— Il se prend pour tel mais il ne sait même pas ce qu'est

un ouvrier ! Je suppose qu'il vous a parlé de la Révolution rouge ?

— Oui.

Il ricana.

— Parler de la révolution bolchevique à une Russe blanche !

— Qui vous dit que je suis une Blanche ?

— Eh bien, vous êtes ici à Paris et vous ne ressemblez pas à une prolétarienne en mission pour Staline ! Dites-moi la vérité, êtes-vous en mission pour Staline ?

Elle le fixa sans répondre. Un side-car passa dans un vrombissement. Le Canadien jeta un coup d'œil à la rue.

— C'est dommage que les voitures à moteur remplacent les voitures à cheval, on n'entend plus le bruit des sabots. Quand j'étais enfant, ça faisait *clap clap clap*. C'est ma musique, elle est dans ma tête.

Tout en parlant, ses doigts battaient une mesure qu'elle n'entendait pas.

— Vous êtes musicien ? s'étonna-t-elle. Je vous croyais écrivain.

— Et que je posais nu pour des photos aussi !

Elle rougit légèrement.

— Au Luna Park, vous m'aviez dit vouloir écrire un livre sans ponctuation.

— C'était mon idée à mon arrivée. Depuis, je l'ai abandonnée. Et puis, la ponctuation, c'est aussi la respiration !

Il retira son chapeau et le retourna entre ses doigts, l'air gêné. Puis il rit. Un rire d'adolescent sans complexe.

— À Paris, on croit que les Américains de Montmartre sont tous écrivains. Ils ne font qu'écrire leurs Mémoires, le souvenir des temps qu'ils vivent ici. Pour après. Il y a bien un jour dans sa vie où on n'a plus que ça, des souvenirs, n'est-ce pas ? Les souvenirs d'un jeune homme auquel on ressemble de moins en moins jusqu'à douter qu'il ait un jour existé. Mais, si par hasard on n'en avait pas, je veux dire des souvenirs heureux, ce serait dommage.

Elle le considéra sous un autre angle. Quand il cessait de jouer l'adolescent, il pouvait être très grave et très sérieux. Presque trop. Un peu comme si un vieil homme regagnait son corps un temps abandonné à quelqu'un de plus jeune.

— Enfin, reprit-il d'un ton plus léger, moi, je ne pense pas aussi loin. C'est vrai que de temps en temps je gribouille quelques pages mais je n'ai pas acheté de machine à écrire. C'est plutôt bon signe, non ?

Sans attendre de réponse, il descendit du trottoir et s'accroupit sur les talons pour poser les deux mains sur le sol alors qu'une voiture passait.

— Vous voyez, je ne sens pas de vibrations comme pour les chevaux. Ce n'est pas normal !

— Faites attention à vous ! s'écria-t-elle. Vous allez vous faire renverser !

Aussitôt, elle se sentit idiote.

— Que désirez-vous voir, Varya ? lui demanda Mac Kenzy en la rejoignant.

Les divertissements ne manquaient pas. Mistinguett et ses boys fascinaient l'élite de la capitale au Casino de Paris. Dans sa revue *Ça c'est Paris*, la star dévoilait ses cuisses. De son côté, l'Américaine Joséphine Baker étalait son insolence et sa joie de vivre débridée dans sa *Revue nègre.* Ses déhanchements fous, une ceinture de bananes en papier mâché autour de sa taille, électrisaient tout Paris.

Varya, excitée, battit des mains. Elle ne connaissait rien de tout cela et avait envie de tout voir. Mac Kenzy claqua des doigts.

— Toute cette musique noire qui nous vient de La Nouvelle-Orléans, elle fait *boum boum et boum, clap clap clap*. Oh, il faut que je vous emmène l'écouter !

Ses doigts battaient de nouveau la mesure. Elle l'observa. Elle aimait la façon dont il levait son visage pour l'offrir à la brise du soir.

— Vous êtes un artiste, constata Varya.

— Tap dance.

— Pardon ?

Il esquissa quelques pas et figures sur le trottoir en claquant ses doigts.

— Tap dance, répéta-t-il l'air extasié. Les claquettes en France. Un mélange d'origines étonnantes : l'Afrique pour puiser son énergie de la terre et l'Irlande et ses danses traditionnelles en sabots ou pieds nus sur le sol.

— Bref, résuma Varya impitoyable, on tape sur le sol avec ses pieds !

— Non, vous ne comprenez pas, c'est l'énergie de la vie. Comme les pulsations d'un cœur qui bat de plus en plus vite. La danse africaine s'effectue sur un rythme ternaire qui a donné naissance au jazz.

— Vous avez eu un professeur de claquettes ?

Il rit.

— Il vaut mieux apprendre en allant voir danser les autres. Connaissez-vous le cake-walk ?

Varya secoua la tête sans crainte. Son ignorance ne serait pas jugée.

— Elle fut inventée par les Noirs de Virginie, il y a une bonne cinquantaine d'années. Après, ils créèrent le big apple au début de notre siècle. Nous ne faisons que voler aux Noirs leur musique et leur danse !

Mac Kenzy l'emmena d'abord dans une cave du Quartier latin, à siroter des gin-fizz et écouter du jazz.

— Où étiez-vous avant d'arriver à Paris ? demanda-t-il distraitement.

— En Suisse, mentit-elle. À Genève, près du lac.

Et elle lui décrivit la maison dont Santaroga lui avait tant parlé. Le Canadien parut surpris.

— Je ne vous imaginais pas dans un univers aussi bucolique. Et puis, une Russe, ça ne vient pas de Suisse ! Une Russe, ça s'enfuit bien de quelque part !

Elle le toisa.

— Monsieur Mac Kenzy, votre opinion n'apporte absolument rien au débat !

— Allons, dites-moi. Vous êtes arrivée récemment à Paris, non ?

— Oui.

— Et avant ?

Varya pensa aux bateaux qu'elle n'avait pas pris. Comme sa vie aurait pu changer si elle avait pu embarquer quelque part. Seulement, avant Vladivostok, la côte de Crimée lui avait été barrée par les troupes russes. À Sébastopol, la flotte avait évacué soldats et civils sous les ordres de Wrangel, le général blanc le plus capable. Il se disait qu'une école de danse s'était ouverte sur un vieux cuirassier. La fille de l'amiral y donnait des cours de danse de salon. Dans une ambiance irréelle, on y apprenait la valse, la polka, le pas de quatre ou le pas d'Espagne.

— Sébastopol.

— Ah ! La Crimée alors ?

Mac Kenzy semblait presque déçu.

L'orchestre de Noirs américains laissa la place à une formation plus classique. Le Canadien sembla s'ennuyer et projeta de l'emmener à La Coupole. Ils sortirent. La nuit s'étirait interminablement autour d'eux, un peu comme une pâte de guimauve.

À l'intérieur de La Coupole en liesse se pressait une foule chic et gaie, assise aux tables ou debout. Dans une baignoire en zinc, près du bar, rafraîchissaient des bouteilles de champagne. Régulièrement, on entendait le *plop* des bouchons qui sautaient. Varya contempla fascinée l'assistance joyeuse, les cigarettes aux volutes blanches, les femmes qui se remaquillaient à l'aide d'un petit miroir lorsque leur compagnon allait chercher à boire au bar. Un individu vêtu d'une toge romaine avec une couronne de laurier sur la tête sirotait un cocktail au comptoir. Varya le pensa échappé de quelque fête mais Mac Kenzy lui apprit qu'il s'agissait d'un surréaliste qui aimait s'habiller ainsi.

— Que dansent-ils ? s'enquit-elle le regard fixé sur les danseurs.

— Charleston. Cela vient d'une ville de Caroline du Sud.

— Je sais bien ! grogna Varya qui ne souhaitait pas passer pour une paysanne.

Mac Kenzy posa sa main sur ses reins, la conduisant avec sûreté au milieu des danseurs. Pieds tournés vers l'intérieur, les genoux à peine fléchis, Varya imita son compagnon en déplaçant son corps d'une jambe à l'autre, toujours en mesure. Réticente au départ, elle s'abandonna à la musique et au rythme, soudain légère comme un oiseau. Elle sentit le regard des hommes sur ses chevilles fines gainées de soie et sa jupe flottante. Pour l'instant, elle tournoyait sans souci, sans pensée superflue, toute à la joie de la danse et la surprise d'y prendre goût.

~

La nuit déployait ses trésors de duplicité et de lubricité. Pigalle brillait comme la Terre promise du pauvre. Autour de ses néons criards, tournait une faune désorientée en mal de sensations.

Et qui sommes-nous pauvres mortels à la chair faible pour papillonner ainsi ?

Santaroga avait cédé à l'invitation d'Elsa Sorano pour se retrouver pris au piège dans ce dancing à la chaleur lourde, gêné par les relents de parfum et de sueur. Gigolos et danseurs argentins écumaient ce genre d'endroits. On disait que nombre de princes russes s'étaient retrouvés contraints d'en faire leur profession. Ils dansaient l'après-midi dans les thés dansants et la nuit dans ce type de boîtes.

Le psychanalyste se rappelait le tableau intitulé *Le tango de l'archange,* découvert chez Elsa Sorano. Une danseuse, vêtue de ses seuls bas et escarpins, y virevoltait avec un homme en habit de soirée, muni d'ailes. C'était un tango et le peintre avait figé le mouvement alors que l'archange portait sa jambe gauche en avant comme pour frotter le sexe de la femme. Celle-ci tournait la tête de côté, rougissante, tandis que le danseur l'embrassait dans le cou.

Sous ses yeux, Elsa était habillée d'une robe au genou, largement décolletée et au dos dénudé jusqu'à la ceinture. Rien de particulièrement indécent pour l'époque mais pour autant elle lui semblait nue. Et la voir ainsi exposée aux regards d'autres hommes contrariait Frère loup. En habit de soirée, le cavalier d'Elsa ne portait pas d'ailes. Peu habitué à se déhancher en rythme, Santaroga avait dû lui céder la place, au grand dam de son loup.

Tu aurais dû te battre, grognait celui-ci. *Ne cède pas ce qui te revient de droit !*

Il trempa ses lèvres sèches dans son verre de whisky tiède.

Ce qui me revient ?

Était-ce la proximité de l'intemporel et du temporel, le désir asexué ? Il resta immobile, envahi par des sentiments contraires. Elsa qui, petite fille, avait fait vœu de bonne conduite, pensa furtivement Santaroga, quelle inconduite aujourd'hui ! Mais pendant la Grande Guerre, l'ordre social s'était inversé. Leurs maris rentrés, les épouses avaient lutté pour conserver la liberté conquise, transgresser des codes vestimentaires figés, renverser des tabous sexuels et la société avait fini par imploser. Une certaine société tout du moins. Dans les classes parisiennes aisées, habituées au luxe et à la fête, il fallait rattraper quatre années perdues, faire céder le carcan d'un passé mort.

Le psychanalyste remarqua que chacun ici semblait avoir ses habitudes. Cette femme trop âgée pour ces lieux, sirotant un cocktail, qui attendait en vain un cavalier en faisant briller ses chevilles à la lumière artificielle. Des filles de vingt ans dansaient mais elles aussi, au fil des années, seraient progressivement poussées hors du cercle de la scène par de plus jeunes et plus fraîches qu'elles. Son attention se recentra sur Elsa. Il la vit se faire serrer de trop près et se tortiller pour empêcher son cavalier de l'embrasser dans le cou.

Que suis-je censé faire ? s'interrogea Santaroga en contenant son loup furieux qui voulait se jeter sur le malotru et lui arracher la tête. *L'analyser, lui tenir la chandelle ? Simplement la comprendre ? Et elle, à quel jeu joue-t-elle avec moi ? Tu le sais parfaitement, vieil imbécile ! Mais toi, que veux-tu vraiment ? À quoi veux-tu jouer ?*

~

Le chauffeur de taxi se gara non loin du Caveau d'Ukraine. Le colosse coiffé d'un bonnet d'astrakan qui montait la garde à l'entrée s'effaça respectueusement devant l'homme au visage maigre.

— Mes respects, mon général.

À l'intérieur, une lueur bleutée d'église baignait les lieux. Le nouvel arrivant croisa deux cosaques déjà saouls et une ancienne comtesse qui avait perdu toute vertu. Au comptoir, une jolie blonde aux cheveux en épis se retourna puis se désintéressa aussitôt de lui. Elle savait que le général ne consommait pas de chair fraîche. Juste de la vodka, de préférence poivrée. Une nouvelle, qui l'ignorait, tenta sa chance. C'était une Argentine au teint cuivré et à la gaieté contagieuse, échouée par hasard dans cet univers slave où l'on buvait et dansait pour oublier la chute de l'Empire. On pouvait aussi y manger du bortch, du poulet à la Kiev et du bœuf Stroganoff au son de lancinantes balalaïkas. Un autre monde.

Le général déclina ses services avec la politesse d'un aristocrate et la fermeté d'un militaire. L'Argentine soupira :

— Les âmes russes flottent dans des sphères qui ne sont pas les nôtres !

Un homme aux cheveux hirsutes et au regard halluciné se précipita vers le général et l'entraîna à une table.

— Vous l'avez vue ? C'est donc vrai ? Elle est vivante ?

— Nous la cherchons depuis son apparition devant l'Office des réfugiés et le Caveau. Maliakof nous a dit qu'elle l'avait abordé l'autre soir. Je ne l'ai pas vue mais je sais maintenant où la trouver.

L'autre l'agrippa par le poignet.

— Elle a pu être retournée depuis tout ce temps. Une agente rouge ? Une agente double. Pourquoi croyez-vous qu'elle ressurgisse aujourd'hui après toutes ces années où on la croyait morte ?

— Elle a toujours été fidèle au tsar et vous la soupçonnez de trahison ?

L'autre se recula prudemment contre le dossier de sa chaise.

— Soyez sérieux, mon ami. Elle se trouvait à Ekaterinbourg avec le tsar et vous savez ce que cela peut signifier si elle est vivante. Les hommes du grand-duc Nikolaï Nikolaevitch la recherchent mais dois-je vous rappeler que nous nous sommes rangés aux côtés du grand-duc Kirill Vladimirovitch, successeur du tsar ?

— Gardien du trône impérial, rectifia l'autre.

— Il est le mieux qualifié pour ramener un jour celui-ci

dans notre Très Sainte Russie ! Son concurrent a quand même soixante-dix ans !

— Trouvons cette Varya et écoutons ce qu'elle a à dire.

L'autre fit la moue.

— Si c'est vraiment elle, depuis toutes ces années elle a pu changer… Une fois, une très gentille dame m'a donné un baiser avant de chercher à me tuer. Ça a été la surprise de ma vie !

— Que voulez-vous dire ?

— Dans certaines civilisations, on tuait le porteur de mauvaises nouvelles. Vous parlez de l'écouter mais, si on la retrouve, ne vaudrait-il pas mieux tirer à vue ?

~

Elsa vint s'asseoir à côté de lui. Son second danseur ne dansait pas aussi bien que le premier et lui avait marché sur les pieds à plusieurs reprises, déchirant un de ses bas. L'accroc n'en rendait sa cheville que plus excitante, jugea Santaroga. Frère loup était de son avis. Ou peut-être était-ce lui qui avait adopté le point de vue de Frère loup…

— Vous me jugez trop chaude ?

Avec lui, Elsa ne s'embarrassait guère de faux-fuyant. Cela ne choquait pas le psychanalyste qui gardait l'esprit ouvert mais rendait fou son loup.

— Les temps changent…

— Offrez-moi une cigarette !

Il s'exécuta. Maintenant, Elsa se tenait sage et déclinait d'un battement de cils les invitations à danser. Elle expira longuement et se pencha vers lui.

— Peut-être que je suis trop chaude ! insista-t-elle. Je sais que certains praticiens recommandent des jouets adaptés ou des appareils d'exercice pour les femmes hystériques atteintes de désir sexuel démesuré. Ou bien de faire du cheval avec les secousses que vous imaginez. Enfin, tous ces cas ayant tendance à outrepasser la bienséance et causer des ennuis.

— Je n'ai jamais prescrit de telles choses.

— Vous préférez les envoyer dans un asile d'aliénés ou leur faire subir une hystérectomie ? Ou bien vous contentez-vous de les plonger dans des bains glacés ?

Santaroga frissonna à la pensée des traitements à l'eau glacée ou aux chocs électriques que nombre de psychiatres faisaient encore subir à leurs patients. Il y avait pire, comme ces boîtes percées où on laissait les patients immergés dans l'eau jusqu'à la dernière bulle, les remontant in extremis avant la noyade. La thérapie par le choc. Il trouvait ces médecins plus fous que leurs malades.

— Pourquoi parlez-vous toujours en termes de punitions ? demanda-t-il. Pensez-vous vraiment que vous devez être punie pour ce que vous faites ?

— Je crois que je suis la pire garce de Paris ! Une salope comme vous n'imaginez même pas !

— Comment peut-on avoir de soi-même une opinion définitive ? demanda-t-il avec gravité.

Comme elle ne répondait pas, il se leva. Aussitôt, Elsa s'accrocha à son bras pour le retenir, croyant qu'il allait partir.

— Pardonnez-moi, fit-elle en se serrant contre lui, je vais danser avec vous maintenant.

Frère loup n'y voyait pas d'inconvénient mais la partie plus raisonnée de Santaroga était plus réticente.

— Vous n'avez pas besoin de vous fourrer dans les premières pattes venues pour que je croie vos histoires, maugréa-t-il. Chère Elsa, pourquoi insulter mon intelligence? Que croyez-vous donc? Je connais bien ces jeunes femmes à qui rien n'arrive parce que tout est défendu. Elles tombent en léthargie ou bien s'inventent des mondes imaginaires.

Le masque impassible d'Elsa sembla se fissurer et il n'eut plus devant les yeux qu'une âme perdue.

— Pourquoi ne pas m'avoir dit que Gabriel était votre amant, Hécate? demanda-t-il d'un ton calme.

Sans un mot, elle enfouit sa tête contre son épaule et, au bout d'un moment, Santaroga s'aperçut qu'elle pleurait.

— Vous l'aimiez? murmura le psychanalyste en la sentant fondre dans ses bras comme une motte de beurre.

— Non.

— Vous le rencontriez chez lui certains soirs?

— Oui.

— Est-ce vous qui êtes venue le soir de sa mort?

Il la sentit trembler à travers sa robe mince.

— Non.

Santaroga l'entraîna sans un mot sur la piste de danse pour un slow fox bienvenu car il y retrouvait des principes de la valse. On leur fit tout de suite de la place, curieux de voir comment cette grande carcasse allait se débrouiller pour mener une aussi frêle personne qu'Elsa. Mais Santaroga avait dansé le tango à Buenos Aires et connaissait le *pas plume* suivi du *trois pas* pour tenir l'allure chaloupée propre à cette danse. Une main dans la sienne, une autre posée sur le haut de sa taille, il la menait avec assurance, la faisait tourner et l'accompagnait dans tous ses mouvements. Leurs bassins se collaient fugitivement l'un à l'autre, leurs jambes épousaient la trajectoire de l'autre. Une complicité parfaite que tout le monde admirait.

— Je sais que vous dites vrai, dit-il à son oreille. Vous ne seriez pas là à danser avec moi ou un gigolo si vous aviez aimé Gabriel.

Sa main sentit les reins d'Elsa se raidir.

— Car vous n'êtes pas une petite garce, murmura-t-il, juste une âme perdue. Une frôleuse d'enfer.

Le souffle d'Elsa se fit plus court. Le pouce de Santaroga chercha la veine à son poignet.

— Puis-je vous réparer ? fit-il.

Un silence, seulement troublé par la musique.

— Oui, faites.

Sa voix était essoufflée.

— Alors commençons tout de suite, c'est moi qui conduis !

Il dut lutter contre l'excitation de son loup lorsque sa jambe pointait entre celles d'Elsa. Il la menait suffisamment vite pour ne plus lui donner le temps de réfléchir. Son loup dansait avec la femme, lui, pendant ce temps, analysait sa patiente.

— Vous n'éprouviez pas d'amour pour Gabriel et je doute même qu'il ait été votre amant. Du moins pas dans les derniers temps.

— Qu'en savez-vous ?

Il plongea vers sa gorge emperlée de sueur et la respira.

— J'ai trouvé aujourd'hui la trace de votre parfum dans

le bureau de Gabriel mais, au matin de sa mort, je ne l'ai pas senti dans sa chambre.

Les doigts d'Elsa en dessous de l'épaule droite de Santaroga se resserrèrent en un aveu silencieux.

— C'est vrai, reconnut-elle, nous avions rompu.

La musique cessa. Il se tint un instant immobile, le souffle court, son visage trop près du sien.

— Quelle était la nature des relations de Gabriel avec votre mari ? demanda-t-il.

— Dangereuses, répondit-elle en frissonnant.

— Ne réfléchissez pas et répondez-moi par le premier mot qui vous vient à l'esprit si je vous dis... danger !

— Russe !

~

Elsa refusa qu'il la raccompagne. Un taxi la chargea, un autre s'arrêta pour lui. Santaroga y monta distraitement, plongé dans ses pensées. Le taxi obliqua bientôt dans une petite rue et s'arrêta. En regardant par la vitre, il aperçut une affiche représentant, dans une boîte ronde, une vache avec des boucles d'oreilles et un large sourire. *La vache qui rit.* Ma *Wachkyrie*, disaient les anciens combattants qui l'avaient beaucoup vue sur leurs camions de ravitaillement pendant la guerre. Le chauffeur de taxi se retourna vers le psychanalyste qui reconnut alors celui qui l'avait déjà emmené chez Gabriel de la Biole.

— Désolé docteur, quelqu'un veut vous parler.

Il pointait sur lui le canon d'un revolver. Santaroga résista à son loup qui lui dictait d'arracher l'arme des mains de l'homme et de la retourner contre lui. De toute évidence, on n'avait pas l'intention de le tuer. Enfin, pas tout de suite. Ils restèrent un moment à attendre. Finalement, une longue voiture noire stoppa à côté d'eux. Le chauffeur resta au volant mais un homme se précipita pour ouvrir la portière à un autre, nettement plus âgé, un géant de deux mètres. Celui-ci resta immobile avant qu'on lui ouvre la portière du taxi de Santaroga. Ce cérémonial terminé, l'inconnu se courba pour s'asseoir sans risque sur la banquette arrière et se présenta aimablement dans un français teinté d'accent russe.

— Bonjour docteur Santaroga. J'espère que vous me pardonnerez cette intrusion un peu cavalière.

Le psychanalyste se frappa le front de sa large main.

— J'ai été suivi par ce chauffeur depuis qu'il m'a ramené à mon hôtel. Non ! En fait, depuis ma conférence !

L'autre acquiesça comme s'il s'agissait de la chose la plus naturelle au monde.

— Savez-vous qui je suis ?

Santaroga le détailla calmement.

— Vous êtes russe à n'en pas douter. Étant donné la manière dont on vous protège et le respect qui entoure votre personne, une personnalité aristocratique de tout premier plan. Si j'estime bien votre âge, que par ailleurs vous ne faites pas, et votre taille, vous devez être le grand-duc Nikolaï Nikolaevitch.

Un faible sourire éclaira un instant le visage austère du grand-duc.

— Étonnant ! Sauf si quelqu'un vous a déjà parlé de moi. Et savez-vous ce qui m'amène ?

— Une affaire de la plus haute importance car l'on sait que vous ne sortez jamais de votre château de Choigny où des officiers très fidèles vous gardent jour et nuit.

L'homme qui avait survécu à la guerre, une révolution et une purge ne cilla pas. Sa voix était aussi calme que s'il se trouvait à bavarder avec une vieille connaissance au fumoir de l'Opéra.

— Je cherche une jeune fille assassinée par les Rouges il y a neuf ans. Selon les témoignages, elle a été fusillée et, une fois à terre, achevée à coups de baïonnette. Et voilà qu'on vient me dire qu'elle est là aujourd'hui à Paris, vivante, et qu'elle cherche à me voir ! Elle s'appelle Varya.

Santaroga encaissa le choc de la révélation. Son loup murmura en lui-même : *je te l'avais bien dit, il fallait la protéger. Elle est en danger !*

— Quel rapport avec moi ? demanda-t-il en s'efforçant de rester impassible.

— La fille d'un de mes officiers ukrainiens est modèle auprès de la maison Chanel. Elle m'a informé de la présence de Varya à une séance d'essayage. Celle-ci se trouvait accompagnée par la célèbre peintre Tamara de Lempicka. À ma demande, un de nos princes exilés qu'elle aime bien est allé la questionner. Il a appris que vous lui aviez adressé Varya.

Il se tourna vers Santaroga. L'aristocrate était un homme respectable. À sa manière… Il avait refusé le trône que les autres princes le poussaient à prendre pour écarter le tsar, son neveu devant lequel il se présentait toujours au garde-à-vous. Il avait émigré au dernier moment, contemplant avec désapprobation la chute de son monde.

— J'ai chargé un de mes officiers de vous retrouver. Par

chance, vous donniez une conférence. Il s'est arrangé pour vous prendre dans son taxi.

Il sembla hésiter un instant mais sa curiosité fut la plus forte.

— Qu'alliez-vous faire chez Gabriel de la Biole ?

Santaroga fut estomaqué. Une trajectoire inattendue se dessinait maintenant entre Varya et Gabriel de la Biole. Sur le moment, il jugea plus prudent de suivre la voie étroite de la vérité.

— C'était mon patient.

— Oh vraiment ? Et de quoi souffrait-il ?

Santaroga le regarda en écarquillant les yeux. L'homme à ses côtés avait été l'oncle du tsar, son général en chef jusqu'à son éviction après les pertes terribles subies à l'été 1915 par l'armée russe contre les Allemands : 2,5 millions de soldats tués ou faits prisonniers, un quart des effectifs mobilisés ! Une défaite qui avait précipité la chute du trône impérial et l'arrivée des bolcheviques. Et il lui demandait de quoi pouvait bien souffrir un ancien combattant ? De quel bois était donc fait cet homme ?

— Après tout cela ne me regarde pas, fit négligemment le grand-duc. Qu'alliez-vous faire chez lui ?

Manifestement, à son ton, il n'appréciait guère d'avoir à répéter une question.

— Je suis allé chercher le contenu de la bibliothèque qu'il m'a léguée.

Toujours la voie étroite de la vérité. Ne pas en dire plus pour ne pas la quitter. La suivre, c'était parfois mentir à souhait.

— Oh, des livres !

Nikolaï prit une posture plus détendue. Santaroga en profita.

— Vous étiez en lien d'affaires avec Gabriel de la Biole ?

— Personnellement, non. Il y a bien assez de gens qui se pressent autour des Russes blancs, soit pour les aider à financer leurs projets, soit pour achever de les dépouiller !

— Finançait-il les projets de votre concurrent, le grand-duc Kyrill ?

Le regard de glace le cloua sur place. Le loup de Santaroga se réveilla aussitôt et deux prédateurs s'affrontèrent, tout aussi dominants l'un que l'autre. Le psychanalyste reprit le dessus. La réponse muette du Russe était éloquente.

— Ne perdons plus de temps, fit celui-ci. Amenez-moi à Varya.

— Pourquoi ferais-je cela ?

— Parce qu'elle souhaite me rencontrer. Vous l'a-t-elle dit aussi ?

— Oui, répondit le psychanalyste troublé.

— Alors ne traînons pas. Mes hommes sont très nerveux lorsque je quitte mon château.

Comme Santaroga semblait hésiter, le grand-duc posa sa main sur son poignet et dit :

— Allons, il nous faut sortir de cette affaire avec honneur.

~

Après un dernier paso-doble endiablé, Mac Kenzy entraîna Varya sous le viaduc de Passy pour lui offrir la vision de la tour Eiffel de sous la voûte et tenter de l'embrasser. Il échoua mais lui arracha un « Oh ! » d'admiration à la vue du monument illuminé.

Le Canadien logeait au dernier étage de l'hôtel Jules-César, rue du Montparnasse près du café du Dôme. Comme il ne vivait que de la pension de son père, la chambre n'était pas trop chère mais munie de l'eau chaude ainsi que d'une lucarne sur rue. Se hissant sur la pointe des pieds, Varya put apercevoir à travers celle-ci le ciel et les toits de Paris. On y voyait de minuscules balcons fleuris de géraniums, des couples flirtant ou des jeunes gens lisant le journal avec le plus grand sérieux.

L'excitation de la danse commençait à retomber et elle se prenait à regretter d'avoir accepté ce dernier verre chez lui. Il était gentil et elle voulait le remercier de cette soirée magnifique mais elle ne désirait pas qu'il se fasse des idées.

— Si j'avais une cuisine, dit-il, je vous préparerais un vrai saumon canadien avec une sauce aux œufs et du concombre mariné.

Il sifflota un air de Cole Porter et leur servit deux fines à l'eau.

— Oh, protesta-t-elle, j'ai déjà beaucoup bu. Je ne marche plus très droit.

— Si vous n'êtes plus capable de marcher droit, marchez de travers !

Ils ricanèrent bêtement.

— Est-ce ainsi que vous passez toutes vos nuits ? demanda ingénument Varya. À ne rien faire ? Ou plutôt à ne rien faire d'autre que vous amuser ?

Le Canadien prit un air innocent.

— Mon père m'écrit avec une régularité de métronome

des lettres horribles en menaçant de me couper les vivres si je ne me coule pas dans le moule de la bonne société. Il a l'impression que chaque jour que je passe à Paris m'abrutit un peu plus. Que voulez-vous, faire et penser comme tout le monde ou me lever tous les matins pour aller travailler est au-dessus de mes forces !

— Je ne connais pas d'existence plus futile que la vôtre, avoua Varya tout en continuant à lorgner les toits de Paris par la lucarne.

Une part d'elle enviait cette vie inutile tandis que l'autre en était révoltée. Assis sur le lit, Mac Kenzy la détaillait songeusement. Son invitée avait des hanches de rêve, le mollet et la jambe musclés comme il s'en était aperçu en dansant avec elle. Un sourire vint adoucir l'insolence de son regard lorsqu'elle se rendit compte de l'attention dont elle était l'objet.

— Et que faites-vous de vos journées ? s'enquit-elle en sirotant sa fine.

— Je me livre à ces vices si précieux que sont l'oisiveté, la lubricité et l'alcoolisme ! Je ne fais de tort à personne.

— Sinon à vous-même…

— Je ne crois pas. Les hommes sont inconsolables des bêtises qu'ils n'ont pas faites ! Si vous ne profitez pas de votre vie avant trente ans, les regrets vous rongeront plus tard. Moi, je n'en aurai pas.

— Pourquoi ne pas vous donner d'objectif plus ambitieux ? Victor Harman, lui, affiche comme projet de faire imploser le système.

— Moi, je ne souhaite qu'en profiter !

— Est-ce ici que vous ramenez vos petites amies ? demanda la jeune femme agacée.

— Oh Varya, se plaignit Mac Kenzy, vous n'aviez pas été désagréable de la soirée !

Il se leva pour prendre son verre et la resservir.

— Allons, le relança-t-elle avec fermeté. Ne me dites pas que vous n'avez jamais été amoureux à Paris.

Le Canadien se mit à chantonner.

Elle était brune, elle était blanche
Ses cheveux tombaient sur ses hanches…

Varya arqua un sourcil perplexe.

— Une touriste anglaise, expliqua Mac Kenzy. J'ai failli tomber amoureux d'elle mais je me suis retenu lorsque j'ai su qu'elle repartait huit jours plus tard !

Varya rit et ôta ses escarpins pour masser ses pieds endoloris par la danse. Un instant, elle eut envie d'enlever ses bas de soie pour tâter ses ampoules et détendre ses orteils mais ceci aurait été mal interprété. Revenu s'asseoir à côté d'elle, Mac Kenzy posa une main sur son genou. Elle lui donna une légère tape pour qu'il cesse. Il prit un air contrit et lui tendit un nouveau verre. Elle le vida d'un coup sec en rejetant la tête en arrière.

— Oh Varya, fit-il en extase, je vous adore !

— Vous ne fréquentez donc personne ? insista-t-elle.

— Non.

— De toute manière, si c'était le cas, vous ne me le diriez pas, n'est-ce pas ?

— C'est évident !

— Pfff, vous êtes désespérant.

— Vous avez tort de penser que je ne veuille que vous pousser dans mon lit. J'ai pour vous de plus grands projets.

— Oh, ne me parlez pas tout de suite de mariage, M. Mac Kenzy, le tança-t-elle gentiment. Vous êtes un charmant garçon mais je vous connais à peine.

Le jeune homme lui jeta un regard profond.

— Vous feriez une bien charmante maman.

Varya écarquilla la bouche de surprise.

— Êtes-vous sérieux ?

— Très !

Il eut un sourire indécis. L'instant d'après, sa langue essayait de forcer le passage de ses dents et une claque retentissante s'ensuivit.

— Pas sans ma permission ! gronda Varya.

La tête encore dans les nuages, Varya referma la porte de sa chambre d'hôtel et aussitôt se figea. Un homme d'un certain âge, un géant au visage austère, l'attendait assis dans un fauteuil, les jambes élégamment croisées l'une sur l'autre. Derrière lui se tenait un inconnu, raide comme un balai, et Santaroga manifestement mal à l'aise. Elle sentit son cœur battre à la folie dans sa poitrine.

— Bonsoir, votre Seigneurie, chuchota-t-elle.

Le grand-duc Nikolaï Nikolaevitch s'inclina avec courtoisie.

— Bonsoir, Varya, fit-il.

15

Mais c'est bien inutile à présent, pensa la pauvre Alice, de faire semblant d'être deux ! C'est tout juste s'il me reste assez de moi pour former une seule personne digne de ce nom !

Portant l'uniforme très masculin des chasseurs, une femme lui ouvrit la porte du Fétiche, miroir du Vertige, son homologue réservé aux hommes, ou de La Petite Chaumière. Dans cette dernière, des types poudrés de riz et couverts de fond de teint s'habillaient en femmes dans une salle à demi éclairée par des luminaires roses tandis que des serveuses nues jusqu'à la taille se révélaient de près, elles aussi, des hommes munis de seins en caoutchouc.

— Petit Louis, se présenta la portière en ajoutant d'un ton fier : premier chasseur !

— Tillie, chasseuse de fauves !

La journaliste pénétra dans une salle minuscule au décor rose et noir, parsemée de roses électriques kitch. Des peintures symboliques ornaient les murs avec l'inévitable licorne.

La préfecture n'ayant pas accordé au Fétiche de licence de musique, la difficulté avait été contournée grâce à la présence d'un homme-orchestre qui faisait tous les sons d'instruments avec sa bouche.

Ici se pressaient les corps androgynes, moulés dans des costumes pour messieurs, assortis de la coiffure courte au carré. La journaliste remarqua rapidement Tamara de Lempicka parée d'un serre-tête fermé avec un cabochon en forme de poire, un ruban incrusté de perles de rocaille surmonté de trois plumes de paon bleu et vert. Un air bohémien avec son teint hâlé et des cheveux un peu fous, une jeune fille assise à ses pieds la contemplait avec l'admiration puérile d'une enfant.

La peintre fumait des orientales à bout doré avec un fume-cigarette d'argent décoré d'un long gland en soie. Elle vit Tillie se frayer un chemin jusqu'à elle à travers les danseuses. Le bar était bondé et bruyant, des étrangers venaient ici pour se rincer l'œil tout en buvant des cocktails et du champagne. Tamara l'observa à travers un nuage de fumée. Elle aimait s'envelopper de volutes et de mystère.

— Comment m'avez-vous trouvée, ma chère ?

— J'ai piloté un avion, chassé le tigre en Inde et je tire les cartes. Alors, vous pensez bien que, pour moi, trouver Tamara de Lempicka à travers la nuit parisienne, cela reste facile !

— Sérieusement ?

Tillie leva les yeux au ciel.

— Je suis allée à La Rotonde où on m'a dit que vous vous étiez rendue au Gipsy Bar. Quelle idée !

Au Gypsy Bar, boulevard Edgar-Quinet, de vieilles dames

à la peau plissée côtoyaient des jeunes femmes en complet masculin, cravate ou nœud papillon, au regard fixe et dur.

— Et au Gypsy vous avez déclaré vouloir vous rendre au Fétiche, ajouta la journaliste. On vous suit aisément à la trace.

— Je ne vous savais pas échotière.

— Échotière ? Je pense à beaucoup plus gros !

Tillie prit place sans qu'on l'y invite et croisa les jambes. Du bout du pied, elle chassa nonchalamment l'adoratrice de la peintre pour rester seule avec celle-ci.

— Il m'est venu d'étranges pensées ces derniers temps. La mort de Gabriel, l'arrivée de Varya. Ces Russes blancs tués à Paris…

Tamara de Lempicka prit un air ennuyé.

— Je suis polonaise, je n'ai vécu en Russie que par mégarde. D'ailleurs, aujourd'hui, je me qualifierais plutôt d'apatride. Alors vos histoires de Russes qui s'entre-tuent…

— Je pense à notre jeune amie. Elle est russe également. Un jour, elle débarque au Cercle d'on ne sait où, recommandée par vous… Et cette impression de déjà-vu. Chaque fois que je la croise, j'ai cette troublante impression de la connaître.

Tamara tira pensivement sur sa cigarette.

— La connaître, c'est aussi se souvenir.

— Vous la connaissez bien votre modèle ?

La peintre ne répondit pas.

— Je m'en doutais, on vous l'a recommandée ! Qui ?

Sans répondre, Tamara se contenta de la couver d'un œil candide.

— Je couche avec vous, si vous me le dites ! s'exclama Tillie impatientée.

La Polonaise prit un air vaguement intéressé.

— Chiche ? J'ignorais votre goût pour les femmes. Votre divorce vous a amenée à une vision plus ouverte de la société !

— Hum, non mais vous pourriez être mon initiatrice.

Tamara de Lempicka détailla posément Tillie. Une beauté catalane à la crinière de lionne, chaude comme la braise.

— Vous seriez très ennuyée si je disais oui, lâcha-t-elle à regret. Vous danserez plutôt avec quelqu'un d'ici que je choisirai pour vous.

Son regard s'attarda sur la pose incendiaire d'une jeune Italienne dont la chevelure teintée au henné et la poitrine opulente lui rappelèrent trop une de ses récentes aventures. Elle arrêta son choix sur une grande fille un peu plate mais longiligne, cheveux et yeux noirs. Une Corse dénommée Lulu.

— Vous danserez avec elle. Attention, c'est une rosse !

Tamara fit signe à la fille qui les rejoignit avec un sourire canaille.

— Lulu, je te présente Tillie. Elle rêve de danser avec toi mais elle est trop timide pour te le demander.

— Oh, voyez-vous ça !

Lulu se saisit des mains de la journaliste et la tira à elle pour danser un shimmy. Les immigrants d'Europe de l'Est s'étaient approprié cette danse noire de la fin du siècle dernier car ils y voyaient une lointaine parenté avec la tradition gitane. Tillie s'efforça de suivre les mouvements saccadés de la danse aux vibrations infernales et qui aidait beaucoup à dévoiler les charmes de ces dames. Lulu vint se frotter à elle sans façon.

— Alors comme ça, je te plais ?

— Plus que je ne saurais dire ! haleta la journaliste.

L'autre afficha un rictus dominateur.

— Tu me plais aussi. Si tu es encore là à la fermeture, je t'emmènerai chez moi.

— Vous êtes trop aimable !

L'homme-orchestre dut reprendre son souffle et la danse cessa. La Corse retint un instant Tillie contre sa poitrine, le temps de montrer à toutes les filles sa prise, puis la relâcha. Le corps moulu, la journaliste s'empressa de rejoindre la peintre.

— Intéressante, votre amie !

— C'est une poisse, elle a mis sa copine en maison et malgré tout celle-ci l'adore !

— Alors, je ne l'aime pas ! En plus c'est vraiment une rosse : elle en avait le coup de pied en dansant.

Tillie trépigna avec un regain d'agressivité.

— Maintenant, racontez-moi tout sur votre mystérieux commanditaire !

— Vous avez mal compris, répondit la peintre les lèvres pincées. J'ai refusé de coucher avec vous et vous ai proposé de danser avec Lulu. Je n'ai rien promis en échange de cette danse !

— Vous êtes vache !

Tamara la considéra, sarcastique.

— Avouez qu'une danse avec Lulu, ce n'est pas cher payé. Vous aviez pratiquement accepté de coucher avec moi. D'ailleurs…

Elle examina de nouveau la journaliste en s'attardant sur les boucles de ses cheveux noirs et sa poitrine opulente. Tillie déglutit.

— En fait, ce n'était qu'une repartie ! avoua-t-elle.

— Vous voyez…

Tamara s'entoura d'un nouveau halo de fumée. Toute la soirée, ses pensées l'avaient ramenée à Varya. Sans cesse lui revenait en mémoire la vision de son modèle défilant devant elle chez Chanel. À chacune de ses apparitions avec une nouvelle tenue, le cœur de Tamara tambourinait plus vite dans sa poitrine.

— Dites-moi ce qui vous intrigue chez Varya. Si cela a un quelconque sens, je vous donnerai le nom de celui qui me l'a envoyée.

— Vous vous intéressez à cette petite, constata la journaliste.

— Répondez-moi !

Tillie lui raconta la fuite de Varya par le Chabanais puis les deux Russes la recherchant. La Polonaise frissonna de la tête aux pieds et s'enveloppa de ses bras comme si un grand froid venait de la saisir.

— Vous lui en avez parlé ?

— Oui, et vous avez devant vous une reporter envoyée sur les roses !

La peintre écrasa sa cigarette d'un geste nerveux.

— Je vais la voir !

— Un instant !

Tillie la retint fermement.

— Respectez la part de votre marché et je vous accompagne, j'ai l'adresse de son hôtel.

Tamara soupira.

— C'est Santaroga qui me l'a recommandée.

— *Puta madre* ! jura la Catalane. Le singe tire les marrons du feu avec la patte du chat… Le Suisse m'a bien eue !

— Il n'est pas suisse.
— J'oubliais !

~

Varya fit un pas en avant. L'officier cosaque se précipita pour recueillir le manteau qu'elle ôtait. Les bonnes habitudes ne se perdaient pas. Santaroga s'avança pour se placer entre la jeune femme et les deux Russes.

— Je n'aurais jamais amené son Excellence dans votre chambre si vous n'en aviez pas manifesté le souhait. Au moins ici, vous êtes en sécurité.

— Vous n'auriez pas pu faire mieux, le rassura-t-elle avant de se tourner vers le grand-duc. Vous vous souvenez de moi ?

— Je me souviens de la dernière partie de tennis que vous avez disputée avec le tsar. Vous auriez dû le laisser gagner !

— Vous vous trompez, c'est moi qui ai perdu. C'était un bon joueur. Faites-vous pousser des roses à Choigny comme dans votre palais de Tchaïr ?

Nikolaï Nikolaevitch hocha la tête, satisfait. C'était bien Varya ! Il se tourna vers Santaroga.

— Je vous remercie pour vos bons services mais je m'en voudrais de vous déranger plus longtemps.

C'était autant un remerciement qu'une invitation à partir. Santaroga ne s'y trompa pas.

— Je reste, fit-il.

Désormais son loup très protecteur avait pris les commandes et le psychanalyste avait beaucoup de mal à l'empêcher de se jeter sur l'officier cosaque pour l'assommer puis de s'occuper du grand-duc. Sentant le danger, Varya posa sa main sur son bras. Il tressaillit malgré lui.

— Alexandre, c'est moi qui cherchais à rencontrer le grand-duc. Laissez-moi seule avec lui. Je ne suis pas en danger. Allons, ne compliquez pas les choses.

Le grand-duc fit signe à son ordonnance qui sortit sans un mot. Après un bref instant d'hésitation, Santaroga le suivit.

— Je me tiendrai derrière la porte, dit-il d'un ton très menaçant.

Malgré son âge, le grand-duc Nikolaï était toujours aussi impressionnant tant par sa taille que par sa politesse glacée.

— Je me souviens vous avoir vue au printemps 1917 dans les jardins du palais de Tsarskoïé Selo, fit-il de sa voix rauque. Après ça, vous avez suivi le tsar et sa famille à Tobolsk, en Sibérie.

Elle s'en souvenait bien. La famille impériale avait tellement de bagages qu'il avait fallu cinquante hommes pendant près de trois heures pour les charger dans les wagons. Les adieux avaient été simples et tristes. Deux officiers remirent un bouquet de roses à l'impératrice. Sur le quai, on les salua gravement au départ du train. Le tsar et les grandes-duchesses agitèrent la main en guise d'adieu.

— De Tobolsk, vous avez été transférée avec eux à Ekaterinbourg ?

— Oui, répondit simplement Varya.

— C'est là que le tsar et toute sa famille ont été massacrés. Et comme vous étiez en leur compagnie, nous en avons conclu que vous étiez morte.

— Le tsar n'est pas mort à Ekaterinbourg.

Tout le corps du grand-duc était tendu comme un arc. On entendait presque la tempête sous son crâne. Il se mit à marcher de long en large en murmurant comme s'il se parlait à lui-même :

— Je l'ai toujours dit, comme l'impératrice douairière : leur mort n'est pas démontrée. Un esprit froid peut difficilement croire en leur salut mais la miséricorde divine est sans limites !

Il toisa Varya.

— Vous rendez-vous compte de ce que vous affirmez ? Le grand-duc Kirill Vladimirovitch s'est proclamé empereur après la mort du tsar Nicolas II. Il n'avait aucun droit de le faire. Un homme qui a juré allégeance à la Douma en 1917 ! Il prétend représenter la Très Sainte Russie auprès de l'étranger. Beaucoup le suivent pourtant.

— Si le tsar est encore vivant, ils suivent la mauvaise personne !

Le grand-duc se pencha vers elle.

— Faites attention à ce que vous allez dire, jeune fille !

Sa voix était devenue sourde et menaçante. Varya se figea.

— Une commission d'enquête a été mise en place lorsque les troupes blanches ont repris la ville aux Rouges. Conduite par le juge Sokolov, elle a conclu à l'assassinat du tsar et sa famille.

— Ses conclusions sont fausses, répondit calmement Varya. Les bolcheviques nous ont évacués d'Ekaterinbourg avant l'arrivée des troupes blanches.

Une porte de la maison Ipatiev qui s'ouvre vers l'extérieur…

— Ils se sont livrés à une exécution simulée pour déplacer

plus discrètement la famille impériale, ajouta-t-elle. Dans la maison Ipatiev où nous résidions, ils ont répandu du sang de veau. Les Rouges nous ont ensuite conduits à Verkotourev.

— Ensuite ?

— Ils nous ont enfermés dans un monastère. Nous étions bien traités mais nous ne pouvions voir personne de l'extérieur. Puis, on nous a de nouveau déplacés dans un autre monastère d'où je me suis enfuie au bout d'un an. Je devais retrouver des troupes blanches pour qu'elles aillent délivrer le tsar.

— Si ce que vous dites est vrai, les Rouges ont pu déplacer le tsar après votre fuite.

— C'est fort possible. J'ai essayé de gagner la Crimée. Je suis arrivée trop tard. J'ai suivi une unité qui remontait vers Vladivostok. Personne ne me connaissait, personne ne m'a crue nulle part. Finalement, je suis restée à Vladivostok. J'y ai travaillé comme gouvernante chez de riches commerçants. Les enfants étaient agréables. Je me suis attachée à eux.

Elle ferma à demi les yeux.

— Avec le soutien du Japon, nous tenions la ville et la région. Mais lorsque nos protecteurs japonais nous ont abandonnés, tout s'est écroulé. Un matin, lorsque je me suis réveillée, la maison était vide. Toute la famille venait d'embarquer sans moi ! Il faut dire que les places étaient chères. La panique régnait partout. Des soldats se brûlaient la cervelle. Il fallait de l'argent ou vendre son corps pour embarquer lorsque les bateaux ont été pleins. Si j'avais su ce qui m'attendait, je l'aurais sans doute fait.

Nikolaï Nikolaevitch haussa un sourcil indigné.

— Je n'ai pas pu m'embarquer, continua Varya comme

si elle ne remarquait rien, alors je me suis cachée. J'ai vainement tenté de trouver un bateau pour le Japon. Je me suis cachée dans des villages. Il me fallait déménager chaque fois avant l'arrivée des bolcheviques à la recherche des survivants de Vladivostok. Parfois aussi, on me chassait à coups de pierres. Cela a duré des mois et puis un jour…

Elle décida de garder pour elle l'épisode de l'officier cosaque fou.

— J'ai décidé de faire le voyage à pied vers la France !

Le grand-duc la considéra avec circonspection.

— Vous en avez mis du temps !

— Oh, désolée ! J'ai été retardée !

L'ordonnance du grand-duc n'était pas un tendre mais, devant Santaroga, il finit par baisser les yeux. Dans un silence pénible, les deux mâles se tenaient immobiles dans le couloir, chacun prêt à se jeter sur l'autre s'il faisait mine d'ouvrir la porte. Celle-ci s'entrebâilla au bout d'un long moment et le grand-duc sortit. Derrière lui, Santaroga capta le regard de Varya qui lui adressa un imperceptible signe de tête avant de refermer.

— Voulez-vous m'accompagner ? proposa Nikolaï.

Ils marchèrent jusqu'à l'escalier de service. Un autre officier s'y trouvait déjà et surveillait l'accès à l'étage.

— Varya est-elle à Paris depuis peu ?

— Deux ou trois jours je pense.

— Avez-vous remarqué quelque chose d'anormal chez elle ? fit le Russe l'air de rien.

Santaroga lissa son collier de barbe comme souvent lorsqu'il réfléchissait.

— Elle m'a semblé arriver à Paris famélique et dans la plus grande misère. Curieuse et étonnée de tout, toujours inquiète et sur le qui-vive, méfiante… et pleine de ressources pour s'adapter à toutes les situations et en tirer le meilleur parti.

— Varya est maline et prudente, reprit Nikolaï. Elle savait que les endroits fréquentés par les Blancs sont surveillés. Alors, elle a procédé par petites touches.

Le visage du psychanalyste s'assombrit. Le respect de l'intimité de Varya l'avait empêché de trop l'interroger puisqu'elle ne souhaitait pas évoquer le passé. Il ignorait alors qu'elle se mettait en danger.

— Elle a mis longtemps pour venir en France, remarqua le grand-duc. Avez-vous essayé de la faire parler ?

— Elle est sincère, je l'ai entendue sous hypnose.

— Ah…

Manifestement, ce genre d'expérience n'était pas du goût de l'oncle du défunt tsar, lui qui parlait avant la révolution de pendre Raspoutine et d'enfermer l'impératrice trop crédule dans un monastère.

— Je vous en dirai plus si vous me dites qui Gabriel de la Biole fréquentait chez les Russes blancs.

Le grand-duc s'arrêta de marcher et se tourna vers lui, surpris.

— Il est mort dans son lit. Heureux homme. Nous, les Russes blancs, il est rare que nous mourions la tête sur l'édredon !

— Il a été assassiné !

— Vraiment ? s'étonna le Russe. Ce n'est pas ce que l'on écrit dans les journaux. Et je ne vois pas les commanditaires exécuter un de leurs financiers.

L'instinct, sinon son don de double vue, entraîna Santaroga à tenter un coup de poker.

— Même ceux de l'Aufbau ?

Le psychanalyste se souvenait de ce nom qui revenait à plusieurs reprises dans le livre blanc de Gabriel de la Biole. Le grand-duc se raidit.

— Ne vous mêlez pas de cela ! Vous me trouvez certainement dur mais à côté des gens de l'Aufbau, je suis un enfant de chœur !

Santaroga hocha la tête. C'était en soi une confirmation de la justesse de son intuition. Devant eux, à portée de voix, l'officier cosaque semblait tendu.

— Mes gardes du corps s'impatientent, constata le grand-duc. Dites-moi maintenant si vous avez parlé à Varya.

— Oui mais sans forcer les choses. Je respectais son intimité, voyez-vous ? Et puis, elle se ferme comme une huître lorsqu'on aborde son passé ou quelque chose de trop personnel.

Comme Gabriel de la Biole. Mais est-ce vraiment la meilleure chose à faire ?

— Elle était déjà comme ça enfant ? demanda-t-il.

Les traits du Russe se détendirent à l'évocation de jours plus heureux.

— Non, chaque fois que je l'ai croisée, c'était une enfant rieuse et enjouée, intrépide aussi, un peu garçon manqué. Elle aimait même jouer des tours aux adultes !

Un instant flotta, sous ses yeux fatigués, les visages souriants de Varya et de ses petites-nièces courant à travers les jardins fleuris du palais impérial de Peterhof, non loin de Saint-Pétersbourg.

— Ne voulez-vous pas me confier ce qui vous préoccupe vraiment à propos de Varya ? demanda simplement Santaroga.

Les traits de Nikolaï Nikolaevitch se durcirent et il dit :

— Qui est Varya ? Une brebis ou un loup recouvert d'une peau de brebis ?

16

Et elle essaya d'imaginer à quoi ressemble la flamme d'une bougie une fois que la bougie est éteinte.

Dans le hall de l'hôtel, Tillie étouffa une exclamation et fit énergiquement pivoter Tamara pour l'entraîner derrière un pilier. Dissimulées, elles virent Santaroga raccompagner un géant au maintien aristocratique.

— Qui est avec Santaroga ? demanda la peintre surprise.

— Le grand-duc Nikolaï Nikolaevitch ! Elle a fini par l'avoir son entretien personnel, cette petite futée !

— Mon Dieu, murmura Tamara de Lempicka, c'est à cause de moi ! Un prince russe est venu m'interroger pour savoir comment je connaissais Varya après notre visite chez Chanel où un modèle ukrainien l'a reconnue.

— Vous m'avez aussi lâché le nom de Santaroga ce soir, petite imprudente ! Il faudrait apprendre à tenir votre langue ! Vous ne savez pas ce dont ces gens sont capables !

Tillie la tenait d'une poigne ferme contre le pilier tant par colère que parce que la peintre tremblait de tous ses membres.

— Je ne voulais pas…

— Saint Pierre non plus ne voulait pas renier le Christ ! Il n'a pas pu s'empêcher de la ramener trois fois avant que le coq ne chante !

Après s'être assurée que Tamara n'allait pas s'écrouler, elle la relâcha doucement.

— Le bar de l'hôtel est encore ouvert, allons boire un verre. Vous êtes pâle à faire peur !

L'autre acquiesça avec un faible sourire. Une fois installée devant un cognac, la peintre soupira.

— Je ne comprends pas ce qui se passe.

— Vous devriez vous méfier ! s'emporta Tillie. La révolution n'est pas terminée et la tempête approche ! La fois précédente ne vous a pas suffi ? Vous serez peut-être bien obligée un jour de faire de nouveau vos valises !

— Que voulez-vous dire ?

— Vous croyez à la paix éternelle ? À la *der des ders* ? *Por dios !* Je vous laisse les hymnes à la joie et tout le tralala ! Moi, je parcours le monde et je n'en crois rien ! C'est l'ébullition au Moyen-Orient. Les Allemands sont revanchards et Mussolini arrogant. Les Japonais et les Chinois sont à couteaux tirés. Quant à Staline, le petit père des peuples, son but est d'anéantir toute opposition. Il a envoyé à Paris un tueur sans état d'âme pour assassiner des Russes blancs ces derniers jours. Et ce n'est que le commencement. Le retour de Varya en cet instant n'est peut-être pas le fruit du hasard. Ou s'il l'est, elle tombe mal !

Tamara sortit une cigarette de son étui et, par réflexe,

attendit en vain une seconde qu'un homme sorte de l'ombre pour la lui allumer.

— Je l'ai entendue au Cercle des rêveurs éveillés, reprit Tillie. Cette petite fait des rêves horribles.

Tamara hocha pensivement la tête, songeant aux cicatrices sur son corps.

— Elle a dû faire bien des guerres. Je sais qui elle est, je l'ai su dès le premier jour : une survivante !

Tillie la considéra avec attention mais l'âme slave de Tamara se perdait dans des brouillards dont elle n'avait même pas idée.

— Pourquoi Santaroga vous a-t-il envoyé Varya afin de l'introduire dans notre Cercle ? s'interrogea la journaliste. Nous aurions accueilli à bras ouverts un psychanalyste de ce renom !

— Aucune idée !

— Et quel rapport a-t-il avec Gabriel de la Biole ?

Tamara ouvrit de grands yeux.

— Pourquoi y en aurait-il un ?

Tillie pianota nerveusement des doigts sur la table. Aussitôt, comme par défense, Tamara de Lempicka s'enveloppa d'un nuage de fumée. Quelque part, il lui plaisait de savoir Varya si proche. Peut-être pourrait-elle monter et frapper à sa porte ? Et lorsque celle-ci s'ouvrirait, il lui suffirait de lui dire : « il n'y a rien d'aussi blond au monde que tes cheveux, je baiserai bien ta bouche si tu m'y autorises » ?

La voix de la journaliste vint la sortir de son agréable rêverie.

— Nous pouvons nous rendre service, proposa-t-elle. Vous désirez en savoir plus sur Varya et moi aussi. Rapprochez-vous de Santaroga, moi il m'a dans le nez ! Collaborons !

— Quel intérêt pour moi ?

Tillie s'aperçut alors que les plumes de paon s'agitaient au-dessus de la tête de la peintre. Comment ne pas y avoir pensé plus tôt ? Il n'y avait qu'à suivre leur inclinaison pour connaître les humeurs de leur maîtresse.

— Parce que ça vous aiderait à coucher avec elle ? proposa la journaliste en observant les plumes.

~

Varya invita Santaroga à entrer dans sa chambre et s'assit sur le lit. Le psychanalyste alla à la fenêtre, cherchant machinalement du regard des ombres courant sur les murs, des silhouettes dissimulées au cœur de l'obscurité.

— Votre entretien avec le grand-duc a-t-il été satisfaisant ?

— Je l'ignore. Je crois qu'il ne m'a pas crue quand je lui ai révélé que le tsar n'avait pas été tué à Ekaterinbourg.

— Cela remet en question bien des choses établies, des positions, des rapports de forces, et de pouvoir chez les émigrés blancs.

— Vous croyez ? Aucun Russe blanc ne s'est battu pour le tsar après son abdication. Seuls les bolcheviques ne l'ont pas remarqué !

Santaroga laissa pesamment retomber le pan de rideau et tira un fauteuil pour s'asseoir face à elle.

— Je ne sais pas vraiment qui vous êtes, Varya. Et je doute que vous le sachiez vous-même. Il est temps de l'apprendre.

— Pourquoi désirez-vous tellement m'aider ?

Tout à coup ce colosse devant elle sembla osciller comme

s'il allait tomber. Il avait un regard d'enfant lorsqu'il lui répondit.

— Je n'ai aucune habileté de mes mains, je ne saurais construire ou réparer un objet mais je sais comment aider les gens à se réparer. C'est ce que je fais de mieux et c'est le sens que j'ai voulu donner à ma vie.

Varya le fixa droit dans les yeux et un sentiment nouveau naquit dans son cœur : la confiance.

— Je croyais pourtant que j'avais ouvert la bonne porte. Qu'avons-nous encore à découvrir ?

— J'ai remarqué que votre ombre est grande.

— Mon ombre ?

Sans s'en rendre compte, Santaroga baissa la voix.

— Tout ce qu'une personne refuse de reconnaître ou d'admettre, sa personnalité cachée et refoulée, parfois chargée de culpabilité. Rendre l'ombre consciente est la tâche qui nous incombe en début d'analyse. Le simple récit que vous pourriez faire de ces dernières années suffirait peut-être à vous faire revenir à la lumière. Détendez-vous. Laissez les images et les émotions venir à vous. Racontez-moi après Vladivostok.

Trois ans et demi pour revenir à Paris. Qu'avez-vous donc fait ?

Elle fixa la glace de la penderie de sa chambre d'un air absent. Cette fois, celle-ci lui renvoya l'image d'une jeune femme perdue. Tout à coup, la glace fut envahie de flocons de neige. L'image se figea. En un instant, Varya fut transportée ailleurs.

Elle raconta avec distance son départ de Vladivostok pour échapper aux Rouges. Son errance avec la neige comme lit et le ciel en couverture. Tout ce qui constituait son monde s'était évaporé. Santaroga la suivit dans ses pérégrinations comme s'il en était le témoin.

Janvier 1923. Varya cueille quelques brins d'herbes gelées qu'elle laisse réchauffer dans sa bouche avant de les mâcher longuement pour calmer sa faim. Elle porte une peau de mouton patinée de crasse et son dernier repas, deux jours auparavant, a été une soupe à base de viscères d'animaux. Son corps lui envoie des signaux alarmants. Il lui faut manger ou mourir. En fait, elle devine qu'elle a déjà commencé à mourir de faim. Les hennissements des chevaux l'alertent. Tout autour, le désert de neige et les arbres déplumés n'offrent aucune cachette. Stoïque, elle attend la fin, partagée entre le regret et le soulagement. Les chevaux piaffent nerveusement à sa vue. Varya lève la tête lorsque apparaît la silhouette fantomatique du cosaque, une mince buée sortant de la bouche. Vêtu de sa longue capote, l'officier la contemple comme une fleur éclose au milieu de nulle part.

Il porte la tcherkeska, l'uniforme bleu foncé des cosaques avec le pantalon large, les bottes lustrées et l'ample tunique où l'on coud deux rangées de cartouchières argentées. À ses côtés brillent le kindjal, un long poignard recourbé, et un revolver Nagant 7,62. D'autres cavaliers le rejoignent la carabine sur la hanche. Sous le colback de mouton noir, deux bandoulières de cartouches sont croisées sur leur poitrine. Les pommettes saillantes des Mongols annoncent des Bouriates. Est-ce le reste de la division asiatique du baron Roman von Ungern-Sternberg ? Vraisemblablement, car le U est brodé sur leurs manches.

Les yeux de Varya s'étrécissent en reconnaissant la marque du baron fou, parti avec dix mille hommes pour créer au sud du lac Baïkal sa propre république, pris par les Mongols, livré aux Rouges puis fusillé malgré les nombreux talismans censés le protéger.

Des fous ! Il va falloir jouer serré.

Elle inspire et expire lentement. Cherche à faire fleurir sur ses lèvres un sourire que l'autre trouvera ravissant. Les battements de son cœur sont calmes. Elle n'a que quelques secondes pour le séduire ou acheter sa compassion. En cet instant, l'officier cosaque qui l'observe a son sort entre ses mains. Mais cette fois Varya a compris. Elle ne restera pas sur les quais de Vladivostok à contempler les derniers bateaux s'éloigner.

— Je suis une combattante blanche, dit-elle précipitamment. J'ai déjà tué cinquante Rouges. Prenez-moi avec vous. Je veux en tuer plus.

Il sourit.

— Petite futée, va…

Sans un mot de plus, il l'invite à monter devant lui sur sa selle. Elle sent ses bras autour d'elle, son corps dur et musclé, son haleine fraîche sur sa nuque. Il ne prononce pas un mot. Elle non plus. Ils sont deux solitudes dans l'immensité glacée, sans but ni rédemption possible.

Ils arrivent à un campement. Une tente mongole les accueille avec, à l'intérieur, un brasero fumant. Comme Varya ne sent plus ses orteils, elle prend la liberté de se déchausser et pose ses pieds glacés sur un tapis de peau de chameau, tout en frottant ses mains au-dessus du brasero.

Chauffe-toi les mains au feu, c'est toujours ça de pris !

Le cosaque semble approuver cette initiative d'un mouvement de tête. Il lui offre sans mot dire une tasse de thé noir. La chaleur se répand un peu dans son corps.

— Je peux manger ?

Il appelle quelqu'un. Une vieille femme entre. Elle l'écoute et revient une minute plus tard avec deux saucisses grasses que Varya se hâte d'avaler avant qu'on ne change d'avis.

— Blanche ? demande-t-il alors qu'elle a encore la bouche pleine. Qu'est-ce qui me le prouve ?

Elle déglutit.

— Je viens de la cour du tsar.

Elle lui donne des renseignements sur la vie à Tsarskoïé Selo pour prouver qu'elle dit vrai. L'autre est convaincu. Un sourire éclôt sur ses lèvres. Un moment de complicité. Et puis un pan de la tente s'ouvre et une jeune femme en furie rentre.

— Qui c'est ça ? crie-t-elle.

Ça, pense Varya, c'est les emmerdements !

~

Le commissaire de quartier entreprit d'escalader l'escalier en sautant une marche sur deux. Il y renonça bien vite, en raison d'un saint-honoré particulièrement alléchant qu'il ne pouvait s'empêcher d'acheter chaque matin dans une pâtisserie sur le chemin de son bureau.

— Vous ne dormez donc jamais à la Sûreté ?! s'exclama-t-il la mine encore toute chiffonnée à la vue d'un fringuant Arnaud Fauber déjà à genoux près d'un cadavre.

L'autre releva à peine la tête.

— Pas beaucoup, ces derniers temps.

— Ah ces anciens combattants ! soupira le commissaire qui avait été réformé du fait de son embonpoint.

Il haleta en s'efforçant de reprendre sa respiration.

— Vous êtes bien habillé dites donc !

— Je devais sortir, répondit laconiquement Fauber.

— Désolé pour votre soirée ! Qu'est-ce que ça donne ?

— Trois hommes et une femme tués, probablement au revolver avec un silencieux. Un travail propre.

Le commissaire de quartier jeta un regard dégoûté à la mare de sang sur le plancher.

— Vous appelez ça du travail propre ?

— Une balle au cœur pour chacun, ils n'ont pas souffert. À la guerre, ceux qui prennent un coup de baïonnette dans le ventre ont les entrailles déchirées et se roulent par terre en suppliant qu'on les achève.

L'autre remua, mal à l'aise comme à chaque fois qu'on lui rappelait qu'il n'avait pas participé à la grande boucherie, trop occupé à faire régner l'ordre républicain à l'arrière.

— Il a même tué cette pauvre fille, murmura-t-il.

— Sans doute pour ne pas être reconnu, répondit Arnaud Fauber. Je ne pense pas qu'il ait eu quelque chose contre elle. Elle devait être là par hasard. La faute à pas de chance. Eux, en revanche…

— On les a identifiés ?

Pour la première fois, Arnaud Fauber se retourna pour évaluer d'un coup d'œil le personnage bedonnant, ficelé comme une andouille dans des habits étriqués.

— Malgré l'heure tardive, j'ai pu joindre les services de la préfecture qui possédaient leurs noms sur ses listes. Deux appartiennent au général Golovine, membre de l'Association des combattants russes pour l'étude de la guerre mondiale et de ses suites.

Devant la mine surprise du commissaire, l'inspecteur de la Sûreté daigna donner quelques explications.

— Officiellement, pour respecter les lois de notre pays vis-à-vis des organisations paramilitaires, il s'agit d'une école où l'on donne des conférences. Elle est en fait au service du grand-duc Nikolaï Nikolaevitch. Le général Golovine a reçu la mission secrète de préparer les futurs chefs de l'armée impériale russe. Tactique des forces aériennes, utilisation des armes chimiques, économie de guerre, psychologie des masses, utilisation des blindés…

— Pour ceux qui vont reconquérir la Russie ?

— S'ils trouvent des alliés, compléta Arnaud Fauber pragmatique. Nos gouvernements républicains sont assez timorés sur ce point. Aussi les Russes blancs ne négligent aucune alliance avec les mouvements nationalistes ou ceux d'anciens combattants.

— Et Mussolini ?

— Une alliance avec les fascistes n'est pas à exclure. Ou avec certaines factions allemandes. Depuis la dissolution des corps francs germano-baltes, leurs officiers russes blancs réfugiés en Allemagne se sont mêlés à des associations d'inspiration fasciste et nationaliste.

Il laissa le commissaire digérer cette nouvelle donnée avant de reprendre son énumération :

— Le troisième homme, le plus vieux, appartient au général Koutoupov, en charge des opérations en territoire russe. Infiltrations, sabotages, complots. Des durs à cuire !

— Est-ce une déclaration de guerre aux Russes exilés ?

— Pourquoi croyez-vous que la Sûreté générale soit ici? Tout est dans le message, voyez-vous. Message au général Golovine : il est de notoriété publique que vous vous cachez derrière la façade d'une association pour préparer la reconquête de la Russie. Quant à vous, général Koutoupov, nous savons que vous organisez des opérations secrètes sur notre territoire. Et tout cela, nous le faisons connaître à l'État français pour qu'il comprenne qu'il est plus facile de vous dissoudre que de vous protéger. D'ailleurs, une partie de la classe politique française éprouve une certaine tendresse pour la Russie soviétique!

L'autre fit la moue.

— Et ça?

Le commissaire désignait du menton avec une mine dégoûtée un capharnaüm de bouteilles vides, de verres, de mégots de cigarettes, de bas de soie et petite culotte qui recouvrait le plancher.

— Vodka et prostituée. Ils ont dû fêter leurs retrouvailles entre anciens des forces blanches!

Sa voix était teintée d'un léger mépris. De notoriété publique, Arnaud Fauber vivait une existence spartiate avec une discipline de fer et peu d'amusement.

— Encore trois morts, résuma le commissaire dépité. La Guépéou est à Paris!

~

Les images refluèrent d'un coup. Varya cilla brièvement devant Santaroga toujours immobile et attentif.

— Continuez Varya, dit-il très doucement. Une jeune femme est entrée sous la tente, rappelez-vous…

Elle se rappelle.

Varya ignore la maîtresse en titre qui vient de s'introduire dans la tente et se retourne vers le seigneur de guerre.

— Je suis noble, de haute et vénérable lignée. J'ai servi le tsar.

Il prend l'air grave.

— Il nous manque. Le trône est vide et la Russie souffre car son père est mort.

Varya se retient de pleurer. Le cosaque s'approche d'elle. Elle croit qu'il va l'embrasser, comme ça en public, devant sa rivale, mais il n'en fait rien. Une larme a coulé le long de sa joue sans qu'elle s'en aperçoive. Il l'écrase de ses gros doigts. Derrière elle, la rivale pousse un juron. Varya se recentre. C'est maintenant. L'homme est riche : il a des chevaux, des armes, de la farine et du lait condensé. Elle a aussi remarqué sur le sol de la tente des rations de bœuf, du chocolat en poudre. Elle ne le sait pas encore mais, plus tard, il y aura du parfum et des bas de soie pour elle…

La fille qui est entrée en furie commence à l'insulter.

— Dis à cette femme de sortir, réagit très vite Varya. Je te dirai qui je suis.

— Tu veux me fâcher avec ma favorite ? s'étonne l'officier.

— Fais-le et tu comprendras.

Il la considère avec suspicion.

— J'espère que cela en vaut la peine, sinon je te donne à mes hommes !

Il fait signe à la fille de sortir. Celle-ci roule de grands yeux furibonds, lance à Varya un pur regard de haine puis tourne les talons.

L'officier de la division mongole la contemple avec un regard d'enfant fou.

— Qui es-tu ?

Lorsqu'elle le lui révèle, il ouvre grande la bouche et pleure. Après cela, il se met à ses genoux et c'est dans cette position qu'un de ses officiers le trouve.

Dans le camp, les rumeurs vont bon train devant le respect manifesté par le chef à la nouvelle venue. Il l'appelle ma petite duchesse. Le bruit enfle, porté par le vent jusqu'aux steppes glacées de Sibérie, des terres reculées de Mandchourie. En Chine même. Et donc au Japon. Mais aussi jusqu'à Moscou.

~

Malgré l'heure tardive, son indicateur de la préfecture avait pu la joindre au journal où elle peaufinait son article sur les maisons de prostitution. Tillie sauta dans un taxi, donna un énorme pourboire au conducteur, surnommé *Jeanjean la Turbine*, et arriva à temps pour comprendre d'un badaud qu'elle se trouvait sur les lieux d'une tuerie. Elle l'enveloppa de son regard le plus envoûtant.

— Ça alors ! Vous avez entendu des coups de feu ?

— Pas du tout. J'habite à côté. Par la fenêtre, j'ai vu un type qui s'enfuyait en courant comme un lapin !

Il contempla d'un air béat la chevelure noire, épaisse et ondulée, de Tillie.

— Racontez-moi ça, dit la journaliste en sortant son calepin.

On descendit des civières. Un drap glissa, découvrant le visage bleu de la prostituée de la maison close où elle avait officié comme femme de ménage. Tillie poussa un petit cri et courut à une autre civière. Avant que les agents puissent réagir, elle tira d'un coup sec le drap et, abasourdie, reconnut l'un des Russes du bordel. Les policiers la rabrouèrent et l'écartèrent sans ménagement.

En haut de l'escalier, un homme qui commençait à descendre les marches en boitant rabattit son chapeau sur ses yeux mais elle sentit l'attention qu'il lui portait. Son instinct la poussa à fuir cet homme. Elle avisa un taxi qui s'apprêtait à repartir et courut le rejoindre. Il dut baisser sa vitre lorsqu'elle se mit à cogner dessus.

— Désolé, madame, il est bientôt minuit, je ne suis plus en service.

Elle s'écarta pour jeter un coup d'œil à la lanterne qui indiquait le quartier du dépôt du taxi.

— Votre drapeau n'est pas recouvert de sa gaine de cuir, vous êtes donc libre et vous êtes contraint d'accepter tout client sauf s'il est grossier ou menaçant, ce qui n'est pas mon cas, ou si je vais dans une direction opposée à celle indiquée sur votre plaque. Ce n'est pas non plus le cas. Dois-je appeler un agent pour le constater ?

L'homme jura et déverrouilla la porte arrière.

— Veuillez vous donner la peine, Madame !

Le taxi la déposa devant son journal. Un univers d'oiseaux de nuit que ces journaux du matin qui relâcheraient à l'aube des rédacteurs blafards et du papier maculé d'encre fraîche. Tillie s'isola dans sa bulle pour rassembler les pièces du puzzle.

Varya et Santaroga, le grand-duc Nikolaï avec le psychanalyste, des Russes blancs qui cherchent Varya et d'autres tués à Paris. Santaroga chez Gabriel de la Biole…

Tillie reprit en main la photo où figurait la jeune fille ressemblant à Varya plus jeune. Elle était datée du printemps 1917. Après l'abdication, seule une poignée de fidèles et des serviteurs entouraient encore le tsar. Les aristocrates avaient commencé à émigrer ou à rejoindre le gouvernement provisoire de Kerenski. D'autres encore s'étaient réfugiés dans leurs grands domaines, loin des villes.

Dès juillet 1917, Kerenski avait fait déplacer toute la famille impériale à Tobolsk, en Sibérie. Lorsque les bolcheviques s'emparèrent par la force du pouvoir, ils envoyèrent les Romanov, avec beaucoup moins d'égards, à Ekaterinbourg.

Au printemps 1918, la légion tchèque s'était soulevée et, après avoir formé un gouvernement antibolchevique, marchait sur les Rouges. De son côté, l'amiral Koltchak faisait route vers l'ouest depuis la Sibérie. La menace que faisaient peser ces deux armées blanches précipita la décision déjà programmée de Lénine de faire exécuter la famille Romanov.

À Ekaterinbourg, les armées blanches, ayant repris la ville, ordonnèrent une enquête sur les événements. Le juge Sokolov instruisit l'affaire. On trouva dans la maison Ipatiev nombre d'objets personnels de la famille impériale témoignant de leur passage. En janvier 1920, la pression militaire rouge obligea les Blancs à abandonner la ville. Sokolov se réfugia à Kharbin où il continua avec ténacité son instruction.

Tillie plissa les yeux. Deux ans après la mort des Romanov, une jeune femme sauvée d'une tentative de suicide dans un canal de Berlin raconta qu'elle était la grande-duchesse Anastasia, la plus jeune des filles du tsar défunt. Protégée des balles par le corps de sa sœur Tatiana, elle aurait été prise en pitié par un des soldats rouges qui la sauva lors du transport des corps dans la forêt où ils devaient être brûlés. Certains membres de sa famille la reconnurent, la plupart pas. Le doute subsista, faisant naître d'autres vocations.

Elle pensa à Varya, surgie d'on ne sait où. Les débris de l'empire des Romanov n'étaient plus qu'un gigantesque panier de crabes. Se pouvait-il que Varya ait survécu à Ekaterinbourg ?

~

Attentif, Santaroga vit les pupilles de Varya se rétrécir. Il eut l'impression qu'une porte s'ouvrait et se refermait.

— J'ai vécu deux ans avec lui, reprit Varya. J'étais devenue sa chose. Plus de petite duchesse.

Santaroga se figea.

— Qu'avez-vous dit ?

— Je me suis fait passer pour la grande-duchesse Anastasia auprès de lui pour qu'il me respecte.

Un instant, le regard de Varya se voila. Anastasia Nikolaïevna Romanova, la grande-duchesse Anastasia, avait été son amie. Elle se rappelait avoir couru après elle dans les allées de Tsarskoïé Selo. C'était une enfant belle comme un cœur et très enjouée. Elle avait dix-sept ans lorsque les Rouges l'avaient achevée à coups de baïonnette.

— Pour qu'il me respecte, répéta Varya mécaniquement et le regard vide. Et c'est ce qu'il a fait. Au début. Ensuite il a changé. Nous changeons tous, n'est-ce pas ? Sa précédente compagne s'acharnait à le faire boire pour qu'il devienne violent avec moi. Il ne me battait que lorsqu'il était saoul. Une fois dessaoulé, il pleurait et me suppliait de lui pardonner. Sans cela, la vie aurait pu être meilleure.

Varya pointa le menton en avant. Ses yeux brillaient d'une lueur inhabituelle. Elle aurait aisément pu devenir une grande meneuse d'hommes, pensa Santaroga.

— Un réseau de deux mille cinq cents kilomètres de chemin de fer avait pour cœur Kharbin en Mandchourie, reprit fièrement la Russe. Ses quatre-vingt-quinze gares étaient disputées par tous les belligérants. De Kharbin, on pouvait accéder à l'est à Vladivostok, au sud à Pékin ou encore à Daïren et Port-Arthur. L'opium de Perse ou du Turkestan transitait pour la Chine au long de ces voies, dissimulé dans les parois des wagons. Nous menions la vie de pacha des seigneurs de la guerre dans la soie, le champagne et le sang.

Un instant, sous le regard fatigué de Santaroga, flotta l'image d'une Varya en guerrière, emmitouflée dans une capote en peau de mouton, un revolver au côté. Elle était là, dans ce train blindé avec canon de marine monté sur une tourelle mobile, au milieu d'un caravansérail entouré de yourtes et abritant chevaux et chameaux. Elle accompagnait un seigneur de la guerre et rencontrait les Japonais, les triades chinoises. La Révolution l'avait broyée et recomposée en un être à part, loin de son identité initiale.

— Tout cela aurait pu durer longtemps, dit encore Varya. Il avait le soutien des Japonais qui voulaient s'emparer de la Mandchourie et des Chinois qui craignaient les velléités japonaises de repousser les frontières jusqu'au fleuve Amour qui porte si mal son nom. Moi j'attendais mon heure. Patiemment. Tout se paie…

Le psychanalyste frissonna en l'entendant.

— Un jour, reprit-elle d'un ton égal, nous avons pris le train à Kharbin pour la Chine. Nous marchions avec les Chinois de Shanghaï, voyez-vous. Notre bande contribuait à créer une zone neutre au bord de leur frontière, alors on nous traitait bien. Champagne et caviar dans la voiture. Vodka aussi. Nos commanditaires avaient bien fait les choses. Mais c'était trop de boisson pour ces esprits malades. Saoul, il a appelé un de ses officiers et m'a donnée à lui.

Santaroga nota qu'elle ne donnait jamais son nom au chef cosaque.

— Ils m'ont frappée et j'ai dû le faire avec eux dans des positions inimaginables.

— Vous n'êtes pas obligée de tout me dire, Varya. Et vous pouvez aussi vous arrêter là.

Tout en disant cela, il savait qu'il se mentait à lui-même. Elle avait besoin de tout relater. Comme un caillot, la vérité obstruait sa gorge. Désormais, Varya ne pouvait plus se taire.

— Tout se paie, reprit celle-ci d'une voix sourde. Lorsqu'ils ont été endormis, je les ai égorgés. Ils n'auraient pas dû me faire ça !

Le loup de Santaroga se réveilla pour approuver vigoureusement. Il s'empressa de le chasser. Pas au cours d'une analyse !

— Mais ce n'est malheureusement pas terminé, reprit Varya.

Elle raconta comment, avec son arrogance coutumière, l'ex du cosaque ouvre la porte du compartiment sans frapper. Varya n'a plus le choix. La fille se met à hurler à la vue du cadavre de l'officier. Elle braille encore lorsque Varya lui enfonce son poignard dans la poitrine.

Une larme traça un sillon argenté sur sa joue.

— Je suis désolée de tant vous décevoir mais je vous avais prévenu qu'il ne fallait pas trop en attendre de moi.

— Je ne juge pas, lui rappela Santaroga. Moi, j'écoute.

Après un silence, elle reprit d'une voix assourdie :

— Je suis descendue au premier arrêt en sautant du train lorsqu'il a ralenti aux abords de la gare. J'avais leur argent et leurs revolvers. Je me suis précipitée à la ville et j'ai acheté un cheval pour m'enfuir.

Une image surgit dans son esprit. Les chevaux de ses poursuivants soulèvent un nuage de neige. Elle s'arrête et contrôle que le fusil est bien graissé et que la culasse joue facilement.

— J'ai échappé à mes poursuivants. Je suis rentrée au service d'un négociant de Kharbin le temps d'étudier la situation. Puis je suis repartie vers la côte. J'y ai survécu jusqu'à trouver l'occasion de passer au Japon mais la côte est demeurée trop surveillée. J'ai repris le chemin à mon rythme jusqu'à la Bulgarie. Lorsque les bolcheviques sont arrivés, j'ai jugé bon de m'en aller !

— Un long voyage, fit Santaroga.

Elle leva sur lui un regard douloureux. Son esprit butait sans cesse sur ses souvenirs. Il manquait quelque chose à ceux-ci, comme une pièce de puzzle qui n'arrive plus à s'emboîter.

— Pas un voyage, murmura-t-elle d'une voix atone, une fuite. J'ai dû me cacher, marquer des pauses. Parfois, je n'avais plus ni l'envie ni la force de repartir. Mais mon but ultime a toujours été Paris.

Elle se tordit les mains de désespoir.

— Qui suis-je aujourd'hui ? Je me suis tant battue pour survivre que j'en ai perdu mon humanité. Je suis fatiguée. Je ne redeviendrai jamais ce que j'ai été auparavant, n'est-ce pas ?

— Non Varya, mais ce n'est pas grave.

Elle sanglotait. Toute la fatigue de cette nuit interminable pesait sur eux. Santaroga saisit ses mains avec douceur.

— Varya, votre esprit lutte contre les ténèbres. Votre conscience est la seule lumière que vous possédez. Elle est infiniment petite et fragile comparée aux puissances de l'ombre. Ne laissez pas le vent l'éteindre ! Ne laissez personne l'éteindre !

17

— C'est bon, dit le Chat ; et cette fois il disparut très lentement, en commençant par le bout de sa queue et en finissant par le sourire qui persista un bon bout de temps après que le reste de l'animal eut disparu.

Santaroga rêvait de Varya. Elle avançait au milieu de la brume et de la fumée d'un champ de bataille parsemé de cadavres. Autour d'elle, les soldats gisaient à terre, leurs corps disposés de manière artistique, les membres disloqués, comme pour composer une gigantesque et monstrueuse nature morte.

À bien y regarder toutefois, le tableau qu'ils formaient représentait un svastika que Varya contemplait, un peu désorientée. Le svastika, ce symbole plus ancien que la venue de Jésus-Christ et répandu sur plusieurs continents. Il indiquait un mouvement de rotation autour d'un centre que Santaroga aurait considéré comme le *moi*. Où allait les emmener la prochaine impulsion ?

Le psychanalyste se crut réveillé et se dit qu'il devait noter rapidement le contenu de son rêve avant de l'oublier. Mais en fait, il continuait de rêver.

Un cheval hennit dans le lointain. Le fracas de son galop s'éleva, d'autant plus impressionnant qu'à cause de la brume on n'apercevait ni le cheval ni le cavalier. Finalement, une bête noire comme l'enfer, au naseau très allongé, perça le rideau blanc et fonça droit vers la jeune Russe. Un cosaque hirsute la talonnait, les yeux hagards, le sabre tendu devant lui. Il hurla en pointant sa lame vers la jeune femme.

Santaroga leva son pistolet et tira sans viser. La balle se perdit dans les nuages. Calmement, Varya sortit à son tour une arme et prit son temps pour ajuster. Un seul coup de feu qui troua l'air et déchira le ciel. Le cavalier fou tomba à ses pieds. Ils entendirent le cheval s'éloigner seul, happé par la brume. Varya s'agenouilla et il ne sut vraiment à qui elle parlait lorsqu'elle enfonça son couteau dans la poitrine de l'homme à terre pour l'achever.

— Je ne meurs pas, fit-elle, je ne fais que passer !

~

Tout en vaquant à ses premières occupations matinales, Santaroga gardait son rêve en tête, guettant un signe pour l'interpréter. Il rouvrit le journal de bord de Gabriel de la Biole.

Son patient se retrouve en 1922 à côté du haut-commissaire de la Société des Nations aux réfugiés, le Norvégien Fridtjof Nansen, ancien explorateur polaire. Ils sont au camp de réfugiés grecs de Rodosto en Turquie. Et voilà, comme une parenthèse enchantée, un prénom féminin en haut d'une page : *Liane*…

Gabriel de la Biole mentionnait en plusieurs lignes détaillées la rencontre avec une jeune fille arrachée aux Turcs dans un état de délabrement physique et psychologique total. Il l'avait ramenée avec lui en Europe, dotée d'un de ses fameux passeports Nansen pour les apatrides. Elle disparaissait ensuite de ses lignes comme un indice à suivre.

Il tira à lui un cahier au vélin relié de cuir rouge dans lequel il commença à prendre des notes à l'encre de Chine noire.

Une victime : Gabriel de la Biole. Circonstances troublantes de sa mort.

Des suspects : les membres du Cercle des rêveurs éveillés dont un poète meneur de jeu. Une femme blonde qui serait venue chez lui le soir de sa mort. Elsa ou Mme Hécate, une habituée des lieux. Tillie, une autre habituée des lieux mais aussi une voleuse. N'oublions pas M. Laplanche, un domestique peu fiable et aux opinions politiques opposées à celles de son maître.

Mes patients : Gabriel, Elsa Sorano ou Mme Hécate ! Pas moins !

Après un instant d'hésitation, il ajouta le nom de Varya dans ses patients.

Des interrogations :

Gabriel de la Biole n'est pas ce qu'il paraît être. Dédoublement de la personnalité ? Ou bien simple revirement ? Un homme fort pour un monde qui court à sa perte ? Des fréquentations dangereuses. Des liens avec des Russes blancs de l'Aufbau. Qu'est-ce que l'Aufbau ?

Elsa Sorano est-elle bien ce qu'elle veut me montrer ?

Manipulatrice ? Affabulatrice ? Perdue ? Égarée ? Que sait-elle sur les relations dangereuses de Gabriel ? Enfin, j'ignore toujours pourquoi elle est venue à moi.

Il réfléchit. Des pensées très paternelles le ramenèrent à Varya et il écrivit :

Qui est réellement Varya ? Le grand-duc l'a reconnue sans vraiment la reconnaître. Et puis il y a toutes ces tueries de Russes blancs depuis son arrivée à Paris…

Tous ces êtres ont une double identité, j'en suis certain.

~

Pour la première fois, Varya n'avait pas faim. Santaroga observa avec inquiétude les œufs brouillés et le bacon tiédir dans son assiette.

— Vous ne mangez pas ?

Événement prodigieux s'il en était ! Peut-être avait-elle compensé en quelques repas des années de privation ?

— Je n'ai pas eu l'occasion de vous demander si vous aviez passé une bonne soirée hier, reprit-il sur le ton de la conversation.

Il ne souhaitait pas lui tomber dessus au petit déjeuner avec les révélations de la veille. Elle parut lui en savoir gré et s'efforça de prendre un ton enjoué pour répondre.

— Une séance de commémoration au Cercle, un apéritif inquiétant chez Victor Harman puis Mac Kenzy m'a emmenée danser.

Comme un bon père de famille, Santaroga dressa aussitôt l'oreille.

— Certainement un jeune homme charmant, fit-il avec une amabilité crispée.

— Oh, il désire juste coucher avec moi.

— La jeunesse des hommes est un temps de gratification sexuelle. Leur désir est insatiable.

— Je ne suis pas certain que cela s'arrange après !

Il se pencha en avant tandis qu'elle piquait avec délicatesse une minuscule saucisse au bout de sa fourchette.

— Vous étiez venue à Paris voir le grand-duc. Votre objectif rempli, qu'allez-vous faire ?

— Je n'en sais plus rien.

Elle sembla désemparée. Le regard du psychanalyste s'échappa par les fenêtres vers cette matinée qui s'annonçait claire et ensoleillée.

— Peut-être devrais-je arrêter cette enquête qui n'a pas vraiment de sens et rentrer en Suisse, murmura-t-il.

Comme il la sentit tressaillir, il s'empressa d'ajouter pour la rassurer :

— J'ai besoin d'une assistante à Genève. C'est un endroit très agréable. Nous pourrions remettre de l'ordre ensemble dans mes notes, préparer la rédaction d'un nouveau livre...

Il se fit nostalgique tout en se moquant un peu de lui-même.

— Peut-être même mon auto-autobiographie ! Ce serait mieux si c'était moi qui l'écrivais, n'est-ce pas ? On choisit de quoi parler et quoi taire car il y a ce qui nous appartient et ce qui ne nous appartient pas. Nous pourrions également continuer notre... euh... cure.

Elle sourit faiblement.

— Vous êtes très généreux mais je ne souhaite pas quitter Paris.

— Ah, fit Santaroga en cachant sa déception. Paris est plus attractive que mon pauvre lac de Genève même si le ciel y miroite le jour et les étoiles la nuit.

Varya le détrompa aussitôt avec véhémence.

— J'ai connu la guerre puis la misère et l'exploitation. Ce Paris des années folles, cette frénésie d'amusement, la vie de Montparnasse, tout cela n'est qu'une parenthèse éphémère.

La jeune femme se laissa aller contre le dos de sa chaise. Dans la salle, un vieux couple les surveillait en chuchotant. On se posait bien évidemment des questions sur leur relation. Varya baissa la voix, soudain vidée de toute énergie.

— Vous voyez un univers merveilleux à découvrir, tout en richesse et en subtilité. Moi je ne vois qu'un élan qui le conduit inexorablement à sa perte. Un monde rempli de promesses pour vous, un monde rempli de menaces pour moi.

— Pourquoi vouloir demeurer à Paris alors ?

— Le grand-duc souhaite recueillir mon témoignage de manière officielle afin de le produire en justice.

Il se sentit ému. Elle venait de prendre un air d'oiseau blessé incapable de voler. C'est fragile, un oiseau à terre.

— Une part de moi est restée en Russie et l'autre se trouve ici. Je me sens comme disloquée.

Santaroga la considéra avec une intensité particulière. C'était pour des êtres uniques et cassés comme elle qu'il vouait sa vie à la psychanalyse.

— Jung m'a raconté que ses parents ne se supportaient pas et s'occupaient peu de lui. Seul et sans camarades, il développa très tôt un goût de l'imaginaire et inventa des jeux ou des rituels secrets. Ainsi, il s'asseyait sur une pierre et alors commençait un jeu de pensées singulier. « Je suis assis sur cette pierre. Je suis en haut et elle est en bas. » La pierre pouvait aussi dire : « Je suis placée ici et il est assis sur moi. » Alors, me confia-t-il, revenait cette lancinante question : « Suis-je celui qui est assis sur la pierre ou suis-je la pierre sur laquelle il est assis ? »

Varya en avait définitivement oublié de manger. Le psychanalyste continua.

— Trente ans plus tard, Jung retrouva cette pierre et d'un seul coup toute la vie qu'il menait depuis son enfance lui parut vaine et étrangère. Il comprit que le monde de son enfance était éternel. Il en avait été arraché pour être précipité dans un temps qui s'écoulait sans arrêt et qui s'éloignait de plus en plus.

Varya le considérait avec un étonnement puéril, la bouche grande ouverte, un poing fermé sous son menton. Lorsqu'il se tut, elle chuchota :

— Vous le saviez n'est-ce pas ?

Une larme minuscule perlait au coin de ses yeux.

— J'ai perdu tout ce qui détermine ma place dans le monde. J'ai peur en partant de n'être plus rien du tout.

Elle laissait maintenant libre cours à ses pleurs et un serveur gêné se détourna.

— Je suis si seule…

Santaroga inspira avec appréhension. La parole était fragile et sa patiente pouvait à tout moment se refermer à double tour.

— Varya, généralement la solitude n'est pas l'absence de

personnes autour de vous mais votre impossibilité à communiquer avec elles…

— Je ne veux pas parler. Je voudrais juste dormir, vous comprenez ? Ne plus penser à rien. Mais c'est impossible avec tous ces rêves. Faut-il mourir pour ne plus penser à rien ?

Elle s'adressait à lui avec beaucoup de sérieux et le psychanalyste frémit.

— Les rêves sont des phénomènes naturels, expliqua-t-il, ils ne cherchent pas à nous tromper. Ils s'efforcent d'énoncer, parfois naïvement, quelque chose que le *moi* ne sait pas ou ne comprend pas.

Mû par une soudaine impulsion, il saisit son poignet, là où battait une veine bleutée, et se pencha sur elle.

— Varya, vous n'êtes pas là seulement pour remplir une mission auprès du grand-duc Nikolaï. Vous êtes ici parce que vous cherchez une réponse à vos questions. Je vais vous y aider.

~

Tillie s'arrêta net à l'entrée de la salle du petit déjeuner de l'hôtel. Elle était venue surprendre Santaroga et peut-être, accessoirement, Varya et voilà que la jeune fille quittait la salle en larmes. Le psychanalyste se levait lorsque la journaliste se dirigea d'un pas décidé vers sa table.

— Ah, fit-il simplement en la voyant.

Un mot qui n'était pas une exclamation et n'exprimait ni surprise ni contrariété. Un « ah » qui s'ouvrait sur mille possibilités.

— Bonjour Santaroga, fit-elle avec la crânerie qui la caractérisait. J'ai jugé bon de vous rendre votre petite visite d'hier!

Elle portait une jupe plissée, un pull et un béret qui ne parvenait pas à contenir son épaisse crinière noire.

— Puis-je m'asseoir? demanda-t-elle en posant sans manière son béret sur la table. J'ai besoin d'un café.

La journaliste exprimait une autre forme d'autorité et d'assurance que Tamara de Lempicka. Quelque chose de moins féminin et plus dans l'air du temps. Une espèce d'égalité non revendiquée mais conquise de manière naturelle et sans recours à la sensualité. Santaroga esquissa un geste d'invitation puis appela une serveuse. Une fois la commande prise avec le sourire d'usage, Tillie ouvrit le feu sans préambule. Avoir surpris Varya en compagnie de Santaroga lui permettait de ne pas divulguer la récente confidence de Tamara de Lempicka.

— C'est Varya que j'ai aperçue prenant son petit déjeuner avec vous?

Il resta de marbre et cala son menton sur ses mains croisées pour marquer qu'il l'écoutait et ne parlerait pas le premier. Tillie secoua négligemment les épaules.

— Oh, j'ai compris, vous savez? C'est vous qui m'avez lancé cette petite dans les pattes, par l'intermédiaire de Tamara, pour l'introduire dans mon Cercle de rêves éveillés.

— *Votre* Cercle? remarqua Santaroga décidé à ne pas fléchir.

Elle ne releva pas.

— Alors toute la question est là! Pourquoi le célèbre Santaroga s'intéresse-t-il à un Cercle de rêveurs éveillés mais n'ose s'y montrer lui-même?

Elle claqua dans ses doigts comme si une idée subite venait de la traverser.

— Parce que votre intérêt concerne un de ses membres en particulier !

Elle remercia la serveuse de retour et se versa une demi-tasse du café noir et bouillant qu'elle ne sucra pas.

— Je suis la personnalité la plus fascinante du Cercle, se moqua-t-elle, mais il y a bien d'autres moyens de me rencontrer. Quant aux autres… Un poète surréaliste qui se damnerait pour prendre le thé avec vous, l'épouse trop sophistiquée d'un riche homme d'affaires ou un jeune Canadien qui ne pense qu'à soulever les jupes des femmes ?

Elle afficha une moue dubitative.

— Non, ça ne colle pas.

Impassible, Santaroga attendait la conclusion. La journaliste fit mine de réfléchir mais elle avait déjà passé des heures à envisager toutes les hypothèses et seule celle-ci lui semblait vraisemblable.

— Gabriel de la Biole ! s'exclama-t-elle. C'est la seule explication possible ! Je m'étais étonnée que Varya pose autant de questions sur lui. Depuis que je sais qu'elle est votre agent, j'ai compris ! Pensez-vous donc qu'il ait été assassiné ? Hier, vous avez parlé de lieux du crime !

Il soupira. Au point où il en était, il ne servait plus à rien de dissimuler.

— Je voulais comprendre pourquoi mon patient a mis fin à ses jours au terme d'un rêve particulièrement horrible.

— Gabriel était votre patient ?!

Sa surprise semblait sincère. Santaroga nota donc que seule Elsa devait avoir reçu cette confidence de Gabriel de la Biole. L'esprit en ébullition, la journaliste but son café tout en réfléchissant.

— Et pourquoi n'êtes-vous pas venu vous-même voir le Cercle ? s'étonna-t-elle.

— Ma présence aurait tout faussé, vous pouvez comprendre cela.

Il se sentit mal à l'aise. Il s'était servi de Varya comme d'un cheval de Troie. Mais le psychanalyste ne connaissait pas la jeune femme à l'époque et agissait aussi pour lui rendre service en la rémunérant. Il se pencha sur Tillie, jouant inconsciemment de sa carrure pour s'imposer à elle.

— Peut-être que maintenant, vous pourriez m'aider en me racontant ce que vous avez observé au Cercle. Avez-vous remarqué quelque chose de significatif dans les séances où se trouvait Gabriel ?

— De significatif ? C'est bien le mot que vous venez d'employer ? (Elle réfléchit.) Gabriel développait des visions noires. Aucune couleur dans ses rêves éveillés. Des hommes avec des brassards, des pogroms, des livres en flammes, une marée noire qui recouvrait l'Europe. À vrai dire, nous étions un peu soulagés lorsqu'il manquait une séance !

— Pas de rêves d'ancien combattant ?

— Ça, il les faisait chez lui ! Nous n'en aurions pas supporté plus !

— Le passé dans ses rêves profonds, murmura Santaroga, l'avenir dans ses rêves éveillés. A-t-il réellement rêvé sa mort ? Et si oui, ce rêve a-t-il été dirigé par quelqu'un ?

— Il l'a rêvé, oui. Et c'était horrible à entendre ! Une fois de plus, ce soir-là, Victor l'a poussé un peu trop loin.

— Qu'entendez-vous par là ?

— Parfois, notre poète ne connaît plus de limites.

— C'est-à-dire ?

Elle se pencha vers lui et prit le ton de la confidence.

— Gabriel était de toute évidence traumatisé par la guerre. Ayant connu le feu, Victor pouvait comprendre cela. Il a pensé qu'il fallait que Gabriel évacue tout ce qu'il conservait en lui. Une catharsis en quelque sorte…

— Il a transformé des séances de rêve éveillé en analyse ! s'exclama Santaroga indigné.

Tillie eut une moue indulgente.

— Une sorte d'opération de purification de l'âme. Vous croyez détenir un monopole là-dessus, vous et Jung ?

Le silence de Santaroga fut éloquent. Les psychanalystes étaient au départ des psychiatres ou des médecins diplômés, forts d'années d'expérience. Tandis qu'un poète surréaliste… Tillie comprit cela en une seconde et leva les yeux au ciel.

— D'accord, d'accord ! Il n'aurait pas dû !

Elle reposa sèchement sa tasse.

— Maintenant que je vous ai tout raconté, dites-moi d'où vous connaissez Varya ? On appelle ça un échange d'informations !

Il leva les mains en signe de reddition.

— J'ai fait sa connaissance par hasard, il y a trois jours ! Comme elle me paraissait démunie, j'ai eu l'idée de l'engager pour infiltrer ce Cercle.

— Vous êtes un gros malin de Suisse, M. Santaroga !

— Vous savez parfaitement que je ne suis pas suisse.

— Je sais, seulement genevois !

Elle remua sa cuillère dans la tasse alors qu'elle n'avait pas sucré.

— Mais si nous admettons l'hypothèse du meurtre de Gabriel, avez-vous une idée du motif de ce crime ?

— En finançant certains mouvements, il a pu s'attirer la vindicte de factions concurrentes…

— Comment savoir qui il finançait ? remarqua Tillie. Ne vous a-t-il rien confié ? Une lettre, des écrits ?

Santaroga n'avait de prise sur Tillie que parce qu'elle recherchait ce qui se trouvait par hasard en sa possession. Il se concentra en pensant aux paroles du grand-duc la veille et à certains passages du livre blanc relus depuis avec l'éclairage nouveau de ses propos.

— Qui il finançait ? répéta-t-il. L'Aufbau ?

Santaroga n'avait jamais vu personne mettre la main dans une prise électrique mais cela devait à peu près provoquer la même réaction que ses paroles sur Tillie.

— Docteur, chuchota-t-elle d'une voix rauque, permettez-moi de vous dire que vous jouez un jeu dangereux.

Elle se pencha vers lui comme pour le mordre.

— Quels sont vos liens avec tous ces Russes ? Varya, le grand-duc Nikolaï Nikolaevitch ? Oh, abandonnez cet air de premier communiant, je vous ai pris la main dans le pot de confiture ! Vous l'avez raccompagné hier soir jusqu'au hall de votre hôtel. Varya m'avait demandé d'organiser une rencontre avec lui mais je vois qu'elle est passée par vous. Vous le connaissiez ?

— Je l'ai rencontré hier soir pour la première fois !

— C'était Varya qui l'intéressait, n'est-ce pas ? Une proche de la famille impériale, restée avec celle-ci à Tsarskoïé Selo après l'abdication du tsar comme le prouvent certaines photos. Le dernier carré des fidèles.

Il tressaillit, ce qui n'échappa pas à Tillie.

— Je n'ai aucun droit de vous parler de cette jeune femme et de tout ce qui la concerne.

— Quelle importance peut donc avoir Varya pour tirer le grand-duc de son château ? insista-t-elle. Ou quelle révélation à lui faire ? Sachez que cette nuit trois Russes blancs se sont fait assassiner. Et ils étaient à la recherche de Varya !

Le visage de Santaroga s'assombrit. Lui qui cherchait toujours la lumière et à élever son âme comme celle des autres, il lui semblait plonger dans les bas-fonds de son siècle.

— Je ne peux rien vous dire sans l'accord de Varya, murmura-t-il. Retrouvons-nous ici demain matin à la même heure.

Tillie se leva.

— Ravie de vous avoir vu !

Il la regarda s'éloigner, le pas souple, les hanches à peine ondulantes.

Trois femmes parce que trois démarches, disait la voisine de Gabriel.

Peut-on, comme on porte une perruque pour se dissimuler, contrefaire sa démarche ?

~

Les nerfs en pelote, Tillie trouva refuge dans un débit de boissons sans âme, devant un café bouillant à la chicorée. De là, elle pouvait surveiller l'hôtel. Elle n'eut pas à attendre longtemps. La silhouette imposante du psychanalyste apparut bientôt. Il s'immobilisa, semblant renifler l'air. Elle le vit tourner sur lui-même, balayer la rue du regard comme alerté par son instinct. La journaliste se rejeta vivement en arrière. Lorsqu'elle se pencha prudemment, Santaroga s'éloignait à pas rapides. Elle paya et regagna l'hôtel. En passant dans le hall, le réceptionniste l'interpella.

— Pardon madame, si vous cherchez le docteur Santaroga, il vient de sortir.

Il avait remarqué la fougueuse amazone sortant de la salle du petit déjeuner en compagnie du psychanalyste. Elle tenta sa chance.

— Je dois déposer quelque chose dans sa chambre, pourriez-vous me la faire ouvrir ?

— Désolé madame, cela n'est pas possible. Vous pouvez me le confier. Je le lui remettrai à son retour.

— Oh, c'est inutile. Je repasserai.

Pestant intérieurement, elle agita sa crinière noire et lui décocha un sourire radieux en s'approchant de lui.

— Mais peut-être pourriez-vous m'aider…

~

Santaroga se rendit directement au journal de Tillie pour y consulter ses archives. Il lut les articles publiés par la Catalane. Ses reportages exotiques l'avaient menée sans répit aux quatre coins du monde dès que le projecteur de l'actualité y était braqué.

Chez elle, un mouvement en amène toujours un autre, elle ne sait pas se reposer !

Tillie s'était aussi intéressée à l'Italie de Mussolini et à un coup de force nationaliste en Bavière. Elle y brossait le portrait sans concession de son meneur, un certain Adolf Hitler. Six ans après l'assassinat de la famille impériale, la reporter se rendait à Ekaterinbourg. Elle en faisait mention dans ses articles. Lorsque les troupes blanches avaient reconquis Ekaterinbourg, l'amiral Koltchak avait donné mission au juge Sokolov d'enquêter sur l'assassinat du tsar et de sa famille. L'enquête avait été menée avec rigueur jusqu'à ce que la pression militaire des armées rouges contraigne le juge de se replier sur Kharbin, en Mandchourie. La même région où l'officier cosaque avait recueilli Varya après la chute de Vladivostok.

En 1924, après beaucoup de déboires, le livre que rêvait de publier le juge Sokolov sur cette affaire avait enfin trouvé un éditeur, grâce notamment au soutien de l'industriel américain Henry Ford. Tillie mentionnait que celui-ci avait même fait venir Sokolov aux États-Unis. Le retentissement de ce livre avait dû la pousser à se précipiter en Russie pour y mener sa propre enquête. Elle y avait rencontré d'anciens officiers de l'armée impériale. Sans solde après la révolution, ceux-ci avaient rejoint les rangs de l'Armée rouge où les chances de promotion étaient plus importantes que sous le tsar. On les surnommait les radis : blancs à l'intérieur, rouges à l'extérieur !

Mais la piste était éventée. Malgré son côté bien documenté, l'article n'amenait rien de nouveau, à moins qu'il n'ait été censuré. Il posait toutefois, sans y répondre, de vraies questions : pourquoi publier sept ans après les faits l'enquête sur l'assassinat du tsar et sa famille ?

Le psychanalyste parcourut de nouveau l'article et

l'évidence lui sauta aux yeux. Henry Ford, l'inventeur de la Ford T et de la production de masse, avait contribué en 1920 à la publication à Boston des *Protocoles des Sages de Sion,* un faux grossier laissant croire à un complot juif international. Propriétaire d'un journal antisémite et d'une agence de détectives, il avait lancé ceux-ci sur la trace de « personnalités juives » dans l'espoir de leur trouver les vices qu'il leur supposait ! Dans cette agence, il avait engagé beaucoup d'émigrés russes. L'un d'eux avait rejoint les rangs du grand-duc Kirill Vladimirovitch pour le représenter aux États-Unis.

Voilà pourquoi Henry Ford avait permis la publication du rapport d'enquête du juge Sokolov : pour que le grand-duc Kirill, proche de mouvances antisémites, puisse s'autoproclamer tsar ! C'était là le sens caché de l'article de Tillie.

Santaroga songea aussitôt avec inquiétude que, contre Kirill, se dressaient la mère et l'oncle de Nicolas II, le grand-duc Nikolaï Nikolaevitch, doyen d'âge des membres de la Maison Russie. Et maintenant, Varya…

~

La veille, la peintre avait laissé un mot à son attention à l'hôtel. En fin de matinée, il la trouva donc chez elle, l'œil éteint mais les cils déjà noircis au mascara. Elle prenait le thé au milieu de motifs stylisés et de fauteuils ovales en cuir, dans un cosy-corner entouré de bibelots, de coussins et de livres. Un univers bien à elle. Tamara tourna vers lui un regard noyé de brumes. Elle semblait attendre sa visite.

— Cette nuit, je vous ai vu en rêve, Alexandre. Vous

marchiez dans un champ de ruines. Où donc avez-vous mis les pieds ?

— Dans une Europe brisée par la guerre et qui peine à se reconstruire.

Il reporta son attention sur les toiles qui l'entouraient. Elles oscillaient entre magie et mathématique. Tamara de Lempicka entretenait avec la géométrie, la chair et la matière un rapport particulier comme le dénotaient les plis carrés des vêtements et les traits acérés des messieurs.

Le psychanalyste se sentait touché par l'intensité de ces regards vides. Les rictus des visages révélaient en hurlant des caractères cachés, des attentes mélancoliques. Et puis, toutes ces femmes nues à la chair et aux postures voluptueuses, affichant une supériorité sereine. Déesses sans faiblesse, elles reflétaient une certaine solitude mondaine qui n'était pas sans lui rappeler celle d'Elsa ou de Tamara.

— Pourquoi vos femmes sont-elles nues et vos hommes habillés et tirés à quatre épingles ?

Tamara haussa les épaules.

— J'en ai presque autant habillées que déshabillées mais vous ne les voyez pas ici.

Elle se leva pour lui montrer ces toiles. Habillées, les femmes n'en restaient pas moins énigmatiques, attirantes et intouchables. Santaroga se concentra de nouveau sur les tableaux masculins où les messieurs affichaient un air cynique et arrogant.

— « Combattons la prétention brutale du mâle de se croire le maître de la femme », dit-il en citant Errico Malatesta.

— Oh ! Ce cher Alexandre qui cite un théoricien de l'anarchisme !

— Je ne m'intéresse pas qu'aux expériences intérieures, plaisanta le psychanalyste. Même si ce sont elles qui me définissent le mieux !

Tamara se rassit. Elle croisa et décroisa distraitement les jambes mais le regard de l'homme ne se déroba pas au sien pour s'immiscer dans l'intimité fugacement dévoilée. Sans cesser de le fixer, elle tâtonna à la recherche de son coffret à cigarettes.

— Donnez-moi du feu, voulez-vous ? fit-elle d'un ton alangui.

Avant-guerre, constata Santaroga, seules les femmes rebelles et les prostituées fumaient. Désormais les tabatiers cherchaient à dévoyer cette clientèle si prisée en affichant de subliminaux messages où la consommation de tabac les ferait ressembler aux mâles et ainsi acquérir leur force et leur intelligence !

« Le parfum des pipes me donne envie d'être un homme », osait-on afficher.

Il alluma sans sourciller sa cigarette. Il en fallait plus que son charme slave pour le troubler. Ceci fait, il tira de sa poche un étui à cigarillos et en alluma un.

— Offrez-m'en un je vous prie ! fit Tamara en écrasant sa cigarette à peine consumée.

— Naturellement.

Il ressortit sa boîte de petits cigares avec au bout des doigts une page de son carnet qu'il venait par négligence d'emporter avec lui. Acte manqué ? Dessus, figurait le prénom de la mystérieuse Liane.

— Vous qui connaissez bien du monde en société, est-ce que le prénom de Liane vous dit quelque chose ? Il appartient à une Orientale…

Un sourire narquois s'afficha sur le visage de la peintre.

— J'ai en effet entendu parler dans une soirée d'une Orientale répondant à ce doux prénom.

— Vraiment ? Et où peut-on la trouver ?

— Dans un bordel, mon cher. Au Chabanais.

Elle profita de sa déconvenue pour enfoncer le clou.

— Ce ne doit pas être la personne que vous cherchez, n'est-ce pas ?

Il ne répondit pas.

— Vieux renard, dit-elle sans cesser de le fixer, vous vous êtes joué de moi.

— À quel propos ?

Elle souffla un léger voile de fumée dans sa direction comme pour l'envelopper d'un halo de reproches.

— Qui est Varya pour vous ?

Dans sa voix perçait une note de jalousie.

— Pourquoi cette question ?

— Vous êtes comme les jésuites : vous répondez aux questions par une autre question ! Et ne me dites pas que c'est une vague connaissance, elle réside dans le même hôtel que vous !

— Je n'ai aucune aventure ou idée d'aventure avec elle, se défendit-il avec un accent de sincérité qui convainquit Tamara.

— Tant mieux ! s'exclama-t-elle gaiement, parce que moi, j'en ai !

— Ah.

Il n'était plus surpris des sentiments que pouvait susciter Varya. Et ceci expliquait le cadeau des toilettes de la peintre pour son modèle.

— Vous n'avez pas répondu à ma question, rappela-t-elle.

Qui est Varya pour moi ?

Une énigme ? Une jeune femme sur laquelle un homme d'âge mûr comme moi va reporter des sentiments paternels ? Une patiente ? En tout cas quelqu'un à protéger des autres comme d'elle-même.

Tamara de Lempicka interpréta son silence comme un refus de répondre. Son ton monta d'une note dans l'agressivité.

— Donnez-moi une information sur elle et je vous en donnerai une, fondamentale, que vous ne pouvez connaître !

Elle pensait à Varya blessée dans sa chair. Santaroga resta intraitable sur sa ligne de conduite.

— Il ne m'appartient pas de rentrer dans l'intimité de cette jeune fille.

— Vous êtes horripilant !

Elle eut un éclair de génie.

— Voulez-vous m'analyser ?

Un éclair d'intérêt traversa l'œil du psychanalyste avant de s'éteindre à regret.

— Même un sujet aussi passionnant et fascinant que vous, ma chère Tamara, ne saurait m'amener à trahir Varya.

Mais l'obstination de Tamara était sans limites.

— Même pour la protéger ?

— De qui ? De vous ?

— D'elle-même !

Santaroga réfléchit en tirant sur son cigare. Quels échanges pouvaient avoir lieu dans ce rapport de forces compliqué d'un modèle offrant son corps au pinceau d'une peintre ? Une peintre aimant les deux sexes mais aussi un être d'une complexité extrême.

Femme et melon, à peine les connaît-on !

— J'ai dû révéler à Tillie que vous m'aviez envoyé Varya pour que je la recommande auprès du Cercle. En fait, nous étions dans le hall de votre hôtel lorsque nous vous avons aperçus avec le grand-duc.

— À vrai dire, je m'en doutais un peu !

— Il venait pour Varya ?

— Oui ! (Une pause.) Est-ce que vous connaissez l'Aufbau ?

Pas du tout troublée, elle prit le temps de réfléchir.

— J'en ai entendu parler comme l'une de ces innombrables organisations russes qui ont fleuri depuis l'immigration. Il y en a tellement que l'on s'y perd. Un rapport avec Varya ?

— J'espère bien que non !

— Tillie suspecte Varya de je ne sais quoi.

— Je suis désolé, répéta-t-il droit comme un I. Il ne m'appartient pas de parler de cette jeune femme.

— Varya a le corps couturé de cicatrices, lâcha Tamara dans un filet de voix. Savez-vous à quoi elle a échappé ?

Santaroga sursauta et pâlit.

— Oui.

Tamara l'attendait. Il se pencha vers elle, complice et prêt à partager.

— Lorsque Jung commença à exercer la psychiatrie en clinique, il fut choqué et rebuté par les méthodes utilisées.

Une de ses patientes répétait sans cesse le même geste et on l'attribuait à sa folie. En parlant avec elle, il en découvrit l'origine. Il comprit alors que le malade porte en lui une histoire qu'en règle générale personne ne connaît. Une histoire à laquelle personne ne s'intéresse mais qui renferme la clé du traitement. Son histoire, c'est à Varya de décider à qui elle veut la conter.

— Varya est donc votre patiente ?

Santaroga hocha la tête.

En fait, elle l'a été dès le premier instant.

18

Elle eut juste le temps d'entendre le Lapin
dire, en tournant un coin : « Par mes oreilles
et ma moustache, comme il se fait tard! »

À douze heures trente, Arnaud Fauber déjeuna de côtelettes de veau et de chou-fleur à la crème tout en surveillant l'entrée de l'hôtel. Prêt à se lever à tout moment, il mâchait avec une lenteur étudiée ses aliments pour digérer plus facilement. Aucun mouvement aux abords de l'hôtel ne lui échappait. Il n'accorda qu'un intérêt limité à un vendeur ambulant vantant aux passants les mérites de ses cols de chemise mais une lueur nouvelle traversa son regard à la vue du psychanalyste sortant dans la rue.

Il n'hésita qu'un instant avant de décider de ne pas le suivre. Quelqu'un d'autre l'intéressait dans cet hôtel. Il vit avec curiosité Tillie revenir sur ses pas. L'homme de la Sûreté nota qu'il lui faudrait savoir sur quoi enquêtait la journaliste.

~

Tillie découvrit Varya au restaurant de l'hôtel en train d'étudier la carte, perplexe. Elle s'était habituée à l'aide de Santaroga pour la guider dans le choix de ses plats. Varya la regarda s'avancer en fronçant progressivement les sourcils comme pour la dissuader d'aller plus loin. Mais rien n'arrêtait la Catalane.

— Santaroga n'est pas avec vous ? demanda-t-elle comme si elle le cherchait.

Varya tressaillit avant de prendre un air boudeur.

— Apparemment !

— Puis-je m'asseoir ?

— Je n'aimerais mieux pas, non.

Tillie rit et tira une chaise à elle.

— Je sais que vous avez vu le grand-duc Nikolaï hier soir. Je ne l'imaginais pas aussi grand !

— Mêlez-vous de vos affaires !

— Oh, c'est le destin qui m'a plongée dans les vôtres, croyez-le.

Varya abattit sèchement son menu sur la table.

— Santaroga m'a prévenue. Vous avez joué à devenir mon amie puis vous avez posé des questions sur moi dans mon dos !

— J'en pose dans le dos de tout le monde, croyez-moi ! Vous avez choisi ?

— Je ne crois pas avoir faim finalement.

— Oh ! Prenons des huîtres ! C'est un régal avec un petit verre de mâcon blanc ! Et si nous envisagions un homard pour la suite ?

— Je ne vous invite pas, fit immédiatement Varya sur la défensive.

— Non rassurez-vous, c'est moi !

Elle fit signe au garçon et passa commande pour les huîtres.

— Vous me dites quelque chose si je vous en apprends sur Santaroga ?

Varya lui jeta un regard glacé.

— C'est comme ça que ça fonctionne, non ? Mais dites-moi d'abord : comment savez-vous que j'étais à Tsarskoïé Selo après l'abdication du tsar ?

— Une photo de vous avec la famille du tsar.

Varya soupira. Son passé ne s'était finalement pas effacé d'un coup. Il en restait par-ci par-là de minuscules empreintes comme des traces de pas dans le sable. À peine de quoi suivre une piste.

— Maintenant dites-moi, fit Tillie avec autorité. Avez-vous accompagné les Romanov à Tobolsk ?

— Oui.

— Et de Tobolsk, vous avez été transférée avec eux à Ekaterinbourg ?

— Non, mentit Varya.

— Vraiment ? J'ai été en Russie en 1924 et je me suis rendue à Ekaterinbourg. J'y ai retrouvé quelques témoins de l'époque, des gens qui ravitaillaient la maison Ipatiev. Ils m'ont parlé de la famille Romanov, de leurs serviteurs, du médecin de famille et d'une belle jeune fille blonde de quinze ou seize ans… Elle vous ressemblait beaucoup !

Avec la satisfaction du chasseur qui vient d'acculer sa proie, Tillie la vit rougir. Comment appelait-on la rougeur en Russie ? La honte du visage ? Excitée, la journaliste continua, elle était comme une joueuse au casino, poussant tour après tour ses jetons sur le tapis pour faire sauter la banque.

— Aussi se pose la question suivante : comment se fait-il qu'il y ait une survivante de la maison Ipatiev alors que l'enquête du juge Sokolov a conclu à la mort de tous ses occupants ?

— Je vous ai dit que je ne m'y trouvais pas ! (Varya fronça les sourcils, considérant que c'était à son tour de poser les questions.) Que vouliez-vous m'apprendre au sujet d'Alexandre Santaroga ?

La journaliste accueillit avec une exclamation de plaisir l'arrivée du plateau d'huîtres plates sur un lit de glace pilée. Elle s'empara de l'une des coquilles sans attendre, trancha le pédoncule d'un geste précis et aspira l'huître.

— Oh, fit-elle en se saisissant de son verre, il est gentil, courtois, charmant votre Santaroga, jusqu'à ce qu'il ne le soit plus ! Savez-vous que, pendant la guerre, il travaillait pour le renseignement français ? La Suisse a toujours été une terre d'espions et de banquiers !

Varya assimila l'information, imaginant l'imposant psychanalyste se mouvoir dans la brume interlope du monde des espions.

— C'est tout ? fit-elle.

Tillie s'empara d'une autre huître après avoir beurré un petit pain.

— On se servait autant de ses talents de psychanalyste que de ses origines hongroises. Il paraît qu'il n'avait pas son pareil pour reconnaître les espions retournés, les doubles jeux…

Varya cilla fugitivement.

— En clair, on utilisait son esprit au service de la France pour s'introduire dans celui de ses ennemis ?

— Oui. N'oubliez pas qu'il a vécu au milieu des loups !

Tillie mâchonna son pain avant d'ajouter avec nonchalance :

— Qui vous dit qu'il n'est pas en mission aujourd'hui ?

Varya se figea devant cette mise en abyme soudaine.

— Sauriez-vous si Santaroga a reçu quelque chose de particulier de Gabriel de la Biole ? reprit Tillie d'un ton innocent.

~

En tout début d'après-midi, le psychanalyste prit avec excitation le chemin du Chabanais. Se pouvait-il que la bénéficiaire d'un tiers de la fortune de Gabriel de la Biole soit une prostituée ? Il n'arrivait pas à s'imaginer une quelconque frénésie copulatrice chez son patient. Néanmoins, il l'avait couchée en bonne place sur son testament.

Il franchit les portes du Chabanais, au 12 de la rue du même nom dans le IIe arrondissement. Un bordel de luxe réputé pour accueillir le prince de Galles, futur souverain d'Angleterre, lors de ses séjours parisiens. Dans sa chambre indienne, il faisait remplir de champagne Mumm cordon rouge sa baignoire de cuivre en forme de drakkar avec une figure de proue ailée, ornée de mamelons. Le prince y démontrait ainsi le courage qui anime de génération en génération toutes les altesses royales en barbotant avec deux prostituées dans du champagne froid !

— Je viens voir Liane, précisa Santaroga à la sous-maîtresse.

— Excellent choix, lui répondit-elle, après l'avoir jaugé d'un œil courtois et professionnel. L'avez-vous déjà utilisée ?

— *Utilisée* ne me semble pas le terme approprié !

L'autre se méprit.

— Dans ce cas, je vais vous présenter deux autres de nos pensionnaires afin que vous puissiez faire votre choix.

La cérémonie du choix. Santaroga voyait déjà le moment gênant du défilé égrillard.

— « L'utilisation » de Liane me suffit, répondit-il avec un demi-sourire un peu crispé.

— Monsieur, je me dois de vous avertir que Liane ne fait rien de ce que vous désirez mais uniquement ce dont elle a envie. Bien entendu, nous respecterons votre choix s'il se porte sur elle, mais c'est l'honneur de notre maison que de vous proposer des alternatives.

Pour échapper à la fatalité, pensa Santaroga, *il nous faut nous retrouver face à des alternatives à notre premier choix. Introduire une causalité pour l'événement suivant. Retrouver la maîtrise de son destin.*

Tout à coup, sous ces éclaboussures de stuc et de dorures, il se sentit étranger à lui-même. Était-ce vraiment lui qui allait effectuer ce choix ? Son âme sembla un instant quitter son corps pour flotter au-dessus de lui et l'observer.

On lui présenta une mulâtresse répondant au nom évangélique de Maria et une rousse aux lèvres plus luisantes qu'un bonbon acidulé. Liane enfin, souple, longue et sinueuse comme son nom l'indiquait. De grands yeux sombres aux prunelles mordorées sous de longs cils, de hautes pommettes délicatement sculptées, un menton volontaire et un teint d'Orientale.

À la grande honte de Santaroga, on inscrivit son nom dans un registre et on lui attribua un coupon. Après cela, il monta l'escalier à la suite de Liane.

— Monsieur a bien compris qu'il ne peut rien m'imposer ? demanda-t-elle d'un ton neutre. C'est moi qui choisis toujours ce que je donne ou ne donne pas.

— Absolument !

— Avez-vous une préférence pour la chambre ? Il nous reste de libre le grenier à foin, la chambre hindoue, la Transatlantique, la russe avec un lit en forme de traîneau ou encore la chambre japonaise. Celle-ci a remporté un prix à l'Exposition des arts décoratifs de 1900 !

— Je désire une chambre où personne ne nous voit ni ne nous entend.

Il avait entendu parler de maisons où les chambres étaient équipées de cabinet secret d'où d'autres clients voyeurs assistaient aux ébats au travers d'un œilleton. Ce qui doublait les bénéfices pour la maison en question.

— Oh, monsieur, protesta Liane d'une voix assurée, nous n'avons pas ce genre de choses ici. C'est chez Aristèle, rue de la Chaussée-d'Antin, où ils disposent d'une entrée secrète et de ces possibilités malsaines d'observation. Les maris y viennent surtout voir leurs femmes dans les bras d'un autre. Imaginez-vous que l'on puisse en éprouver du plaisir ?

Elle n'attendit pas sa réponse et se retourna d'un bloc.

— Ceci n'est pas dans les habitudes de Monsieur, je le

sens. Et je le lis dans la lueur désapprobatrice et gênée de votre regard !

— Effectivement !

Liane termina la montée de l'escalier et le conduisit jusqu'à une porte qu'elle poussa en s'inclinant avec la grâce enjouée d'une soubrette de comédie.

— Chambre du Transatlantique ! Voyage, voyage !

Des lambris de bois partout, de faux hublots, une échelle pour monter sur une couchette. Seule la colonnade du lit représentant une sirène à la chevelure dénouée et aux seins nus, ainsi que le tabouret en forme de cœur, détonnaient dans l'ensemble.

— Je l'ai choisie pour vous, expliqua-t-elle devant son interrogation muette, car je devine que Monsieur est un voyageur !

Santaroga examina d'un œil nouveau la flexible Liane, appréciant autant son ironie que son empathie.

— C'est exact, ne put-il s'empêcher de répondre. Je suis allé dans toutes les Amériques, en Afrique et en Asie.

Es-tu bien en train de te vanter auprès d'elle de parcourir le monde ? se morigéna-t-il l'instant d'après.

Très à l'aise, Liane s'enroula autour de la colonnade représentant la sirène.

— Ici, c'est moi qui décide du voyage.

Le psychanalyste s'assit au bord du lit et joignit les mains en la contemplant avec gentillesse.

— Je ne suis pas là pour goûter à vos charmes, aussi réels soient-ils. C'est Gabriel de la Biole qui m'envoie.

— Oh ! Il m'a recommandée à vous ? constata-t-elle dépitée.

Santaroga vacilla un instant. Le miracle venait de se produire. C'était bien elle ! Mais aussitôt après, il eut une vision animalière de Paris. Une fourmilière géante où tous les tunnels se rejoignaient. Un monde obscur, dont il ignorait à peu près tout, grouillait sous ses pieds.

Il s'éclaircit la voix.

— En fait, madame, il est mort.

Elle parut sincèrement affectée.

— Oui, je le sais. J'ai lu les journaux. Cela m'a fait de la peine. Il était gentil.

Ses mains effleurèrent son soutien-gorge en dentelle.

— Vous êtes venu prendre sa place ?

Il se sentit rougir devant ce dégoût à peine dissimulé pour la perversité humaine. Combien de vies avait brûlées cette femme pour en arriver à penser ainsi ?

— L'idée ne m'a pas effleuré une seconde, madame. J'aurais préféré vous voir au-dehors mais je ne possédais pas votre adresse.

— Vous m'avez appelée madame, constata-t-elle. C'est pour les raisons que je crois ?

— Oui madame.

Liane vint s'asseoir à côté de lui et croisa ses deux mains sur ses genoux en balançant légèrement ses pieds dans le vide. Santaroga s'efforça de rester concentré.

— Il vous a couchée sur son testament. Du moins, il me semble car, de Gabriel, je n'ai su que votre prénom.

Il lut le nom recopié chez le notaire.

— C'est bien moi, lui confirma-t-elle.

— Saviez-vous être une de ses héritières ?

— Non, je l'ignorais. Je ne suis pas rentrée chez moi

depuis la mort de Gabriel. J'imagine que j'ai dû recevoir un télégramme.

— C'est bien ce que j'ai pensé après le passage devant le notaire. Voici sa carte, il vous faut prendre contact avec son étude dès à présent.

Il jeta un coup d'œil circulaire autour de lui.

— La somme plus que confortable qui vous reviendra vous permettra de changer de vie. C'est sans doute ce que désirait Gabriel.

— C'est gentil de sa part, reconnut-elle avec simplicité.

L'Orientale ne semblait pas réellement surprise, juste très détachée.

— C'est gentil aussi de la vôtre car si je comprends bien, reprit-elle en fronçant les sourcils avec délicatesse, votre démarche est purement altruiste.

En dehors de son empathie naturelle pour les êtres, elle parlait avec concision et précision, réfléchissant vite. Il comprenait ce qui, en dehors de son physique avantageux, avait plu à Gabriel de la Biole.

— C'est exact, répondit-il d'un ton neutre. Il vous lègue un tiers de sa fortune.

— C'est très généreux de sa part. Comment puis-je remercier le messager de cette bonne nouvelle ?

— Je ne désire qu'une chose de vous.

— Ah…

Nous y voilà, sembla dire le ton un peu désenchanté de sa voix. Liane croisa les jambes et entreprit de retirer un bas. Santaroga l'arrêta.

— Vous m'offensez, dit-il vivement, je ne suis pas là pour ça.

Liane suspendit son geste, laissant dévoilée une cuisse couleur de miel doré. Elle se mit à agiter son pied à un rythme quasi hypnotique.

— Un acte gratuit, alors ? Comme c'est étrange…

Son regard se fit rêveur.

— En dehors de Gabriel, la dernière fois que l'on m'a donné quelque chose, sans rien me demander en échange, remonte à mon enfance.

— J'en suis désolé pour vous, madame.

— Mademoiselle, fit-elle avec un brin de coquetterie dans la voix. Même si je comprends bien que vous m'appelez « madame » autant pour me marquer votre respect que pour garder vos distances avec moi.

Santaroga hocha la tête, appréciateur. Décidément une femme intelligente.

— Je voulais évoquer avec vous le souvenir de Gabriel. C'était mon patient et son suicide a été pour moi un grand choc.

Cela ne sembla pas étonner Liane outre mesure. Elle se prêta d'ailleurs volontiers au jeu.

— C'était un homme gentil. Très gentil.

— L'avez-vous senti déprimé ces derniers temps ?

— Pas plus que d'habitude !

— L'aviez-vous vu récemment ? Chez lui ?

Il ne pouvait s'empêcher de penser à l'inconnue ayant rendu visite à Gabriel de la Biole le soir de sa mort mais elle le détrompa.

— Pas depuis deux semaines.

Liane le dévisagea, indécise, avant d'ajouter :

— La plupart du temps, il venait juste faire flanelle avec moi !

— Flanelle ?

— Il payait pour discuter. Ça arrive parfois avec un bon chrétien qui veut vous remettre sur le droit chemin et passe une heure à vous bassiner avec des histoires de rédemption. Sinon, avec des bande-mou. Ils essayent, n'arrivent à rien et passent le restant de l'heure à vous raconter leurs exploits de jeunesse.

Dans sa bouche, ces propos ne prenaient aucune dimension vulgaire. Il s'agissait tout au plus d'un constat clinique.

— Dans quelle catégorie rangiez-vous Gabriel ? s'enquit-il.

Les yeux de l'Orientale s'étrécirent.

— Dans aucune. Nous parlions de la vie qui passe. De l'arrivée place Blanche de la course des garçons de café en gilet et nœud papillon noir, tablier blanc, leur plateau en équilibre sur un bras, sans verser une goutte des verres remplis ! Des Dolly Sisters et de Maurice Chevalier…

Santaroga se surprit à sourire. Il avait vu l'an dernier *Paris en fleurs*, au Casino de Paris, avec le chanteur français et les Dolly Sisters, deux brunes très gaies et souples comme des panthères.

— N'avez-vous rien remarqué d'inhabituel chez lui ces derniers temps ?

Quelque chose sembla troubler Liane car une ride de contrariété s'inscrivit sur son front lisse.

— Un soir il a aperçu un de mes clients dans l'escalier. Il m'a questionnée à son sujet et il s'agissait d'un de mes habitués.

— Qui était-ce ?

— Je ne peux vous le dire.

Il tenta un moyen de contourner l'interdiction.

— Vous avez parlé des... euh... des jeux favoris de cet habitué à Gabriel ?

— Oh non, monsieur. Quand je vous parle de discrétion, ce n'est pas un vain mot. Et puis, Gabriel n'aurait pas voulu savoir.

Encore cet accent précieux, cette concision dans l'expression. Et cette dernière phrase mystérieuse. Il la pressa un peu mais sans insistance.

— En fait, avoua-t-elle, Gabriel désirait s'instruire sur la vie privée de mon habitué et sur l'épouse de celui-ci. Vous savez, certains clients se racontent beaucoup...

Santaroga trouva déplacée cette curiosité de Gabriel. Il se pencha sur elle, gardant ses yeux dans les siens car en dessous tout n'était que moelleuse tentation.

— Avez-vous révélé à Gabriel un élément significatif sur l'épouse de votre habitué ?

Une ride inattendue vint creuser son front lisse.

— Non, je me rappelle seulement m'être moquée parce qu'il se plaignait de voir sa femme se rendre souvent le soir à un Cercle de rêves éveillés.

Santaroga sentit son cœur battre plus vite dans sa solide charpente.

— Vous rappelez-vous la date de cette confidence, c'est important pour moi.

Elle le dévisagea, étonnée, mais répondit avec docilité.

— Je dirais six mois.

Gabriel de la Biole avait intégré le Cercle quatre mois plus tôt, songea Santaroga. S'agissait-il bien du même Cercle ? Et, si oui, alors se posait une passionnante et lancinante question : l'aurait-il fait s'il n'avait su y trouver Elsa Sorano ?

19

Elle y vit un petit flacon portant autour du goulot une étiquette de papier sur laquelle étaient magnifiquement imprimés en grosses lettres ces deux mots : « BOIS-MOI ».

La nuit enveloppait la rue d'une étoffe noire qui semblait soudain mitée de trous de lumière aux abords de la demeure des Sorano. Varya s'immobilisa une seconde. Devant elle, une profusion de femmes affirmait leur féminité dans des tenues scintillantes, à travers une débauche de plumes et d'aigrettes. Les tissus fins et délicats tombaient des épaules de manière fluide pour épouser harmonieusement les corps. Chaque mouvement produisait des jeux de couleur et de lumière. Côté masculin, l'originalité semblait moins de mise. On s'affichait en smoking noir, gris ou bleu foncé, chemise blanche et nœud papillon.

— Vous êtes bien plus élégante qu'elles, murmura à son oreille Santaroga comme s'il la devinait.

Dans l'après-midi, des hommes de loi du grand-duc

Nikolaï étaient venus à l'hôtel recueillir le témoignage officiel de la jeune Russe. Depuis, le psychanalyste l'observait à la recherche d'un signe de relâchement. Sans succès. Varya restait sur le qui-vive, comme une flèche encochée sur la corde d'un arc, prête à être lancée.

Alexandre Santaroga salua avec courtoisie M. Sorano qui le contempla avec curiosité. À ses côtés, Elsa arborait un air complice. Elle portait une robe du soir en tulle noir brodé de motifs japonais traditionnels en perles d'argent et strass. Une ceinture vert et or faisait contraste à la taille, portée en écharpe pour masquer la séparation avec le bas de la robe en franges avec perles d'argent sur une robe de dessous en lamé d'argent.

— Docteur Santaroga, fit l'homme d'affaires en faisant mine de réfléchir, je ne pense pas vous avoir lu…

— N'en prenez pas ombrage, il ne lit que le journal ! se moqua son épouse.

— Mais j'ai entendu parler de vous !

— Moi aussi, notamment par Gabriel de la Biole.

Sorano haussa un sourcil.

— Qui avez-vous dit ? Gabriel…

— Gabriel de la Biole.

— Ah oui. Le pauvre. Terrible ces maladies d'anciens combattants. Ça les hante.

— Vous étiez en affaires, m'avait-il dit.

Henri Sorano eut un mouvement d'épaules un peu désinvolte.

— Oh, il apportait son soutien à notre association.

— Une association à but politique ?

Le mari d'Elsa le défia du regard. Le loup de Santaroga

n'apprécia pas et une lueur ambrée apparut dans ses prunelles. Inconscient du danger, Sorano continua à pérorer :

— Une association pour financer au niveau européen les partis qui veulent lutter contre le bolchevisme et le complot judaïque. Oh, je sais bien qu'en Suisse, vous vivez loin de tout ceci. Pourquoi à chaque guerre épargne-t-on votre petit pays que pourtant rien ne protège ?

— Les archétypes ! répondit très sérieusement Santaroga. La neutralité suisse est ancrée dans la tête des peuples qui pensent que la violer apporterait sur eux et leur descendance une terrible malédiction !

Son hôte éclata de rire et s'excusa pour aller saluer de nouveaux arrivants. Santaroga prit la mesure des lieux et des personnes autour de lui. La fête battait son plein. Dans le jardin éclairé par des lanternes chinoises se dressaient d'immenses fleurs géantes en papier et des tables recouvertes de victuailles.

— Au fait, se crut-il obligé de rappeler à Elsa, je ne suis pas suisse !

— Je sais, s'amusa-t-elle, vous avez pourtant répondu comme si vous l'étiez !

Elle le prit par le bras avec une certaine familiarité pour l'amener de l'ombre à la lumière.

— Vous êtes là pour vous détendre, fit-elle d'un doux ton de reproche, pas pour poser des questions à mon mari sur ses mauvaises fréquentations. Et je me tiendrai à vos côtés pour éviter qu'on attaque de nouveau votre inviolable petit pays d'accueil.

Santaroga se figea soudain en découvrant Laplanche servant des cocktails en terrasse.

— Vous employez le domestique de Gabriel de la Biole ? s'étonna-t-il.

— Il me manquait un extra pour la soirée, répondit-elle un peu gênée. J'ai pensé à lui, Gabriel m'en avait dit le plus grand bien.

— Vous le connaissez ?

Elle se raidit, sur le qui-vive.

— Je l'ai croisé une fois. Et vous ?

— Oh moi, s'amusa Santaroga, j'ai eu l'occasion de discuter avec Laplanche. Il se souvient bien de vous, même avec une voilette ! Rappelez-vous, nous nous sommes quittés l'autre soir sur beaucoup d'interrogations…

Elle lâcha son bras et prit prétexte de ses devoirs de maîtresse de maison pour aller accueillir d'autres invités. Tamara de Lempicka fit alors une entrée remarquée. C'était le genre d'endroits où elle pouvait trouver de nouveaux clients. Elle portait autour du front un turban en lamelles d'or platine ainsi qu'un collier de même nature. L'ensemble laissait penser à une chevelure qui, dans son prolongement, offrait une parure à son cou. On en oubliait presque sa magnifique robe du soir en gaze de soie noire, brodée de fils d'or et de motifs géométriques à l'égyptienne.

Fasciné, Santaroga la vit s'intégrer aux autres rêveurs éveillés. Un instant, Elsa, Victor Harman, Mac Kenzy, Tillie et elle firent cercle comme de vieilles connaissances avant de se dissoudre comme un sucre plongé dans l'eau.

Il vit ensuite le Canadien danser avec Varya un charleston effréné, Victor Harman la lui disputer, Tamara l'inviter à s'asseoir près d'elle, abandonnant pour l'occasion sa chasse aux clients ou aux amants. Tillie pour sa part l'observait comme un fauve à l'affût et ne semblait pas la moins dangereuse de la bande. À l'exception d'Elsa, toutes et tous semblaient irrésistiblement attirés par Varya. Délaissée par celle-ci, Tamara de Lempicka fondit sur Santaroga comme un oiseau de proie. Elle fréquentait l'élite de la société, les plus riches comme ceux qui l'étaient moins s'ils possédaient un certain renom. Santaroga était un pionnier, une caution intellectuelle à afficher à ses côtés.

— Comme on se retrouve !

Un long fume-cigarette prit place au coin de ses lèvres.

— Je vais vous guider dans les rangs de notre petite société, proposa-t-elle.

Le psychanalyste examina avec curiosité le jeune Canadien dont la tenue dénotait avec les smokings sombres. Il portait un costume crème avec un gilet blanc soyeux ainsi qu'à sa cravate une épingle à diamants et des chaussures blanc et noir aux pieds. Sa danse terminée, il guida Varya vers un buffet. Tandis qu'ils buvaient une coupe de champagne, son pied continuait à marquer le rythme comme s'il ne pouvait s'en empêcher. Santaroga concentra de nouveau son attention sur Tamara de Lempicka.

— Vous avez appartenu au Cercle des rêveurs éveillés, n'est-ce pas ?

La peintre tressaillit.

— Comment savez-vous ?

— D'instinct, vous avez tous fait cercle, avec ce regard brillant si révélateur.

Averti par son loup, il jeta un coup d'œil par-dessus son épaule. Laplanche détourna aussitôt le regard des épaules nues de Tamara.

— Je me trompe ?

Tamara soupira.

— J'ai croisé l'an dernier Victor Harman en société, il m'a invitée à son Cercle. J'y suis allée pour stimuler ma créativité artistique mais je m'en suis vite lassée. Moi, je puise mes idées dans l'observation de la société.

— De la bonne société, rectifia-t-il amusé.

— Certes !

Elle lui souffla de la fumée au visage pour le punir de son impertinence puis esquissa un charmant sourire d'excuse. Ils furent alors bousculés par un couple qui se ruait pour danser un shimmy. Santaroga eut la brève vision d'Elsa au bras d'un jeune homme et de mains agrippées à une taille consentante. Tout à coup, la présence de l'eau lui manqua. Sentant son désarroi, Tamara lui saisit d'autorité le bras pour faire quelques pas dans le jardin. La mélancolie venait d'envahir d'un coup le psychanalyste. La peintre n'en profita pas. Avec Santaroga, elle hésitait à jouer les femmes fatales. Naturellement dominatrice, elle savait bien que cet esprit libre et indépendant ne se soumettait comme elle ni aux dogmes, ni aux personnes, ni à aucune facilité.

— J'ai été très étonnée de vous voir invité à cette soirée.

— J'en suis certainement l'alibi intellectuel ! plaisanta-t-il, désireux de ne pas révéler l'état de sa relation avec Elsa.

Le mari de celle-ci passa à quelques pas de là, pérorant devant un groupe d'amis.

— Petit fasciste de Sorano, cracha tout bas Tamara à son passage.

— Vous n'aimez pas les fascistes ?

Il pensait à Gabriele D'Annunzio et le lui dit. Elle afficha un petit rictus dédaigneux.

— Mon cher, mon expédition chez lui en Italie était une opération publicitaire ! Je n'ai fait que créer l'événement pour que les journaux et le Tout-Paris en parlent. Et ça a marché, ça a fait bizzzzzzz...

Elle émit un bruit voulant imiter le bruissement de centaines d'abeilles.

— Et je n'ai pas payé un sou ! Le vieux a pris en charge tous mes frais. Ça ne m'a même pas coûté une partie de jambes en l'air bien que ce bouc lubrique n'ait pas arrêté d'essayer !

Elle se garda d'évoquer le moment où il avait failli réussir après l'avoir persuadée de se mettre de la cocaïne sur les gencives.

— Ainsi, conclut Santaroga rassuré, vous n'appréciez pas les fascistes !

Les narines de Tamara se dilatèrent.

— Le fascisme, c'est un rappel à l'ordre, la hiérarchie des valeurs, le retour aux traditions. On manipule les symboles pour fédérer les individus. C'est l'ordre monumental, le grandiose, les volumes, le collectif. On ne veut pas que les peintres voient les choses autrement que ce qu'elles sont. Le seul *isme* permis est celui de réalisme !

— La relation avec un fasciste notoire comme Gabriel de la Biole a dû vous être pénible.

— Pardon ?

— Il appartenait à votre Cercle de rêves éveillés.

La charge venait de loin. Tamara de Lempicka n'avait rien vu venir. Elle fronça un sourcil mécontent.

— Je suis partie du Cercle peu après son arrivée. Je ne l'ai pas fréquenté même s'il y avait une dimension séduisante chez lui.

— Comment cela ?

— Celle de quelqu'un qui danse sur la crête d'un volcan !

Santaroga acquiesça. C'était l'image qu'il avait du monde d'aujourd'hui. Gabriel de la Biole n'était-il pas juste un homme un peu plus lucide que les autres ?

— Êtes-vous allée le voir le soir de sa mort ? lui demanda-t-il.

Et dire que je n'ai pas montré votre photo à la voisine !

— Qu'allez-vous penser ? lui demanda-t-elle d'un ton égal.

On servait le champagne lorsque Tillie se faufila jusqu'à Tamara et l'entraîna au-dehors.

— Alors ? Que vous a dit notre ami psychanalyste ?

— Je crois qu'Alexandre enquête sur la mort de Gabriel de la Biole.

— J'en suis aussi arrivée à cette conclusion, dit sobrement Tillie. Et Varya est son cheval de Troie.

— Cela me paraît de plus en plus évident, admit la peintre. Mais pourquoi ?

— Gabriel était le patient de Santaroga. Il me l'a avoué ce matin.

— Mon Dieu !

Tamara chercha dans son sac son fume-cigarette.

— Pourquoi en appeler à Dieu ? s'enquit Tillie.

— On a toujours besoin de se raccrocher à quelque chose.

La peintre alluma sa cigarette et inspira en dévisageant intensément Tillie.

— J'espère que vous n'avez rien à vous reprocher, vous et les membres du Cercle.

— Vous savez bien ce qu'il en est, répondit nerveusement la journaliste. Vous avez été des nôtres. Les mises en garde n'ont pourtant pas manqué. Gabriel connaissait les dangers qu'il y a à suivre le Lapin Blanc !

Sorano était sûr de lui et ne s'embarrassait pas de fioritures.

— Fichte ? Oui, bien entendu ! Il dit qu'il est inévitable qu'entre États subsiste un rapport de bellicisme continuel du fait qu'aucun droit stable et indiscutable n'existe entre eux, du moins pas comme cela existe entre les citoyens d'un État déterminé.

— Le droit international, c'est le but de la Société des Nations, non ? remarqua Santaroga.

— Tracer des frontières ne garantit la sécurité de personne, surtout lorsqu'on y amalgame des minorités qui, à terme, vont vouloir les changer ! La Grande Guerre est terminée mais vous trouverez toujours un État voisin désireux de s'agrandir. Il en est ainsi depuis la nuit des temps.

— Et si l'on donne à la S.D.N. les pouvoirs dont elle a besoin ?

— Elle ne les aura pas, répondit Sorano d'un ton définitif. La défection des Américains l'a fragilisée d'entrée de jeu. Le Sénat des États-Unis a montré son hostilité à un système d'alliance permanent, contraire à la tradition de ce pays. Il a entraîné du même coup le retrait de la Grande-Bretagne.

Et donc, si on en revient à Fichte, il n'est pas suffisant de défendre son territoire ; il faut garder les yeux ouverts pour observer tout ce qui pourrait avoir une influence sur notre situation. Ceci en ne tolérant jamais que, dans sa sphère d'influence, quelque chose soit modifié à notre détriment. Car il est certain que l'autre se tient prêt à prendre de l'avance sur nous.

Il pointa un doigt en l'air pour appuyer son propos.

— Celui qui ne se renforce pas s'affaiblit alors que les autres se renforcent !

— Vous venez de trouver une bonne définition au nationalisme, constata le psychanalyste avec amertume.

Suivant les indications de Santaroga, Varya s'introduisit dans le bureau d'Elsa pendant que le psychanalyste retenait M. Sorano par des considérations sur la Société des Nations. Elle crocheta habilement la serrure du tiroir. Les notes se trouvaient bien là, l'original manuscrit de la main de Victor Harman et, sans doute, une copie de la version dactylographiée. Elle opta pour cette version tant l'écriture du poète lui semblait difficile à déchiffrer et se contenta des quinze dernières séances. Peut-être que Santaroga aurait le temps de les parcourir en s'isolant et qu'elle pourrait les replacer avant la fin de la soirée.

Des bruits de pas retentirent dans le couloir. Varya se figea, le cœur battant. La poignée de la porte bougea comme si une main venait de se poser dessus.

— S'il vous plaît…

Elle reconnut la voix pressante de Victor Harman.

— Il faut le faire, si ce n'est pour vous, faites-le pour moi !

— Non, vous dis-je !

C'était la voix d'Elsa qui monta encore dans les aigus.

— Ce n'était pas ce que j'imaginais en intégrant ce Cercle de rêves. Je n'irai pas plus loin !

— Discutons-en…

— Non !

La poignée de la porte tourna. Varya plongea sous le bureau.

— La discussion est close, décida Elsa. Vous avez assez manipulé le Cercle à votre fantaisie. Et ne touchez pas à la petite Russe non plus ! Maintenant, regagnons la réception, on va se demander où nous sommes passés.

Varya compta dix battements de cœur et tendit l'oreille. Elle n'entendit aucun bruit hormis en bas la musique et le brouhaha des discussions. Elle inspira, expira et puis glissa les notes dans son sac.

Sous la verrière aux motifs floraux du jardin d'hiver, des paons en carreaux de céramique exhibaient la roue multicolore de leurs plumes. Santaroga trouva refuge au milieu des plantes pour lire les notes discrètement remises par Varya. Il essaya de mémoriser rapidement les passages les plus importants. À un moment, sa bouche décrivit un cercle parfait pour tracer le O de la surprise.

Il trouva la note de séance mentionnant le rêve de Gabriel de la Biole s'égorgeant dans son sommeil. Le psychanalyste fronça les sourcils. Elle avait été pliée en quatre puis redépliée et lissée. Qu'est-ce qui avait mérité cette attention particulière ?

Il reprit sa lecture. Une autre note mentionnait qu'à la

fin d'une séance les rêveurs éveillés avaient joué au cadavre exquis. Santaroga s'assombrit. Le résultat du jeu était des plus troublants : *Personne / ne / sortira / d'ici / vivant.*

Santaroga regagna les jardins où le jazz-band jouait, cherchant des yeux Varya. Il la découvrit avec Mac Kenzy, surprenant sans le vouloir un manège bien connu. Pressions de mains, contacts fortuits ou consentants, coups d'œil furtifs…

Tamara aussi observait le petit jeu entre Varya et Mac Kenzy et son visage s'assombrissait d'autant que les échanges se poursuivaient. Le Canadien entraîna la jeune femme dans un fox-trot endiablé sous le regard lourd de la Slave qui demeura immobile, à les contempler. Comme fascinée, elle observait le cou blanc de son modèle accrocher la lumière des lanternes vénitiennes et sa peau claire se lustrer de sueur.

Santaroga vit aussi Victor Harman glisser avec insistance quelques mots à l'oreille d'Elsa. Comme des complices, les deux membres du Cercle quittèrent le jardin pour entrer dans la maison. À la fin de la danse, le psychanalyste réussit à capter l'attention de Varya et lui adressa le signe convenu. Elle s'excusa et quitta à regret son danseur.

Une dispute venait d'éclater dans le hall et Varya profita de l'attention générale focalisée sur ses acteurs pour se faufiler dans l'escalier afin de replacer les notes. Santaroga se dirigea en toute hâte vers la source du bruit. M. Sorano prenait à partie Victor Harman, le tenant par le collet et le secouant comme un prunier.

— Maudit poète ! N'avez-vous donc aucune décence ? Entreprendre ma femme sous mon propre toit !

— Cher monsieur, hoqueta le frêle surréaliste sans se démonter, je suis un libre-baiseur !

— Arrêtez, Henri, intervint Elsa, vous êtes ridicule. Victor est sodomite comme un Grec !

Sorano ne le lâcha pas pour autant et se mit à l'invectiver tout en le secouant de plus belle.

— Inversé ! Inverti ! Race d'Ep ! Votre maladie ne vous permet pas ces familiarités avec mon épouse !

Santaroga se mit d'un coup en mouvement. C'était une force de la nature et il en imposait. Sa seule présence dissipa chez les belligérants toute envie d'en venir aux mains.

— Allons, fit-il en les séparant. Un peu de bon sens, reprenez vos esprits ! Vous n'êtes plus des adolescents que diable !

Il les repoussa avec fermeté et se tint ensuite entre eux, solide comme un roc qui divise l'eau en deux bras. Avec un brin de théâtralité, il les toisa tour à tour en prenant l'air d'un instituteur mécontent. Victor Harman sembla découvrir Santaroga et prit un air repentant. M. Sorano grommela quelque chose et se détourna avant de monter l'escalier. Le psychanalyste espéra qu'il ne tomberait pas en haut sur Varya.

— Ces hommes ! se plaignit Elsa.

— Oh, si peu… susurra le poète. Les maris ne semblent pas savoir à quel point leur femme est en sécurité avec moi !

Il se tourna vers le psychanalyste.

— Le grand Santaroga en personne qui vient à mon secours ! Le seigneur des rêves ! J'ai passé ma vie à vous attendre ! Non, à attendre la réponse !

— La réponse à quoi ? s'enquit le psychanalyste en réajustant son nœud de cravate.

— Qui suis-je ?

— Cela dépend. Que cherchez-vous ?

— Ah non ! protesta le surréaliste. Ne me faites pas le coup de « peu importe la destination, c'est le voyage qui compte ! » On me la fait à chaque dîner !

Santaroga rit tout bas.

— Le fait est que l'un ne va pas sans l'autre. Mais je partage votre opinion, le voyage est important mais lorsqu'on atteint son but c'est un plus !

— La cerise sur le gâteau ! Le kirsch dans l'ananas !

Le psychanalyste le poussa gentiment dehors.

— Allons poursuivre cette conversation dans le jardin.

Comme un général sur le champ de bataille, il désirait avant tout déblayer le terrain pour le retour de Varya, espérant que celle-ci ne croise pas Sorano.

— Il vaudrait peut-être mieux que je m'éclipse avant que le maître de maison ne revienne me jeter dehors, remarqua le poète, vous ne pensez pas ?

— Cela me paraît la plus élémentaire des sagesses ! « Celui qui fuit peut de nouveau combattre ! »

— Mais cela me prive d'une discussion avec vous !

Cela tombait bien. Santaroga désirait en savoir un peu plus sur le meneur du Cercle des rêveurs éveillés.

— Je vais vous donner l'adresse de mon hôtel. Venez demain à quatorze heures pour prendre un café avec moi.

Victor Harman battit des mains avec enthousiasme.

— Oh oui ! Nous jouerons aux associations d'idées !

Dans le jardin, Santaroga vit Varya, un peu pâle, revenir de sa seconde expédition. D'un hochement de menton à peine perceptible, elle lui confirma qu'elle venait de replacer les notes.

Le psychanalyste jeta un coup d'œil autour de lui. Tamara avait disparu, Tillie ressortait de la demeure et il n'y avait plus trace de Victor Harman. Une fois les lieux débarrassés du poète, Elsa dut se résoudre à aller faire la paix avec son mari car elle rentra dans la maison d'un pas décidé.

Comme un mort-la-faim, Mac Kenzy se rua sur Varya pour lui prendre la main et esquisser un pas vers la piste de danse sur la terrasse dallée. La jeune femme secoua la tête et se pencha à son oreille pour lui murmurer quelque chose. Il hésita mais Varya l'entraîna sans ménagement vers la sortie du jardin. Elle semblait maintenant pressée de s'en aller. Santaroga la vit quitter la soirée avec un sombre pressentiment.

Le cri déchira la nuit. Hécate hurlant à la mort. D'un seul coup, la foule arrêta de danser et l'on n'entendit plus que la musique encore incongrue d'un saxo un peu dur d'oreille ou qui n'avait pas pris la mesure de l'instant.

Santaroga se précipita dans l'escalier. Il avait déjà vécu ce moment. Le cœur lourd, il découvrit le corps de Sorano allongé à terre dans le bureau de sa femme et Elsa agenouillée à ses côtés, les mains pleines de sang.

20

Je sais qu'il arrive toujours quelque chose d'intéressant chaque fois que je mange ou que je bois quoi que ce soit, se dit-elle.

Mac Kenzy emmena Varya dans une salle des Champs-Élysées. Elle découvrit d'un coup d'œil ses colonnes, les plantes au plafond, les tables encadrant la piste de danse et l'orchestre d'une quinzaine de musiciens. Sur un plan d'eau à côté, on voyait une gondole et des nageuses qui glissaient au rythme de la musique. Ils dansèrent et burent un cocktail au bar. Celui de Varya ressemblait à un petit lagon bleu en miniature. Un couple de leur âge s'approcha d'eux et le garçon leur tendit un carton.

— Fête chez mon ami Lambert. Vous êtes chouettes, vous êtes invités !

Les jeunes gens paraissaient sympathiques mais Varya hésitait. La fille s'accrocha à elle. Elle portait au cou un collier fait d'un morceau de ruban à motifs végétaux, assortis de pierres et de perles. Par-dessus, un autre ruban à plumes de coq noir recouvrait le haut de ses épaules et sa poitrine dénudée.

— S'il vous plaît, venez. Nous allons bien nous amuser !

Varya se tâta. Leur départ de la soirée Sorano ressemblait déjà à une fuite et Santaroga risquait de s'alarmer de ne pas la voir rentrer.

— Nous avons quitté précipitamment la soirée, dit-elle à Mac Kenzy, je ne voudrais pas que l'on s'inquiète.

— Vous avez quelqu'un qui s'inquiéterait pour vous ? demanda-t-il étonné.

— Qu'est-ce que vous croyez ? J'ai des amis à Paris, moi !

Elle demanda le numéro de son hôtel et laissa un message pour Santaroga en indiquant où elle allait se rendre.

— Vous avez encore changé d'hôtel, remarqua Mac Kenzy intrigué. Celui-là est beaucoup mieux que le dernier où je vous ai laissée !

~

Après avoir donné les premiers soins, Santaroga accompagna Elsa à la clinique où l'ambulance transportait son mari.

— La blessure est spectaculaire mais superficielle, la rassura-t-il de nouveau dans la salle d'attente.

Pour toute réponse, elle posa la tête contre sa poitrine. Après un instant d'hésitation, Santaroga enroula son bras autour de ses épaules. Un raclement de gorge l'alerta. Il se défit de l'étreinte d'Elsa et rejoignit la silhouette qui venait d'apparaître et lui faisait signe de la suivre dans le couloir.

Là, Binocle, le commissaire aux rouflaquettes, considéra le psychanalyste avec gravité.

— Monsieur Santaroga, décidément ! Rassurez-moi, M. Sorano n'était pas un patient, j'espère ?

— Non, mais son épouse si.

— Vous m'en direz tant ! Vous avez en effet pour elle les plus tendres attentions !

— Je la réconfortais.

— De toute évidence !

Le policier le considéra avec suspicion.

— Votre hôte de la soirée, M. Sorano, est un homme riche et influent. Il trempe également dans nombre d'associations susceptibles de porter atteinte à la sûreté de la République. Avec de la Biole et Sorano, on nage dans les mêmes milieux politiques, n'est-ce pas ? Et de la Biole apportait son soutien financier à l'association d'Henri Sorano.

— Vous faites le lien entre les deux ?

— Une femme s'est introduite chez Gabriel de la Biole le soir de sa mort. Et voici que M. Sorano monte à l'étage en plein milieu d'une fête, dans le bureau de son épouse et non le sien, notez-le bien ! Et on retrouve celle-ci, agenouillée près de lui, les mains pleines de sang.

— Elle essayait de stopper l'hémorragie.

Dieu ! S'il savait qu'elle se rendait régulièrement chez Gabriel !

— Après avoir crié pour alerter tout le monde ! Vous n'alliez pas la retrouver à triturer le coupe-papier dans la plaie !

Il fit une pause.

— Coupe-papier. Qu'est-ce que cela vous inspire, vous qui avez inventé les associations de mots ?

— Coupe-papier ? Lettre !

Le commissaire Binocle eut un soupir d'exaspération.

— Rien de tout ça ! Un coupe-papier mal aiguisé utilisé comme arme, cela signifie deux choses : arme improvisée et donc absence de préméditation !

Santaroga sentit une légère sueur perler de son front. L'autre se pencha sur lui, le regard pénétrant.

— Quelqu'un a vu monter avant M. Sorano une jeune femme blonde, cheveux courts et yeux bleus avec un accent russe. Vous sembliez la connaître m'a-t-on dit. Cela vous parle-t-il ?

Mon Dieu, jusqu'où ma folie ou mon obstination ont-elles conduit Varya ?

— Je n'en ai pas souvenir, mentit-il avec un aplomb souverain.

— Vous ne vous rappelez pas être arrivé avec elle à cette soirée ?

Le psychanalyste eut un demi-sourire.

— Maintenant que vous le dites, oui. Quelqu'un de ce genre est arrivé en même temps que moi mais j'ignore ce qu'elle est devenue.

L'œil du commissaire se teinta d'orage.

— Elle a quitté la soirée avec un jeune Canadien avant la découverte du corps. Juste avant. Comme si elle savait ce qui allait se passer.

— Pure supposition. De notre temps, les jeunes gens ne tiennent pas en place !

— Vous semblez très soucieux d'innocenter une personne que vous ne connaissez pas, remarqua le policier ironique.

Santaroga ne sourcilla pas même s'il se souvenait avoir vu Tillie sortir de la maison alors qu'Elsa venait d'y pénétrer pour découvrir ensuite son mari blessé. Il y avait aussi Laplanche. Le commissaire Binocle ne l'avait-il pas remarqué ?

— Je m'efforce de rester factuel.

— Je m'efforce de l'être également, et après avoir surpris Mme Sorano dans vos bras, vous me paraissez un suspect digne d'intérêt ! D'autant plus que je vous retrouve toujours sur les lieux d'un crime !

Aussitôt, Santaroga sut que l'autre venait de le provoquer pour observer sa réaction.

— Commissaire, j'ai passé l'âge du tapioca et des coups de règle sur les doigts, annonça-t-il en laissant percer son agacement.

— Vraiment ? rétorqua Binocle. Vous êtes là à tout savoir sur tout le monde mais sait-on réellement qui vous êtes vous-même ? Un psychanalyste ou… autre chose ? Un espion qui a repris du service, par exemple ?

— Puis-je disposer ?

— Pour le moment…

Il lui tendit sa carte.

— Vous pouvez m'appeler à ce numéro si vous vous souvenez de quelque chose, comme par exemple le nom de cette jeune femme russe. Je dois l'interroger. En fait, non. Vous m'appellerez dès que vous la reverrez, ce qui ne saurait tarder !

Binocle considéra Santaroga d'un air soudain grave.

— Ces Russes sont fous et les Blancs valent les Rouges. Tous, ils vous égorgeraient sans pitié ni remords. Ne leur faites jamais confiance !

~

Le couple les emmena d'abord dans un cabaret où ils devaient retrouver d'autres amis. Ceux-ci étant en retard, Varya découvrit son second spectacle à Paris. De juvéniles danseuses munies de becs d'oiseau remuaient péniblement des ailes. Elles furent remplacées par d'autres nymphettes, nues en dehors d'un pagne et de chaussures à talons. Elles se mirent sur le dos et écartèrent outrageusement les jambes sans cesser de sourire. Varya se détourna. C'était leur sourire crispé qui la gênait le plus.

Après leur numéro, il fut possible de danser. Puis un gentil petit couple leur offrit à boire. Varya ingurgitait vermouth, chartreuse, curaçao, soda avec une facilité qui amusa le Canadien.

On se lassa ensuite d'attendre et leurs nouvelles connaissances les entraînèrent à Boulogne. Là, ils furent présentés au fils des propriétaires de la maison qui les salua avec courtoisie. Après un regard entendu à un de ses amis, il apporta une flûte de champagne à Varya et un verre de whisky à Mac Kenzy.

— Du canadien ! précisa-t-il.

Mac Kenzy but d'une traite et apprécia.

— Du bon !

Varya avait soif. Elle l'imita et vida sa flûte. Comme par magie, une autre se présenta dans sa main. Mac Kenzy commença à examiner son entourage avec plus d'attention. Deux groupes distincts semblaient constituer le public de cette soirée. D'un côté des jeunes gens de la bonne société, un rien éméchés pour les filles et un rien égrillards pour les hommes. De l'autre côté, des jeunes femmes aux cheveux courts dans des tenues masculines. Celles-ci amenèrent

Varya à la chef des garçonnes en jupe, veste de costume et nœud papillon, les cheveux très courts avec la raie à droite et une cigarette au coin des lèvres. Cette dernière la détailla avec circonspection avant de se détendre.

— On va au Fétiche, tu viens avec nous ?

— Non.

La garçonne jeta un coup d'œil à Mac Kenzy qui les observait de loin.

— Tu peux amener ton ami avec nous, on ne le mangera pas. Les queues à pattes ne nous intéressent pas !

— Non, vraiment merci.

L'autre lui adressa un avertissement.

— Si tu ne veux pas nous suivre, tu devrais au moins te tirer. Ce sont de sales cons ici !

— On vient d'arriver. Je voudrais danser un peu.

La fille secoua la tête.

— Je t'aurai prévenue. Ah, un conseil, ne bois pas ce qu'ils te proposent et ne touche à rien.

Elle lui prit la flûte de la main et la vida dans un vase. Ceci fait, elle leva à demi le bras comme pour un signal. Aussitôt, sa troupe se regroupa autour d'elle et elles sortirent. Des cris fusèrent lorsque la porte se referma derrière elles.

— Les gouines sont parties ! Bon débarras !

— Quelle idée de les avoir invitées !

Une voix monta dans l'aigu.

— Et les parents sont dehors, montre ta neige !

Mac Kenzy avait rejoint Varya après le départ des garçonnes.

— Que voulaient-elles ?

— Je ne sais trop… qu'on les suive pour une autre soirée.

Était-ce le champagne ? La tête lui tournait un peu. Préoccupé, le Canadien examina le buffet où se pressait l'assemblée ainsi qu'un groupe de jeunes gens au regard dur qui les observait.

— Elles n'avaient peut-être pas tort. Allons-nous-en.

Le plus âgé des garçons jeta un œil noir à Mac Kenzy et les autres s'arrangèrent pour le séparer de Varya tandis que leur hôte la conduisait devant une coupe en cristal où scintillait une poudre d'une blancheur immaculée. Les jeunes gens fixaient leur proie avec une intensité particulière. Mac Kenzy sentit le danger et s'interposa.

— Varya, c'est de la cocaïne ! N'en prenez pas !

Alors qu'il tentait d'intervenir, un des jeunes hommes de bonne famille le saisit par le bras et un de ses compères par l'autre. Un troisième le poussa dans le dos. Ils entraînèrent Mac Kenzy dans la cour et le rouèrent de coups de pied dans les côtes et le ventre, le laissant étendu à terre, le souffle rauque, un filet de bile entre les lèvres.

De retour dans la pièce où l'on dansait, ils constatèrent que leur compagnon avait pris les choses en main. Le joli museau de la jeune Russe était poudré de blanc et elle dansait dans les bras du jeune homme aux yeux pâles.

Comme séparée d'elle-même, Varya tournait sans fin. Quelque chose ne collait pas. Il lui semblait se trouver sur un manège de chevaux de bois. Enfant, elle espérait toujours rattraper celui de devant, tout en sachant cela impossible.

Suis-je en train de rêver ? se demandait-elle en cherchant à découvrir, comme le lui avait appris Santaroga, des indices du domaine onirique, des incongruités qui auraient révélé qu'elle venait de quitter la réalité.

— Où sommes-nous ?

— Dans l'antre du loup ! rit son cavalier. Accroche-toi ma chérie, toi qui aimes rouler les *r*, on va se rouler par terre !

Hagarde, Varya continua de danser au bras de son cavalier. Et les gens riaient de la voir soumise à ce petit-maître triomphant. Il ne tarda pas à l'entraîner à l'étage ou plutôt la porta car elle tenait à peine sur ses jambes. Elle tenta d'ouvrir la bouche pour protester mais se retrouva la gorge et les lèvres sèches, incapable d'émettre un son. Elle jeta un regard implorant en bas dans la salle, en quête d'un sauveur. Mais tout le monde détournait les yeux et, cette fois, Santaroga n'était pas là pour voler à son secours.

— Pas sans ma permission, murmura-t-elle d'une voix faible.

— Ta gueule, tu commences à m'emmerder soigneusement !

Sans la lâcher, il ouvrit la porte d'une chambre, un peu au hasard, et la referma du pied. Sa langue tiède se tortilla entre les dents de Varya pour forcer le passage.

— Non… pas sans ma permission !

L'autre émit un petit gloussement excité et souleva son soutien-gorge. Après quoi, il entreprit de lui malaxer les seins avec brutalité. Dans sa tête, Varya chercha une arme. Mais seulement dans sa tête.

— Tu aimes ça ma petite duchesse ?

La porte s'ouvrit alors violemment. En une seconde, l'homme fut arraché à son étreinte et alla s'écraser contre le mur. La vue de Varya déshabillée et sanglotante sembla plonger le nouvel arrivant dans une fureur noire. Malgré son état pitoyable, il entreprit de taper le front de son agresseur contre le mur avec une régularité de métronome.

Les trois jeunes gens qui avaient rossé Mac Kenzy dans la cour s'avisèrent de porter secours à leur compagnon de débauche. Bien campé sur ses jambes, le Canadien revanchard envoya un uppercut placé à l'estomac, enregistra avec satisfaction le hoquet d'asphyxie causé par le coup, doubla celui-ci par sécurité. Il para l'attaque du deuxième assaillant et visa du pied l'entrejambe. Après quoi, il cueillit le troisième homme d'un violent crochet au menton. Sentant quelqu'un se déplacer dans son dos, il se pencha en avant et évita de justesse le poing lancé. Il pivota en visant le nez de l'agresseur, sentit le cartilage éclater et sa colère retomber tandis que le garçon glapissait comme un poulet égorgé.

Un instant, Mac Kenzy contempla les quatre corps gigotant à terre puis il souleva avec délicatesse Varya et la porta dans ses bras. Elle était si pâle qu'elle semblait ne plus avoir de sang en réserve. Visage de pierre, lèvres serrées, il descendit l'escalier dans un silence de mort.

— Reconduisez-nous à Paris, ordonna-t-il d'un ton sans appel au petit couple qui les avait entraînés là.

— Mais…

— Vous préférez que j'appelle la police? Il y a de la cocaïne dans les saladiers!

Le retour se fit rapidement. Mac Kenzy sentit la tête de Varya glisser contre sa poitrine. Il la tint pressée contre lui, le cœur battant, serrant son corps mince contre le sien, soudain submergé par une émotion nouvelle.

Devant l'hôtel, Mac Kenzy descendit en soutenant Varya. Il lança par-dessus son épaule au couple pétrifié :

— Si je vous recroise un jour, je vous tue!

Leur entrée dans le hall arracha des exclamations consternées au portier et au réceptionniste. Le Canadien avait sa chemise et son gilet déchirés, tout comme les vêtements de sa compagne. Varya retrouva suffisamment ses esprits pour demander qu'on appelle Alexandre Santaroga. Le psychanalyste descendit immédiatement de sa chambre, constata les dégâts et remarqua les pupilles dilatées de Varya. Il prit les choses en main, rassurant le personnel de l'hôtel, parlant d'une agression dont venaient d'être victimes ses amis.

— Que s'est-il passé ? gronda-t-il une fois la porte de sa suite refermée.

— Une soirée privée à Boulogne, expliqua Mac Kenzy d'une traite. Des hommes l'ont fait boire et prendre de la cocaïne. L'un d'eux a voulu la violer mais je suis intervenu avant. Faut-il la conduire à l'hôpital ?

— Non, je préfère la veiller moi-même. Elle est en état de choc et je sais ce qu'il faut faire.

— Je vais rester.

Santaroga lui jeta un regard sombre.

— Vous en avez assez fait pour ce soir !

— Mais…

Le psychanalyste se redressa de toute sa hauteur pour toiser le Canadien.

— Monsieur Mac Kenzy, vous faites sans doute autorité en matière de charleston et de boxe anglaise. Vous avez défendu Varya du pire mais vous ne me seriez d'aucune aide. Allez plutôt à l'hôpital. Si votre visage a été épargné, j'observe que vous avez mal en respirant, peut-être des côtes fêlées ou cassées. Faites-vous examiner. Moi, je soigne les esprits, pas les corps !

21

Elle l'ouvrit et y trouva un tout petit gâteau sur lequel les mots : « MANGE-MOI » étaient très joliment tracés avec des raisins de Corinthe.

— Nous sommes heureux de vous revoir, Varya, dit Harman en s'inclinant cérémonieusement pour lui baiser la main. Ravi de constater que vous allez mieux !

De la main, Mac Kenzy lui adressa un baiser qui lui alla droit au cœur. Il arborait une petite mine et un teint blafard.

Ils se trouvaient dans la boutique bleue du Cercle des rêveurs éveillés et tous se pressaient autour d'elle, débordant d'affection. On la cajola, on la pressa dans les bras. À la fin, Victor Harman sembla se rappeler quelque chose de primordial. Il tâta ses poches avec inquiétude avant d'arborer une mine rassurée.

— Je l'ai !

Ses doigts s'ouvrirent sur un flacon dont Varya reconnut l'inscription sur l'étiquette : « Buvez-moi ».

— Varya, voici votre seconde chance mais avant de boire

je dois vous avertir. Ceci n'est pas sans danger. Gabriel de la Biole en est mort.

Elle prit le flacon. Il ne semblait pas peser plus qu'une plume dans sa paume. Une plume au vent.

— Me faudra-t-il ensuite manger le gâteau ? demanda-t-elle avec une naïveté touchante.

Le poète sourit.

— Si vous voulez retrouver votre taille normale, oui ! Mais d'abord la fiole !

D'un air décidé, Varya retira le bouchon et approcha l'objet de ses lèvres. Tous semblaient suspendus à son geste. Alors le monde entier autour d'elle ralentit. Elle surprit le vol d'une mouche dans les airs, vit une mèche des cheveux de Tillie se rabattre progressivement sur ses yeux. Une goutte de sueur perla au front du surréaliste avant de couler le long de sa tempe, millimètre par millimètre.

Avec une lenteur calculée, Varya abaissa sa main sans quitter Harman du regard.

— Varya ! rugit le poète. Est-ce que vous allez enfin boire cette putain de fiole une bonne fois pour toutes ?! Nom de Dieu de merde !

Les rêveurs éveillés encerclaient désormais Varya. Comme si ses yeux se dessillaient soudain, elle les vit tels qu'ils étaient réellement. Mac Kenzy avait perdu son air amoureux. Tillie arborait une expression de défi, Elsa un regard vicieux, Victor Harman adoptait une attitude supérieure. Le meneur de rêves soupira comme face à une enfant récalcitrante qui mérite une bonne fessée.

— Nous allons vous aider, Varya.

Victor Harman venait de se coiffer du couvre-chef du Chapelier fou.

— Vous êtes tombée dans le terrier du Lapin Blanc et vous vous demandez ce que vous êtes venue faire là ? L'Europe va à sa perte ! Aujourd'hui, c'est la joie, les plaisirs, la folie, mais demain il n'y aura plus que chagrin ici ! Je l'ai vu en rêve. Nous l'avons tous vu en rêve ! Personne ne sortira d'ici vivant ! Personne !

Il fit une pause avant de reprendre d'un ton grave :

— Je ne vous offre que sang, sueur et larmes ! Je ne vous offre que la vie et puis la mort, pas même l'espoir.

Varya jeta par terre la fiole qui se brisa.

— Vous pouvez garder vos mensonges et vos élucubrations. Vous n'avez pas ma confiance. Jamais je ne boirai ! Jamais !

Le Cercle des rêveurs éveillés entoura Varya. Dans un premier temps, il essaya de l'absorber mais, comme elle résistait, Elsa lui donna en traître un coup de genou dans l'entrejambe et Tillie lui griffa le visage jusqu'au sang. Mac Kenzy et Harman la jetèrent à terre pour la rouer de coups de pied.

— On ne peut pas la laisser en vie ! cracha quelqu'un d'une voix rauque.

Abasourdie, Varya leva les yeux à temps pour voir le Canadien se saisir d'un tisonnier et l'abattre sur sa tête. Une douleur aiguë lui déchira le crâne. Cela ne la surprit pas. La souffrance, elle connaissait.

Elle se réveilla en hurlant.

22

Quelle sensation bizarre ! dit Alice.
Je dois être en train de rentrer en
moi-même, comme une longue-vue !

À l'aube, des fragments épars de l'esprit de Varya flottaient autour d'elle. Elle se sentait dispersée.

— Cocaïne et sans doute quelque chose dans votre verre, murmura Santaroga en se penchant sur elle. Votre corps va évacuer tout ça. Vous avez fait un cauchemar mais c'est terminé. Maintenant, vous êtes bien éveillée, je vous le certifie !

Il parlait et elle écoutait. Les mots coulaient sur elle comme une pluie apaisante. Il émanait du psychanalyste une force tranquille. Elle se sentait au chaud et en sécurité avec lui. Le sommeil l'emporta de nouveau.

Santaroga attendit huit heures pour appeler chez les Sorano. Il eut un majordome qui lui apprit que Madame était sortie. Il laissa un message, le numéro de sa chambre et raccrocha. Un grand bow-window laissait entrer la lumière dans la suite. Il alla examiner la rue sans noter rien d'autre de particulier que des militants communistes qui vendaient à la criée la revue *La Commune*. L'un d'eux ressemblait à l'ami de Laplanche.

Il profita de ce moment calme pour mettre par écrit les notes du Cercle de rêves éveillés mémorisées chez les Sorano. Bientôt, il fut absorbé par sa tâche.

De séance en séance, Gabriel de la Biole laissait libre cours à son pessimisme. Le droit des peuples à disposer d'eux-mêmes était une vaste fumisterie tout comme le découpage arbitraire des frontières. Quant aux apatrides, ces êtres sans droit et sans personne pour les protéger, qui s'en souciait ? Une marée recouvrait l'Europe. Parfois noire, parfois rouge. D'elle émergeait toujours un homme au-dessus des autres, un être supérieur fait de chair et de lumière qui portait au paroxysme les passions populaires. Un prophète que tous suivaient.

Santaroga cligna des yeux. La matière ne manquait pas mais comme il avait lu les notes de séance très vite, il avait dû faire des choix. Sa priorité étant de se concentrer sur Gabriel de la Biole, il n'avait lu qu'en diagonale les rêves éveillés des autres. Il s'efforça de retranscrire ce que sa mémoire en avait sélectionné.

Tillie se consumait, brûlait sa vie par les deux bouts, un œil de gazelle dans un corps d'avion. Victor Harman la poussait à voler, alors elle s'engouffrait dans de longs fuseaux de métal à hélices et planait haut.

Elsa devenait la prêtresse d'un culte où ses disciples l'honoraient nus. Elle se transformait parfois en oiseau de flamme.

Quant à Mac Kenzy, ses chaussures munies de talons et de pointes métalliques, il se produisait sur scène, frappant le sol sur un air de jazz !

Santaroga comprit une chose : Victor Harman orientait les rêves. Systématiquement, il poussait les uns vers la lumière et d'autres comme Gabriel de la Biole vers l'obscurité.

On lui a froidement foutu l'âme à l'envers !

Et tout le monde l'avait laissé faire.

~

Arnaud Fauber rencontra au matin Binocle afin de faire un point sur l'agression d'Henri Sorano.

— Vous avez une mine épouvantable, constata le placide policier.

— Je dors peu ces temps-ci. Pendant que tout le monde valse et boit du champagne, dans la coulisse des forces terribles entrent en action. On s'entre-tue pour dessiner l'Europe de demain. Pas seulement ses frontières mais la cartographie de ses idées, sa façon de penser pour l'avenir.

— D'où l'importance d'un agent de la Sûreté de l'État !

— Revenons à Sorano, proposa Fauber.

— M. Sorano ! Il dit être entré dans le bureau de son épouse car il y avait entendu du bruit. Il s'est fait poignarder dans le noir sans voir son agresseur. Une blessure sans danger d'ailleurs.

— Vous soupçonnez quelqu'un ?

— Sa femme. Le couple ne s'entend guère selon les personnes que j'ai interrogées et ils se sont violemment disputés à cause d'un poète surréaliste, un certain Victor Harman.

Il pourrait être aussi un suspect pendant que nous y sommes. D'autant plus que c'est un antifasciste convaincu. En le poignardant il fait d'une pierre deux coups : un financier du fascisme et l'homme qui l'a insulté ! Car, pour ce qui est de la rivalité avec le mari, je n'y crois guère. C'est un inverti !

Il marqua une pause, le temps de triturer sa barbichette à double pointe.

— J'ai rencontré M. Sorano après le décès de son ami pour savoir s'il lui connaissait des ennemis. Lui-même reçoit beaucoup de menaces de mort. Cela dit, j'ai retrouvé avec surprise à cette soirée le domestique Laplanche qui tentait de se débiner. Quand je lui ai mis la main dessus, j'ai cru qu'il allait mourir !

— Et alors ?

— Rien vu ! Il jure n'avoir fait que servir des cocktails !

Binocle prit un air pensif.

— Et puis, il y a une jolie petite Russe. Une blonde aux yeux bleus. On l'a vue monter à l'étage peu de temps auparavant. Une certaine Varya.

Fauber releva vivement la tête.

— Sait-on d'où elle vient ?

— Pas la moindre idée. Elle a été invitée comme membre d'un Cercle de rêves éveillés auquel appartient Elsa Sorano. Ils étaient tous à la soirée mais personne ne la connaît vraiment.

Le commissaire le fixa.

— Je suppose que vous saviez que Gabriel de la Biole appartenait à ce Cercle ?

Arnaud Fauber soutint son regard.

— Bien sûr mais, à moins que quelque chose ne

m'échappe, je ne vois pas cette jeune Russe l'assassiner puis venir prendre sa place dans le Cercle.

— Pourquoi ?

Une Russe. Une blonde aux yeux bleus. Comme celle qui avait poignardé et frappé deux maquereaux deux jours auparavant. Pourquoi l'esprit de ce commissaire était-il si lent ?

— À vrai dire, répondit prudemment Fauber, je ne la connais pas. On a vu quelqu'un comme elle traîner devant l'Office des réfugiés russes. Elle est nouvelle ici, semble-t-il. Sans plus d'information, je ne saurais lui fournir ni mobile ni alibi.

— Le bon mobile, c'est l'épouse. Toujours l'épouse ! D'où la gêne du mari. Mais pour les preuves… Vous verrez que cette affaire sera classée sous peu. Chez les richards, tout est étouffé. Après tout, Sorano n'est pas mort et on dira qu'il s'agit de l'œuvre d'un cambrioleur surpris.

— Et pourquoi pas ? Il y a toujours des choses intéressantes à voler dans ce type de soirées.

Binocle haussa les épaules.

— Au fait, à la Sûreté générale, vous connaissez Alexandre Santaroga, le psychanalyste ?

— Le Suisse ?

— Il n'est pas suisse. Simplement genevois !

— Pourquoi la Sûreté générale s'intéresserait-elle à lui ? s'étonna Fauber.

Une lueur d'intelligence inattendue passa dans le regard du commissaire Binocle. Un instant, Fauber eut l'impression que derrière la façade monolithique se dissimulait plus de malice qu'il n'y paraissait.

— Vous intéressez-vous aux courses de chevaux ? Les

parieurs ont une expression pour désigner un concurrent inattendu qui remporte une course : un *cheval noir*. Je me demande si le docteur Santaroga n'est pas un *cheval noir* !

~

Varya gémit. Lentement, les morceaux de sa mémoire reprenaient place dans le puzzle mais avec quelle difficulté ! Elle s'était sentie si immense, une fois disloquée, qu'arriver maintenant à comprimer toutes ses pensées dans sa boîte crânienne lui semblait une tâche insurmontable.

Un passage d'*Alice au pays des merveilles* lui revint en mémoire et lui parut très approprié : « Quelle sensation bizarre ! dit Alice. Je dois être en train de rentrer en moi-même, comme une longue-vue ! »

— Vous y arriverez, chuchota Santaroga comme s'il devinait tout.

Redevenir prisonnière de son corps. Elle sentit une vague de refus la secouer et elle se cambra.

— Revenez ! ordonna le psychanalyste.

— Je ne veux pas !

Elle sentit ses doigts effleurer sa joue.

— Varya, vous vous sentiez libre ? C'était un mensonge. Jamais vous ne l'avez moins été !

La jeune femme rouvrit les yeux et le contempla, désespérée.

— Le monde est une prison sans fin pour notre esprit et notre corps.

— Non, pas pour notre esprit ! Justement ! Pas pour notre

esprit ! J'ai découvert le monde du rêve. Souvenez-vous de la pierre !

— Pourquoi tout ramener à l'enfance ?

Le regard de Santaroga s'adoucit.

— C'est notre temps de formation et de crainte. Enfant, on soupçonne un monde irrépressible d'ombres plein d'angoissantes questions auxquelles on ne peut répondre.

Sa voix avait pris une tonalité étrangement douce et féminine. Elle vibrait d'une intense nostalgie. Varya le considéra d'un œil neuf. Il s'était intéressé à elle, avec tact et respect. De son côté, elle l'avait peu questionné.

— Alexandre…

Il tressaillit. C'était la première fois qu'elle l'appelait par son prénom.

— Pourquoi racontez-vous toujours les souvenirs d'enfance des autres et pas les vôtres ?

Santaroga hésita. Il s'humecta les lèvres et répondit avec lenteur :

— Je n'ai gardé aucun souvenir heureux de mon enfance. Mon père battait ma mère. Je la suppliais de se séparer de lui mais elle s'y refusait. Enfant, j'étais terrorisé lorsqu'il s'en prenait à elle. Et puis un jour, j'avais quinze ans, alors qu'il marchait sur moi, au lieu de m'enfuir, j'ai avancé. Mon père a reculé. Je compris que c'était un lâche. À cet instant, il cessa d'exister pour moi. Plus jamais je n'eus peur de lui. Plus jamais je n'eus peur de quiconque. J'étais grand, je devins fort.

Un faible sourire illumina le visage de Varya.

— Et dire que tout le monde croit que vous avez fait des

haltères pour séduire les femmes ! Vous vouliez juste protéger votre mère.

Il se détourna pour dissimuler son désarroi. Tout à coup, il sentit la main de Varya se saisir du bout de ses doigts.

— Alexandre, vous avez fait ce qu'il fallait.

Il inspira et expira, s'efforçant de contenir la vieille douleur. Soudain, c'était lui qui avait besoin de parler.

— Ma mère a été frappée de démence précoce. C'est pour cela que j'ai voulu devenir psychiatre mais je n'ai pas pu la sauver.

Elle serra plus fort ses doigts.

— Je savais, fit-elle d'une voix rauque, qu'il faut avoir été fou ou très meurtri pour soigner la folie.

Il garda le silence.

— Mes parents à moi sont morts très tôt, rappela Varya. Et on m'a pris ma famille d'adoption.

— J'en suis si désolé mon enfant, murmura Santaroga d'une voix faible.

Elle s'appuya sur son coude pour mieux voir son expression.

— Vous avez encore mal ?

C'était elle qui gisait dans ces draps qui lui posait cette question ! Il hocha la tête avec peine.

— Bien sûr. Et vous ?

— Alexandre…

— Oui ?

Elle le contempla de ses grands yeux clairs et tranquilles.

— La douleur est facultative.

~

Étouffant un bâillement, Arnaud Fauber tourna la tête pour épier le taxi qui s'arrêtait devant l'hôtel. Le portier se précipita pour permettre à une femme élancée de s'en extirper. L'inspecteur de la Sûreté sortit son carnet et nota avec soin le nom de la personne. Il ne doutait plus maintenant que Varya allait recevoir des tas de visites. La journaliste en premier lieu, comme les charognards. Mais d'autres grands fauves ne tarderaient pas à se montrer.

~

La sonnerie grêle du téléphone le fit sursauter. L'opératrice lui passa Elsa Sorano.

— On m'a fait part de votre appel et je vous en remercie. Je reviens de l'hôpital et j'ai pu m'entretenir avec Henri. Il va bien.

— Tant mieux ! A-t-il vu son agresseur ?

— Non, il a été attaqué dans le noir lorsqu'il est entré dans mon bureau.

— Pardon Elsa mais qu'allait-il faire dans votre bureau ?

— Il dit qu'il a entendu du bruit et s'en est étonné puisque j'étais en bas. Sans doute un cambrioleur. Ce genre de réception amène parfois des malfrats à se glisser parmi les invités et profiter de la fête pour agir.

— Bien sûr… fit Santaroga soucieux.

— Je vous ai connu plus loquace, remarqua Elsa avec une pointe de taquinerie dans la voix.

— Désolé, ces derniers événements m'ont bouleversé.

— Vous vous faites du souci pour moi ?

Il considéra la forme recroquevillée sous les draps. Pour l'instant, c'était Varya qui le préoccupait.

— Oui.

Lorsque Elsa reprit, sa voix était devenue un peu rauque.

— Voulez-vous que nous nous voyions ?

— Je crois que le moment est mal choisi.

Dans le combiné, il sentit la respiration d'Elsa s'accélérer.

— Je peux être dans trente minutes à votre hôtel.

— Non, je suis désolé, je dois voir un patient.

— Un patient ou une patiente ?

— Une patiente.

— Je m'en doutais ! Rappelez-moi donc quand vous aurez envie de me voir !

Elle raccrocha. Santaroga leva les yeux au ciel puis, après avoir tourné en rond, se dirigea vers les cartons de livres récupérés chez Gabriel de la Biole. Il se mit à genoux pour les sortir l'un après l'autre. Quelque chose glissa des pages d'un livre. Une photo un peu défraîchie. Elle représentait Gabriel dans un camp de réfugiés, sans doute dans un pays du Proche-Orient. Il tendait un pain à une adolescente au beau visage dont les habits déchirés laissaient entrapercevoir une série de tatouages.

Il les avait vus il y a peu. La femme sur cette photo, c'était Liane, la bénéficiaire du testament de Gabriel et la prostituée du Chabanais !

On frappa sans discrétion à la porte. Santaroga comprit qu'il ne s'agissait pas du personnel si policé de l'hôtel. Il craignait de voir le commissaire aux rouflaquettes mais ce fut Tillie qu'il découvrit appuyée contre le mur, un béret sur la tête et un blouson aviateur jeté sur les épaules.

— Je suis au courant pour cette nuit, déclara-t-elle sans préambule. Varya et ce pauvre Mac Kenzy dans un état pitoyable !

— Comment le savez-vous ?

— Parce que j'ai soudoyé le réceptionniste de l'hôtel afin qu'il m'avertisse de tout événement sortant de l'ordinaire ou de tout étranger demandant Varya. Que leur est-il arrivé ?

— À qui d'autre en avez-vous parlé ?

— À Tamara. (La journaliste prit un air faussement navré.) Oui, je sais, je n'aurais pas dû mais nous avions un accord. Elle ne va pas tarder à débarouler.

Elle se campa face à lui, les mains sur les hanches. Ses pieds chaussés de bottes tapaient le sol pour souligner son impatience.

— Varya dort, dit-il avec douceur. Je lui ai administré un calmant.

— Ce n'est pas grave, je ne ferai pas de bruit !

Elle se pressa tant contre lui que, embarrassé, il dut lui céder le passage. Un sourire de triomphe aux lèvres, Tillie traversa le salon et fila jusqu'à la chambre de Varya.

— Mon Dieu, chuchota la journaliste, qu'elle est pâle ! Ne devrait-elle pas être à l'hôpital ?

— Elle dort. Des jeunes gens l'ont fait boire et prendre de la cocaïne dans une soirée avant d'essayer de la violer. Mac Kenzy l'a vaillamment défendue. Je suis médecin, je sais gérer cela !

Tillie envoya valser son sac à terre et s'assit à califourchon sur le bord d'un fauteuil.

— Pauvre Varya, quelle soirée épouvantable ! Et dire qu'en plus on a tenté d'assassiner Henri Sorano presque sous mon nez !

Sous ses draps, Varya continua à mimer la respiration régulière du dormeur et se fit toute ouïe.

— N'exagérons pas, fit Santaroga, la blessure était un peu spectaculaire mais superficielle.

— Vous avez été le premier à trouver Elsa agenouillée devant son mari, remarqua-t-elle. Vous croyez que…

— Elle compressait la blessure et appelait à l'aide ! gronda le psychanalyste qui la voyait venir.

— La police soupçonne souvent les proches.

Elsa ! Mme Hécate ! Le cœur de Santaroga battit lourdement dans sa cage d'os et de chair mais lui seul pouvait faire le lien.

— Je crois Elsa trop sophistiquée pour commettre un crime, lança-t-il d'un ton qu'il voulut léger.

— Mais cette tentative de meurtre n'est pas vraiment sophistiquée, n'est-ce pas ? rétorqua-t-elle amusée.

Il se fit soupçonneux.

— Vous-même êtes sortie de la maison peu avant la découverte du corps.

— J'étais aux toilettes !

— Bien sûr !

Elle se rembrunit.

— Êtes-vous passée voir Elsa ? s'informa-t-il.

— Non, j'ai pensé que le moment n'était pas opportun.

— Oui, Varya reste votre priorité !

La journaliste encercla ses mollets de ses bras et posa son menton sur ses genoux dans un geste enfantin.

— Que vous le vouliez ou non, votre protégée est aussi suspecte qu'Elsa dans l'agression d'Henri Sorano.

— C'est ridicule !

— J'ai mes informations à la préfecture de police, un homme haut placé avec qui je m'envoie en l'air une fois par mois !

— Oh ! fit Santaroga choqué.

La journaliste rit.

— En avion ! En avion ! Enfin quoi, nous volons ensemble une fois par mois.

— Ah !

— Quelqu'un a vu Varya monter à l'étage avant l'agression de M. Sorano. Je l'ai moi-même aperçue emprunter l'escalier mais je n'en ai rien dit !

Un sentiment de culpabilité sans nom s'empara de Santaroga, c'était lui qui avait envoyé Varya chercher puis remettre ces notes. L'avouer à quelqu'un ne ferait que renforcer les soupçons envers sa protégée car les notes se trouvaient dans le bureau d'Elsa où avait eu lieu l'agression.

— Qui a vu qui ? grogna-t-il. Comme si dans une soirée on savait où vont les gens ! Et puis, s'il s'avère qu'elle était à l'étage, je suppose qu'elle y cherchait les toilettes. Comme vous !

Un sourire taquin fleurit sur les lèvres de Tillie.

— C'est la version la plus sûre à raconter à la police !

Comme pris les doigts dans un rayon de miel, il prit un air penaud.

— La police suspecte également Victor Harman, reprit-elle. Il s'est violemment disputé avec M. Sorano avant l'agression et on l'a un peu perdu de vue entre l'esclandre et la découverte du blessé.

— M. Sorano semblait plus furieux que Victor Harman, remarqua Santaroga. J'ai trouvé ce poète étonnamment calme.

— Oui, sauf si Victor était l'amant d'Elsa !

— On dit qu'il ne s'intéresse pas charnellement aux femmes.

— Il y en a qui cachent bien leur jeu pour avoir la paix avec les maris ! fit-elle.

La journaliste le fixa intensément pendant de longues secondes.

— C'est amusant, remarqua-t-elle, vous avez défendu Victor avant Elsa. Sauriez-vous donc qu'elle s'intéresse aux hommes ?

Santaroga n'avait aucune intention de révéler les confidences de sa patiente mais il était curieux de savoir ce qu'entendait Tillie.

— À quoi pensez-vous ?

— Je ne sais trop. Lorsqu'elle est venue la première fois à une séance du Cercle de rêves éveillés, je l'ai trouvée plutôt godiche et pas trop assurée. Maintenant, elle déborde de sensualité.

Une idée folle avait déjà commencé à germer dans l'esprit de Santaroga. Elsa avait changé, Gabriel aussi.

— Et vous, Tillie. Avez-vous changé depuis que vous appartenez au Cercle ?

Elle battit des cils de surprise.

— Je crois que j'ai toujours été quelqu'un de très libéré.

— Depuis votre divorce ?

Celui-ci était de notoriété publique. La question sembla néanmoins la troubler plus que prévu. Pour ne pas l'embarrasser, il changea de sujet.

— Qui aurait pu en vouloir à M. Sorano ?

La journaliste reprit sa contenance et fit un geste vague de la main.

— Tous ceux qui ne pensent pas comme lui : les démocrates, les républicains, ou même encore des concurrents en affaires. Ah oui, j'oublie les bolcheviques. Ils incarnent pour Sorano le danger suprême et il appelle à mobiliser l'Europe contre eux. Une Europe fasciste si possible.

— Je sais comment ça se passe : on distille la haine puis on pousse les foules contre un bouc émissaire. Comment a-t-on lancé les pogroms dans le monde ces dernières années ?

Santaroga frissonna et jeta un rapide regard vers Varya endormie.

— Passons au salon, voulez-vous ?

Tillie sauta sur ses pieds.

— J'allais vous le proposer !

Au salon, elle s'assit en tailleur sur un fauteuil, sans retirer ses bottes d'aviatrice.

— Revenons en arrière. Je vous ai dit que j'avais vu Varya monter à l'étage à cette soirée. Si la police m'interroge, dois-je maintenir cette version ?

La sécurité de sa protégée passant par-dessus tout, Santaroga décida d'avouer la mission de Varya à l'étage.

— Toujours votre obsession à propos de la mort de Gabriel ! s'exclama Tillie. Bien, je vous crois. Vous me paraissez suffisamment têtu et obtus pour cela ! Néanmoins, vous me demandez de mentir à la police pour la protéger.

— D'accord, maugréa-t-il, inutile de faire monter la pression ! Que voulez-vous en échange de votre silence ?

— Ekaterinbourg. La maison Ipatiev…

— Vous ne révélerez rien à personne ?

— Promesse de Catalane !

— Varya y était.

— J'en étais sûre. (Tillie claqua dans ses doigts.) C'est parce qu'elle en est sortie vivante qu'elle cherchait à rencontrer le grand-duc Nikolaï et que tous ces Russes lui couraient après ! Une survivante de la maison Ipatiev, vous vous rendez compte ? Je comprends l'émoi qui les a tous saisis. Le premier témoin des faits côté blanc depuis huit ans ! Et qu'a-t-elle révélé au grand-duc ?

— Que les Romanov n'ont pas été tués dans la maison Ipatiev. On les a emmenés d'Ekaterinbourg dans un monastère d'où Varya s'est plus tard échappée.

— Vous devez vraiment craindre qu'elle n'ait attaqué Sorano pour m'avouer tout ça ! constata la journaliste impressionnée.

Santaroga ne répondit pas. Il se rappelait la pâleur de Varya et son départ précipité de la réception.

— Ceci remet complètement en cause les conclusions de l'enquête du juge Sokolov et rend d'autant plus illégitime l'autoproclamation du grand-duc Kirill, reprit Tillie avec exaltation. Le grand-duc Nikolaï devait sauter de joie !

Elle lut dans le regard de Santaroga que tel n'avait pas été le cas.

— Certes, ajouta-t-elle, cela peut saper l'autorité de son rival Kirill, mais si Varya sert les intérêts de Kirill et que tout ceci n'était en fin de compte qu'un piège pour remettre en cause la crédibilité de Nikolaï si son témoin se rétracte ?

— Je ne peux vous laisser accuser Varya de duplicité ! s'écria Santaroga dont le loup protecteur venait de se réveiller.

Elle lui jeta un regard songeur.

— C'est parfois dans les yeux les plus clairs que se dissimulent les plus grands mensonges !

Un silence lourd s'installa entre eux. Finalement, Santaroga s'ébroua lentement. Il était temps de remettre Gabriel de la Biole au centre de la conversation.

— Revenons à des événements plus récents, proposa-t-il. Gabriel de la Biole puis Henri Sorano, deux personnes proches.

— Un suicide et un cambriolage qui a mal tourné. C'est en tout cas ce que retiendra la police.

Santaroga décida d'enfoncer le clou.

— Tous deux finançaient l'Aufbau !

Il vit la journaliste tressaillir. Se penchant en avant, avant qu'elle ne réagisse, il prit ses mains entre les siennes. D'un geste très sûr, le psychanalyste pressa légèrement trois doigts au creux de chacun de ses poignets, cherchant le pouls. La pulpe de ses doigts perçut l'onde pulsatile dégagée par le flux sanguin. D'un coup, Frère loup se mit au diapason des battements de cœur de Tillie.

— Tillie, je vous repose ma question : étiez-vous chez Gabriel de la Biole le soir de sa mort ?

Elle soupira.

— Non, non et non !

Le flux sanguin pulsé par le cœur s'accéléra sous le coup

d'une réelle émotion. Mais elle avait baissé les yeux en répondant. Or, il l'avait vérifié pendant la Grande Guerre lorsqu'il interrogeait des gens, ceux-ci mentaient souvent en plantant leur regard dans le sien.

— Vous vous êtes pourtant déjà rendue chez lui !

— Oui ! Et alors ?

Elle récupéra ses mains et, revancharde, le repoussa du plat de la paume. Celle-ci entra en collision avec une poitrine d'acier. Tillie se passa nerveusement un bout de langue sur les lèvres.

— Je rendais visite à Gabriel en toute amitié. Les notes de séance vous ont-elles appris quelque chose ?

— Varya ne les a pas trouvées, mentit-il sans vergogne.

— Oh ! Je peux vous parler de cette fameuse séance où Gabriel a rêvé qu'il s'introduisait de nuit dans une maison. Il montait silencieusement à l'étage et poussait la porte d'une chambre, la première à droite…

Exactement la même configuration de lieux, pensa Santaroga.

Le ton de Tillie s'altéra.

— Il égorgeait le dormeur et se réveillait en sursaut. Alors, il découvrait qu'il était lui-même ce dormeur !

C'est bien la retranscription des notes.

— Cela vous semble-t-il suspect qu'il ait répété ce rêve ? demanda-t-elle.

Santaroga ne répondit pas directement.

— Jadis, Tcheou rêva qu'il était un papillon volant parmi les fleurs, ses ailes miroitant au soleil, satisfait de son sort et ignorant qu'il était Tcheou lui-même. Puis il s'éveilla et s'aperçut alors qu'il était en réalité Tcheou. Mais un moment plus tard, il ne sut plus s'il était Tcheou rêvant qu'il était un papillon ou un papillon rêvant qu'il était Tcheou.

— C'est ce qui est arrivé à Gabriel ?

— Peut-être… peut-être pas ! Si nos rêves sont plus vrais que la réalité, nous ne faisons plus la différence entre le monde réel et le monde rêvé. Quand nous nous réveillons, l'ordre des choses est en apparence rétabli. Il n'en a pas été de même pour Gabriel.

Le regard de Tillie balaya la pièce et s'arrêta sur le carton de livres. Son attitude corporelle se modifia imperceptiblement. Tout son corps indiquait maintenant une attente.

— Dites-moi (elle prit une expression rusée), Gabriel ne vous a-t-il rien confié pour moi ?

— À quoi pensez-vous ?

— Des écrits par exemple…

— C'est pour les récupérer que vous l'avez tué ? demanda-t-il très posément.

Elle sauta sur ses pieds.

— Vous êtes ridicule ! Je m'en vais !

Elle se dirigea vers la porte après avoir jeté un dernier coup d'œil curieux au carton de livres. De nouveau l'idée folle envahit l'esprit de Santaroga qui leva la main pour arrêter Tillie.

— Au fait. Si je vous dis *Cercle des rêveurs éveillés*, quel est le premier mot qui vous vient à l'esprit ?

Une lueur trouble traversa son regard.

— J'en ai deux : « Buvez-moi ».

En milieu de matinée, l'entrée de Tamara de Lempicka dans le hall du grand hôtel ne passa pas inaperçue. Elle portait un ensemble à cardigan en jersey de laine, la jupe au genou. Un camée ovale en nacre monté en broche et assorti de perles ornait sa poitrine. Comme une reine, elle se dirigea vers la réception où, contrairement à Tillie, elle se fit annoncer.

— Monsieur Santaroga vous prie de monter, annonça le réceptionniste empressé, l'écouteur encore à l'oreille.

Elle prit l'ascenseur et se retrouva bientôt devant la porte de la suite. Elle n'eut pas à frapper car celle-ci s'ouvrit alors qu'elle levait le poignet.

— Si vous voulez voir Varya, annonça sans détour Santaroga, il va d'abord falloir me promettre de répondre à toutes mes questions. Je jugerai de la sincérité de vos réponses avant de vous ouvrir.

La peintre le toisa.

— M'interdire l'entrée ? Que vous prend-il ?

Santaroga fit un pas en arrière pour refermer la porte avant d'être interrompu par un véritable cri de désespoir.

— Non ! Je répondrai mais laissez-moi entrer ! Comment va-t-elle ?

Le psychanalyste la fixa droit dans les yeux et Tamara ne se déroba pas.

— Vous me parlerez du Cercle des rêveurs éveillés lorsque vous y participiez et de ce que vous avez fait après avoir bu la fiole ?

Elle tressaillit et il perçut ses réticences mais elle finit par hocher la tête.

— Je vous le promets.

Il entrouvrit la porte et aussitôt elle entra en le bousculant un peu.

— Ce n'est pas bien ce que vous faites, chuchota-t-elle au passage.

Il se contenta de soupirer. Dans une enquête, les moyens employés pour arracher la vérité laissaient parfois à désirer.

Tamara se dirigea sans hésiter vers la chambre. La lumière se dissolvait en champ coloré au gré des interstices des persiennes. Elle s'assit au bord du lit et observa Varya. Rassurée par la respiration tranquille de la dormeuse, elle s'enhardit à caresser ses cheveux, laissant les mèches dorées filer entre ses doigts.

— Elle va bien ?

— Oui. Je lui ai donné quelque chose pour dormir.

— Pensez-vous qu'un baiser la réveillerait ? le taquina-t-elle.

— J'en doute.

Il la scruta avec curiosité.

— Pourquoi avez-vous quitté le Cercle ?

La peintre se leva et le rejoignit sur le pas de la porte. Varya souleva une paupière et dressa l'oreille.

— J'ai déjà répondu à cette question. Et puis le nouveau venu, Mac Kenzy, ce petit coureur de filles, m'horripilait. Il tente toujours sa chance sur tout ce qui porte bas et talons hauts !

Sous le drap, Varya se mordit les lèvres.

— Tamara, lança soudain Santaroga. Si je vous dis « Buvez-moi », quel est le premier mot qui vous vient à l'esprit ?

Comme sous le coup d'une impulsion souveraine, elle répondit sans sourire :

— Lapin Blanc !

Elle tournait les talons lorsque le psychanalyste lui saisit le bras, la retenant malgré elle.

— Jusqu'où vous a menée de suivre le Lapin Blanc ?

Elle le considéra avec un respect nouveau.

— C'est très malin ce jeu d'association d'idées !

— J'étais déjà intrigué lorsque Varya m'a raconté son expérience mais je crois comprendre maintenant. L'épreuve ne consiste pas seulement à boire la fiole. La véritable épreuve commence après. Comme dans *Alice au pays des merveilles* où l'héroïne doit affronter la terrible Reine de cœur. Et vous, Tamara, quelle reine avez-vous bravée après avoir bu ?

Le regard de la peintre accrocha sans le voir un point particulier au-dessus de son épaule.

— Moi-même. Je voulais la lumière et j'étais engluée dans la médiocrité.

— Je comprends le concept mais, de manière pratique, où vous a physiquement menée le Lapin Blanc ?

Les longs cils voluptueux de Tamara papillonnèrent.

— En Italie, au Vittoriale. Chez ce vieux fasciste de D'Annunzio !

Santaroga réfléchit à la transformation d'Alice, la taille d'abord puis la hardiesse et la connaissance d'un autre monde. Une initiation.

— Quel était le but de Victor Harman en vous envoyant là-bas ?

Elle chuchota en contemplant toujours le vide :

— M'aider à devenir ce que je voulais être : une célébrité et plus une crève-la-faim ! Mon séjour m'a apporté cette notoriété tant recherchée. On m'a invitée à l'exposition de

Milan, dans les soirées. On s'est mis à parler de moi et de mes peintures. Tout ce dont j'avais rêvé s'est réalisé et j'ai enfin osé être moi-même.

Elle glissa un coup d'œil à Varya toujours allongée, le souffle régulier.

— À bien y réfléchir, une idée excellente, un coup de publicité fabuleux pour moi !

Le téléphone sonna. Santaroga s'excusa et passa décrocher dans le salon. C'était Elsa.

— Je suis retournée à l'hôpital, dit-elle précipitamment, il va bien. Quand passez-vous me voir ?

— Je vous l'ai dit, je ne peux pas à l'instant.

— Bon, je viens alors.

— Non, ce n'est pas possible !

Il avait parlé un peu trop fort et Tamara le considéra avec surprise.

— Vous ne jugez pas bon de passer me voir alors que je suis en souffrance ? La police est revenue m'interroger. Vous vous rendez compte ?

— C'est un moment pénible, admit-il, je le sais.

— Je n'ai pas besoin de votre compassion ! J'ai besoin de vous, comprenez-vous ?

Sa voix perçait désormais dans les aigus. Le psychanalyste craignit une crise d'hystérie.

— Je passerai demain, fit-il rassurant, je vous le promets.

Après un long silence à l'autre bout du combiné, la voix d'Elsa retentit de nouveau, calme et froide.

— Santaroga, à partir de maintenant je ne suis plus votre patiente, m'entendez-vous ? C'est terminé !

Elle raccrocha. Il posa à son tour le combiné et se rendit compte que Tamara le scrutait depuis quelques secondes.

— Des ennuis ? s'enquit-elle avec un calme olympien.

— Un malentendu plutôt.

— Bien sûr…

Le téléphone sonna de nouveau. La voix d'Elsa jaillit du combiné.

— Je m'excuse Alexandre. Je me suis agacée mais vous ne pouvez pas imaginer dans quel état de nerfs je me trouve. Venez me voir, je vous en prie. Je risque de faire une bêtise.

— Quelle bêtise ?

— Vous savez bien, lorsque mes nerfs sont en pelote je ne connais qu'une façon de m'apaiser.

Il capitula.

— Je ne peux pas m'éloigner actuellement, venez me voir. Lorsque vous serez au bar de mon hôtel, faites-moi appeler.

— Je préférerais vous voir dans votre suite.

Sa voix venait de regagner en assurance.

— Au bar de l'hôtel, fit-il d'un ton sans réplique. À tout à l'heure.

Il raccrocha, aussi mécontent d'elle que de lui-même.

— Je veillerai Varya en votre absence, fit Tamara avec un sourire resplendissant.

Elsa se leva précipitamment lorsque Santaroga la rejoignit au salon de l'hôtel. À cette heure de la fin de matinée, ils se retrouvaient seuls en dehors d'un bruncheur qui savourait une omelette aux poivrons accompagnée de petits verres de gin. Le maquillage ne dissimulait pas les cernes de fatigue de la jeune femme.

— Que se passe-t-il ? s'enquit-elle d'un ton douloureux. Pourquoi toutes ces cachotteries ?

— Je suis avec Tamara de Lempicka, nous veillons Varya.

— Que vient faire Tamara avec elle ? demanda Elsa.

— Varya est son modèle.

— Oh ! Et pourquoi veiller Varya ?

Ils furent interrompus par le serveur. Elsa commanda un thé et lui un double café accompagné d'un cognac qu'il s'autorisa pour chasser la fatigue. Il lui raconta l'aventure de la nuit.

— Mon Dieu ! fit Elsa. Quel petit imbécile ce Mac Kenzy de l'amener n'importe où !

— Revenons à vous, comment allez-vous ?

— Je ne sais pas trop. Je suis émue par ce qui est arrivé à mon mari mais honnêtement je… décidément, je ne suis pas une bonne épouse.

— Et vous n'avez guère envie de jouer ce rôle de composition, ce que personne ne peut vous reprocher.

— Oh que si !

— Parlez-moi de Mme Hécate et de sa relation avec Gabriel de la Biole.

Elsa lui opposa un visage fermé. Santaroga joignit les mains par-dessus la table.

— Je me permets d'insister car la situation a changé depuis notre discussion à ce dancing. Vous m'avez dit avoir rompu avec lui avant sa mort.

Elle eut un mouvement de révolte.

— Mais à la fin, êtes-vous flic ou psychanalyste ?

— C'est un peu pareil, voyez-vous. Les deux mènent une

enquête, l'une de ces enquêtes est simplement plus collaborative !

Elsa baissa pudiquement les yeux.

— J'ai eu une liaison avec lui. Malgré son caractère ténébreux, c'était un homme gentil, attentionné et séduisant. Pourtant aucun de nous deux n'était amoureux de l'autre. Aussi, d'un commun accord, nous avons cessé de coucher ensemble. Cela ne nous a pas empêchés de nous revoir en toute amitié.

— Et toutes vos aventures avec des inconnus ?

— Une invention de ma part. Un jeu que j'ai joué pour attirer votre attention.

Il secoua la tête.

— Vous ne l'auriez pas inventé uniquement pour ça. Vous ne me dites pas tout.

Il fit mine de se lever.

— Attendez !

— D'accord mais vous allez me raconter ce que vous avez fait lorsque vous avez décidé de suivre le Lapin Blanc au fond du terrier !

Elle le fixa, bouche bée, proche de la panique.

— Que vous a demandé d'accomplir Victor Harman ? insista Santaroga.

— Quelque chose de fou… murmura-t-elle.

— Comment cela ?

Elle se pencha au-dessus de la table et ses mains recouvrirent celles de Santaroga comme pour une prière.

— Vous avez sans doute appris ou deviné qu'à ce stade d'initiation du Cercle, Victor nous offre une fiole avec une inscription.

— « Buvez-moi ».

— Oui.

— Et vous avez bu.

Elle le considéra d'un air enfantin.

— Lorsque nous buvons, nous rapetissons comme dans *Alice au pays des merveilles*. Puis il nous faut grignoter le gâteau pour retrouver notre taille normale. Seulement, le gâteau c'est la mission qu'il nous assigne. Une mission qui va à l'encontre de ce que nous faisons habituellement mais qui nous permettra de nous réaliser. Moi qu'il considère comme une bourgeoise sophistiquée et coincée, j'ai eu pour ordre de me faire passer pour une roulure.

Le regard de Santaroga se couvrit d'orage et il dut calmer Frère loup en colère.

— Il ne m'obligeait pas à le faire, ajouta-t-elle précipitamment. Je devais juste dire des choses grossières, allumer des hommes…

— Un jeu bien dangereux, grogna le psychanalyste entre ses dents.

Furieux, son loup agitait en lui des instincts de meurtre.

— C'est Victor Harman qui vous a demandé de vous rendre à l'église de Maria de Naglowska, cette secte où les disciples se donnent les uns aux autres ?

Le cœur de Santaroga battait la chamade. C'était de plus en plus difficile de garder ses distances avec sa patiente. Le transfert se déroulait à l'envers. Elsa pinça les lèvres.

— Oui mais je ne participais pas, dois-je le préciser ?

— Il vous accompagnait ?

— Il m'attendait au-dehors pour veiller sur moi.

— Ou alors il venait se repaître de vos émotions ou se livrer aux affres de la jalousie ! Les deux peut-être.

— Vous vous trompez du tout au tout sur la personnalité de Victor, c'est un ami pour moi. Je sais pouvoir compter sur lui.

— Victor Harman vous soumettait à la tentation sous prétexte de vous affranchir mais avez-vous songé qu'il souhaitait secrètement que vous y succombiez ?

— Cela ne lui ressemble pas du tout.

— Je me demande si l'un ou l'une d'entre vous au Cercle connaît réellement Victor Harman, fit-il songeur.

Elsa chercha la fuite en sortant une cigarette d'une main un peu tremblante. Il se pencha pour lui offrir son feu.

— Merci, fit-elle d'une voix faible.

— Et donc, jouer ce jeu de femme facile vous a excitée ?

— Terriblement. J'en étais arrivée à rêver de devenir une petite pute !

Il la considéra avec attention.

— Ne parlez plus comme ça, Elsa. Votre mission est achevée. Je vous libère.

Désorientée, elle rit nerveusement.

— C'est pour cela que j'ai décidé de devenir votre patiente : pour être libérée. Une part de moi avait envie de le faire et l'autre que cela cesse. Je ne savais plus comment réconcilier les deux. Je voulais comprendre ce qui se passait en moi. Pour vous intéresser à mon cas, j'ai fait comme si j'avais réalisé mes fantasmes.

Santaroga ferma un instant les yeux. Il avait perçu une réelle attente chez Elsa sans avoir eu le temps d'en découvrir les raisons.

— Voyez-vous, continua-t-elle, je veux juste savoir qui je suis réellement, quelle est ma vraie nature.

La nature ou la nature du désir ? Tout cela dans une époque où jamais les rapports n'ont été aussi enfiévrés entre les sexes.

Il lui fallait poursuivre son analyse grâce à cette nouvelle clé de compréhension.

— S'il existe bien une universalité, c'est celle des fantasmes sexuels ! dit-il. Leur évocation ou leur réalisation dépend des inhibitions, contraintes sociales ou tabous de nos sociétés. À partir de là, chacun de nous s'est interrogé un jour ou l'autre sur sa volonté réelle de passer ou non à l'acte pour les réaliser. Surtout dans votre cas où, manifestement, vous n'avez pas la vie de couple attendue. Cela ne fait pas de vous une malade. C'est plutôt pour vous protéger que vous jouez à la malade !

Avec douceur, il détacha ses mains. C'était comme se défaire d'un nœud léger et soyeux, somme toute agréable.

— Qu'est-ce que Victor Harman a demandé à Gabriel ?

— Je l'ignore, il a toujours refusé de me le dire. C'était la règle, voyez-vous ?

— Avez-vous parlé à Gabriel de votre épreuve imposée par Victor ?

— Grand Dieu, non !

— Vous avez récemment qualifié de dangereuses les relations nouées par Gabriel avec votre mari, pourquoi ?

Elsa eut un regard de biche aux abois et regarda autour d'elle d'un air paniqué.

— Est-ce que nous sommes obligés de parler de ça ?

— Oui !

— Nous ne devrions pas ! Henri est antiparlementaire et

se perd dans des rêves de dictature nationale ou européenne. Il rêve d'un ordre nouveau, d'un ordre fort, débarrassé de la démocratie. Je ne veux pas connaître les gens qu'il fréquente pour aider à cela.

— Des gens qu'il a fait rencontrer à Gabriel ?

Ce n'était pas vraiment une question, aussi garda-t-elle le silence en éparpillant nerveusement les cendres de sa cigarette sur la nappe blanche.

— Il y avait des Russes blancs parmi eux ?

Elle haussa les épaules.

— Vu l'accent de certains, probablement.

Santaroga réfléchit un instant sur le champ des possibilités.

— Êtes-vous allée voir Gabriel le soir de sa mort ?

Elle cilla fugacement.

— Non.

— Avez-vous tenté de tuer votre mari avec un coupe-papier ?

— Non !

Santaroga termina son café et reposa sa tasse avec une douceur inattendue pour une telle force de la nature.

— Une dernière question si vous me le permettez, fit-il d'un ton tranquille. Combien de fois m'avez-vous menti au cours de cet entretien ?

23

Non, je vais d'abord bien regarder,
pensa-t-elle, pour voir s'il y a le mot : poison.
Cependant, ce flacon ne portant
décidément pas d'étiquette «poison», Alice
se hasarda à en goûter le contenu.

De la réception, Santaroga donna un coup de téléphone puis il regagna sa suite. Il s'y retrouva face à Tamara et Mac Kenzy en train de se disputer sous le nez de Varya assise dans le salon, emmitouflée dans une robe de chambre trop grande pour elle. La peintre tourna vers lui un regard dépité.

— Ce godelureau s'est imposé en votre absence !

Nul doute qu'elle aurait souhaité garder son modèle pour elle seule. Varya sourit faiblement.

— Vous l'avez aperçu à la soirée d'Elsa et lorsqu'il m'a ramenée à vous. Néanmoins, je n'étais pas en état de faire les présentations. Voici M. Mac Kenzy, le seul touriste d'Amérique du Nord à Paris à ne pas écrire un livre ou poser pour des photos pornographiques !

— Quelle adorable présentation ! s'exclama Mac Kenzy. Vous faites naître en moi la douce espérance de devenir un amoureux sans autre souci que de vous plaire !

Il se tourna pour saluer le psychanalyste.

— M. Santaroga, c'est un honneur.

L'interpellé serra avec un peu de raideur la main tendue. Mac Kenzy se retourna ensuite et, à la manière d'un magicien, ôta la cloche recouvrant un plat sur une table de service.

— Varya, je vous ai fait monter à manger. Côtelettes d'agneau, bacon, pommes de terre et petits pains chauds. C'est ce que l'on mange au petit déjeuner au Canada avec parfois des fèves et des œufs au lard !

— Je n'ai pas faim.

— Là, vous m'inquiétez ! fit Santaroga.

— Je vais me forcer, reprit Varya avec un sérieux imperturbable. Pour survivre, il faut savoir prendre des forces et ne jamais refuser un repas ! Monsieur Mac Kenzy, pourriez-vous me découper une côtelette, s'il vous plaît ? Et vous, Tamara, me beurrer un de ces petits pains chauds ?

Tous deux s'empressèrent d'obéir. Santaroga les contempla, amusé par leur ardeur à lui faire plaisir.

— Hier, dit le Canadien, j'ai pensé à ces nuits folles suivies des petits matins où l'on boit au bar des cafés arrosés de fine ou des mugs remplis de whisky et d'une eau brûlante et citronnée. J'avais envie de vous mener jusqu'au bout de la nuit. Vous, la musique et moi. Je vous en demande pardon.

Santaroga observa le pied qui tapait en rythme saccadé sur le sol.

— Il faut que je m'absente, finit-il par dire en détachant à regret son regard de Mac Kenzy.

Pleine d'espoir, Tamara se tourna vers le psychanalyste désormais adoubé dans son rôle de père protecteur.

— Je peux rester avec Varya.

— J'allais vous en prier.

La Polonaise dissimula sa satisfaction avant de jeter un coup d'œil en biais à Mac Kenzy.

— Varya a besoin de repos. Merci monsieur Mac Kenzy d'être passé !

— Vous êtes bien aimable mais je comptais rester ! Sinon, nous pouvons échanger nos places ?

— Ce ne serait pas convenable de laisser un jeune homme dans la chambre de Varya, protesta-t-elle en cherchant des yeux le soutien de Santaroga.

— Et ça le serait davantage d'y laisser une femme attirée par les femmes ! rétorqua Mac Kenzy.

— Vous m'agacez prodigieusement !

Le combat de coqs avait repris et le Genevois gardait trop de pensées en tête pour s'en mêler. Il devait maintenant voir Liane. Liane, la pécheresse. Liane qui lui mentait avec la même facilité qu'Elsa. Varya, elle, ne mentait guère. Elle se taisait. Simplement. Il se décida à émettre un jugement de Salomon.

— Monsieur Mac Kenzy, vous êtes tout à fait représentatif de l'intérêt inépuisable de notre jeunesse pour le sexe. Entre vingt et trente ans, cela passe pour la chose la plus importante de l'existence ! Il ne serait donc pas bienséant de demeurer seul avec Varya dans une chambre d'hôtel. Je ne vois toutefois pas d'objection à ce que vous restiez avec

Tamara un moment. J'en ai pour deux ou trois heures mais peut-être que mon second rendez-vous ne sera pas là et que je reviendrai avant.

Varya adressa à Tamara un geste de désarroi. Elle avait besoin avant tout d'une présence et d'une oreille féminines.

— Et puis je dois appeler ce commissaire de police, ajouta le psychanalyste. Il faut que j'agisse vite avant qu'il ne se fasse trop d'idées sur Varya et vienne l'interroger !

Mac Kenzy fit claquer sa langue avec impertinence.

— Bon, je vais vous laisser puisque apparemment je suis de trop.

Tamara applaudit poliment.

— Sage décision !

— Mais je ne partirai qu'une fois que Varya aura nettoyé son assiette !

~

Au dernier étage de la tour Eiffel se pressaient des danseuses accoudées au parapet, debout sur leurs pointes. Elles contemplaient Paris étalé sous leurs jolis pieds en pépiant comme des oisillons. Occultant leur sensualité exacerbée par le collant moulant, Santaroga les observa avec un brin de tendresse pour leur jeunesse. Un homme posa un appareil sur un trépied. Les ballerines se trouvaient là pour une séance de photos. Les regards des badauds effleurèrent leurs épaules dénudées miroitant au soleil. Santaroga les quitta des yeux, cherchant son contact. Il serait plus aisé de parler en toute discrétion, l'intérêt général focalisé sur les danseuses.

Un homme râblé aux orbites caverneuses, une moustache coupant le bas de son visage, se détacha de la foule. Il passa devant Santaroga sans lui accorder la moindre attention puis se dirigea vers un parapet opposé. Le psychanalyste vint négligemment s'appuyer à la balustrade auprès de lui.

— Heureux de vous revoir, mon ami.

— Heureux ? Vous avez le plaisir rare. Nous ne nous sommes plus vus depuis la fin de la guerre. Juste une carte de bons vœux pour le 1er janvier !

— J'ai cessé de collaborer avec les Renseignements depuis l'armistice.

— Oui, une fois effectué votre effort de guerre. Aussi suis-je surpris de votre demande de rendez-vous. Et plus particulièrement ici !

Une rafale de vent les rapprocha du bord. Santaroga jeta un bref regard à la fourmilière tout en bas.

— Depuis quelque temps, je prends garde à qui marche derrière moi.

Il pensait à la récente rencontre avec le grand-duc Nikolaï.

— Et c'est vous, mon officier traitant de l'époque, qui m'avez appris à choisir des lieux fréquentés.

L'autre émit un petit rire orgueilleux.

— Alors, je vous ai bien formé ! (Une pause.) Comme ça, vous souhaitez que je vous parle de l'Aufbau. Qu'en savez-vous ?

— Une sorte d'Internationale blanche monarchiste et terroriste, répondit Santaroga en plissant les yeux sous le soleil. D'anciens officiers dévoyés de l'armée impériale russe, soutenus par des affairistes antisémites et séduits par la perspective d'un régime fort.

— Mon Dieu mon ami, où avez-vous mis les pieds ? Certains de ceux dont vous parlez sont coupables d'assassinats de personnalités, y compris dans leurs propres rangs ! Ils prétendent lutter contre le sémitisme et la franc-maçonnerie juive. Ils veulent frapper les esprits. Et depuis leur participation au coup d'État raté de cet Hitler à Munich, quelques-uns commencent à lorgner du côté du Kaiser en exil. D'autres restent tournés vers ce qu'ils considèrent comme l'ordre nouveau : un nationalisme populiste.

— Mussolini, murmura Santaroga en reniflant comme si on lui présentait un poisson avarié. Et peut-être des gens comme cette petite frappe d'Hitler ! Ils sont soutenus entre autres par un homme d'affaires français, Henri Sorano…

— Vous êtes bien renseigné. Sorano finance la branche allemande de l'Aufbau, le parti national socialiste d'Hitler et d'autres agitateurs. Il n'est pas le seul, des financiers allemands et russes se sont joints à lui.

— Le grand-duc Kirill en est ?

— Il a des hommes à lui dans l'affaire.

— Avez-vous entendu parler d'un certain Gabriel de la Biole ?

— Vaguement. Je sais que des membres de l'Aufbau se sont rencontrés chez lui.

Santaroga lui jeta un regard vif.

— Comment avez-vous appris cela ?

— Parfois le Renseignement coopère avec la Sûreté générale. En particulier un de leurs agents : Arnaud Fauber. C'est le spécialiste des Russes blancs à Paris !

~

Santaroga se retrouva de nouveau au Chabanais. S'il était suivi, les rapports sur ses mœurs risquaient d'être fleuris ! La cabine du Transatlantique occupée, Liane et lui héritèrent de la chambre des glaces. Le psychanalyste n'osa imaginer à quoi servait le fauteuil à étriers qui y trônait.

— C'est vous qui avez choisi la chambre ?

Comme un chat, Liane s'étira avec paresse.

— Elle correspondait à mon humeur du moment.

— Le reflet de ce que nous sommes ou la récurrence ?

— Vous intellectualisez trop les choses !

La chambre des glaces renvoyait à l'infini l'image de leur duo inconfortable, lui massif et mûr, elle mince et jeune. Liane pensait-elle pouvoir s'échapper à la faveur de ces multiples reflets d'elle impossibles à capturer ?

Une tenue antique, sans doute celle d'une vestale grecque ou de l'image que l'on s'en faisait, la parait.

— Vous aimez ? demanda-t-elle en lissant les plis de sa tunique immaculée.

— Avec vous, je rajeunis de deux mille ans !

Cette fois, elle rit. Un rire plus léger que les ailes d'une colombe et qui ne porta pas loin.

— Vous connaître, c'est aussi me souvenir ! ajouta Santaroga avec conviction.

Liane redevint sérieuse et le fixa avec intensité.

— Toujours vos grandes théories, monsieur le psychanalyste. J'ai un rendez-vous à treize heures avec un riche banquier. Nous n'avons pas beaucoup de temps avant son arrivée. Et les banquiers sont toujours pressés. Le temps c'est de l'argent, aiment-ils répéter. Moi, je crois surtout que le temps, c'est la vie qui s'écoule.

Ou la vie que l'on vous vole, pensa Santaroga avec nostalgie.

— Ce banquier, reprit-elle d'un ton plaisant, aime me coucher sur un lit de billets. Cela l'excite beaucoup. Moi, je trouve ça plutôt enfantin. Je crois que cette fois je vais lui donner une bonne fessée !

Elle s'assit sur le lit surchargé de dorures et croisa les jambes. Son doigt suivit comme par habitude la couture d'un bas invisible car ses jambes nues resplendissaient de lumière.

— Vous aviez envie de me revoir ? Nos conversations vont finir par vous revenir cher !

Sans répondre, Santaroga lui tendit la photo du camp de réfugiés. Liane se contenta d'y jeter un bref coup d'œil.

— Ainsi, vous avez découvert mon secret, dit-elle en accompagnant ce constat d'un doux ton de reproche.

— Madame, un secret est fait pour être partagé. Sinon, quel intérêt ?

Elle eut un faible sourire.

— Un instant, j'ai cru que vous étiez revenu pour… pour consommer. J'avoue que cela m'aurait déçue. Mais vous êtes venu parler. Vous êtes comme Gabriel, vous voulez toujours parler !

— Je veux surtout comprendre. Gabriel vous a ramenée d'Orient avec lui.

Liane baissa les yeux avec une pudeur inattendue.

— C'est mon histoire que vous voulez connaître ?

— Si vous me jugez digne de l'entendre, répondit-il avec humilité.

Elle le jaugea de la tête aux pieds.

— Quel est votre but ? Vous ne m'avez pas tout dit la dernière fois.

— Je cherche à comprendre pourquoi Gabriel s'est tué et même si on ne l'a pas poussé à le faire. Ou peut-être encore s'il n'a pas été assassiné.

— Mon Dieu !

Liane le considéra encore un instant de son beau regard sombre. Une perle orientale, délicate et hors du temps. Devant l'expression de bonté et de curiosité de Santaroga, elle se décida.

— Asseyez-vous.

Il évita la place qu'elle lui offrait à ses côtés sur le lit et tira à lui une chaise, face à elle.

— Je suis issue d'une famille de la bourgeoisie arménienne. En 1915, j'avais quinze ans, lorsque le malheur s'est abattu sur nous.

Elle dissimula son malheur sous ses longs cils.

— « Je t'aime », a chuchoté ma mère, en me poussant dans un réduit obscur d'où je n'ai entendu dans les minutes suivantes que les gargouillis étouffés des hommes et des garçons qu'on égorge ou les cris des filles et des femmes que l'on viole. Plus tard, une fois la fièvre meurtrière retombée, un homme a découvert ma cachette.

Santaroga sentit une violente émotion le submerger.

— Ils sont tous morts, chuchota-t-elle d'une voix si faible qu'il dut se pencher pour l'entendre. Il y avait un bébé. Ils l'ont découpé en morceaux dans les bras de sa mère et sa mère avec. C'est comme ça, vos voisins de toujours se réveillent un matin pour vous couper en morceaux. Mais Dieu que s'est-il passé pendant la nuit pour qu'ils se réveillent avec cette envie folle de tuer ?

Il ne sut quoi répondre.

— Voyez-vous ce tatouage ?

Elle lui dévoila son épaule et, encore bouleversé, il l'étudia avec une raideur toute professionnelle.

— Certaines Arméniennes ont servi d'esclaves sexuelles dans des familles musulmanes qui les avaient enlevées. J'en étais. On nous a tatouées et aujourd'hui, même dans notre communauté réfugiée, ces tatouages nous désignent comme des femmes corrompues pour les nôtres.

Elle expira longuement.

— Après la guerre et la dissolution de l'Empire ottoman, sept cent mille survivants du génocide arménien de 1915 se sont trouvés victimes de la confiscation de leurs biens par le gouvernement turc de Kemal. Ils n'avaient plus nulle part où aller. C'est ainsi qu'en 1922, Gabriel de la Biole m'a recueillie dans un camp.

Santaroga se souvint de la femme libellule entre les griffes du dragon dans le bureau de Gabriel de la Biole. C'était elle !

— Comment avez-vous fait pour rejoindre ce camp ?

— Je me suis échappée de la famille qui m'avait réduite en esclavage. Ce sont d'autres musulmans, très pieux, qui m'ont aidée. Pour cette raison, je me garde de rassembler tout le monde dans une seule et définitive opinion !

Elle venait de croiser les jambes et se tenait les mains jointes sur ses genoux, dans une posture bien droite comme si elle se trouvait en bonne société.

— Gabriel m'a prise en pitié. Il m'a procuré un passeport Nansen pour apatride et m'a ramenée avec lui en France. Je suis devenue son assistante.

— En quoi consistait votre travail ?

— Des rapports avec les associations humanitaires. Gabriel y consacrait beaucoup de son temps et de son argent. J'ai appris à répondre au téléphone et à taper ses courriers.

— Faisait-il de la politique ?

— Non.

— Vous avez lu les journaux et ce qu'on dit de lui ?

— Je n'en crois pas un mot.

— Je sais qu'il recevait chez lui des fascistes attitrés et en fréquentait au-dehors.

— Cela n'a aucun sens ! Il n'avait absolument aucun rapport avec eux lorsque je l'assistais.

Indignée, elle martelait le sol de ses petits pieds nus.

— Pardon de vous avoir interrompue, fit Santaroga. Vous étiez son assistante…

Elle soupira brièvement.

— Et puis un jour, sans qu'il se soit rien passé entre nous, il a proposé de m'épouser.

Captivé, il l'écoutait.

— Je l'ai blessé en refusant, reprit-elle avec tristesse, mais je ne pouvais plus supporter d'appartenir à un homme. Après ça, difficile de continuer à travailler avec lui. Et je ne pouvais pas m'engager chez quelqu'un d'autre car, honnêtement, j'étais une très mauvaise assistante ! Gabriel a mal pris la profession que j'ai choisie il y a deux ans. Il a tenté de m'en empêcher, m'a proposé un autre travail d'assistante chez un de ses amis mais j'ai refusé. Ne plus rien devoir à personne. Exister par moi-même.

Santaroga se racla la gorge.

— Au Chabanais…

Elle sourit.

— Vous ne pouvez pas comprendre. Moi qui ai été l'esclave des hommes, je prends ici ma revanche. Mes tatouages les fascinent. Je les veux immobiles, à ma merci. Je ne fais rien dont je n'aie pas envie. Tel est mon prix. Ce sont eux qui m'appartiennent et non l'inverse et ils me paient pour cela ! Cela me permet de me reconstruire.

Liane joignit les mains.

— J'ai pleuré lorsque j'ai appris la mort de Gabriel. Je n'ai pas été amoureuse de lui mais c'était un homme bon et généreux, quelqu'un qui m'a tendu la main sans arrière-pensées. Les sentiments chez lui sont venus après.

— Savez-vous s'il fréquentait une femme plus particulièrement ?

— Je n'en ai pas la moindre idée. Mais (elle lui jeta un regard lourd) comme nous n'avons jamais eu de relations intimes, il se peut…

Santaroga approuva mollement. Un homme amoureux n'allait pas parler d'éventuelles aventures à l'objet de son amour.

— Vous lui avez parlé d'un de vos habitués, Henri Sorano, ce qui a paru attiser sa curiosité.

Liane sursauta. Tout à coup, ses gestes de bête craintive lui rappelèrent Varya.

— Je n'ai pas prononcé de nom !

— La déduction est aisée pour qui sait que Gabriel de la

Biole apportait son soutien financier à Henri Sorano dont la femme appartient à un Cercle de rêves éveillés !

— Gabriel et Henri ? (Sa surprise ne semblait pas feinte.) Pas du tout le même type d'individus. Henri a des opinions politiques assez détestables que Gabriel ne partageait pas. Oh, je le punis bien pour ses opinions malsaines, Henri Sorano. *Coitus interruptus.* Je ne l'ai pas laissé jouir entièrement une seule fois. Cela le rend fou mais il revient toujours dans l'espoir que je change d'humeur. Certains hommes vivent d'espoirs ridicules !

Santaroga partageait cette opinion.

— Vous l'avez revu récemment ?

— La veille de la mort de Gabriel et il m'a fallu lui infliger une triple fessée pour calmer ses ardeurs lubriques !

Quelque chose intriguait Santaroga.

— Pourquoi Gabriel ne vous rencontrait-il pas à l'extérieur ?

— J'espérais qu'il renonce à moi en me retrouvant dans ce cadre où il pouvait m'imaginer avec d'autres hommes. Et je ne voulais pas qu'il me harcèle chez moi. Sans être pressant, il me demandait régulièrement en mariage.

— Vous êtes-vous rendue chez lui le soir de sa mort ?

— Non.

Elle baissa la tête.

— Sans doute serait-il toujours vivant si j'avais accepté sa demande.

— Ce genre de supposition n'a aucun sens.

Liane prit une profonde inspiration.

— Aujourd'hui, je me sens vide. Sans ami, sans amour, sans patrie…

— Vous êtes française désormais.
— Non, apatride.
Pour la première fois, la colère transparaissait dans sa voix.
— Mais qui sommes-nous sans un État pour nous protéger, nous qui ne possédons plus d'identité, nous qui n'avons même plus le droit d'avoir des droits ?

~

Un domestique de Tamara venait d'apporter dans la chambre de Santaroga un petit chevalet, deux toiles, des instruments de peinture et une palette de couleurs. Allongée sur son lit, Varya suivit du regard la peintre qui s'affairait. Elle se déchaussa et Varya contempla discrètement le pli léger du bas à l'articulation, le motif artistique ajouré couvrant le talon pour remonter jusqu'aux chevilles fines gainées de noir. Elle se dit qu'elle devrait s'acheter d'aussi jolis bas.
— Vous êtes certaine que vous voulez poser pour moi ? demanda Tamara. Vous devez être fatiguée.
— J'en ai assez de ne rien faire ! déclara Varya le visage encore strié des marques de son traversin.
— Oh vous savez, un modèle ne fait pas grand-chose !
— Si, puisqu'il pose ! Et puis je vous regarderai peindre, c'est une activité ça aussi !
Lorsqu'elle peignait, les yeux de Tamara se paraient d'un bleu intense. Varya avait envie de retrouver ce bleu comme on brûle de revoir le ciel après avoir été enfermé.
— D'abord, je voulais vous montrer cette toile.
Elle représentait une jeune fille songeuse qui posait sa tête

sur l'épaule d'une femme un peu plus mûre. Aucune ne regardait dans la même direction.

— C'est vous et moi, n'est-ce pas ? fit Varya.

— Absolument !

La peintre reposa la toile contre le mur et s'approcha de Varya assise sur son lit, le drap tiré masquant son corps nu.

— Je voudrais que vous preniez une certaine position, la main sur la hanche.

Lentement, Varya ôta le drap. Tamara s'assit sur le lit et étendit une main tremblante pour suivre la courbe de son épaule comme si elle voulait mémoriser une forme pour la reproduire. Ses doigts cherchèrent la pliure du coude puis l'articulation du poignet qu'elle caressa entre son pouce et son index. Elle posa ensuite une main de Varya sur une de ses hanches. Comme pour la rassurer, Tamara gardait un air très professionnel. L'air concentré, Varya se laissait faire, les sourcils froncés, tentant de deviner s'il était normal qu'un peintre touche ainsi son modèle.

— Puis-je ? demanda la Slave en laissant planer ses doigts au-dessus de sa poitrine.

— Que voulez-vous faire ?

— Prendre vos mesures.

Varya la fixa sans mot dire puis acquiesça. Alors, à sa grande surprise, la main de la peintre remonta pour enserrer délicatement sa gorge puis descendit jusqu'à ses seins pour les soupeser en prenant des airs de géomètre. Le contact de ses deux seins fermes et tièdes mena Tamara au paroxysme du désir. Son pouce titilla le mamelon tendu, arrachant à l'objet de son attention un léger gémissement.

Alors Varya sembla se ressaisir mais, là encore, de manière

très inattendue, elle posa sa main sur la nuque de Tamara penchée sur elle et abaissa sa tête jusqu'à sa poitrine. Tremblante, Tamara glissa sa langue autour du mamelon brun, tranchant sur cette peau pâle, l'aspirant un moment avant de courir vers l'autre sein, laissant une traînée humide. Les yeux voilés, le souffle court et le cœur battant, Varya gémit puis sembla reprendre ses esprits et repoussa avec mollesse la peintre.

— Retournez à votre toile maintenant, vous en savez assez sur moi pour me peindre.

Le pinceau en poil de martre de Tamara entra en action. Varya aimait la façon qu'avait la peintre de la contempler. Jamais encore, à part sous le regard de Santaroga, elle n'avait ressenti une telle sensation d'exister.

— Parfois, j'aimerais changer votre corps en palette de couleurs, murmura Tamara.

— Faites, répondit Varya inconsciemment.

Tamara s'approcha et frôla de son pinceau la pointe de ses seins.

— Euh, bredouilla Varya, ce n'est pas ce que j'imaginais.

La peintre se saisit d'un chiffon humide et nettoya la pointe bleutée du sein. Puis, avec un pinceau sans couleur, elle s'amusa à suivre le relief du corps de son modèle du bout de son nez jusqu'à la pointe de ses orteils, lui arrachant un petit rire nerveux.

— Un jour je te peindrai de la tête aux pieds.

Varya s'abandonna à la caresse du pinceau.

— Qu'est-ce que tu aimes ? demanda Tamara d'un ton voilé.

— La douceur, murmura Varya les paupières closes, une extrême douceur. Et vous ?

— Le partage de l'aube au réveil.

Elle déposa un léger baiser sur son front. Varya ouvrit les yeux. La peintre eut un geste de recul.

— Pas sans ta permission, je sais !

Le regard noyé d'ombres, Varya releva le drap, dévoilant une place vide où se glisser.

— Tu as ma permission, dit-elle.

24

Car, voyez-vous, pensait Alice, à la
fin des fins je pourrais bien disparaître
tout à fait, comme une bougie.

Le front soucieux, Santaroga revint à son hôtel sous le soleil ardent du début d'après-midi. Une mémoire ancestrale semblait l'habiter. Il revoyait les pogroms de Russie ou de Pologne contre les Juifs, entre 1903 et 1907. Les massacres par les Turcs de Grecs ou de Juifs, ceux par les Druzes des chrétiens du Mont-Liban, des boucheries où l'armée et la police laissent tuer des enfants sous leurs yeux, à moins qu'ils n'y participent eux-mêmes.

Un instant, il se retrouva au milieu des décombres de Smyrne avec Gabriel de la Biole. Le corps d'un enfant gisait à terre. Il se baissa et le prit dans ses bras.

Un coup de sifflet lui déchira les tympans. Sa vision vacilla. Place de l'Opéra, les voitures s'arrêtèrent avec discipline au sifflet de l'agent qui se mit à agiter les bras. Sous leur ombrelle de dentelle, des demoiselles bien élevées semblaient revenir d'une balade aux jardins des Tuileries. Un autre monde.

Tout se bousculait dans la tête de Santaroga pendant qu'il traversait sans prendre garde aux voitures. Liane, Gabriel, Varya, les apatrides arméniens, les Russes blancs dénaturalisés par un simple décret de Lénine, le destin avait tissé une gigantesque toile d'araignée engluant une flopée de personnages singuliers. Quel était son rôle à lui dans ce jeu insensé ?

À la réception, il tomba sur Victor Harman répondant à l'invitation lancée la veille. Soudain très concentré, le psychanalyste lui proposa un café en dehors de l'hôtel. De toute évidence, personne ne lui avait raconté la folle soirée de Varya.

Ils retrouvèrent les arbres corsetés de fer du boulevard du Montparnasse avant d'entrer dans un café carrelé de faïence où l'on servait des toasts à la moelle et des pavés de bœuf grillé. Des peintres aujourd'hui célèbres y avaient payé leur écot, à une période où le monde les ignorait, en peignant les murs. Un nouveau tenancier s'était privé d'une future fortune en s'empressant de les lessiver à son arrivée.

— Des nouvelles d'Henri Sorano ? l'interrogea nonchalamment Victor Harman en remettant un semblant d'ordre dans sa coiffure indisciplinée.

— Il va bien. La police m'a interrogé.

— Moi aussi. Me soupçonner alors que je suis la dernière personne à m'être disputée avec lui, c'est faire insulte à mon intelligence ! Bah, il s'agit sans doute d'un cambrioleur. Quand on ouvre les portes de sa demeure à tant de monde, il faut bien s'attendre à voir entrer des pique-assiettes et des importuns !

Santaroga se pencha en avant. Son sourire n'était plus qu'une ligne mince sur son visage.

— Comme au Pays des merveilles. Avec cette jeune ingénue qui débarque au thé du Chapelier fou !

— Oh, je ne vous savais pas un admirateur de Lewis Carroll.

Santaroga se raidit, vexé.

— L'autre côté du miroir, c'est un peu ma spécialité, non ?

Harman leva les mains en signe de contrition.

— Je vous y accorde le droit de visite !

— Ceci inclut-il la possibilité de suivre le Lapin Blanc dans ses délires, une fois la fiole bue ? demanda le psychanalyste d'une voix glaciale.

Ce n'était pas une transition extraordinaire mais le poète pâlit.

— Qui a parlé ?

— Gabriel.

Techniquement, ce n'était pas un mensonge mais il se garda de préciser que Gabriel avait parlé après sa mort !

Victor Harman accusa le coup.

— Étonnant !

— C'était mon patient.

Le poète se frappa le front.

— Je comprends bien des choses maintenant ! Peut-on grignoter en bavardant ? Je n'ai pas déjeuné.

Santaroga non plus mais lui n'avait pas faim. Ils commandèrent des tartines recouvertes de lard chaud sur lesquelles le poète se rua sans façon. Manger salement devait faire partie de son credo anticonformiste. Le psychanalyste se lança. Il avait trop réfléchi pour que la solution ne s'impose pas à lui. C'était d'ailleurs la seule réponse possible à ses interrogations.

— Vous avez confié à Gabriel une épreuve à l'opposé de son caractère et de ses convictions. Se faire passer pour un fasciste. Pourquoi ?

— Pour les approcher.

— Quel intérêt ?

— L'avantage de voir le visage du mal de près.

Dans les prunelles du poète luisait une lueur hallucinée.

— Est-ce vraiment si utile de connaître intimement son adversaire ? s'enquit Santaroga.

En même temps qu'il posait cette question, il sut que oui. Le vrai nom du diable était Shatam, l'adversaire, celui qui demeure dans les profondeurs de chaque être. Connaître son ennemi, c'est se connaître soi-même. Mais quel vertige que de contempler la face du mal en soi !

— Vous ne comprenez pas, s'agaça le poète. J'aide chaque membre du Cercle des rêveurs éveillés à accomplir quelque chose d'utile qui le rendra plus fort.

— Comme envoyer Tamara chez D'Annunzio, espèce de dépendeur d'andouilles ?

Le ton avait monté. Un serveur s'approcha d'eux l'air inquiet. Santaroga le rassura d'un geste de la main. Le poète se rejeta en arrière.

— Oh, c'est le grand déballage alors ? D'accord ! Prenons Tamara. Sa visite à Gabriele D'Annunzio l'a propulsée au centre de la lumière dont elle avait tant besoin.

— Pourquoi D'Annunzio ?

— J'avais envie que quelqu'un se moque de ce vieux nabot qui appelle le peuple : « la grande bête » ! Avant-guerre, il flattait l'orgueil italien en lisant sur les scènes de théâtre ses poèmes sur l'épopée de Garibaldi. De quoi mettre du baume au cœur au peuple italien après la défaite éthiopienne ! Puis il s'est lancé dans des poèmes glorieux à la suite de la conquête de la Libye sur les Turcs.

Apparemment, cela rendait Harman fou que l'on utilise la poésie à des fins nationalistes ! Le poète reprit une bouchée, posa sa tartine et fourra la main dans sa chevelure comme pour y essuyer ses doigts gras.

— Colonel pendant la Grande Guerre, reprit-il, plus souvent dans les beaux hôtels à l'arrière que sur le front ! Toujours prompt à saisir l'événement, D'Annunzio s'est permis de survoler Vienne. Il n'y lâchait pas des bombes mais sa prose pompeuse, pensant qu'elle était plus explosive ! A-t-on déjà vu un con pareil ? Non, décidément ce type-là n'est pas possible !

Harman se tut pour entreprendre l'étrange cérémonial de la préparation de l'absinthe. Il versa l'alcool sur son sucre posé sur une cuillère plate et perforée laissant passer l'eau goutte à goutte. Le liquide se troubla dans le verre et se métamorphosa en fée verte.

— Après l'armistice, reprit le poète, il s'est permis de dire : « Je sens la puanteur de la paix ! » Aussi, l'épisode de la conquête de Fiume ne m'a pas surpris. Et comme D'Annunzio croyait se doubler d'un Casanova, j'ai envoyé Tamara donner une terrible leçon d'humilité à ce petit protégé de Mussolini !

Il releva vers Santaroga un visage rayonnant.

— Et ma Tamara en est revenue toute changée, pleine

d'assurance ! Et auréolée de célébrité ! La femme que n'a pas eue D'Annunzio !

— Et pousser Elsa à se conduire comme une roulure ? gronda Santaroga.

Le poète leva les yeux au ciel.

— Ma complice aussi a parlé ? Pourtant, je l'ai aidée à se décoincer. Elle en avait bien besoin, croyez-moi ! Elle serait devenue une de ces grandes bourges aux fesses pincées qu'on retrouve à la quarantaine sur vos canapés d'analyste une fois tous leurs désirs refoulés !

Le psychanalyste s'efforça de conserver son calme car Frère loup voulait lui cogner la tête contre la table jusqu'à ce que mort s'ensuive.

— Vous lui avez fait jouer un jeu très dangereux !

— C'est tout l'amusement de la chose, non ?

— Non ! Vous l'avez envoyée en des lieux où tout peut arriver !

— J'y comptais bien ! Mais personne ne l'a eue ! D'ailleurs, je la suivais de loin pour veiller sur elle.

Santaroga considéra sans rien dire la silhouette gringalette du poète. On aurait eu peur qu'il s'envole en soufflant dessus. L'autre dut saisir sa pensée car il se pencha en avant d'un air hargneux.

— J'ai fait la guerre, je sais me battre, moi !

— Gabriel aussi a fait la guerre mais il n'a rencontré que la mort là où vous l'avez envoyé !

Le poète s'assombrit.

— Ah nous y revoilà : fin de la revue ! Gabriel, je l'aidais à se reconstruire.

— C'était mon travail !

— Il avait besoin de se trouver une nouvelle cause.

— Il s'occupait déjà des apatrides, des réfugiés…

— Vous ne faites qu'appliquer des pansements là où ça fait mal ! Vous ne soignez rien et vous n'éradiquez pas la cause. D'où vient Mussolini ?

Santaroga leva en l'air un doigt docte.

— Il provient de l'inconscient collectif, de la Rome antique, de la stature de l'empereur romain.

— Vous avez la conscience collective des fourmis !

Dans la bouche du poète, cela ne sonnait pas comme un compliment.

— Cela vaut mieux que pas de conscience du tout ! rétorqua le psychanalyste en passe de s'échauffer.

— Moi, je m'efforce de me bouger le cul pour les autres, ne vous en déplaise !

Le ton avait monté. Le poète s'en excusa.

— Pardon mais, comme dirait Lewis Carroll, vous mettriez une huître à bout de nerfs !

Dans une glace, Santaroga vit que l'or était apparu dans ses propres iris. Tout indiquait que son loup prenait les commandes. Mieux valait quitter cet endroit confiné. Il se leva.

— J'ai besoin de prendre l'air.

Le poète le suivit sans un mot et, quelques instants, ils marchèrent de concert dans un silence gêné. Mais Victor Harman ne pouvait se taire longtemps.

— Vous savez que le terme de *fascio,* ou faisceau, désigna d'abord des Siciliens socialistes révolutionnaires vers 1890 puis une coalition de partis nationalistes. En mars 1919, Mussolini s'est emparé de ce mot pour fonder le mouvement Fascio di combattimento, « le faisceau pour le combat ».

Il s'interrompit pour jeter à Santaroga un coup d'œil amusé.

— Surréaliste, non ? D'habitude, c'est le poète qui frotte deux mots l'un contre l'autre, comme deux silex, pour faire jaillir le feu prométhéen !

Un instant songeur, le poète reprit la trame de son sujet.

— Le PNF, le Parti national fasciste. À la lecture de Nietzsche, Mussolini s'est senti le surhomme désigné. Siégeant à l'extrême droite comme député, il a rejoint les bancs de l'extrême gauche parce qu'on y criait plus fort ! « Je vais là où il y a de la vie ! »

Le poète se tut. Santaroga hésita sur l'intérêt de poursuivre cette conversation.

— Voulez-vous monter chez moi ? proposa alors Victor Harman comme s'il avait peur de perdre son public. C'est à une rue de là.

Santaroga accepta par curiosité. En entrant chez le poète, il huma quelques odeurs d'herbes suspectes. Il comprit ce qui avait pu griser Varya. Une feuille d'automne avec un œil fixait intensément la sculpture d'une forme féminine sans jambes ni tête et munie de bras en forme d'anses d'amphore. Tout cela semblait fort naturel au poète qui poursuivit sa pensée.

— La marche sur Rome aurait pu être balayée d'un revers de main. L'inconstance du roi en a décidé autrement. Et aux élections suivantes, la démocratie s'est sabordée en portant largement Mussolini au pouvoir.

Après avoir offert un siège à son invité, Victor Harman prit un ton de conspirateur.

— La même chose arrivera en France si nous n'y prenons

pas garde. Comme en Allemagne où la résistance à la république de Weimar s'accroît tous les jours avec la thèse du complot sioniste !

— Qu'espérez-vous faire ? fit Santaroga ébranlé.

— En appeler à cette chose admirable née au XVIIIe siècle et qui a pour nom l'opinion publique !

— Un surréaliste qui soutient un gouvernement bourgeois ! se moqua le psychanalyste.

— Malgré tous ses défauts, je ne souhaite pas le voir remplacé par une dictature ! L'Italie et la Russie sont tombées, comme un fruit mûr. L'Allemagne tombera peut-être également. Et l'Espagne… Mais ils n'auront pas la France ! On nous prendra de force peut-être mais ce sera notre gloire de ne pas les porter au pouvoir !

Santaroga considéra avec perplexité son interlocuteur. Le masque tombé révélait une autre personnalité et une vraie conscience politique. Puisqu'elles permettaient de découvrir la face réelle des gens, il commençait à prendre goût aux enquêtes policières.

— Décidément, vous êtes quelqu'un de très surprenant monsieur Harman !

Les deux hommes se mesurèrent du regard, chacun prêt à défendre son territoire. Le loup de Santaroga souhaitait voir son interlocuteur baisser les yeux.

— Êtes-vous communiste ? demanda soudain le psychanalyste mû par une intuition.

— André Breton voudrait nous engager dans la révolution russe et nous a ordonné de prendre notre carte du parti communiste.

— Oh ! Vous obéissez aux ordres, vous ?

Il prit un air mystérieux.

— Parfois…

— Le dénommé Laplanche est-il votre camarade de cellule ?

— Connais pas, répondit sèchement Harman.

Il était de toute façon trop rusé pour se laisser prendre au piège. Le regard du psychanalyste erra le long des murs, s'arrêtant sur une grande poupée désarticulée, remontée à l'envers et affublée d'une perruque blonde à la mode garçonne.

— Désirez-vous boire quelque chose ? proposa le poète.

— Vous ne me proposez pas de boire votre fiole ?

— Je crois que vous l'avez déjà bue dans les jungles d'Amazonie !

— Quelle était l'épreuve réservée à Mac Kenzy ? s'enquit Santaroga sans relever.

Un sourire rusé illumina le visage du poète. Un instant, l'autre eut l'impression de se trouver en train de prendre le thé avec le Chapelier fou.

— Ah, brave Mac Kenzy, il n'a pas parlé, lui ! Je peux vous le révéler tant l'épreuve vous paraîtra décente pour une fois ! Il devait trouver le grand amour.

— Pardon ?

— Il vivait de prostituées, de filles faciles sans en être plus heureux pour autant. J'ai voulu lui montrer l'opposé, le grand amour. Jusqu'à présent, l'épreuve ne semblait pas réussie.

Santaroga pensa à la fixation du Canadien sur Varya. Peut-être… peut-être pas… Une lueur dangereuse naquit dans ses prunelles.

— Et qu'alliez-vous réserver à Varya si elle avait bu ? demanda-t-il d'un ton menaçant.

Les yeux du poète prirent la couleur de la fée verte dans son verre.

— Ah ça, vous ne le saurez jamais ! Voyez-vous, elle n'a pas bu !

~

La tête sur son épaule, Varya reposait dans ses bras avec l'innocence d'un enfant ou d'un ange.

On pourrait venir, se dit Tamara sans bouger néanmoins.

— Mon âme, murmura-t-elle à l'oreille de Varya. Ma petite âme…

Elle ignorait si elle l'entendait ou faisait semblant de dormir. On ne savait jamais avec Varya. Jamais.

Un coup discret frappé deux fois à la porte lui arracha un sourire. Le psychanalyste faisait preuve d'une extraordinaire discrétion pour rentrer chez lui ! Elle appréciait sa délicatesse et son ouverture d'esprit. Une fois rhabillée, elle lui ouvrit la porte et baissa les yeux devant le psychanalyste qui lui avait si innocemment confié Varya.

— Varya a-t-elle été bien sage ? demanda-t-il amusé.

— Votre protégée est exquise. Oserai-je vous demander sa main ?

— Deux femmes peuvent se marier ensemble en France ? fit une voix.

Ils se retournèrent pour découvrir Varya sortant de la chambre, encore échevelée. Tamara soupira.

— Non, ma chérie. Ici comme ailleurs, les sentiments ne sont pas reconnus entre deux personnes du même sexe !

Elle se retourna vers le psychanalyste.

— Varya m'a jugée assez digne de confiance pour me rapporter son entretien avec le grand-duc Nikolaï.

Sa voix révélait une intense satisfaction.

— Elle a bien fait et je ne doute pas de votre discrétion.

— Bien entendu !

Elle chercha un endroit où s'asseoir lorsque la rattrapa le regard de Varya, porteur d'ordres intérieurs. Tamara s'y plia.

— Vous avez à parler, je vais vous laisser.

Elle s'approcha de son modèle et l'embrassa sur la joue avant de lui glisser à l'oreille :

— Avec ta permission. Est-ce que ce baiser est assez doux pour toi ?

Elle s'écarta en souriant et son sourire se communiqua un instant à Varya. Une fois Tamara partie, Varya, dévorée de curiosité, se rua sur son mentor.

— Où étiez-vous durant tout ce temps ?

Le psychanalyste fit l'impasse sur sa visite à Liane et raconta son entrevue avec le poète. Varya se mit à arpenter la moquette gris perle de la chambre avec une énergie retrouvée. Santaroga la suivit du regard avec fierté. La vie et les épreuves l'avaient fissurée mais pas cassée.

— La petite souris ne dort que d'un œil ! lui lança-t-elle. J'ai entendu ce matin Tamara à propos de l'épreuve imposée par Victor Harman.

Elle n'en revenait pas d'autant de perversité et d'inconscience de la part du poète. Et encore, Santaroga n'avait pas l'intention de lui apprendre l'épreuve d'Elsa !

— Et moi ? s'enquit-elle avec nervosité. À quoi me destinait-il ?

Des souvenirs frémirent en elle. Des bêtes s'y agitaient.

— Pour savoir, répondit sans arrière-pensée le psychanalyste, il vous aurait fallu boire la fiole.

— Je peux toujours le faire.

— Non, fit Santaroga d'un ton ferme. J'en ai assez de tous ces gens qui jouent aux apprentis sorciers. Les vraies expériences sont intérieures !

Vint ensuite le récit de la rencontre sur la tour Eiffel.

— Vous étiez un agent secret pendant la guerre ! s'exclama Varya avec respect.

— Je travaillais pour le Renseignement afin d'aider à brosser des profils psychologiques, démêler le vrai du faux dans un récit, donner mon impression sur une personnalité.

— Oui, Tillie m'avait dit !

Il lui lança un regard pensif.

— Est-il normal que cette jeune femme sache tant de choses ?

Il évoqua l'Aufbau et constata que Varya écoutait avec attention, s'efforçant d'intégrer au plus vite ces nouvelles données.

— Savez-vous comment on appelle le monde en Chine ? demanda Santaroga. « Tout sous le ciel » ! Eh bien les cartes chinoises du monde sous le ciel représentent l'Asie et, accessoirement, le reste du monde. Les cartes hindoues, jainas ou bouddhistes mettent l'Himalaya au centre du monde. Voyez-vous, tout est une question de point de vue.

Varya eut une moue délicate.

— Je comprends, vous devez considérer les choses selon un autre angle, une autre perspective, c'est cela ?

Il se releva et se mit à arpenter la pièce à grandes enjambées. Il avait envie et besoin d'emplir ses poumons d'air frais, de dévorer les trottoirs, et puis l'eau lui manquait. Toujours.

— Il faut que je reprenne tout du point de vue d'un combattant traumatisé qui va se dévouer à des causes humanitaires ! Il découvre le mal dans les tranchées : ces frères en humanité qui se transforment en meurtriers. Après la guerre, il voit le mal se répandre dans le monde, l'Europe secouée par les nationalismes, et comprend que celle-ci court à sa perte. Alors qu'a-t-il cherché à faire avec Henri Sorano et ces fascistes qu'il invitait chez lui ?

— Les infiltrer ! comprit Varya.

— Voilà ! C'est la seule conclusion à laquelle je suis parvenu pour que sa démarche prenne sens. La mission confiée par Victor Harman a peut-être été le déclencheur. Gabriel a voulu alerter.

Ces derniers mots prononcés, Santaroga alla jusqu'à la fenêtre et observa la rue. Maintenant qu'il savait que l'Aufbau n'hésitait pas à tuer, le livre blanc de Gabriel de la Biole lui brûlait les mains. Et Varya, si elle était découverte, serait une cible désignée pour les amis du grand-duc Kirill qui n'aimeraient pas que l'on remette en question l'histoire officielle de la mort du tsar.

Il se retourna lentement vers Varya.

— Avez-vous une arme ? demanda-t-il.

— Bien sûr, répondit-elle.

La réponse ne le surprit pas.

— Je crois que je vais m'en procurer une, moi aussi.

Après Tamara et Mac Kenzy, Santaroga enregistra le retour de Tillie. La chambre où demeurait Varya semblait devenue le centre du monde pour les membres du Cercle de rêves éveillés. Même sans connaître l'état de la jeune femme, Elsa et Victor Harman étaient venus jusqu'à l'hôtel aujourd'hui.

— Où est Varya ? demanda la journaliste.

— Dans la chambre, elle se repose.

Tillie posa son sac à terre et s'assit comme à son habitude sur l'accoudoir d'un fauteuil, cherchant des yeux le carton de livres aperçu la fois précédente.

— Aux dernières nouvelles, pas de trace dans la presse de l'agression d'Henri Sorano. Affaire étouffée à moins que je ne m'en mêle. Mais pour écrire quoi ?

Elle leva un visage plein d'espoir vers Santaroga. Celui-ci secoua la tête.

— Tillie, la partie se termine ! Dites-moi maintenant pourquoi vous vous rendiez fréquemment chez Gabriel ?

Elle sourit, révélant des dents blanches et aiguës.

— Je suis journaliste. Il y a des sujets dont il est préférable de discuter dans un lieu privé. Notamment, comme vous l'aviez deviné, lorsque l'on parle de l'Aufbau.

— Je sais ce qu'est l'Aufbau, rétorqua Santaroga impassible.

— Vous feriez mieux de ne pas vous en occuper ! Rentrez donc à Genève, allez contempler votre bon Dieu de lac et oubliez tout ça ! Mais avant (Tillie le regarda fixement), donnez-le-moi !

Il lui rendit son regard, insondable. Un instant, ils

s'affrontèrent, Santaroga inébranlable, Tillie pugnace et obstinée.

— Allez, fit-elle d'une voix implorante.

Il finit par se décider et alla chercher dans le tiroir de son secrétaire le livre blanc de Gabriel qu'il lui tendit. Elle se mit à le feuilleter avec fébrilité, poussant de petits gémissements de joie comme au plus fort de l'amour. Lorsqu'elle s'en rendit compte, elle leva vers lui un regard gêné.

— Que voulez-vous en faire ? demanda Santaroga amusé.

— Révéler les liens se tissant à travers l'Europe entre tous les nationalismes et le soutien des cartels de l'industrie à ces mouvements. C'était ce que voulait Gabriel !

Santaroga pesa ses mots avec soin.

— Je me souviens de vos articles sur Mussolini. Ils étaient empreints d'un certain respect pour l'homme, voire de sympathie. Pareil pour Mustafa Kemal. Ça vous plaît les hommes forts, n'est-ce pas ?

Tillie cligna des paupières.

— Je ne suis d'aucune obédience. Je rapporte ce que je vois !

— Voulez-vous vraiment sauver la République, Tillie ? Comme Victor Harman ?

— Victor est un communiste ! Il veut renverser le gouvernement et introduire la dictature du prolétariat ! (Elle ricana.) Mais que sait-il du prolétariat ?

— Et de la dictature ?

Il lui reprit le livre des mains. Elle émit un gloussement de petite fille à qui l'on vient de retirer sa poupée.

— Je le garde pour l'instant, déclara-t-il d'un ton sans réplique. C'est à moi que Gabriel l'a légué, pas à vous ! Je dois comprendre pourquoi avant de vous le confier et de retrouver mon bon Dieu de lac !

Tillie siffla de frustration.

— Il ne vous vient pas à l'esprit de vous poser des questions sur la synchronicité de certains événements ? Ces exécutions de Russes qui débutent à l'arrivée de Varya à Paris, la mort de Gabriel, l'attentat contre Sorano…

C'était précisément la question qui occupait son esprit !

Tout cela ne participe-t-il pas d'un plan plus vaste ? Mais alors, quels sont la place et le rôle de chaque pièce sur l'échiquier ? L'Aufbau ? Les Rouges ? Le Cercle des rêveurs éveillés ?

— Sans parler, ajouta-t-elle avec perfidie, de la place étonnante prise dans cette affaire par un homme comme vous qui a travaillé pour le Renseignement français il y a quelques années !

— Pas travaillé, collaboré.

— Vous jouez sur les mots. Vous avez, vous aussi, choisi la voie de l'ordre et non celle de l'anarchie à cette époque !

Il se renfrogna. Les années de guerre avaient été les pires de sa vie et il s'y était perdu de vue.

— La vie nous impose son lot d'épreuves, dit-il, c'est ainsi. Il nous appartient de les assumer. À propos d'épreuve, Tillie, quelle était celle confiée par Victor Harman après avoir bu cette satanée fiole ?

Elle le considéra stupéfaite.

— Vous savez ?

— Je sais tout des épreuves de Tamara, de Mac Kenzy, d'Elsa et de Gabriel. Mais j'ignore encore la vôtre. Jusqu'où avez-vous suivi le Lapin Blanc ?

Elle ricana.

— Jusqu'au bordel !

— Pardon ?

— Victor m'a envoyée jouer les boniches dans une maison close. J'en ai profité pour écrire un reportage sur le sujet !

— C'était supposé vous apporter quoi au juste ?

— Victor trouvait que je ne tenais pas en place, que je brûlais ma vie par les deux bouts.

— Cette expérience était censée vous rendre plus statique ? fit Santaroga agacé.

— Plus attentive à ce qui se trouvait près de moi, j'imagine. Il voulait aussi que je me rende compte que ma liberté était tout à fait exceptionnelle dans ce monde d'hommes. Et puis tenir ce rôle quand on est une jolie jeune femme, cela vous entraîne dans des situations équivoques. J'ai failli y connaître ma première aventure féminine !

Santaroga hocha la tête, pensif.

Un point commun à toutes ces expériences : le sexe. Jouer de sa séduction sans succomber à la tentation. Côtoyer le vice. Tenir un fragile équilibre.

Sauf pour Gabriel. Sauf que… mais oui, avec Elsa dans son rôle d'allumeuse !

Il crut entendre la voix sèche de Freud, fataliste : *Le sexe ! On en revient toujours au sexe, mon cher, c'est comme une malédiction !*

À nouveau, ses pensées le ramenèrent à Elsa.

Dès que la journaliste fut sortie, Varya entra en trombe dans le salon.

— J'ai tout entendu. J'avais l'oreille collée à la porte !

— Vous m'en direz tant ! fit Santaroga d'un ton désabusé.

— Vous ne faites pas confiance à Tillie ?

— Pas plus qu'à un âne qui recule!

Il soupira.

— Vous avez été absente longtemps, loin de tout. Depuis Mussolini, le fascisme fascine. Même parmi des gens apparemment sains d'esprit, il en est qui veulent administrer un médicament nouveau à l'Europe. Et j'ignore qui a goûté ou non à cette fiole-là!

— Si l'on boit une bonne partie d'une bouteille portant l'étiquette poison, fit Varya d'un ton docte, ça ne manque jamais, tôt ou tard, d'être mauvais pour la santé!

Santaroga la considéra d'un air interloqué.

— Et alors? fit-elle. Moi aussi, j'ai lu *Alice au pays des merveilles*!

En fin d'après-midi, le commissaire Binocle passa à l'hôtel. Varya s'en tint à la version convenue. Le policier parut sceptique mais n'insista pas.

— Avez-vous des papiers, mademoiselle? s'enquit-il avec courtoisie.

Varya avait revêtu pour le rendez-vous une de ses tenues Chanel et trônait dans son fauteuil, les genoux sagement serrés, telle une grande dame.

— Pas que je sache. Je suis née en Russie et j'y ai vécu.

— À part un séjour à Paris, non? Sinon vous ne parleriez pas si bien français.

— Effectivement.

— Quand êtes-vous partie de Russie?

— Il y a quelques années.

L'amabilité du commissaire Binocle se fissura.

— Soyez précise je vous prie.

Les yeux de Santaroga s'étrécirent. Cela ressemblait bien à un interrogatoire.

— Quatre ans, répondit Varya sans se laisser démonter.

— D'où veniez-vous ?

— De Vladivostok.

Le policier se rejeta en arrière et la contempla un moment.

— Vous avez été évacuée par la flotte ?

— Oui.

Et Varya raconta sans ciller son embarquement sur ce navire qu'elle n'avait jamais pris. Premier arrêt de la flottille en Corée qui accepte le débarquement de femmes et d'enfants puis Shanghaï où on leur refuse l'entrée du port. Certains bateaux se réfugient à Formose. Cap pour les autres sur les Philippines. Tempête. Perte d'une embarcation. Fondation d'un embryon de colonie russe. Départ pour certains vers San Francisco et le rêve américain. Retour pour elle en Europe.

Elle savait émouvoir son auditoire par ses petites mimiques enfantines, la fin de ses phrases qui s'étouffent dans sa gorge. Le commissaire Binocle s'y laissa prendre ou bien fit mine de la croire. Elle continua ainsi, d'une manière précise et détendue, brodant et étoffant son histoire au fil de l'eau, impressionnant ses interlocuteurs par la multiplicité de ses souvenirs. Le policier semblait conquis et tout émoustillé par les anecdotes qu'il pourrait raconter dans les dîners avec ses amis.

— Il faudra vous procurer des papiers, conclut-il pragmatique. L'Office des réfugiés vous y aidera. Les certificats de nationalité qu'il délivre sont reconnus par les autorités. Vous devriez vous y rendre.

— Si la France ne veut pas d'elle, déclara Santaroga narquois, la Suisse l'accueillera ! J'y veillerai.

— Oh, le bon Samaritain suisse !

— Je ne suis pas suisse !

Le policier s'inclina devant Varya comme s'il n'avait rien entendu.

— Pourquoi s'inquiéter si les puissants cantons helvétiques veillent sur vous ?!

Il se leva.

— Pensez quand même à ces papiers à l'Office. Je connais quelqu'un de la Sûreté générale qui ne vous laissera pas tranquille. Il s'intéresse à vous. Je m'étonne d'ailleurs qu'il ne soit pas déjà venu vous voir. C'est tout lui, il aime rester dans l'ombre.

— Comment s'appelle-t-il ? demanda Santaroga.

— Arnaud Fauber. Vous le reconnaîtrez sans peine : il boite.

Fauber, le nom révélé par le contact de la tour Eiffel. Le psychanalyste se raidit.

— C'était lui derrière la glace sans tain le jour de mon interrogatoire ?

Le silence du commissaire fut éloquent. Santaroga alla jusqu'à la fenêtre. Le soir tombait avec une douceur implacable. À qui appartenait cette ombre qui s'étalait sous un réverbère ?

Après le départ du policier, Varya se tourna vers son mentor avec une fierté retrouvée.

— Ai-je été convaincante ?

— Vous lui avez offert un vrai voyage aux Philippines, répondit Santaroga admirateur, on s'y serait cru !

Le téléphone sonna. Sous l'œil amusé de Varya, Santaroga se précipita.

— Ah oui, c'est vous. Un problème ?

Il écouta puis hocha la tête.

— Pourquoi pas, après tout, mais alors en fin de matinée. Demain à onze heures. Où avez-vous dit précisément ? Vous êtes certaine ? Non, c'est juste que l'endroit me paraît un peu inhabituel… Oui. Entendu.

Il raccrocha, songeur.

— Ne me dites pas que vous allez retrouver Elsa Sorano ? s'écria Varya à la vue de son air troublé.

— Si.

— Mais à la fin, s'exclama-t-elle, qu'est-ce que vous lui trouvez !

— Un mystère.

— Un mystère en talons hauts !

À la nuit tombée, le rêve s'insinua sournoisement en Varya.

Elle se tenait dans une pièce glaciale, dépourvue de tout ameublement comme de toute chaleur. Elle serrait de son mieux contre son corps tiède un bébé tout emmailloté pour le réchauffer. Par une lucarne au-dehors, une neige sale tombait. Comment la neige pouvait être sale avant même de toucher le sol ?

Elle se tourna vers l'homme derrière elle. Trapu et solide, la moustache conquérante, un air débonnaire en apparence. Il la serra dans ses bras, l'appela « petite sœur » et l'embrassa affectueusement.

« Va, *mladshaya sestra* ».

Varya quitta la pièce aux murs blancs où ils se trouvaient. Dehors, sous la neige sale, elle entreprit de démailloter l'enfant. À sa place, elle ne trouva contre son sein qu'un revolver au canon froid et luisant.

Santaroga poussa avec douceur la porte de la chambre. Une forme se recroquevilla sous la couverture. Il prit la décision d'allumer pour chasser les ténèbres.

— Vous avez crié. Un mauvais rêve ?

La forme battit des paupières et, bras et jambes ramenés contre la poitrine, hocha lentement la tête.

— Oui.

— Voulez-vous me le raconter ?

— Non !

Santaroga prit sa réponse avec philosophie.

— Moi, j'ai tant rêvé qu'un jour, je me suis dit qu'il devenait inutile de me réveiller.

Une seconde après, il balaya la gravité de son propos d'un sourire espiègle.

— Et cela aurait pu avoir de graves répercussions !

Varya se trémoussa entre ses draps.

— Et maintenant ?

— Maintenant ? Je suis hélas plus vieux, plus sage. L'aube réveille seulement les vieilles douleurs.

Il s'interrogeait parfois sur la fuite du temps et la persistance de la mémoire. On n'oublie pas. On accumule.

Varya expira bruyamment comme si ce qui vivait audedans d'elle remuait mais refusait de sortir.

— Vous savez que je ne vous obligerai jamais à rien, reprit Santaroga avec bienveillance. Cependant, réfléchissez. Vous vivez aujourd'hui auprès d'un des maîtres du rêve dont votre refus exaspère la frustration !

— Alors venez, fit-elle avec gravité en tapotant d'un geste enfantin le bord du lit auprès d'elle.

Il s'y assit en ignorant qu'en dehors de Tamara, il était la seule personne à recevoir cette permission. Les bras autour des jambes, Varya sembla s'enrouler sur elle-même pour se protéger. Elle raconta son cauchemar sans rien en omettre. Elle brûlait désormais d'en connaître la signification.

— Savez-vous qui était cet homme ? demanda le psychanalyste.

— Non.

— Rappelez-vous !

— Je ne me souviens pas de lui, je vous le jure ! Et pourtant…

Elle hésita.

— Une sensation de déjà-vu ? l'aida Santaroga.

— Oui mais j'ai comme un blanc quand je pense à lui.

Lapsus ? Un rapport avec les Russes blancs ? Le Lapin Blanc ?

— Et ce bébé ? s'interrogea Varya mal à l'aise.

— Ce n'est pas l'enfant qui importe, à mon avis, mais le revolver !

Il prit une profonde inspiration et la fixa droit dans les yeux.

— Varya, êtes-vous venue en France pour tuer quelqu'un ?

25

— Tout ce que je sais, c'est que quelque chose m'est arrivé dessus comme un diable qui sort d'une boîte, et que je suis parti en l'air comme une fusée.

Au matin, l'homme qui ne dormait jamais se recroquevilla sur le siège de sa voiture en apercevant la silhouette très féminine qui se glissait dans l'hôtel avec une grâce innée.

Arnaud Fauber ferma les yeux une seconde.

Qu'est-ce qu'elles ont toutes à tourner autour de la jeune Russe ?

~

On frappa à la porte. Un serveur apportait le déjeuner que Santaroga affamé avait commandé. Il en demanda un second pour Varya désormais réveillée puis la réception annonça l'arrivée de Tamara. Le psychanalyste réprima sa contrariété. Il avait besoin de temps, seul avec sa patiente, mais tout le monde semblait se donner le mot pour envahir cet endroit. Varya exerçait plus d'attraction qu'un aimant.

Tamara entra en trombe. Elle portait une robe Madeleine Vionnet sans couture, en une seule pièce, inspirée par le kimono japonais.

— Bonjour Varya, bonjour cher ami.

Elle tendit à Santaroga une main gantée à baiser.

— Avez-vous passé une bonne nuit ?

— Le canapé est assez confortable, oui !

La peintre prit un air innocent.

— Si vous avez besoin de sortir, je peux rester avec Varya.

Santaroga adressa un clin d'œil à sa protégée qui s'efforça de demeurer imperturbable. Tamara fit aussitôt diversion.

— Oh, du bacon ! J'adore !

Elle se saisit sans façon d'une tranche dans une assiette et la croqua tout en contemplant Varya avec une mine gourmande.

— Mangez jeune fille, vous aurez besoin de toutes vos forces pour l'épreuve qui vous attend.

Santaroga tendit l'oreille.

— Quelle épreuve ?

— Le coiffeur ! J'ai pris rendez-vous pour Varya avec le coiffeur de l'hôtel. Ses cheveux sont dans un état épouvantable et puis ça lui fera prendre l'air.

— Mais...

— Croyez-moi, le coiffeur, la manucure et le maquillage, ça ne vous laisse pas une seconde pour penser à quelque chose de négatif !

Elle s'avança pour ébouriffer gentiment la chevelure de son modèle.

— Votre dernier coiffeur vous a massacrée ! Il vous faut une coupe charleston à la garçonne, les cheveux pas trop plaqués avec des mèches crantées et un peu d'ondulations. Des vagues et des ondes douces. Vous savez, les cheveux courts ça commence à passer de mode sauf chez les amies de Lesbos.

Elle se mordit aussitôt les lèvres devant l'expression de Varya. On frappa. La silhouette mince et nerveuse de Mac Kenzy s'encadra dans la porte. Il portait avec décontraction une veste et un pantalon en tweed ainsi qu'un nœud papillon. Tamara s'empara de la main de Varya qu'elle serra dans la sienne de peur qu'on la lui vole. Santaroga fit barrage de son corps et il en imposait assez pour dissuader quiconque d'avancer sans son autorisation.

— Si je vous dis Lapin Blanc, fit-il sans prévenir, que me répondez-vous ?

— Foutaise !

— Épreuve ?

— Amour…

— Enquête ?

— Sophocle !

— Sophocle ?

Étonné, il avait simplement répété la réponse mais Mac Kenzy prit cela pour une nouvelle question et répondit aussitôt.

— *Œdipe roi.*

Santaroga dissimula son excitation. Il venait de récupérer pour analyse un matériau des plus intéressants !

— Si j'ai bien répondu, dit Mac Kenzy, puis-je entrer ? Ça devient pire que chez Victor Harman, ici !

— Nous allons chez le coiffeur, déclara Tamara avec

emphase, repassez une autre fois. Je voulais dire un autre jour ! En fait, la semaine prochaine, ce serait l'idéal !

— Permettez-moi au moins de présenter mes hommages à mademoiselle, fit Mac Kenzy sans se démonter.

Il entra, esquissa un pas de danse et fit tourner Varya autour de lui, la rattrapa avec adresse, posa de nouveau la main sur ses hanches, l'autre enserrant de deux doigts son poignet.

— Je veux vous protéger, Varya.

Son ton sincère et profond impressionna celle-ci. Si Mac Kenzy, avant l'agression, rayonnait d'une légèreté éblouissante, il se montrait aujourd'hui d'une profondeur intense. Ses yeux ne quittaient pas Varya comme s'il tentait de graver son souvenir en lui.

Tamara prit très mal la chose.

— Allez faire le singe ailleurs, déclara-t-elle en reprenant la main de Varya qui, de trophée recherché, était devenue sujet de conflit.

Elle suivit sans discuter la peintre lorsque celle-ci bouscula Mac Kenzy pour sortir. Par jeu, le Canadien leur barra le passage de son bras. Tamara lui décocha un regard noir.

— Monsieur Mac Kenzy, maître en duplicité diplômé ès manipulations, docteur en concupiscence, voyageur guidé par le bout de sa queue ! Veuillez bien vous écarter.

Subjugué par son ton autoritaire, il fit un pas de côté mais pas assez pour ne pas frôler Varya au passage. Tamara gronda :

— Dieu a donné aux oies plus de jugeote que vous monsieur Mac Kenzy !

Les oies du Capitole !

— Entrez deux minutes, fit Santaroga en dissimulant son trouble.

Il avait toute confiance en Tamara pour s'occuper de Varya. Il vouait à la peintre autant de respect que d'admiration.

— Un café ? proposa-t-il en cherchant une tasse propre.

— C'est celle de Varya ? demanda Mac Kenzy en pointant du doigt une tasse dans laquelle refroidissait un liquide doré.

— Oui, comment avez-vous deviné ?

— Le thé !

Le Canadien s'assit sans façon après s'être emparé de la tasse et vida son fond tiède avec délectation. Santaroga réprima son exaspération devant ces enfantillages.

— J'irai droit au but, déclara-t-il en s'asseyant à son tour. Je connais tout des missions confiées par Victor Harman aux membres de son club et je les désapprouve totalement. En dehors de la vôtre. Quoique je pense qu'on ne commande pas à l'amour et que vous êtes assez adulte, ou pas, pour vous en occuper sans instructions !

Mac Kenzy replongea son nez dans la tasse.

— Je ne sais pas ce que Varya a après Tamara. Par moments, les femmes ont des goûts inexplicables !

— Il ne vous appartient pas d'en juger !

— Êtes-vous donc son père ? s'étonna Mac Kenzy.

Annonciateur d'orage, le regard de Santaroga s'assombrit.

— Non mais s'il me plaît de me comporter comme tel, c'est mon problème !

Frère loup s'agitait en lui avec ses instincts protecteurs de chef de meute.

— C'est pour me parler de Varya que vous m'avez fait entrer ? demanda le Canadien impressionné.

— Pas uniquement. J'aimerais bien que vous me parliez de Gabriel de la Biole. C'était mon patient, voyez-vous.

Pour la première fois, Mac Kenzy laissa filtrer une émotion.

— Franchement, dit-il avec une lenteur étudiée, je ne suis pas le mieux placé pour vous parler de lui. C'était plutôt les femmes du groupe qui s'intéressaient à sa personne ! Ou Victor.

— Vraiment ?

— Les beaux hommes ne déplaisent pas à Victor. J'ai eu l'occasion de le vérifier. Cela dit, il n'insiste pas quand on dit non.

— À son propos, fit Santaroga, j'ai été surpris de le voir développer un tel antifascisme.

Mac Kenzy émit un ricanement.

— Rien d'étonnant ! Harman est un surréaliste et André Breton, leur chef de file, leur ordonne maintenant de prendre leur carte au parti communiste ! Et chez eux, ça marche droit sinon c'est l'exclusion.

Santaroga se pencha en avant et lui saisit le poignet. L'autre grimaça sous sa poigne de fer.

— Et quelle est d'après vous la couleur politique de Tillie ?

— Ah, elle ? Au début, je la situais plutôt radicale-socialiste mais elle dresse des portraits flatteurs des dictateurs qu'elle interviewe. Cela dit, ça facilite certainement les rendez-vous suivants ! Mais à force de se comporter comme un homme, elle finira mal ! Enfin, tout ceci n'est pas mon problème.

Santaroga haussa un sourcil.

— Qu'est-ce qui est votre problème ? J'ai du mal à vous cerner, monsieur Mac Kenzy. Vous allez avoir trente ans, vous ne vous intéressez à rien en dehors des jolies femmes ?

— Je ne sais pas à quel sein me vouer !

Le sourire du psychanalyste fut si mince qu'on pouvait douter même de son existence.

— J'aime bien la musique aussi, ajouta précipitamment Mac Kenzy, et la danse.

Il tambourina du pied par terre. La musique semblait descendre d'un coup au bout de ses orteils.

— La tap dance ! (Il redevint sérieux, ce qui le vieillit immédiatement.) Je ne fais pas de politique et je ne m'y intéresse pas. La vie est bien trop courte pour cela.

Santaroga se pencha vers lui, une lueur agacée dans le regard.

— Monsieur Mac Kenzy, vous ne me demandez pas de conseil mais je vous en donnerai tout de même un : il serait temps de vous bouger un peu les fesses !

~

Un bain russe avec ses salles dégorgeant de vapeur brûlante et ses senteurs d'aromates qui vous montent à la tête. Le petit rameau de feuilles de bouleau avec lequel on se fouette le dos. Le seau rempli d'eau froide qu'on renverse sur sa peau brûlante. La serviette nouée autour des reins, on s'allongeait sur des gradins tendus de toiles tièdes. La vraie vie. Le grand-duc Nikolaï Nikolaevitch inspira et d'un coup tous les parfums de sa Russie remontèrent à son esprit.

Le corps frotté d'huile, la fatigue chassée, la peau saine et propre comme un sou neuf, il se détendit l'espace d'une seconde.

Son œil vif saisit un mouvement à travers les volutes de vapeur et d'un coup toute la tension dont il s'était défait l'habita de nouveau. Le nouvel arrivant s'assit sans façon auprès de lui, sa main gauche maintenant la serviette. Nikolaï vérifia qu'il ne se trouvait rien dans l'autre main. Le nouveau venu s'épongea le front. Des yeux noirs sous des sourcils touffus observèrent avec attention le géant.

— Vous vous faites rare, dit l'homme. Vous avez retrouvé la petite ?

Les narines de Nikolaï frémirent élégamment.

— Oui.

— Qui est-elle ?

— Ce qu'elle est et ce qu'elle a toujours été.

L'autre soupira.

— Les affaires russes sont assez compliquées comme ça, vous ne trouvez pas ? Il y a déjà tellement de prétendants à la succession du tsar.

— Vous êtes bien placé pour en parler ! répliqua Nikolaï d'un ton méprisant.

— Le traité de Versailles est l'œuvre d'un fou et de deux crapules. Vous avez lu *Le chemin de croix* de Vinberg ? Il en appelle à l'alliance d'une Russie blanche avec une Allemagne nouvelle et le Japon. Il a juste oublié l'Italie qui nous a tous précédés.

— Où voulez-vous en venir ? demanda le géant en se maîtrisant.

— Les Japonais ont été nos alliés à Vladivostok. L'Italie

est entre les mains des fascistes, l'Allemagne est un fruit mûr. La colère y gronde contre un Papiermark rongé par l'inflation et l'occupation française de la Ruhr.

— Pourquoi renverser le gouvernement républicain allemand ?

— Parce qu'il a renoué des relations diplomatiques et commerciales avec la Russie bolchevique. Le communisme va s'étendre comme une peste rouge.

— Et certains veulent lui opposer une peste noire ? gronda Nikolaï. Y a-t-il encore quelqu'un de sain d'esprit ici-bas ?

L'homme se redressa.

— Réfléchissez ! Les États-Unis sont loin et isolationnistes. Les Anglais ne veulent plus bouger de leur île. Mustafa Kemal et ses Turcs sont soutenus par la Russie rouge. L'État français renoue le dialogue avec les Soviétiques pour récupérer l'emprunt russe : dix milliards et demi de francs ! Et puis les bolcheviques font du commerce eux aussi…

— Alors ?

— Nous ne pouvons pas rester seuls pendant que le monde bouge.

— Les gens de l'Aufbau ?

L'autre lui jeta un regard pénétrant et dit d'un ton doux comme à un enfant :

— Il serait plus sage de nous joindre à eux, Nikolaï.

~

Santaroga prit le temps d'admirer la nouvelle Varya qui se dressait devant lui, à côté d'une Tamara de Lempicka très fière de sa réussite. Les cheveux coupés court, les sourcils épilés en arc mince et les yeux soulignés d'un trait de kôhl noir, Varya faisait forte impression. Tamara partagea ce constat avec le psychanalyste d'un petit hochement de tête.

— Avez-vous suffisamment torturé monsieur Mac Kenzy pour qu'il quitte les lieux ? s'enquit la peintre avec un clin d'œil complice.

Elle désirait s'assurer de l'alliance de Santaroga dans cette affaire.

— Ne sous-estimez pas Mac Kenzy, lui conseilla-t-il, il est plus intelligent que vous ne le pensez même s'il ne veut bien nous montrer de lui que ses occupations hédonistes.

— En l'occurrence, monsieur Mac Kenzy a des intérêts contraires aux miens !

— C'est de moi que vous parlez ? s'enquit Varya. Ne vous gênez pas surtout, continuez comme si je n'étais pas là !

Tamara calma aussitôt le jeu.

— Pardon, ma chérie. Vous savez tout le respect et l'affection que j'éprouve pour vous.

Varya garda le silence et ce regard fixe, insondable, qui pouvait vouloir tout dire. Tamara lui décocha un sourire tendu. Celui de son modèle n'était plus qu'une ligne horizontale. La peintre hésita, consciente de marcher sur des œufs. Santaroga qui l'appréciait se hâta de voler à son secours.

— Tamara, nul ne doute de votre sincérité.

La Polonaise le remercia d'un signe de tête.

— Si vous avez à faire aujourd'hui, enchaîna-t-elle aussitôt, nous pourrions aller piller quelques boutiques avec Varya !

— C'est entendu mais ne vous éloignez pas trop, restez dans des endroits très fréquentés et revenez ensuite ici. Varya vous expliquera pourquoi toutes ces précautions. De mon côté, je dois aller à un rendez-vous.

Varya ricana.

— Un rendez-vous parfumé !

— On devrait semeler les souliers avec la langue des femmes, grogna Santaroga, elle est inusable !

Une fois le psychanalyste parti, Tamara prit familièrement le bras de Varya.

— J'espère que je ne vous ai pas froissée. Mac Kenzy ne mérite pas que nous nous fâchions. Si vous saviez toute la tendresse que j'ai pour vous.

Le cœur de Varya fondit à ces mots.

— Non, je vous assure. Je serais bien ingrate de ne pas vous remercier pour tout ce que vous m'avez offert. Et (elle hésita) je ne parle pas que de choses matérielles.

— Oh !

Doucement, Varya se pencha en avant, effleura ses lèvres puis y revint pour y déposer un chaud baiser.

— Vous êtes l'une des plus belles choses qui me soit arrivée depuis des années.

~

Le bois de Boulogne étalait ses tentations pour toutes les classes de la population, avec ses plans d'eau, l'allée de la Reine-Marguerite ou celle des Acacias, le Pré-Catelan, le Tir-au-Pigeon. Dans l'allée cavalière, ils croisèrent un couple botté et harnaché montant un demi-sang anglais et un étalon pie.

— Henri va rentrer à la maison demain matin, murmura Elsa alors qu'ils s'écartaient pour laisser le passage aux montures nerveuses.

Constat sans joie. Elle s'appuya un peu plus au bras de Santaroga. Sur le lac du bois, les embarcations se pressaient, on entendait des rires heureux et le clapotis de l'eau.

— C'est délicieusement populaire ici, commenta sans rire Elsa en prenant place dans la barque.

Il ne releva pas et se saisit des avirons avec satisfaction. Si ce n'était pas le lac de Genève, il retrouvait quand même un élément liquide sur lequel voguer.

— Vous aimez l'eau, constata Elsa en le contemplant d'un air attendri.

— Pompée l'a dit : « Il n'est pas nécessaire de vivre, il est nécessaire de naviguer ! »

Elle sourit et laissa traîner sa main dans l'eau dans un geste très sensuel. Santaroga réfléchit. Elsa envoyait des signaux contradictoires.

— Je ne crois pas que vous m'ayez dit toute la vérité, dit-il.

— Je ...

— Vous vous apprêtez encore à me mentir, l'avertit-il en surprenant une lueur dans ses prunelles.

— Un réflexe !

Elle se détendit.

— Vous vous intéressez trop à moi !

— Au contenu de votre esprit, voulez-vous dire !

— Et pas assez à autre chose, si vous voyez ce que je veux dire !

Il secoua la tête avec calme.

— Je ne vous crois pas ainsi. Ce n'est pas vous. Les raisons pour lesquelles vous m'avez choisi sont autres. Vous n'avez pas rompu avec Gabriel de la Biole car vous n'avez jamais été sa maîtresse.

La respiration d'Elsa s'accéléra.

— Comment avez-vous deviné ?

— Je pourrais vous parler de mon don de double vue mais le bon sens et l'idée que je me fais de vous suffisent. La mission confiée par Victor Harman vous a poussée dans ce doute qui vous habite désormais quant à votre nature sybarite ! Et vous m'avez choisi pour vous permettre de vous écarter du danger. Une aventure avec Gabriel de la Biole vous aurait libérée de ce doute, permis de reprendre pied. Vous n'auriez pu mener les deux choses de front. Et, de plus, vous ne seriez pas en train d'essayer de me séduire dès le lendemain de la mort de votre amant, même après une rupture.

Amant qui aimait quelqu'un d'autre d'ailleurs, songea Santaroga.

— Pourquoi m'avoir menti au sujet de votre relation avec Gabriel ? poursuivit-il en plongeant sa rame un peu trop fort dans l'eau.

Elsa rougit légèrement.

— Menteuse, séductrice, vous avez une image de moi…

— Pourquoi ? insista-t-il.

— Vous ne m'auriez pas crue si je vous avais dit la vérité. En fait, je vous ai raconté la chose la plus simple à croire.

À présent qu'il focalisait toute son attention sur elle, le corps détendu par l'aviron, il la devinait.

— Si je vous dis *désir*, que répondez-vous sans réfléchir ?

— Encore votre jeu d'association !
— Séduction ? proposa-t-il.
— Masque !
— Auteuil.
— Gabriel.
— Maison…
— Conversations !

Santaroga réfléchit un instant.

— Quelles conversations teniez-vous avec Gabriel dans son bureau ?

Elle prit une inspiration lente.

— J'ai fait la connaissance de Gabriel au Cercle. J'ai bien compris que ce n'était pas moi qui l'intéressais mais Henri car il me poussait, très subtilement, à organiser un dîner pour le rencontrer.

Cela confirmait les dires de Liane. Santaroga se fit toute ouïe.

— Étonnamment Gabriel et Henri ont sympathisé, reprit Elsa. Je dirais presque pactisé. Henri a des moyens financiers importants mais pas illimités. Avec Gabriel, il pouvait doubler ses possibilités de financer des mouvements nationalistes en France et en Allemagne.

— Votre mari vous a envoyée séduire Gabriel pour se l'attacher plus encore ? s'étonna-t-il. En partageant sa femme avec lui ? Non, c'est un homme jaloux de ses prérogatives de mari, on l'a vu se quereller à votre sujet avec Victor Harman. Gabriel faisait-il partie de la mission de séduction de notre poète ?

— Non. Victor m'avait bien ordonné de ne pas m'attaquer aux hommes du Cercle.

— Trop aimable de sa part !

Une colère froide montait en lui, Frère Loup montra les dents. Par jeu, Elsa retira sa main de l'eau et lui jeta quelques gouttelettes à la figure. Cela le calma aussitôt. Il sortit son mouchoir pour s'essuyer le front.

— Laissons de côté Victor Harman. J'aimerais parler de vos relations avec Gabriel de la Biole.

Elle pinça les lèvres de dépit.

— Vous êtes désespérant. Quand arrêterez-vous de jouer les flics avec moi ?

— Je suis un détective de l'âme.

— Vous êtes mon âme sœur.

L'intonation moqueuse de sa voix avait disparu. Ils se contemplèrent un instant l'un et l'autre, toujours étonnés de leur rencontre, de leur sensibilité à fleur de peau lorsqu'ils se retrouvaient.

— Pourquoi ce surnom de Mme Hécate ? Un rapport avec la déesse ? Le symbolisme de la croisée des chemins ?

Elsa inclina la tête.

— Le choix. La direction à prendre. Au début, j'ai cru que Gabriel était un de ces fascistes et puis il m'a parlé de la mission de Victor Harman et pourquoi il avait décidé d'aller plus loin. Les camps de réfugiés, les associations humanitaires. C'était bien ce qu'il faisait. Sa vie, sa manière de dépenser son argent. Il avait un but mais qui serait dérisoire si une peste noire venait tout balayer. Alors, il décida de dresser une cartographie précise des liens qui se nouent, du complot qui se trame. Gabriel voulait dénoncer les alliances des cartels financiers et industriels avec les mouvements fascistes naissants, ceux qui veulent jeter une fois de plus l'Europe dans les ténèbres.

Santaroga cligna un instant des paupières pour se protéger de la réverbération du soleil sur l'eau. Ses rayons semblaient illuminer les jambes d'Elsa en faisant briller ses bas.

— Pourquoi faisait-il cela ?

— Peut-être pour la rédemption ou pour échapper aux rêves noirs qui le consumaient. J'allais chez Gabriel lorsque mon mari partait en voyage d'affaires et je lui rapportais tout ce que j'avais entendu. Pour la première fois de ma vie je me sentais utile.

— L'éveil d'une conscience politique ?

Elle le fixa avec un petit air de défi qui lui allait bien.

— Étonnant pour une femme, c'est le fond de votre pensée ?

— Je n'ai pas dit cela !

— Non mais entre bourgeoise, petite pute, hystérique ou femme à la conscience politique, quel terme auriez-vous associé à moi en premier ?

Santaroga se pencha plus avant sur les avirons, soutenant ardemment son regard.

— Ne projetez pas sur moi les pensées que vous prêtez aux hommes en général !

Elsa titilla son mollet de la pointe de sa chaussure pour le provoquer.

— Vous êtes le seul homme que j'aie réellement désiré ces dernières années. Pourquoi cela doit-il être si compliqué ?

Elle s'amusa de son trouble mais il reprit rapidement le dessus.

— Pourquoi rencontrer Gabriel en cachette chez lui et non chez vous ?

— Lorsqu'il venait chez nous, c'était pour voir mon mari. S'il avait débarqué en son absence, les domestiques auraient pu lui en parler. Quant à l'extérieur, on peut toujours croiser des connaissances communes. Nous jugions donc plus prudents de nous rencontrer chez lui. J'ai été d'une discrétion totale !

— Parliez-vous de l'Aufbau ?

Ses yeux s'écarquillèrent de surprise.

— Vous en savez plus que ce que vous en dites, murmura-t-elle précipitamment. Des brutes qui me font froid dans le dos. S'ils avaient deviné nos intentions, ils nous auraient tués sans hésiter.

Santaroga replongea ses avirons dans l'eau en prenant garde aux éclaboussures.

Le livre blanc de Gabriel de la Biole. Tous ces noms, ces dates, ces sommes. Les Sorano pour l'informer et Tillie pour tout dévoiler. Oui mais pourquoi m'avoir légué à moi ce livre blanc ?

Soudain, il eut l'impression que, de sa tombe, Gabriel de la Biole le manipulait encore.

~

Dans la proprette chambre de clinique où on l'avait admis, Henri Sorano leva de son lit un regard surpris.

— M. Santaroga ! Que faites-vous ici !

— Je voulais prendre de vos nouvelles.

— Je me porte comme un charme !

— La police m'a interrogé sur votre agression.

L'homme d'affaires se fendit d'un sourire condescendant.

— C'était absurde de vous soupçonner. C'est ma femme qui a fait le coup !

— Pardon ?

Le psychanalyste s'était figé. Sorano partit d'un rire gras.

— Navré, c'était de l'humour. Mon épouse est inoffensive.

— Puis-je ? demanda Santaroga en masquant son agacement.

Sans attendre de réponse, il tira à lui un siège.

— J'ai préféré attendre que vous vous rétablissiez avant de vous rendre visite, expliqua-t-il sur le ton de la conversation.

— C'est fort aimable à vous !

Manifestement, Sorano s'amusait. Espérant toujours être payé en retour, Santaroga s'efforça de ne pas perdre patience.

— Avez-vous aperçu la personne qui vous a agressé ?

L'autre se redressa sur un coude pour mieux l'examiner. Pour un tel homme, cela devait être pénible de demeurer allongé.

— En quoi cela vous intéresse-t-il ?

— On s'est permis de soupçonner une amie à moi lors de cette soirée !

— La petite Russe ?

Santaroga pâlit imperceptiblement.

— Vous la connaissez ?

— Non, c'est la police qui m'a demandé si je la connaissais. Encore un membre de ce damné Cercle de rêves éveillés de ma femme ! Russe blanche ?

— Vous les préférez aux Rouges ?

— Nettement, oui.

— Vous savez, ces gens-là sont toujours très mystérieux ! dit prudemment le psychanalyste.

Varya attirait déjà suffisamment l'attention comme ça. L'autre sembla réfléchir.

— Je rentre demain chez moi, venez donc me voir, nous serons plus à l'aise pour discuter.

— Pourquoi pas ?

Santaroga se leva et le salua. Il fit semblant de partir puis se retourna au dernier moment.

— J'espère que ce n'est pas ce poète qui s'en est pris à vous.

— Le poète…

Sorano s'efforçait de garder un ton désintéressé mais la tension qui habitait son corps le trahissait.

— Est-ce vraiment un homme ? Je crois que je me suis énervé pour rien. Mon épouse m'a raconté qu'à une de ses soirées, il s'était déguisé en femme avec une perruque sur la tête.

Santaroga hocha sèchement le menton.

— Les surréalistes ont un sens très particulier de la fête.

— Nous en reparlerons à la maison. Et amenez donc votre amie russe par la même occasion.

Il lui adressa un clin d'œil et Santaroga ne comprit pas s'il s'agissait d'un signe de complicité ou de lubricité.

— Pourquoi ? demanda le psychanalyste.

— J'aime bien ces gens, les Russes exilés.

Ses yeux luisaient d'une lueur joueuse et intriguée. Santaroga se pencha brusquement vers lui.

— Gabriel de la Biole a-t-il trahi votre cause nationaliste ?

Tous ses sens en éveil, le psychanalyste guettait les réactions de l'autre.

— Bien sûr que non, répondit Sorano d'un ton ferme et convaincu. Gabriel était un de nos plus indéfectibles soutiens !

Santaroga sut qu'il le pensait vraiment.

Elsa l'attendait au volant de son automobile. Elle avait refusé de l'accompagner. Les raisons de ce refus pouvaient être multiples mais parfaitement compréhensibles dans la perspective d'une aventure avec Santaroga.

— Que vous a-t-il dit ? demanda-t-elle dévorée de curiosité.

— Des banalités. Il m'a aussi demandé de revenir le voir chez vous, accompagné de Varya. En fait, j'ai l'impression que son invitation n'était qu'un prétexte pour la voir.

Elsa ne réagit pas. Manifestement, elle était le seul membre du Cercle des rêveurs éveillés à ne pas s'intéresser à sa protégée. Tout juste manifesta-t-elle le brin de surprise approprié à une telle nouvelle.

— Un conseil, lâcha-t-elle en démarrant, ne cédez pas à ce qui pourrait vous paraître une aimable fantaisie.

— Pourquoi ?

Santaroga n'en avait nulle intention, néanmoins la réponse l'intéressait au plus haut point.

— Oh, un berger n'expose pas l'agneau au loup !

Le psychanalyste retint un sourire. Il ne lui viendrait jamais à l'esprit de considérer Varya comme un agneau.

— Varya est une Russe blanche, fit Elsa avec effort, et vous savez qu'Henri entretient des relations ambiguës avec certains d'entre eux. Laissez Varya hors de portée de mon mari et de ces sauvages.

— Où allons-nous ? demanda Santaroga.

— Il est l'heure de déjeuner.

— Je crois même qu'elle est largement passée !

Elsa soutint son regard.

— Je connais un endroit où nous pourrons nous sustenter en toute simplicité.

La voiture quitta la route pour emprunter une allée sablonneuse au bout de laquelle apparut un charmant pavillon fleuri.

— Il appartient à une amie, expliqua la conductrice. Elle m'en a confié les clés avant de partir en voyage en Argentine.

— Hum… Et vous pensez qu'elle a laissé des provisions pour nous ?

— Oui, je l'ai moi-même aidée à faire des confitures !

Il y eut d'abord tous les signes nécessaires pour le mettre en alerte. La maison vide, le gramophone d'où s'élevèrent les premières notes d'un sensuel tango.

Sur des étagères en bois de rose dormaient sagement des livres à qui il rendit visite pour se rassurer. Des histoires de petites filles. *Le cabinet des fées* de Mme d'Aulnoy, de merveilleux contes remplis de belles aux cheveux d'or. Une riche matière à analyser. En le voyant plonger dans les livres, Elsa le tira par le bras.

— Vous dansez ?

Son parfum à la pointe vanillée, Shalimar de Guerlain, était en lui seul une invitation.

— Le tango ? N'est-ce pas dangereux de pratiquer une danse qui laisse tant de place à l'improvisation ?

Elle eut un sourire magnifique.

— Le tango permet de marcher ensemble dans une direction inattendue.

Il connaissait les mouvements dissociés magnifiant les danseurs de tango : l'étreinte, l'abrazo, l'enlacement, le fouetté torride d'Elsa autour de la jambe de son partenaire, une figure où la jambe masculine se dresse soudain comme un obstacle sur la route de la femme qui est déviée. Le pas croisé en avant et en arrière pour former un 8 sous son œil intéressé. Le 8, universellement le nombre de l'équilibre cosmique mais lorsqu'on le renverse il devient le symbole mathématique de l'infini. Il se retrouva ainsi à tracer à l'infini des 8 avec elle. Alerté, Frère loup pointa le bout de son museau.

— Où étiez-vous le soir de la mort de Gabriel ? demanda Santaroga.

— Est-ce que cela vous excite de savoir que vous allez coucher avec une suspecte ? chuchota-t-elle essoufflée.

Le corps souple et flexible, cambré comme un arc bandé, accompagnait la question.

— Je ne vais pas coucher avec vous, Elsa.

Il la repoussa mais c'était le jeu du tango et de l'attente exaspérée du désir : elle revenait sans cesse.

— J'étais chez moi, seule, mon mari n'était pas encore rentré de voyage. Vous voyez, je n'ai aucun alibi.

Il vit dans son cou la sueur de la danse filtrer jusqu'au sillon tiède entre ses seins. Frère loup ouvrit grands les yeux et la désira.

— J'ai besoin que vous m'accordiez votre confiance, chuchota-t-elle en s'accrochant à lui.

Elle arqua ses hanches contre lui. Frère loup perdit tout contrôle.

Dans la chambre, lorsque Elsa se déshabilla dans un tumulte soyeux et que sa robe glissa sur ses hanches, son visage reflétait une lumière nouvelle.

— Je suppose, dit-elle, que tu te sens un peu comme Alice lorsqu'elle est tombée dans le terrier ?

Il suivit néanmoins le Lapin Blanc jusqu'au fond du gouffre.

Plus tard, lorsque Elsa ramassa ses bas, les défroissa en les claquant dans l'air avant de les enfiler. Santaroga se dit qu'il avait commis une erreur. Une de plus.

26

Occupez-vous du sens, et les mots
s'occuperont d'eux-mêmes.

Il y avait eu Sabrina et Emily Brown. Deux passions en vingt ans. Même avec des patientes, après tout, cela reste raisonnable. Pas bien, néanmoins raisonnable. Mais Elsa!

Sabrina possédait deux personnalités, l'une lumineuse, l'autre sombre et prophétique. Emily Brown, elle, fuyait tout conflit en se réfugiant sur la Lune, un monde quasi féerique. On y voit la Terre de loin. Un joli globe bleu avec ses océans. Elle s'y cachait en attendant que le conflit cesse sur Terre, c'est-à-dire qu'une personne en trop s'en aille. Emily Brown n'aimait pas l'imprévu mais en offrait beaucoup. Peut-être était-ce cet imprévu qu'Elsa lui offrait aussi?

Celle-ci lui adressa un regard humide avant de s'inquiéter.

— Tu regrettes?

Il la rassura d'un sourire et elle se réfugia comme une enfant entre ses bras puissants.

Frère loup jura de la défendre jusqu'à la mort.

En fin d'après-midi, le taxi se gara avec précaution aux abords de la villa d'Auteuil.

— Attendez-moi là ! dit Santaroga au chauffeur.

Varya descendit et contempla la maison d'en face avec curiosité.

— Alors, c'est ici…

— Oui.

Santaroga fit mine d'hésiter.

— Voulez-vous bien m'attendre quelques instants dans le jardin, le temps que je vous annonce ? Cette dame est un peu collet monté et ne reçoit pas facilement.

Varya eut un hoquet indigné.

— Vous avez insisté pour que je vous accompagne et vous me laissez dans le jardin !

— Accordez-moi juste deux minutes.

Santaroga désigna la demeure qui faisait face à celle de Gabriel de la Biole. Tout respirait le calme et l'ordre.

— Imprégnez-vous des lieux, c'est important.

Et sur ces paroles énigmatiques, il remonta l'allée jusqu'à la porte sous le regard glacé de Varya. On introduisit Santaroga chez la voisine de Gabriel de la Biole qui manifesta une certaine surprise à le revoir aussi vite.

— Je suis navré, madame, de vous importuner de nouveau.

— Mon Dieu, docteur Santaroga, c'est toujours un plaisir de recevoir une célébrité comme vous !

Le psychanalyste bomba inconsciemment la poitrine, menaçant de catapulter les boutons de sa chemise.

— Ma demande va vous paraître saugrenue, je souhaite

que vous examiniez la démarche de cette jeune femme au-dehors.

— Nous sommes donc dans le cadre d'une enquête policière ? s'enquit-elle avec excitation.

— Tout à fait ! J'agis ici en tant qu'auxiliaire de police !

— Oh…

Il lui prit la main pour la conduire à la fenêtre. Il sentit ses doigts s'agiter dans sa paume. Dans le jardin, énervée comme un petit chat, Varya faisait les cent pas. Santaroga se raidit.

— Est-ce elle que vous avez aperçue le soir de la mort de M. de la Biole ?

— Je ne suis pas certaine. Il me semble qu'elle avait un peu plus de cheveux.

Santaroga se mordit les lèvres en pensant à Tamara qui avait conduit Varya chez le coiffeur de l'hôtel le matin même.

— Et sa démarche ?

— Non. La blonde était plus… titubante…

— Comme prise de boisson ?

— Oui, c'est ça !

Le psychanalyste rangea cette nouvelle pièce du puzzle dans un coin de son esprit avant de sortir affronter Varya.

27

Plus bas, encore plus bas, toujours plus bas.
Est-ce que cette chute ne finirait jamais ?

Retour à l'hôtel. Santaroga tira les rideaux pour occulter les derniers rayons du soleil et se tourna vers Varya.

— En Suisse, les serpents des montagnes craignent fort les mots grecs et si vous prononcez Osy, Osya et Osy, ils disparaissent. Étonnant, non ?

— Est-ce que vous vous moquez de moi ?

— Non, je vous rapporte des faits étranges.

Elle comprit.

— Vous allez m'hypnotiser ?

— Il le faut. Je ne peux que vous montrer la voie.

La jeune femme le contemplait avec des yeux clairs et une expression tranquille.

— Je vous fais confiance.

— Je vous préviens, je vais vous envoyer là où vous n'avez nulle envie d'aller !

— Avec le Lapin Blanc jusqu'au fond du terrier? plaisanta-t-elle.

— Jusqu'au fond du gouffre, Varya!

— Qu'il en soit ainsi!

Et Varya plongea sans regret dans le monde obscur des ombres.

Santaroga arrêta lentement le mouvement de balancier de sa montre. Varya se retrouva marchant sous le halo blanc de la lune. Les flocons de neige glissaient du ciel en une myriade d'étoiles.

— Plus tard, Varya, plus tard, chuchota-t-il.

Sa voix n'était plus qu'un murmure indicible aussi apaisant que le bruit des vagues.

— La nuit dernière, vous avez fait un mauvais rêve. Je vous demande de retourner dans ce rêve auprès de cet homme dont vous m'avez parlé.

— Oui…

— Où vous trouvez-vous, Varya?

— Près du Guide.

On a amené Varya à lui dans la nuit car le Guide se lève dans l'après-midi. Comme une créature maléfique, il vit la nuit, occupé à travailler puis à festoyer. Quand l'aube pointe, il regagne son lit dans une chambre qu'il a choisie au hasard car il craint toujours de se faire assassiner.

— Décrivez-le-moi.

— Le Guide est froid, anxieux et suspicieux.

— Comment s'appelle-t-il?

— Iosif Vissarionovich Dzhugashvili.

Des rides de perplexité s'inscrivirent sur le front de Santaroga.

— Le connaît-on sous un autre nom en France ?

— Joseph Staline, murmura la Russe d'une voix rauque.

Un souffle régulier sort des lèvres de Varya. Le Guide contrôle tout. Il est partout et sait tout. Il a entendu parler de la petite duchesse dans sa lointaine province. Cela ne lui a pas plu mais il a eu une idée.

Varya est assise sur une chaise, les poignets menottés dans le dos. Elle n'a jamais atteint la côte. Les Russes l'ont rattrapée à la frontière chinoise. Ils sont seuls. Le Guide ne l'approche pas, ne la touche pas. Il se contente de l'observer. Même s'il semble robuste, elle est surprise par sa petite taille. Le Guide finit par secouer la tête.

— Non, décidément, ce n'est pas toi. Tu n'es qu'un élément bourgeois de trop dans mes plans…

— Je peux avoir à manger ?

Toujours profiter de la moindre opportunité pour survivre un moment de plus. Et puis, on ne lui a rien donné depuis la veille, à part de l'eau.

— Non, il vaut mieux que tu restes maigre pour la suite.

Il semble jouir de sa peur. Son intelligence est cruelle. Au fur et à mesure qu'il a gagné en pouvoir, il a perdu en humanité. Il prend plaisir à effrayer.

— Tu as le choix, petite duchesse, distraire mes soldats au bordel ou aider la Révolution !

28

Je voudrais bien que le procès s'achève, se dit-elle,
et qu'on fasse circuler les rafraîchissements.

La nuit était tombée lorsqu'ils se retrouvèrent dans la maison faiblement éclairée de Gabriel de la Biole. Il avait fallu graisser la patte de Laplanche pour ouvrir les portes. Depuis, le domestique s'était retranché derrière les fourneaux de sa cuisine. Maintenant, Santaroga avait devant lui tous les anciens et nouveaux membres du Cercle des rêveurs éveillés ainsi que M. Sorano et Liane. Dans un coin du salon, celle-ci se lovait sur elle-même, mystérieuse et réservée. Tamara l'observait d'un œil intrigué. Debout, Santaroga imperturbable ne répondait pas aux sourires forcés d'Elsa.

Le psychanalyste jeta un rapide regard autour de lui. Les héritiers n'avaient pas chômé. Avec leurs petites pinces de crabes avides, ils s'étaient saisis de ce que la demeure comportait d'intéressant. Depuis sa dernière venue, celle-ci s'était vidée de presque tous ses meubles en dehors d'un grand paravent chinois et d'un petit bureau sans intérêt qu'il avait fait descendre d'une chambre pour son expérience. L'assistance se trouvait donc assise sur les dernières chaises rapportées de l'office par Laplanche. Santaroga contempla l'assemblée sans sévérité excessive. La vérité ne l'intéressait pas plus que ça. Il n'était pas là pour juger mais pour comprendre.

— Pourquoi nous avoir tous réunis ici, Santaroga ? lança Henri Sorano d'un ton impatient. Et qui est cette dame ?

Il désigna Liane du menton.

— Madame n'a pas à être nommée, répondit sèchement Santaroga. D'autant plus que vous la connaissez très bien !

Elsa sursauta.

— Quant à savoir ce que nous faisons ici, reprit-il théâtralement, nous sommes là pour jouer bien sûr !

— Vous plaisantez, j'espère ? s'exclama Sorano.

— Jouer à quoi ? demanda Mac Kenzy l'air intéressé.

— Au cadavre exquis !

Victor Harman battit des mains avec enthousiasme.

— Oh oui, jouons !

Le mari d'Elsa se leva.

— Ça suffit ! Je n'aurais jamais dû suivre ma femme ici.

Santaroga s'interposa entre lui et la sortie.

— Vous ne souhaitez donc pas apprendre les causes réelles de la mort de votre ami, Gabriel de la Biole ?

Henri Sorano pâlit et alla se rasseoir. Elsa dissimula un petit sourire. Le psychanalyste distribua à tous un crayon et un calepin.

— Je vais vous dicter le dernier message qu'a laissé Gabriel de la Biole le soir de sa mort et vous allez le recopier à l'identique.

Certains tressaillirent lorsque Santaroga dicta le dernier mot du mort. Ensuite, il leur demanda d'aller poser l'un après l'autre leur calepin sur le bureau et nota à qui appartenait chacun d'eux. Elsa passa la dernière et se tourna vers Alexandre. Ses sourcils se relevèrent dans une mimique d'interrogation muette.

Le visage de marbre, le psychanalyste examina les calepins puis hocha la tête. Tous les éléments du puzzle s'imbriquaient désormais.

— Voilà ! fit-il.

Il inspira un grand coup. La vérité allait être terrible à entendre.

— J'ai découvert la véritable fonction du Cercle des rêveurs éveillés, annonça-t-il. Victor Harman l'a constitué dans un but très personnel.

— Et altruiste ! ajouta le poète.

Santaroga l'ignora.

— En confiant à chacun de ses membres une mission.

Son regard glissa sur Elsa pour s'arrêter un instant sur Varya. Celle-ci affichait la crânerie d'un animal traqué.

— Gabriel de la Biole était mon patient, reprit-il d'une voix calme et profonde. J'ai voulu comprendre ce qui avait causé sa mort, aussi ai-je engagé Varya pour s'introduire dans votre Cercle de rêves éveillés.

Il y eut quelques hoquets de stupéfaction du côté de Mac Kenzy, d'Elsa et du poète.

— Mais j'ai aussi poursuivi mon enquête, reprit-il d'une voix ferme, afin de trouver l'assassin de Gabriel. Et la véritable question est la suivante : quelle est la femme qui est venue le voir le soir de sa mort ?

Il toisa dramatiquement chacune des personnes présentes.

— Vous Elsa ? Liane peut-être ? Tamara ? Vous Tillie ou bien encore vous Varya ?

La jeune Russe sursauta et Tamara voulut intervenir pour la défendre. Varya l'arrêta d'un signe de tête.

— Toutefois, remarqua le psychanalyste, M. Mac Kenzy n'est pas très grand et pourrait éventuellement se faire passer pour une femme avec une perruque.

Le Canadien éclata de rire.

— Vous riez Mac Kenzy ? tonna soudain Santaroga. Attendez donc la fin de l'histoire, jeune crétin, nous verrons si vous riez toujours aussi fort !

Tout le monde le contempla ébahi. Mac Kenzy se tut.

— Tillie, fit Santaroga en reprenant son calme. Pouvez-vous nous expliquer pourquoi vous vous rendiez certains soirs chez Gabriel ?

— Je devais écrire un article avec lui.

— Ce que Gabriel compilait devait sortir dans la presse et c'est votre plume amie qu'il avait choisie. Vous n'aviez donc aucune raison de le tuer. À moins, bien entendu, que vous ne serviez d'autres intérêts auprès de lui sous couvert de journalisme !

— De quoi diable parlez-vous ? bougonna Henri Sorano.

L'interpellé pivota dans sa direction.

— M. Sorano, l'ami des fascistes. Vous faites bien d'intervenir. Et si vous aviez découvert que Gabriel de la Biole avait trahi votre cause ? Qu'il avait consigné tout ce qu'il voyait et entendait dans un livre aujourd'hui en ma possession ? Qu'il était devenu votre complice dans le seul objectif de dénoncer plus tard le complot mondial qui se trame pour établir des régimes fascistes en Allemagne et en France avec le concours de l'Aufbau!

L'autre sursauta et ouvrit grande la bouche, muet de stupéfaction.

— Ah! jubila Santaroga. Cela vous surprend que je connaisse l'Aufbau, n'est-ce pas?

— Ridicule, fit Sorano en reprenant rapidement son calme. Gabriel était tout entier acquis à notre cause.

Le psychanalyste voyait bien qu'il en était convaincu.

— Ça, c'est aussi ce que d'autres croyaient...

Santaroga éleva la voix.

— N'est-ce pas, M. Laplanche, le valet fidèle mais pas très honnête qui écoute derrière la porte! De sortie ce soir-là? L'ancien syndicaliste que vous êtes ne devait pas se trouver très à l'aise au service d'un ami du fascisme! Avez-vous fait rentrer dans la maison vos mauvaises fréquentations ou bien avez-vous égorgé seul votre maître?

Le psychanalyste eut la satisfaction d'entendre un hoquet de surprise derrière la porte. Il se retourna vers Henri Sorano.

— Votre étonnement est authentique. Je sais que jamais vous n'avez douté de l'engagement de Gabriel de la Biole pour votre cause!

Il porta son attention sur le poète.

— Monsieur Harman, et si nous nous intéressions à vous et à vos fameux bals travestis? Vous aimez vous y habiller en femme, n'est-ce pas?

— C'est vrai, reconnut le poète. Je ferais une femme parfaite!

— Mon épouse m'avait raconté ça mais je me refusais d'y croire! grogna Sorano.

Santaroga reprit comme s'il n'avait rien entendu.

— Pour vous, Victor Harman, Gabriel avait trahi la cause. Vous ignoriez son objectif réel qu'il ne vous avait pas révélé. Vu de votre côté, il s'était pris au jeu. Il était passé à l'ennemi. Vous l'aviez envoyé l'espionner et maintenant il le finançait !

Il s'approcha du poète, le dominant d'une bonne tête.

— De plus et surtout, vous étiez amoureux d'Elsa, Victor. Je l'ai compris en vous voyant ensemble à la soirée. Vous soupçonniez Gabriel de la Biole d'être son amant.

— Quoi ? gronda Henri Sorano.

Santaroga ne tint aucun compte de son interruption. Par respect pour Elsa, il se pencha à l'oreille du poète et lui murmura :

— Vous saviez que vous ne l'auriez jamais alors vous vouliez la posséder à travers d'autres hommes, dans des relations éphémères auxquelles vous la poussiez.

Le poète devint blanc comme un linge et se tassa sur lui-même.

— Que lui dites-vous à l'oreille ? cria Henri Sorano. J'exige de savoir !

Le psychanalyste l'ignora.

— Tout ça pour vous dire que, tout comme M. Sorano, vous aviez deux bonnes raisons d'attenter à la vie de Gabriel !

Cette fois, il avait parlé à voix haute et tout le monde frémit.

— Le motif ainsi que la manière de faire. Vous avez reconnu vous travestir. Or, c'est une femme qui est venue le soir de la mort de Gabriel de la Biole ou plutôt un homme déguisé en femme et titubant sur des talons dont il n'a pas l'habitude !

Tout le monde s'exclama et, atterré, scruta le poète. Celui-ci s'efforçait de garder un port de tête digne, tout en évitant les regards horrifiés d'Elsa.

— Dernier point : le poète trouve sublime de tracer un message d'adieu dans le sang !

— J'avoue que cela ne manque pas d'un certain panache, admit Victor Harman, mais ce n'est pas moi.

Santaroga se raidit.

— Je sais ! Vous n'êtes capable que de vous servir des autres !

Il fit un tour sur lui-même comme pour englober toute l'assistance dans ses soupçons.

— Mais alors qui ?

Dans le silence pesant qui régnait dans la pièce, un crissement de soie ébranla les nerfs de chacun. Liane venait de décroiser les jambes.

— Madame, fit-il à son attention, vous n'aviez aucun motif de vouloir la mort de Gabriel.

À part son héritage si elle en était informée. Mais de cela, avec une totale partialité, Santaroga ne révéla rien. Avec Varya, elle était la seule personne présente qu'il souhaitait épargner. Ces deux-là avaient déjà trop souffert.

Il se tourna vers le Canadien.

— Pas plus que vous !

— Effectivement ! dit Mac Kenzy amusé.

Il esquissa à l'attention de Varya un sourire acidulé auquel elle resta insensible. Alors, il haussa les épaules et ses pieds se mirent à tambouriner en cadence sur le sol. Santaroga marqua un instant d'arrêt avant de reprendre.

— Il nous reste donc les époux Sorano. (Il claqua des doigts comme illuminé par une idée nouvelle.) Et s'ils étaient de connivence ?

Elsa se redressa d'un coup comme un serpent prêt à mordre.

— Vous êtes ridicule ! fit son mari en l'obligeant à se rasseoir.

— Cela expliquerait bien des choses, dit avec tristesse le psychanalyste. Et cela répondrait à une question que je n'ai pas fini de me poser.

Elsa Sorano lui jeta un regard lourd de reproches.

— Je suis sûr, Henri Sorano, reprit-il, que vous n'avez pas découvert la trahison de Gabriel de la Biole à votre cause. Je pense plutôt que vous avez soupçonné une autre trahison de sa part.

Il le fixa avec intensité.

— Et que ferait un homme jaloux de votre espèce s'il soupçonnait son épouse d'être la maîtresse d'un autre ?

— Grotesque ! fit Sorano.

— Sur ce point, je vous donne raison car elle ne l'a jamais été mais des circonstances peuvent induire en erreur.

— Que voulez-vous dire ?

— Votre épouse se rendait chez Gabriel certains soirs lors de vos voyages d'affaires. Vous l'avez appris et vous êtes revenu en cachette d'un de ces voyages pour la surprendre. Cette nuit-là, alors que vous deviez vous trouver à l'étranger, vous vous êtes rendu dans un lieu célèbre de Paris pour évacuer votre tension.

Il prit grand soin d'éviter de se tourner vers Liane.

— Je m'en vais, décida Sorano.

Il se leva mais Elsa ne l'imita pas. Finalement, il se rassit.

— Votre femme ne vous trompait pas ! gronda Santaroga. Elle avait décidé, comme Tillie, d'apporter son aide à Gabriel de la Biole dans la dénonciation du complot fasciste européen.

— Cette fois je pars !

L'homme d'affaires sauta sur ses pieds mais l'imposant psychanalyste s'interposa. Sorano se figea.

— Vous l'avez dit vous-même, c'est une femme ou un travesti qui est venu le tuer !

— Et justement vous avez reconnu que votre épouse vous avait raconté les travestissements de Victor Harman. Cela vous a donné l'idée de la perruque pour brouiller les pistes. Quant au message laissé par Gabriel pour acter son suicide, l'idée vous en est venue lorsque, dévoré par la jalousie, vous avez lu les notes des séances du Cercle des rêveurs éveillés que votre épouse conservait dans son bureau.

Il se redressa, captivant son auditoire.

— J'ai eu l'occasion de tenir dans mes mains le feuillet qui relate le rêve de Gabriel et ses mots terribles et prémonitoires : *Cette nuit j'ai rêvé que je tuais quelqu'un quand je me suis réveillé j'ai réalisé que c'est moi que j'avais tuer*. Or, ce feuillet se trouve le seul à avoir été plié, en quatre, comme si quelqu'un l'avait mis dans sa poche pour l'emporter. Vous vouliez écrire au mot près le contenu de ce rêve.

— Des indices mais aucune preuve ! décréta Sorano très sûr de lui.

Cédant encore une fois au cabotinage, Santaroga agita un feuillet en l'air.

— Pardon mais si, j'en possède une ! Vous êtes l'unique personne dans cette salle à avoir commis la même faute d'orthographe que dans le mot laissé soi-disant par Gabriel de la Biole ! Faute commise sans doute par la secrétaire qui a recopié les notes de séance !

— C'est une preuve ça ? s'écria Sorano.

Santaroga se permit un bref sourire.

— Une première preuve pour vous désigner, oui. La seconde, pour vous confondre, vous l'avez donnée de vous-même. Vous connaissiez l'écriture de Gabriel car vous correspondiez mais l'imiter c'est autre chose. Sauf si vous écriviez du doigt avec son propre sang. C'est sans compter sur certains progrès de la science qui vous ont échappé car ils ne rapportent pas d'argent !

— Lesquels ?

Le psychanalyste prit un air supérieur.

— Depuis une vingtaine d'années en France, nous utilisons les empreintes digitales pour confondre les suspects. Et vous, pauvre fou, vous avez tracé vous-même ces lettres dans son sang ! Nous avons identifié vos empreintes !

— C'est faux, hurla Sorano, j'ai utilisé l'index de Gabriel !

Il se tut aussitôt et se recroquevilla sur lui-même. Un silence de plomb régna un instant dans la maison.

— Ah, fit Santaroga. Voilà ! Nous y sommes quand même arrivés.

Il n'y avait aucun triomphe dans sa voix. Juste de la lassitude.

— Commissaire Binocle, fit-il, il est à vous…

Le policier aux belles bacchantes surgit de derrière le paravent chinois. Il eut un léger mouvement de surprise en voyant l'assistance mais se reprit.

— Henri Sorano, je vous arrête pour le meurtre de Gabriel de la Biole. Je vous prie de me suivre.

— L'inverti vous salue bien ! grinça le poète à son passage.

29

Qui diable puis-je bien être ?
Ah, c'est là le grand problème !

Liane sortit sans un mot après un discret coup d'œil à Santaroga. Le psychanalyste la rejoignit dehors, au milieu d'une nuit veloutée.

— Je sais pourquoi vous m'avez fait venir, dit-elle en fixant un point invisible droit devant elle.

— Je vous devais la vérité.

Elle secoua la tête avec douceur.

— Vous vouliez me donner un message d'espoir : la justice existe encore quelque part sur terre.

— Vous ai-je convaincue ?

L'Orientale soupira.

— Non, mais merci d'avoir essayé.

Pensif, il la suivit des yeux puis rentra dans la maison. Le Cercle des rêveurs éveillés se pressait encore autour d'Elsa, à l'exception de Victor Harman. Le poète posa sur Santaroga un regard où se mêlaient crainte et colère.

— Vous m'avez bien chargé, mon ami ! Était-ce nécessaire ?

Une lueur inquiétante passa dans les prunelles de Santaroga.

— Si je m'écoutais, je vous mettrais mon poing dans la figure pour tout ce que vous avez fait. Espèce de cerveau psychotique !

Tout le monde le contempla avec incrédulité. Mac Kenzy se leva le premier.

— Je démissionne de ce Cercle. Cela ne devient plus du tout amusant !

Tillie sauta sur ses pieds.

— Un instant, vous avez tout expliqué sauf une chose.

— Ah oui, laquelle ? s'étonna Santaroga.

— Qui a poignardé Henri Sorano à l'aide d'un coupe-papier ?

— Ah oui ! Cela…

— Bien sûr, hasarda Tillie, si vous l'ignorez…

Santaroga se redressa.

— Madame, fit-il d'une voix où perçait une note d'orgueil intellectuel, cela aussi je sais l'expliquer !

Il se tourna vers le reste de l'assistance encore horrifiée.

— Eh oui, reprit Santaroga d'une voix de stentor, l'auteur de ce coup de coupe-papier à Henri Sorano n'est autre que lui-même !

Il y eut un murmure dans la pièce.

— Mais pourquoi ? s'exclama Tamara.

— L'enquête sur la mort de Gabriel de la Biole l'a sans doute paniqué lorsqu'un commissaire est venu le voir. En se rendant victime d'une tentative de meurtre sur sa personne, il espérait détourner d'éventuels soupçons.

Après s'être attardés un instant avec Elsa, Santaroga et Varya rentrèrent à leur hôtel. Vers vingt-trois heures, on frappa à la porte de la suite. Santaroga fit entrer une Tillie survoltée.

— Je viens de pondre mon article sur l'arrestation d'Henri Sorano, annonça-t-elle tout excitée. Je dois maintenant préparer mon second article sur les soutiens des hommes d'affaires aux mouvements fascistes et nationalistes. J'ai mes propres notes à partir de mes conversations avec Gabriel mais vous savez bien ce dont j'ai besoin.

Santaroga hocha la tête, amusé.

— Oh que oui. Gabriel de la Biole avait fait son testament en me léguant ses livres mais pas son journal. Sa mort soudaine l'a empêché de vous le remettre.

— C'est ma source. Je me dois de la citer sinon c'est ma parole seulement.

— Bien sûr, bien sûr.

Le psychanalyste alla jusqu'à son bureau où il l'avait laissé mais ne le trouva pas. Il chercha dans les tiroirs, dans le carton de livres. Les deux femmes vinrent lui prêter leur concours mais force fut de constater que le journal avait disparu.

— Qui pouvait savoir ? grogna la journaliste dépitée.

— Le domestique qui a préparé le carton de livres, énonça le psychanalyste résigné, une personne qui surveillait la maison ou qui nous suivait. Des gens qui sont venus fouiller la chambre par acquit de conscience : Russes blancs, Russes rouges, la Sûreté générale française…

Tillie soupira de découragement.

— Je vais avancer des choses sans pouvoir les corroborer par des faits. J'espère que mon rédacteur en chef voudra bien me publier. Quel désastre inattendu !

Au moment de sortir, elle se retourna.

— Au fait, m'avez-vous vraiment suspectée ?

— Dame ! répondit Santaroga, c'est que j'avais trois suspectes, moi ! Cela dit, j'étais tellement sûr de vous à la fin que j'ai omis de mentionner à l'assemblée que vous aussi vous aviez commis une faute à ma dictée !

Resté seul avec Varya, Santaroga fit les cent pas dans la pièce pour se calmer les nerfs.

— Allons, dit-elle, vous ne pouvez pas gagner à tous les coups. Ce ne serait pas amusant !

Le psychanalyste se figea.

— Ah mais pardon, je vais récupérer mon journal et alors là, oui, ma victoire sera totale !

— Vous prenez les choses trop à cœur, fit Varya pour le calmer.

Elle ne l'avait jamais vu dans un tel état d'énervement. Santaroga se redressa de toute sa hauteur. Comme cela il était vraiment imposant, songea la jeune femme.

— Tout à l'heure dans la maison de Gabriel, dit-il, j'ai ressenti une impression de déjà-vu. Parfois une perception inconsciente est mise en mémoire.

— D'où l'impression qu'on a déjà vécu la même situation sans savoir pourquoi ?

— Oui, c'est ça ! Pour faire simple un défaut de coordination entre perception et mémorisation vous amène à avoir une double lecture : celle du présent et celle du souvenir présent. Jung m'a raconté que lors d'un voyage au Kenya, dans le train qui l'emmenait de Mombasa à Nairobi, il s'éveilla sous les premiers rayons du soleil. Perçant un nuage de poussière rouge et ocre, le train traversait une zone rocheuse. Levant la tête, il vit alors un guerrier immobile sur un pic, s'appuyant sur sa lance et les contemplant passer à ses pieds. Il eut un inexplicable sentiment de déjà-vu.

— Merci d'avoir fait simple pour les humbles mortels, se moqua Varya.

Mais, tout à sa démonstration, Santaroga ne l'écoutait plus. Dans la pièce, on entendait presque grincer les rouages de son cerveau.

— Pas déjà vu, ai-je compris plus tard. Déjà entendu ! Un air de danse… Et c'est sur cet air que Jung m'a montré l'angle sous lequel regarder l'affaire avec un œil neuf.

Varya se permit un sourire espiègle.

— Voilà longtemps que vous n'aviez parlé de votre cher maître.

— Et ce que je vais vous dire vous paraîtra d'abord sans rapport. Jung se trouvait en Afrique au terminus de son train. Au-delà, des pistes ou des sentiers menaient on ne sait où. En auto, il gagna un lieu où un Anglais le reçut chez lui. On leur servit un délicieux whisky au coin d'une cheminée au feu crépitant devant une table recouverte de journaux anglais. Était-ce le décalage avec le monde alentour ? Il m'avoua ne plus savoir s'il rêvait ou s'il vivait la réalité. Fut-ce ce décalage, cette distorsion entre rêve et réalité en plein cœur de l'Afrique ? Il tomba malade et dut garder le lit. Et puis, au matin, il entendit un oiseau, le *brainfever bird* qui chante correctement sa gamme mais saute la dernière note et recommence du début comme s'il la cherchait. «*À l'image de notre vie*», pensa-t-il alors.

— À l'image de notre enquête, hasarda Varya qui ne comprenait pas où il voulait en venir.

— La dernière note, Varya ! Inlassablement, nous avons buté sur elle pour revenir au point de départ. Quelque chose de faux qui a toujours résonné à nos oreilles sans que nous y prêtions attention !

— Vous sentez-vous bien ?

— Je suis parfaitement réveillé et j'ai l'esprit clair comme un diamant !

Il tapa du pied par terre.

— Cela ne vous rappelle rien ? Les choses sont plus graves que je ne le pensais pour vous. Si mes soupçons sont justes, il me faut agir avant de vous perdre !

Une pâleur extrême envahit le visage de Varya.

— Vous voulez encore m'hypnotiser ?

— Oh Varya, fit Santaroga d'une voix très douce, j'ai bien peur d'avoir été trop lent sur ce coup-là ! En psychanalyse, on compare souvent l'esprit à un oignon. Une première couche pour la façade sociale de l'individu, l'image renvoyée aux autres. Une deuxième pour votre personnalité consciente. Une troisième pour l'inconscient, tout ce que notre esprit a refoulé. Et s'il y avait encore d'autres couches dans cet inconscient ?

Il eut un geste un peu théâtral, dévoilant son goût pour les rebondissements.

— Vous êtes une poupée russe, Varya. Cette poupée qui

s'ouvre pour en découvrir une autre plus petite à l'intérieur et ainsi de suite.

Son expression se fit plus grave.

— Je suis navré, Varya, je ne vous ai pas permis de trouver la dernière poupée. Celle dissimulée au plus profond de vous, je le crains.

Santaroga amena progressivement Varya à l'état de conscience modifié souhaité. Avec la douceur d'un émailleur, il la guida pas à pas jusqu'à cet escalier dont elle avait tant rêvé. Et Varya se souvint.

Ils lui disent qu'il faut partir. Elle n'a que le temps d'enfiler son manteau qu'on la pousse déjà dans l'escalier avec les autres. En bas se trouvent deux portes. L'une donne vers l'extérieur, l'autre sur la cave. Elle comprend que s'ils ne passent pas la porte de la cour, ils mourront tous. Elle s'arrête mais on la pousse en avant. Un soldat baisse les yeux en croisant son regard.

— Ouvrez la porte, Varya. Libérez-vous.

Elle voit la porte de la cave s'ouvrir. Le tsar porte le tsarévitch affaibli par une nouvelle crise et demande une chaise. Le commissaire de justice lui tire sans façon une balle dans la tête. Les soldats ouvrent ensuite le feu sur la famille Romanov et ses derniers serviteurs. Le petit tsarévitch blessé rampe sur le sol. Le commissaire bolchevique lui défonce le crâne à coups de crosse. Un temps protégées des balles par les diamants cousus dans leurs vêtements, les grandes-duchesses sont lardées de coups de baïonnette. Elles se tortillent sur le sol comme des papillons épinglés vivants.

Une balle a effleuré Varya à la tempe. Une autre l'a touchée sur le côté. Anastasia est tombée sur sa compagne de jeu. Son corps protège en partie Varya qui sombre dans l'inconscience.

Lorsqu'elle s'éveille, on traîne les corps dans un camion. Le jeune soldat qui la regardait souvent de loin accomplit alors un acte insensé. Seul dans le camion, il la dissimule. C'est lui le chauffeur, il ramène le véhicule soi-disant vide à son camp mais en passant il accomplit un détour jusqu'à la ferme de sa mère où il dépose Varya.

La mère du jeune soldat est une guérisseuse réputée. Elle soigne Varya qui restera cloîtrée trois années. On lui dissimule l'entrée des troupes blanches à Ekaterinbourg. Le jeune soldat est un garçon simple. Il ne la maltraite pas et lui voue même un amour sincère. Un jour, il retourne se battre contre les armées blanches et ne revient plus. Alors Varya part, cherchant d'abord à rejoindre la Crimée puis Vladivostok, le dernier bastion blanc. Jusqu'au jour où les Rouges la prennent et la ramènent à Moscou.

— Je suis désolé, dit Santaroga après l'avoir réveillée. On a fait de vous une arme.

30

Qu'on lui coupe la tête!
Qu'on lui coupe la tête!

À la tombée de la nuit, l'énergie qui dévorait Varya de jour sembla se dissoudre à l'intérieur de son corps. Elle n'en descendit pas moins d'un pas assuré l'escalier pour rejoindre le quai désert. Les flots de la Seine s'écoulaient, noirs sous le ciel piqueté de diamants. Mac Kenzy sortit de l'ombre sous le pont et fit un pas en avant, souriant.

— J'ai été très étonné que vous me donniez ce rendez-vous ici mais finalement je comprends : c'est très romantique!

Son sourire s'effaça progressivement à la vue de l'air décidé de Varya et des petits muscles tendus de sa mâchoire.

— Je sais tout, fit Varya.

— Ah?

— La mission de Victor Harman.

— Oh, Varya, mes sentiments pour vous sont sincères.

— Monsieur Mac Kenzy, votre point de vue n'enrichit en rien la conversation !

Calme et sûre d'elle, elle fit un pas vers lui. Dans son sac à main, le revolver était chargé et le cran de sûreté ôté.

— Puis-je vous offrir mon bras pour une promenade au fil de l'eau ? proposa-t-il.

— Ne vous sentez pas obligé de me jouer la comédie, Mac Kenzy, ou peut-être devrais-je dire Arnaud Fauber ?

— Comment cela ? fit-il après un long silence.

— Arnaud Fauber, inspecteur de la Sûreté générale française, le jour. La nuit venue, vous cessez de boiter et vous devenez un jeune Canadien en goguette à Paris. Cela vous permet bien des choses.

— Qu'est-ce qui vous fait dire ça ?

Varya fit mine de réfléchir.

— Je me suis demandé si cela avait du sens, à l'approche de la trentaine, de mener une vie aussi vide que la vôtre. Les spectacles, les boîtes de nuit, l'alcool et la fornication. Vous galvaudez votre vie et vos talents. Mais si vous êtes aussi Arnaud Fauber, tout prend sens.

Elle marqua une pause et jeta un bref coup d'œil à l'ombre épaisse sous le pont.

— C'est Santaroga qui a compris le premier, expliqua-t-elle. Lorsque vous êtes entré dans sa suite, vous avez eu cette trépidation qu'il avait perçue au commissariat, derrière la glace sans tain, et il s'en est étonné. Tap dance ! Tout comme il a été surpris de vous voir abandonner les lieux que vous disputiez de haute lutte à Tamara lorsqu'il a mentionné la prochaine venue du commissaire de police qui vous connaissait. Commissaire qui a tressailli en vous voyant chez

Gabriel de la Biole mais n'a rien dit car il vous pensait en mission. Santaroga a remarqué également, tout comme moi, que sur la photo des rêveurs éveillés vous vous efforciez de dissimuler votre figure d'hypocrite !

— Très romanesque tout cela, remarqua-t-il en conservant un masque d'amabilité.

— Quant à votre mission…

— Varya, la mission de Victor Harman.

— Je ne parle pas de celle-là. Je parle de l'autre. La vraie.

Elle fit une pause pour le fixer.

— Il vous fallait infiltrer le Cercle des rêveurs éveillés. Deux gros poissons y gigotaient : la femme d'un fasciste notoire, Henri Sorano, et un financier de ces mouvements : Gabriel de la Biole. Au fait, la disparition de son livre, c'est vous, n'est-ce pas ? Santaroga en a parlé quand nous étions tous réunis et vous êtes parti le premier ventre à terre. La voie était libre car la suite de l'hôtel était vide. Vous avez fait vite !

Il leva la main pour l'arrêter.

— Un instant ! Admettons votre théorie. Je suis Arnaud Fauber, de la Sûreté générale française. Il est fâcheux que vous ayez fait ce rapprochement mais, en dehors du fait que je vous ai menti pour une raison d'État, en quoi cela serait-il mal ou illégal ?

— Pourquoi faites-vous semblant de boiter pendant votre service et non après ? rétorqua-t-elle.

Il prit un air désinvolte.

— Vous avez sans doute la réponse.

— Mais oui ! Cela vous permet de tuer des Russes blancs dans Paris en toute quiétude. Qui irait vous soupçonner si l'on fait état d'un suspect sur les lieux du meurtre sans mentionner de boitillement ?

— Quelles preuves avez-vous de cela ?

— Sophocle !

— Pardon ?

— À la question de Santaroga : *enquête ?* Vous avez répondu *Sophocle*, l'auteur grec. À la question *Sophocle* : *Œdipe roi*. Or, dans l'*Œdipe roi*, Sophocle raconte que, pour sauver sa ville de Thèbes dont il est devenu roi et en proie à la peste, Œdipe doit trouver et châtier le meurtrier de Laïos, son prédécesseur. Il découvre au cours de son enquête qu'il est le meurtrier, que Laïos est son père, et qu'il a épousé sa mère. Œdipe enquêtait en fait sur lui-même ! Cette pensée vous a traversé l'esprit car vous pensiez à vous-même enquêtant sur les meurtres de ces Russes à Paris.

— Fascinant ce jeu d'associations de mots !

— Gabriel de la Biole était une source d'informations précieuse pour vous. Vous pouviez identifier puis surveiller ses contacts. Mais ce n'est vraiment que lorsque Alexandre m'a raconté l'histoire du deuxième oiseau que j'ai compris.

— Le deuxième oiseau ?

— Le premier ne vous intéresserait pas. Il me ressemble plutôt, toujours à sauter la dernière note et obligé de tout recommencer !

— Et le deuxième ?

— Tout à fait vous ! C'est l'oiseau des plantations de bananiers. Il produit deux tons de flûte des plus doux et mélodieux qui soit mais malencontreusement termine par un troisième ton complètement disharmonieux ! *Quod natura relinquit imperfectum!* Ce que la nature laisse imparfait! Mais alors pourquoi?

Mac Kenzy recula d'un pas comme pour prendre le recul nécessaire.

— Mac Kenzy et Arnaud Fauber, reprit Varya, pris séparément ça fait deux sons finalement assez mélodieux dans leur genre mais une fois réunis vous entendez la fausse note!

Il recula encore. Désormais son visage était strié d'ombres et de lumières.

— Tout cela tiendrait-il devant un tribunal? s'amusa-t-il à la provoquer.

Elle planta son regard glacé dans le sien.

— Avons-nous vraiment besoin d'un tribunal pour rendre la justice? Est-ce un tribunal ou Lénine qui a prononcé la sentence de mort de la famille Romanov?

— Nous y voilà!

Il paraissait presque soulagé.

— Pourquoi tuez-vous ces gens? demanda-t-elle.

— Individuellement je n'ai rien contre eux mais l'ordre vient d'en haut. Le *Nous* a remplacé le *Je*.

— Oh, je vois! Vous avez lu *Alice au pays des merveilles*?

— Pas eu le temps, regretta-t-il.

— Moi si! La Reine a une seule méthode pour résoudre toutes les difficultés, petites ou grosses : elle fait couper les têtes.

— Vous me reprochez de vouloir couper celles de l'affreuse hydre de l'Aufbau? Les fascistes risquent de prendre le pouvoir en France et en Allemagne comme ils l'ont fait en Italie. Et alors, ce sera la coalition contre la Russie.

Elle rit, désespérée.

— Un communiste ! Un sale Rouge qui me faisait danser !

Il eut un sifflement exaspéré.

— Varya, vous devez empêcher votre cerveau de se livrer à son activité naturelle : penser !

Varya éleva soudain la voix.

— Couper des têtes, ce n'est pas principalement ce que je vous reproche. Le Guide m'a envoyée de Moscou à Paris pour une mission bien précise et vous étiez mon agent sur place, n'est-ce pas ? Histoire de s'assurer que je rencontre bien les bonnes personnes et que je fasse ce que l'on attendait de moi. Vous deviez me récupérer à la gare mais je n'ai pas pris le bon train et je suis arrivée avec plusieurs heures d'avance. Rendez-vous manqué. Et j'ai disparu dans la nature.

— Effectivement. Il était prévu que je sois votre bon Samaritain dès le quai de la gare et que je vous facilite, avec mon statut d'homme de la Sûreté, une entrevue avec le grand-duc Nikolaï.

— Quand vous m'avez rencontrée au Cercle, vous n'avez pas fait le rapprochement car entre-temps j'étais passée chez le coiffeur. Je m'étais maquillée, faite belle. Pas la même personne que sur la photo prise à Moscou qu'on vous avait certainement envoyée.

— C'est vrai que je ne vous ai pas reconnue tout de suite, lâcha-t-il dans un souffle au cœur de la nuit.

Ce n'était plus qu'un filet de voix qui s'échappait de sa bouche.

— Et puis, lorsque mes soupçons se sont confirmés, j'ai décidé de passer à l'action après la soirée des Sorano. Je voulais vous emmener danser une dernière fois sans souci aucun. Je ne pouvais imaginer ce qui arriverait. Plus tard, tout a été plus difficile. Dans la suite de Santaroga, vous n'avez jamais été seule. Le Genevois et cette horripilante Polonaise ne vous lâchaient plus ! Depuis, mes sources m'ont appris que vous aviez accompli votre mission auprès du grand-duc Nikolaï.

— Monsieur Mac Kenzy, vous êtes pour moi une énorme déception !

— Et vous, vous êtes et resterez une petite oie blanche.

— Vous croyez ?

— Oui. (Son ton avait fraîchi.) Je vais prononcer les mots et vous m'obéirez car vous avez été conditionnée pour cela : *le Je est mort, le Nous est désormais partout.*

Le regard de Varya devint vitreux.

— Que dois-je faire ?

Fauber respira, satisfait.

— Vous continuerez invariablement à faire croire que le tsar et sa famille sont encore vivants, quelque part en Russie. Vous gagnerez la sympathie du grand-duc Nikolaï et le pousserez à agir contre le grand-duc Kirill Vladimirovitch.

— Pour débarrasser Staline de son plus dangereux rival blanc et de ses inquiétants alliés.

— Qu'est-ce que vous avez dit ? s'inquiéta Fauber.

Pour toute réponse, elle reprit un regard fixe et vitreux avant de glousser.

— Je le fais bien, non ? C'est Santaroga qui me l'a appris.

— Oh, je vois ! siffla-t-il estomaqué.

Elle serra un poing contre sa poitrine.

— Vous n'arriverez jamais à extirper la Russie du fond de

mon cœur ! Mon cher psychanalyste a trouvé ce que vous aviez fait et m'a libérée de mon conditionnement !

Fauber chancela. Le bleu des yeux de la jeune Russe se teinta soudain de glace.

— Alors c'était ça votre plan ? Faire imploser ce qui reste du monde des Russes blancs ? Vous pensiez que ça allait marcher ?

Un sourire sans joie éclaira un instant le visage livide d'Arnaud Fauber.

— Avec un témoin digne de foi, vous, et d'autres révélations plus tard pour corroborer vos dires lorsqu'une nouvelle enquête serait ordonnée. Tout cela aurait fait grande impression !

— Vous m'auriez sacrifiée sans regret !

— Non, Varya. Avec beaucoup de regrets. Mais vous êtes une survivante, vous en auriez peut-être réchappé.

Elle sortit le Nagant de son sac. Une version à canon et crosse raccourcis, pratique en ville et d'une précision mortelle.

— Je crains que poursuivre cette conversation n'ait plus aucun intérêt.

Il haussa les épaules, fataliste.

— C'est vous qui voyez ! fit-il.

Il n'y avait aucune hostilité dans sa voix, juste une immense lassitude.

— Je vais vous tuer, fit Varya d'un ton très sérieux. Je crois que c'est ce qu'il y a de mieux à faire. Vous ne pensez pas ?

Les battements de son cœur étaient calmes lorsqu'elle leva son Nagant sur lui.

— Vous avez une dernière prière à faire ?

Sa bouche prit un pli amer.

— Je ne crois pas en Dieu, juste dans le parti.

Le doigt de Varya se crispa sur la détente. Il souriait. Comme à regret, elle abaissa le canon de son arme.

— Je ne suis pas certaine que vous méritiez de mourir, murmura-t-elle.

— Oh ! Varya, fit-il d'un ton de reproche, vous parlez toujours trop !

Sans cesser de sourire, il dégaina son arme de service.

— Savez-vous à quel point vous êtes socialement peu pertinente ? fit-il en s'apprêtant à tirer.

La balle l'atteignit dans le dos, à la hauteur de la poitrine, lui arrachant un hoquet de surprise. Il tomba lentement à terre. Un dernier rythme sembla secouer sa jambe. Santaroga sortit de sous le pont, un autre homme le suivit, un pistolet à la main. Varya reconnut l'officier d'ordonnance qui accompagnait le grand-duc Nikolaï à l'hôtel.

— Pourquoi n'avez-vous pas tiré ? demanda Santaroga troublé.

Elle remarqua alors que lui aussi tenait un pistolet à la main. Elle n'osa pas demander lequel d'entre eux avait fait feu.

— Vous étiez là, répondit Varya. Et je ne suis pas certaine d'avoir vraiment couru de risque.

Elle s'agenouilla et se saisit de l'arme de Fauber. Elle vérifia la culasse puis le chargeur. Il n'y avait aucune balle. Elle jeta un regard songeur à l'homme qui baignait dans son sang. Se pouvait-il qu'il l'ait réellement aimée ?

Épilogue

Tout le monde a gagné,
et tous nous devons recevoir des prix.

Au matin, Varya fit une nouvelle déposition qui infirmait son premier témoignage et confirmait l'exécution du tsar et de sa famille. Les hommes de loi du grand-duc Nikolaï partis, elle et Santaroga marchèrent jusqu'à la station du métropolitain que Varya désirait emprunter. Une première pour elle. Le 19 juillet 1900, la première rame de la ligne 1 avait quitté la porte de Vincennes pour la porte Maillot, desservant le Grand Palais et l'Exposition universelle. Enfant, lors de son séjour à Paris, le monstre souterrain l'avait fascinée et attirée mais jamais elle n'avait eu l'autorisation de s'engouffrer sous terre. Sa mère craignait qu'elle n'y respire des gaz nauséabonds. Santaroga, lui, se soumettait aujourd'hui bien volontiers à cet aimable caprice. Varya rompit la première le silence qui s'était installé entre eux.

— Tout est réglé, fit-elle d'un ton définitif.

— On peut juste regretter que l'officier d'ordonnance ait

poussé le corps de Fauber dans le fleuve alors qu'il portait le livre blanc de Gabriel sur lui !

— Oui, peut-être...

Maintenant, elle paraissait presque indifférente.

— Désormais, on me laissera en paix. Mais que reste-t-il de ce que j'ai été ?

Santaroga la contempla avec sollicitude.

— Ne laissez pas le passé vous dicter votre présent !

D'un geste paternel, il lui tendit un ticket de métro pour le poinçonneur.

— Vous pouvez toujours me suivre à Genève.

— J'irais bien d'abord en Afrique visiter le Kenya ! Vous m'en avez trop parlé !

Il sourit.

— Varya, fit-il pour connaître son état d'esprit, si je vous dis *sofia* ?

— Sofia la sagesse, Vera la foi, Nadeja l'espérance, Lioubov l'amour mais je lui préfère l'espérance.

— C'est ce que je souhaitais vous entendre dire !

Le psychanalyste la considéra avec tendresse et fierté. Comme la fille qu'il n'avait pas eue.

— Vous me faites penser à un oiseau, dit-il.

— Encore un des damnés oiseaux de Jung ? marmonna Varya.

Santaroga rit.

— Le dernier. L'oiseau sonneur de cloches. *Quod natura relinquit perfectum !* Il se distingue par un chant d'une beauté sans égale du début à la fin. Et quand il chante, c'est un peu comme si on entendait le carillon très pur d'une cloche lointaine.

DU MÊME AUTEUR

PETITS MEURTRES AU CAIRE, Actes Sud, collection Actes noirs, 2019. *Prix Dora-Suarez 2020 pour l'ensemble de son œuvre.*

LE CARNAVAL DES VAMPIRES, Actes Sud, collection Actes noirs, 2018. Babel noir 2020.

LE MOINE ET LE SINGE-ROI, Actes Sud, collection Actes noirs, 2017. Babel noir 2019.

ENTRETIEN AVEC LE DIABLE, Actes Sud, collection Actes noirs, 2016. Babel noir 2018.

HUMEUR NOIRE À VENISE, Actes Sud, collection Actes noirs 2015. Babel noir 2017.

TUEZ QUI VOUS VOULEZ, Actes Sud, collection Actes noirs 2014. Babel noir 2016.

MESSE NOIRE, Actes Sud, collection Actes noirs 2013. Babel noir 2014. *Prix Historia 2013 du meilleur roman policier.*

CASANOVA ET LA FEMME SANS VISAGE, Actes Sud, collection Actes noirs 2012. Babel noir 2013. *Prix Sang d'Encre 2012.*

LE DÉTECTIVE DE FREUD, de Borrée, 2009. Actes Sud, Babel noir, 2017.

LES ADIEUX À L'EMPIRE, France Empire, 2006. Actes Sud, Babel 2015.

Déjà parus dans la même collection

Thomas Cantaloube, *Frakas*
Marin Ledun, *Leur âme au diable*
J.-B. Pouy & Marc Villard, *La mère noire*
Parker Bilal, *Les divinités*
Pierre Pelot, *Les jardins d'Eden*
Dolorès Redondo, *La face nord du cœur*
William R. Burnett, *Good-bye Chicago*
William R. Burnett, *Little Caesar*
Sebastien Raizer, *Les nuits rouges*
Jacques Moulins, *Le réveil de la bête*
Deon Meyer, *La proie*
Jean-Patrick Manchette, *L'affaire N'Gustro*
Jørn Lier Horst, *Le disparu de Larvik*
J.-P. Smith, *Noyade*
Dror Mishani, *Une deux trois*
Sébastien Gendron, *Fin de siècle*
Parker Bilal, *La cité des chacals*
Vlad Eisinger, *Du rififi à Wall Street*
Danü Danquigny, *Les aigles endormis*
Neely Tucker, *Seules les proies s'enfuient*
Marc Villard, *Barbès Trilogie*
Caryl Férey, *Paz*
Mike Nicol, *L'Agence*
Jo Nesbø, *Le couteau*

Suivez l'actualité de la Série Noire :

http://www.gallimard.fr/Catalogue/GALLIMARD/Serie-Noire
https://www.facebook.com/gallimard.serie.noire/

Composition : APS-ie
Achevé d'imprimer
sur Roto-Page
par l'Imprimerie Floch
à Mayenne, le 22 mars 2021
Dépôt légal : mars 2021
Numéro d'imprimeur : 98008

ISBN 978-2-07-291595-6 / Imprimé en France.

371960